他多才多藝，卻錯生在一個帝王家；
他敢愛敢恨，卻得不到自己要的幸福……
只為身為天子，使得背負這一輩子割心的痛！

高寶書

少年天子

凌力——著

茅盾文學獎、姚雪垠小說獎得主

上

電視劇《少年天子》原著

戲非戲　DN096

少年天子（上）

作　　者：凌力
總 編 輯：林秀禎
編　　輯：李國祥
校　　對：周宜蓁、李國祥
出 版 者：英屬維京群島商高寶國際有限公司台灣分公司
Global Group Holdings, Ltd.
地　　址：台北市內湖區洲子街88號3樓
網　　址：gobooks.com.tw
電　　話：(02) 27992788
E-mail：readers@gobooks.com.tw（讀者服務部）
pr@gobooks.com.tw（公關諮詢部）
電　　傳：出版部(02) 27990909　行銷部（02）27993088
郵政劃撥：19394552
戶　　名：英屬維京群島商高寶國際有限公司台灣分公司
發　　行：希代多媒體書版股份有限公司/Printed in Taiwan
初版日期：2009年11月

國家圖書館出版品預行編目資料

少年天子(上) / 凌力著. -- 初版. -- 臺北市：
高寶國際出版：希代多媒體發行, 2009.11
面； 公分. --（戲非戲；DN096）

ISBN 978-986-185-376-5（上冊：平裝）

857.7　　98019357

引子

一

從山海關到京師，正東西走向。其間五百餘里，平野廣袤，峰巒起伏，灤河、白河、青龍河在川原上滾滾流淌，雄偉的古長城在燕山山脈間蜿蜒，永平府就在這山川接界的地方。

都說永平府的風水對王者不利。二十二年前，大清朝廷還在關外，同太宗皇帝共執國政的二大貝勒[1]阿敏，就因爲棄守永平問了死罪。到了大兵入關，定都燕京，八旗親貴在京師四周跑馬圈地時，攝政睿親王多爾袞[2]又看中永平，禁止他人圈占。不久，皇上親政，追論多爾袞謀逆大罪，削爵削謚，籍沒家產人口，「欲駐軍永平以篡大位」，便是主要罪狀之一。

有些親貴卻不在乎前車之鑑，多爾袞一垮臺，便紛紛來永平府設立王莊、田莊。這兩年山川秀美的所在，不時出現樓閣亭臺點綴的花園、歇山頂的高大堂屋、卷棚式的青磚住房，一派華美富麗，鄉下人都看得目瞪口呆了。

在老百姓眼裡，永平府何止風水不好，它簡直是個大劫大難之地。就說那次二大貝勒阿敏棄

1 清太宗皇太極即位初，仍遵祖制實行四大貝勒共理國事，輪流執政。為了加強皇權，太宗不斷尋機削除異己。二大貝勒阿敏、三大貝勒莽古爾泰先後被治罪而死。唯大大貝勒代善因擁戴功受優遇。

2 睿親王多爾袞是清太宗皇太極之弟、順治帝之叔。皇太極去世時，順治帝年幼，多爾袞為攝政王，總攬朝政大權。順治七年病死，次年追論謀逆罪。

守永平，臨行時一次屠城，將歸降的明朝官員和所有百姓，不管男女老少，殺了個一乾二淨。後來，這裡又成爲明軍、清軍、李自成軍反覆爭奪的戰場，走馬燈似地殺過來殺過去，終於無人可殺，只餘下遍地瓦礫、滿目榛荒。

偏偏小民眷戀故土祖墳，一俟戰事南移，便絡繹回到殘破家園。趁著朝廷蠲免三餉[3]、輕徭薄賦，也仗著永平府圈地較少，居然人口漸增、耕地漸復，近年才又成爲京東較爲繁盛的大府。到了順治十年，除去南明永曆[4]，據有西南一隅，鄭成功還在東南海上抗爭，十分天下，八分已歸大清。對於遠處北方的永平，戰亂已成爲過去。農事方畢，秋霜初降，逢著此地最有名氣的東嶽廟會，三村五莊的進香賽神隊伍，便從四面八方湧向東嶽廟的所在地——虹橋鎮。

虹橋鎮的東嶽廟前和通向四鄉的大路口，早已布棚林立，攤販如雲了。火勢旺盛的爐邊，熱氣騰騰，銅杓敲著鍋邊噹噹響，賣的是油炸果子、油豆腐、豆漿、豆腐腦、雜碎湯；提籃挎筐的小販聲聲吆喝，叫賣著醬雞、滷蛋、夾肉火燒、點紅饅頭；茶棚、酒棚隨處可見；落花生、炒栗子、金黃柿子、山裡紅，更擺得一堆一堆的。小地攤最多，在兜售用麥草、箔紙編製的各種玩具：身上寫著「富貴有餘」字樣的紅魚，手捧大元寶笑嘻嘻的「招財童子」，盛滿銀錠、金光閃閃的「聚寶盆」，象徵福氣的紅絨蝙蝠，等等。攤販的主顧主要倒不是賽神隊伍，而是這些來自方圓百里內的遊人看客。這裡既有身著直領衫、交領衫、氈帽布鞋，被滿洲人稱爲「蠻子」的漢人，又有長袍短褂、皮帽皮靴，被漢人叫作「韃子」的滿洲人、蒙古人；既有纏腰帶、背褡褳、

3 即明末最苛重的遼餉、練餉、剿餉，三餉加派，超過正賦數倍，順治元年免除。

4 南明永曆朝其時據有雲、貴、桂及川、粵部分地區。

一臉風霜的莊戶人，又有長衫翩翩、滿面書卷氣的文人。不管是哪種人，都將在這紛紛攘攘的廟會上吃飽喝足看夠，然後買點小玩意兒帶回家：買個「聚寶盆」，叫作「求財如意」；買隻絨蝙蝠，叫作「戴福還家」。只這吉兆，就夠叫人舒心快意的了。這就難怪太陽才上一竿，鎮上已經萬頭攢動，一片嘈雜了。

「來了！」「來了！」鎮北歡聲四起，人們紛紛湧向路口，直鋪出去半里路之遙。他們讓出主道，翹首北望。可不是！兩個村的賽神隊伍已在鎮外一里處的岔路口會合，彷彿地面突然生出了一片五顏六色的小樹林！鑼鼓喧天動地，越敲越近，蓋過了一切聲響，把虹橋鎮那年節般的氣氛，撩撥得更加紅火。

一張長二丈、寬三尺的紅色長幡，由一群吹鼓手簇擁著，首先進鎮了！長幡白邊白字，寫著「莊戶屯進香賽神會」。隨後的十面神幡同樣高大，色分黃、橙、紅、綠、黑、白、藍、紫、翠、粉，一張張非常精緻漂亮：有的頂著生動的蓮朵，有的懸著鮮豔的流蘇，有的垂著長長的飄帶，彩線滿繡的流雲海水、花草鳥獸，圍繞著一行行或白或黑的斗大漢字：「敕封北極懸天真武大帝」；「敕封天仙聖母碧霞洪德元君」；「敕封忠義仁勇伏魔關聖大帝」；「敕封五湖四海行雨龍王」；「敕封山神土地財神三聖之神」；「敕封青山水草馬王元神」；「敕封山川地庫煤窯之神」；……

每面神幡前都有數人抬著一尊神像。神幡神像之後，便是莊戶屯拿手的過會：五虎棍、秧歌、十不閒。色彩繽紛的隊伍載歌載舞，變換行列，煞是好看。路兩旁人群湧動，喝彩叫好不絕。最熱烈的一聲滿彩，拋給了手持頭幡的那位壯漢。二丈長的幡旗，碗口粗的撐桿，加起來重量不下百斤，他竟把桿底頂上肩頭、前額和肚皮，高高的幡旗搖擺著看看要倒，驚得人們尖聲怪叫，他卻快移腳步，輕扭身軀，剎那間恢復了平衡。

「北地民俗果然粗獷，也就難免粗俗！」人群中一個身著紫紅漳絨披風的文士對同伴大聲說，力圖壓過震耳欲聾的鑼鼓響。他的同伴看他一眼，微微一笑，不置可否。

猛然間，一派簫笙管笛，歌吹盈耳，又一隊賽神行列進鎮了，長長的黑色頭幡上，一行白色大字格外醒目：「馬蘭村進香賽神會」。

猶如海面颳過一陣烈風，人群中頓時捲起一重興奮的大潮。瘋魔了似的觀眾，你推我擁，拚命朝前擠，後邊有人合掌念佛，前排又跪倒幾位老婦人頻頻叩頭。原來，頭幡之後，那繡滿綠竹、白底紅字、大書著「南無南海觀音菩薩」的神幡，冉冉而至，幡下的觀世音卻是活生生的真人所扮：雲髻高聳，頂著雪白的佛巾，兩綹青絲輕飄飄地垂向胸前，長眉入鬢，杏眼半垂，朱脣微啾，粉腮嬌豔，眉間一點佛痣鮮血似的紅，一手托淨瓶，一手持柳枝，一動不動，活脫脫是「淨瓶觀音像」的再現。難怪彩聲如潮，壓過了鑼鼓吹打；難怪有人隨著這面神幡一步一揖、三步一叩首地同往東嶽廟祈福。

「好一個南海水月觀音！」著紫紅披風的文士眉飛色舞，鼓掌大喊。他的同伴卻拈著鬍鬚看呆了，半天才喃喃地說：「寶相莊嚴，寶相莊嚴！真如青蓮化出，獅馴象伏，令人塵心頓洗！……值得訪他一訪！」

著紫紅披風的文士哈哈一笑：「我料他不過三流歌童，笑翁其有意乎？」

「什麼話！你初次北上，還不知道，如今這京師歌場浪蕩妖淫，不堪入目至極。此童姿秀神朗，眉目軒爽，若能有所成就，堪掃梨園頹風也未可知……」

兩人談論間，神幡神像、高蹺、旱船、獅子舞漸次過完，路邊觀眾也在隊尾合圍，簇擁一團，即將進鎮。

忽見一個穿紅襖的小姑娘衝進鎮，像條小紅魚似地從人群的縫隙中鑽過，極力向前追趕。她汗水涔涔，面色發白，瘦瘦的小臉彷彿被驚恐的大眼睛占去了一半，小嘴艱難地翕動著，很引人注目。她終於追上了馬蘭村的進香行列，一把拉住那高大魁梧的跑旱船的「艄翁」，放聲大哭。她嗚嗚咽咽地說了幾句什麼，周圍的村民頓時驚呆了。「艄翁」摘下頭頂的破草帽，慢慢地在胸前揉成一團；而那位標緻出眾的「觀音大士」卻猛跳起來，直眉瞪眼地嚷道：「我不幹了！回村！」

「回村！回村！」眾人醒悟過來，一呼百應，人人心急火燎，大吼大叫。於是，幡旗、神像、旱船、高蹺和兩頭雜有金箔絲的鬈毛黑獅子，花花綠綠、高高大大、神神怪怪，擁著又瘦又小的紅襖女孩，掉轉頭，一陣風似地衝出了虹橋鎮。

「怎麼回事？他們不進香了？」

「八成家裡有人得了急病……可也用不著眾人都回去呀？」

「我看是回村救火！」

……

人們驚異不定地猜測著，議論紛紛。嘈雜的喧鬧中，驀地擠出一聲驚慌的銳叫：「圈地啦！有人去他們村圈地啦！……」

圈地！這兩個字像晴天霹靂，落在虹橋鎮上空，落在這上萬百姓的頭頂，人群猛地一靜，跟著就爆發了海潮般的喧囂。密集的人堆裡的騷動，很快就擴展成可怕的擁擠和混亂。前幾年京畿一帶的跑馬圈地，已使人們成了驚弓之鳥，如今馬蘭村又圈地了，莫非是個先兆，永平府都得遭殃？人們再也無心進香祈福了，各村賽神隊都想趕快出鎮；所有看熱鬧、做生意、趕集的老百姓也急匆匆地要趕回家去。許多股人流糾結一團，你衝我突，不知有多少人被撞倒、擠傷、踩翻，霎時間這裡暴喊，那裡慘叫，大人吼，小孩哭，亂撞亂擠的人群騰起的黃塵，直衝上天，把整個虹橋鎮都遮沒了……

黃塵散落以後，虹橋鎮如同遭了一場劫難，滿地是丟棄的大小鞋襪、破碎衣片、踩壞的筐子籃子、摔爛的柿子雞蛋、碰翻的雜碎湯。只有幾個骯髒的乞丐，在印滿雜亂足跡的塵土中尋揀吃食。

清晨那繁榮的市面、熱鬧的年節氣氛，彷彿是一場夢幻。

馬蘭村頭，十一面長大的神幡靠放在樹上，一尊尊神像，排列在道路兩旁，而那些身穿紅綠綵衣、一臉脂粉黛色的村民，早已散進村南開闊的川原，像棋盤上擺滿的棋子，一個個守護著自家的田地。村邊老槐樹下，站著幾列手持藍色小旗的驍騎兵。許多百姓圍著驍騎兵領隊跪求哀告、哭叫爭辯，「艄翁」、「觀音」和紅襖小姑娘也擠在人群中。

領隊聽得不耐煩，掏出鞭子，左右開弓地一頓猛抽，才把圍著的村民打散。他大喝一聲：「圈！」驍騎兵們嗷嗷怪叫，放馬狂奔，在一大片田地周圍插滿了小藍旗。一個村民撲跪在地頭，呼天喊地，捶胸慟哭：「我的地！我的地呀！……」

那位「觀音大士」的雲髻、佛巾和淨瓶，早不知丟到哪裡去了，變成穿著肥大白道袍的秀美少年，他驀地暴跳而起，照著一名驍騎兵的肚子，猛撞過去，驍騎兵一個跟頭摔出去好遠；另兩名驍騎兵大怒，立刻舉起長槍一左一右逼住了他。

少年心慌，撒腿就跑，驍騎兵拍馬追去，長槍的槍尖只在少年後心弄影。銀光忽地一閃，少年叫聲「不好！」縱身一躍，就地急速地打了幾個滾，但那飛起的一槍還是刺中了他的左臂。他一把按住傷口，殷紅的鮮血從指縫間滲流出來。少年一揚腦袋，眼睛噴出怒火，一臉豁出命去的倔強神態，挺胸正對一擁而上的驍騎兵和他們的長槍。

「嘎啦依里剋[5]！」一聲大喝，彷彿炸響一個暴雷，只見人影飛動，刀光閃閃，「嗖」的一聲響，兩枝長槍槍尖連著紅纓突然一齊落地。衝在最前面的兩個驍騎兵大驚，一勒韁繩，戰馬揚蹄嘶鳴。一位壯實得像鐵塔似的老滿人站在他們和那小蠻子之間，用快刀削掉了他們的槍尖。更令人驚異的是，這老滿人儘管衣袍敝舊，卻佩著皇族的標誌——紅帶子。這些驍騎兵們顯然是漢軍旗的，立時傻了眼。

老滿人揮刀大罵：「阿濟格居色波哀特拉拉波阿衣巴圖魯色木比[6]？」他說的滿語，驍騎兵們可能全都沒聽懂，但都嚇得跪倒了，靜聽著甩過來的一串臭罵。只有最後一句他們聽得明白：「多霍羅[7]！」他們立刻照辦，恭恭敬敬地叩了頭，乖乖地拉馬走開了。

老滿人憤憤地將腰刀入鞘，對誰也不理睬，倒背著雙手，大步回村去了。

5 滿語：住手。
6 滿語：欺負小孩子，算什麼英雄？
7 滿語：滾！

「同春哥！」紅襖小姑娘直撲過來，面無人色，大眼睛裡滿是驚恐和憐惜。她一把托住少年的左臂，結結巴巴地說：「你傷、傷著啦！……」一語未了，眼淚倒撲簌簌地滾落下來。少年臉一紅，勉強笑道：「擦破點皮，不礙的……」

村民們終於聚在一處，你一言我一語地議論著。

兩個文士走近村民，想要弄清來龍去脈。誰知村民們對他倆一打量，立刻變了神色，眼睛裡透出一股冷冰冰的敵意，像避瘟疫似地紛紛躲開了。

穿紫紅披風的那位打了個哈哈，說：「你我的裝束把他們嚇跑了。」

確實，他倆的便袍、便帽、披風，都是滿洲式樣的。村民們雖然都已薙髮留辮，但衣裳大都是前明通行的交領衫、直領襖，婦女還是短襦、長裙、髮髻，全套漢家服飾。留鬚的一位不禁深深嘆了口氣。

一個七、八歲的男孩站在一邊筒著手看熱鬧。仔細端詳，他竟是個身著袍褂馬靴、頭戴皮暖帽的滿洲娃娃。留鬚的文士招呼他：「哈哈珠子[8]！哈哈珠子！」

那孩子高興得一蹦，跑了過來，用流利的漢話快活地說：「哎呀，你會說我們家的話！」

「告訴我，哈哈珠子，這是怎麼回事？」

「圈地唄！那個糧戶小頭目，拿地投充[9]了安郡王，又去投佟皇親，連帶著把跟他有仇的人家的地都投充了去，冒說是他自個兒的！……」孩子指手畫腳，熱心地介紹著。

8 滿語：男孩子。
9 平民個人或全家隨帶土地房產，投靠旗人為奴，以求庇護，稱為投充。

「哦？安王爺……」留鬚的文士一驚，定定神，又問，「那位紅帶子是什麼人？」

孩子自豪地一挺胸脯：「是我的瑪法[10]呀！」

「你們是哪個旗的？怎麼住在這兒？」

孩子臉一沉，喊道：「我不告訴你！」說著扭頭就跑了。兩位文士瞠目相視：這古怪的地方，有這許多古怪的事、古怪的人！

沉默許久，穿紫紅披風的文士黯然道：「我只說南邊冤獄傷天害理，今日才知，北邊圈地也……唉！」

留鬚的一位看看同伴清秀白皙的面容，觸到他眸子深處的冷光，沉吟道：「這樣吧，明天一早，我就去見安王爺。」

穿紫紅披風的眼睛不看同伴，低聲說：「那麼，我在京師候你？」

「一言爲定！」

馬蘭村口，二人拱手作別。

二

驚蟄方過，一場春雪又不歇氣地下了一天一夜。厚厚的積雪覆蓋了屋頂、樓臺、道路，遮掩

10 滿語：爺爺。

了一向的紛亂和骯髒。熙熙攘攘的京師南城，一時變了模樣。街上行人稀少，小黑驢載著主人，不緊不慢地穿街走巷，撒下一路清脆的串鈴響。驢蹄在雪地上翻出一個個銀杯似的印痕，隨即就被緊跟驢尾巴的淘氣孩子踏碎了。

轉進蓮子胡同，小黑驢竟自踏上一處朱紅大門的石階，蹄聲得得，串鈴叮噹，嚇得門丁一把攔住，大聲叱道：「你這人，講理不講理？怎麼騎驢往人家裡闖？……」

驢背上的人推開風帽，露出一張笑咪咪的臉。門丁喜得一跳：「啊呀，是呂爺！」他轉身對門裡高喊道：「呂爺來啦！」裡面一遞一聲地重複著向內通報。

「笑翁！你到底來了！等得我好苦！」有人一路喊著，轉過影壁，大步流星地走了過來，雙手扳住來客的肩膀，笑道，「雪天故人來，大吉大利！」

二人相攙進門，過影壁，入遊廊。數月前他倆在永平馬蘭村分手，至今才得重見，自然很是愉快。迎客者顯得格外瀟灑豪爽，笑著說：「園中紅杏將開，不料飛雪又來。春寒料峭，不亞於寒冬哩！」

來人略一沉吟，低聲說：「文康所託，極是不巧。安王爺還未來得及過問，便拜宣威大將軍，統兵戍防歸化城去了。有負老友，慚愧得很！」

迎客者眼裡掠過一道失望的陰影，旋即笑道：「謀事在人，成事在天，你又何必掛懷？我原本未抱多少期望……」

這是兩位江南名士。來客姓呂名之悅，字笑天，家在錢塘，人稱笑翁。他四十三、四歲年紀，長髯及胸，神態藹然，眼睛裡常含笑意，令人可親。迎客者陸健，字文康，籍貫仁和，世家子弟。他面白無鬚，眉黑髮青，雖然已過而立之年，仍然顯得年輕，不失一翩翩佳公子。只有特別留意，才能發現在豁達、從容風度的掩蓋下，他眼睛深處的冷漠和無情。錢塘和仁和同屬杭州府，兩人早年就詩酒唱和，十分相投。國變之初，呂之悅因文名受聘爲一位滿洲將軍家的塾師。陸健卻因人誣告謀反，陷入了江南十世家獄。這件牽連江南最大的十家士族的案子，延續數年，時緊時鬆，始終不得了結。陸健仗著萬貫家財，上下打點，也僅買了個不入獄受辱的處境。這次他北上進京設法解脫，正巧與老友重逢。原來呂之悅隨東家進京後，被滿洲親貴中的「南派」安郡王慕名延爲賓客，便自告奮勇要爲陸健向安郡王說項。安郡王出獵永平，在王莊駐蹕，於是才有二人同往永平之舉。可惜終未成功。

說話間他們已到花廳門首。陸健道：「你來得正巧，今天，在京的南邊故交舊友爲我設一日酒戲餞行，盡都是些憤世嫉俗、不得志的他鄉之客，你聽。」花廳傳出一陣陣哄笑，有人鼓掌，有人喊叫。「來吧，我給你一一引見。好多朋友都對你仰慕已久了。」

「不必不必！」呂之悅連連擺手，「你還不知我？最愛獨坐獨酌，聽諸人言，觀諸人行，細細品味，樂無窮也！……你方才說什麼餞行，你要南歸了嗎？」

陸健略一遲疑，哈哈一笑，並不作答，逕直領老友進了花廳。在這寬敞華麗的廳堂裡，充溢著酒香和薰爐飄出的檀香氣息。十多個人或坐或立，圍著正中一張鑲大理石的紫檀雕花圓桌，大說大笑。花廳東西兩側，用四套相同的紫檀雕花短榻、臺几和太師椅，隔出四個小間，面向正廳，若斷若連。各小間布置不同：或以山石盆景取勝；或懸琴劍、列古鼎；或陳書畫以悅情；或供鮮花以迎客，最宜於清談品茗。呂之悅舒服地向短榻上一靠，頓覺梅香撲鼻。數盆古梅怒放，爲這精緻的小閣平添了一派江南風韻。呂之悅推陸健出去，愉快地說：「你既賣關子，就請去應酬別人吧！讓我在紅梅花下享享清福！」

陸健笑著走回正廳。兩個書僮正扶一位醉者離席。此人眼睛都睜不開了，卻還揚眉挺胸，口齒不清地吟道：「抽刀斷水水更流，舉杯消愁愁更愁。人生在世不稱意，明朝散髮弄扁舟！……」他搖搖晃晃，「咕咚」一聲躺倒地上，招得眾人鼓掌大笑。

陸健端起桌上那只光華燦燦、鏤刻著鳳凰牡丹花色的雙耳銀觚，眼睛遙遙呼應著呂之悅，笑著大聲說：「我再講一遍：這只銀觚容酒三斗，能勝飲不醉者，銀觚奉送，陸健陪飲，以謝諸君厚意。自辰時起，已醉倒十八人。難道此觚終將無主嗎？……」

院中一聲「客來！」一個年輕人打中門闊步而入，喧鬧聲戛然而止，靠門邊的幾個人不由自主地站起來：好一個風流倜儻的人物！但見他月白風帽，月白長衫，一領湖色披風飄在身後，細眉長目，隆鼻朱脣，皎如玉樹臨風，有飄飄欲仙之槪。他登上臺階，直入正廳，掃視一下一雙雙流露出驚詫和讚美的眼睛，傲然一笑，大聲道：「來！銀觚注酒！」

書僮趕忙奉上斟滿美酒的銀觚，他接過來，對酒面輕輕一吹，然後如長鯨吸川，幾大口就吸去了觚中酒的一小半。他彷彿來了興致，一甩頭揮去風帽，一伸手撩開披風，「咕嘟咕嘟」不歇氣地開懷暢飲，直喝到頭仰身傾，銀觚倒扣。他高聲讚美道：「好酒！好酒！」一手倒拿銀觚向眾人示意，又十分灑脫地深深一揖，清湛的目光望定陸健：「在下徐元文，特來爲陸健兄餞行！」

陸健立刻接過銀觚，示意侍童注酒，目不轉睛地打量著來人，心裡很激動。

眾人驚嘆不已：原來是江南世家崑山舊族徐府的公子徐元文！人們望著這兩位一見相許的風華人物，小聲地傳說著這位徐公子的才名軼事：

「……人都說他年方髫齡，已具公輔之量。一日自書館回家，過門檻時偶然撲倒地上，他的父親扶他起來，戲曰：『跌倒小書生。』他應聲而對曰：『扶起大學士！』……」

「知道嗎？他的親舅父就是一代大儒顧亭林先生啊！」

「所以嘛，雲遊兩京，浪跡天涯，至今不肯入仕……」

銀觚酒滿，陸健舉觚朝徐元文、又向眾人一揖，高聲道：「醉臥沙場君莫笑，古來征戰幾人回！」吟罷，俯身就觚飲酒，漸漸直腰、抬頭、仰面，一飲而盡，不漏不滴，無聲無息，彷彿細流匯入深潭，自然而又冷靜。他把空觚擲給徐元文身後同來的小童僕，又向眾人舉手高高一拱，道：「多謝！」

眾人喝彩鼓掌，滿堂喧笑。唯有遠遠坐在短榻上的呂之悅，望著陸健，緊皺雙眉，拈鬚沉吟。

宴桌擺在大廳，東道主們來請眾人入席。陸健是主賓，被首先讓進。酒過三巡，鼓樂齊鳴，粉墨登臺，一齣《南渡記》開場了。隨著劇情的發展，觀眾的笑罵聲一浪高過一浪。

第一齣是李自成進北京，明朝進士、戶科和兵科給事中陳名夏、龔鼎孳投降，被授爲直指揮使，巡查北城。兩人洋洋得意，不可一世。第二齣，清軍入關，李自成敗走，陳名夏、龔鼎孳嚇得逃往江南。他們抖著水袖，喪魂失魄。第三齣，二人逃至杭州，追兵躡蹤而至，一時情急，躲到岳墳前鐵鑄秦檜老婆王氏胯下。正逢王氏月事，當追兵過後二人出來時，頭上盡是血汙……

事實上，龔鼎孳降清後曾升任左都御史，不久又被罷免；陳名夏才高品劣，雖然現任內祕書院大學士，卻是人人唾罵，滿、漢都瞧他不起。《南渡記》以他們爲靶子，既少忌諱，又很出氣。所以，當兩人走出王氏胯下，滿頭滿面汙血淋漓時，舉座狂呼叫好，喧鬧聲險些掀了屋頂。

「啪！」一聲山響，一位清瘦、嚴肅的文士拍案而起，大喝道：「豈有此理！不成體統！」他雖氣得滿面通紅，卻在強自抑制，好不容易換了冷靜一點的聲調：「汙穢如此，焉可入目？快取清水來！」

人們瞠目相視，認出他是湖廣文士熊賜履，以文章道德聞名於時。這是怎麼了？難道要作法事？童僕連忙捧上一盂清水。熊賜履背對戲臺，面朝大眾，從容取水清洗雙目，然後閉眼肅立片刻，大步走出客廳。眾人先是愕然，隨後哄然大笑，一時「假正經」、「假道學」的喊聲響遍廳堂。

笑罵聲漸漸停息，一個低沉悅耳的聲音格外清晰：「諸君何需嘲笑熊公子！此人嚴正耿直，道學深湛，來日方長，不可限量。」說話的是笑容可掬的呂之悅。

陸健笑道：「笑翁應許他什麼？」

呂之悅捋著鬚髯，說：「一代宗師，道學大家。諸公子孫將爭列門牆。」

「那麼徐元文徐公子呢？」

呂之悅像吟詩般頗有滋味地說：「其淡如菊，其溫如玉，其靜如止水，其虛下如谷。有經世之才，具宰輔之量，大器也。」

許多人都不相信地笑著交換眼色。徐元文給眾人的印象並非如此。唯有徐元文本人不自覺地抓緊自己的手腕，眼睛裡閃過一道驚愕的光芒。

一位相貌異常俊美的年輕文士坐不住了，挨上前深深一揖：「學生張漢，祖籍嘉興府，二十四歲，請笑翁賜教。」

呂之悅瞇眼看看他，笑道：「且賦詩言志。」

張漢挺胸凹腹，神采飛揚地吟道：「十年勤苦事雞窗，有志青雲白玉堂。會待春風楊柳陌，紅樓爭看綠衣郎。」

《南渡記》的作者許巨源已屆中年，卻十分粗豪，此時也趕來賦詩言志：「飛雪初停酒未消，溪山深處踏瓊瑤。不嫌寒氣侵人骨，貪看梅花過野橋。」

呂之悅點頭笑道：「張子十年勤苦，僅博紅樓一看，當爲風流進士。許子嘛……」他望望濃眉大眼的許巨源，停了片刻，才說：「許子雖寒，必當大用。」

張漢又高興又懊喪，臉兒紅撲撲的；許巨源哈哈一笑，並不介意，各回席上。

陸健悄聲問：「笑翁，你看許巨源，似有難言之隱？」

呂之悅低聲答道：「英華太露，誠恐不壽。」

「那麼，你看我呢？請直說。」

「你？半世坎坷，晚來得福。」

陸健大笑：「我的事你都清楚，自然說得好聽！」

呂之悅看得明白，陸健的一雙眼睛毫無笑意，倒是掩藏著難以名狀的、深深的憂慮。就像這整個聚會的情調一樣，高呼大叫，狂飲大笑，乃至那不成體統的《南渡記》，這一切玩世不恭、故作曠達的名士派頭，都是爲著掩飾和發洩：掩飾內心的悲酸，發洩不得志的憤懣。呂之悅開門見山地問道：「你信不過老友嗎？」

陸健笑容倏失，對呂之悅默默注視片刻，然後探手入懷，掏出一封信，默默遞過去。呂之悅抽出信函展開，寥寥數十字，個個都寫得很大，很潦草：「江南十家謀反案風聲日緊，誣告者輩出，君將被陷拿問。近期切切不可返杭，事急事危矣！千萬千萬。」

呂之悅倒抽一口涼氣，緊皺眉頭，低聲道：「若是這樣，則京師也非善地，不可久留，萬一通緝文書呈送到京……」

陸健嘆道：「今日不已餞行了嗎？」

「出京後，你意欲何往？」

「如今我是有家難歸，有友難投，只好雲遊天下了。」

呂之悅沉吟片刻，說：「文康不妨時時通個音信。待安王爺回京，我設法爲你求一道赦書……」

陸健一擺手：「不必了！陸健一人何足道，十家十族，幾百戶，數千口啊！……」他說著，眼裡突然湧出淚水。呂之悅望著他，也說不出話了。

陸健用手指緩緩抹去淚水，平靜地說：「尚有一兩件瑣事要辦，日內就將離京，不再聚了，後會有期！」

＊　＊　＊

這天正逢初八，是石鐙庵的放生日。

庵堂前的石階上，擺著一籠鳥雀；石階下的雙輪推車上，放了一盆魚蝦、一筐螺蚌。鳥雀嘰嘰喳喳叫個不了，水中魚游蝦跳，螺蚌不時探頭出殼。陸健趕到這裡，已是最後一名，趕忙把一尾二斤多重的紅鯉放進水盆，便退入四周的放生善主行列中。

石鐙庵的幾位僧人低眉合掌，對著放生物誦經祝福畢，開籠放鳥。鳥兒獲得自由，爭先恐後地衝出樊籠，展翅高飛，在天空快樂地鳴叫。也有的呆頭呆腦，留在籠中；或雖飛了出籠，卻停落在屋角房頂。據說這鳥雀的放主便是孽緣未了，還須修善。至於魚蝦螺蚌，則由僧人用車送進皇城，投入金水河中。因爲禁城之內，少有網羅釣餌之災也。

得生的鳥雀的喜悅，使陸健十分感慨。放生車出庵往皇城去，他也不由自主地跟在車後，直走上西長安大街。

陸健並不崇佛信道，但他是個有名的孝子，必須替母親完願。

許多年以前，陸健不過七、八歲，父親爲內閣學士，舉家居京，母親每月初八都要往石鐙庵放生。這次陸健進京，母親再三囑咐此事，但陸健忙於奔走請託，幾乎忘卻。眼下就要離京，非辦不可了。如今果真親手放生，陸健卻又別是一般滋味在心頭，說不清是替母親完願還是爲自身祈佑了……

西長安門遙遙在望，陸健心頭忽然湧上一股悲酸。當年他家就住近西長安門，在李閣老胡同裡面，周圍盡是國朝名臣名士的舊居。他曾指著李東陽故宅，稚氣地斥罵這位三朝元老的虛僞圓滑；他曾鑽進袁宗道寓所的抱甕亭外，在涼蔭滿階的六株大柏樹間捉迷藏；米萬鐘的湛園，更是他幼時的天堂，那石林、竹渚、松關，那曲水、欹雲亭、仙籟館，留下了他多少小足跡！如今這一切，都被那些茹毛飲血、殺人如麻的蠻夷之族霸占了！他自幼心愛的「天堂」，想來已被糟踐得不成樣子……

不知不覺，已來到西長安門。放生車進了皇城，陸健等幾位善主被攔在門外。他轉身向南，打算取道棋盤街回南城，卻見登聞院門口聚了黑壓壓的一堆人，在看門邊張貼的文告。陸健好奇，也擠了進去。那正是登聞院告示，說，凡是圈地投充案件，因積壓日多，不再受理，告狀民人均應赴各縣府州衙門申訴。

西長安門下這三間廳堂，叫登聞院；院內一座小樓，懸著一面鼓，叫登聞鼓。明朝舊制：民有冤抑，有關官府不爲審理又不代轉達，便可擊登聞鼓告狀。大清沿襲明制，每日派有滿漢科道官各一人，輪班掌管此事，隸屬都察院。眼下辰時已過，登聞院柵門尚未開啓。

看罷告示的人漸漸散開，卻沒有一人離去。天氣奇冷，人們呵手、跺腳、搓耳朵，抵禦著刺骨寒風，也不時互相打量一眼，目光都很沉重，誰也不作聲。

兩名兵丁來開門，人群呼啦一下圍了上去。柵門「喀啦啦」響著剛拉開一半，一位少年像扔出去的一塊石頭，倏地衝向登聞鼓，從棉袍下抽出一把短斧，照著鼓面連擊兩下，蒙皮劈破，露出一個黑窟窿。眾人大驚，立刻有兵丁趕去按住少年，把他連人帶斧推上廳堂。告狀的人們擠在院裡門外，全嚇呆了。

堂上官員怎樣審問少年，院裡聽不清楚，但人們看到，幾名差役按倒少年，舉起水火棍就打。棍子起落，劈劈啪啪，聲聲入耳，打在滿院告狀百姓的心上。足足打了三十棍，少年居然一聲不哼。兩名差役拖著少年推出院門，人群中一個滿面愁容的魁梧大漢趕忙衝過去，扶住了他。

另有一名書辦站在階前對眾人喊道：「大人念他年幼無知，棍責逐出，不然要治重罪！現今登聞鼓劈破，登聞院無法理事，諸人都回去！何日開門，要等上司裁決。走吧！都走！」

眾人被驅趕出門。有人埋怨少年魯莽，有人可憐他挨打，圍著臥在路側喘氣的少年看了片刻，便各自走開了。一直站在門外的陸健，見那孩子眉目清秀的臉慘白如雪，沁滿豆大的汗珠，卻仍是神情倔強、不肯認輸的樣子，心中十分不忍，又很感佩，於是上前說道：「我京中有住處，可隨我回去養傷……」

少年看他一眼，警覺地搖搖頭，轉向大漢道：「梓年哥，只得倚仗你了！……」

大漢眨了眨厚厚的眼皮，低聲嘟囔道：「我、我要是回不來……」

少年咬牙道：「放心，梓年哥！咱馬蘭村多的是有良心的人！」

馬蘭村？陸健心裡一亮，拉住少年的手：「去年秋天虹橋鎮賽神，你可是扮過觀音？你可是叫同春？可是為圈地的事來告狀？」

同春和大漢一起望定陸健：「你？……」

陸健連忙說明情由。同春恨恨地說：「為圈地，我們來擊過兩回鼓了，每回都說我們不該越督撫官來京控告，趕出院門了事。鄉下窮得吃不上飯，哪有盤纏上督撫衙門告狀？縣府州官又不受狀子，還有法兒活嗎？左右是個死，豁出去了！……」

陸健嘆道：「即便如此，不也沒有告准嗎？你們以後怎麼辦呢？」

少年和大漢都不說話了。大漢背起少年要走，陸健忙從懷中掏出一錠銀子塞在少年手中，說：「我幫不了大忙，好孩子，收下吧！」

少年一怔：「先生！……」

大漢背著少年對陸健跪倒了：「給爺叩頭……」

陸健一扭臉，匆匆走開，再不曾回頭。

一個時辰後，那大漢又出現在東安門外，破舊的棉袍外罩了件隸僕穿的黑色號衣。他看準了兩位御史大人進皇城的機會，混進跟從的僕役隊中，順利通過了東安門，從東華門邊順著紫禁城牆，一直進入闕左門。大漢走到高聳入雲的午門之下，就轉而向北，從隊列中單獨分離出來。他遠遠望見幾名守衛禁城的護軍營軍校朝他大步走來，深深吸了口氣，發出一聲震耳的尖厲喊叫：

「冤枉啊！——」

人們驚悚地看到，一個穿黑褂的大漢，揚著雙手、迎著護軍校、高呼著向北疾奔，在距護軍校們三五丈遠的地方，突然掏出亮晃晃的匕首，照著自己的胸膛狠命一刺，又踉蹌著朝前衝了幾步，慢慢地倒下了。他仰面倒下，躺在了午門前的長條石板御道上。即使離得很遠，人們也能看到，他的眼睛瞪得很大，定定地望著，不知是望著天空，還是望著那遮盡天宇、黃瓦紅牆的威嚴的五鳳樓！

……

第一章

一

「喤！——」

「喤！——」

五鳳樓上，鐘響陣陣。鐘聲沉重又遼遠，響徹北京古城的每一個角落，莊嚴地宣告：皇帝出巡！

「啪！啪！啪！」靜鞭山響，這是在靜街。多數住戶早已奉命迴避，閉門不出，誰膽敢開窗窺視，定被巡街的捕快問罪。胡同口一道道柵欄都已關上。只有少數來不及躲開的小民，聽到鞭聲便立即匍匐，絕對不能抬頭。

開道紅棍，黑漆描金，由一對對鑾儀兵高擎著走過。跟著便是由鼓、仗鼓、板、龍頭笛、金、畫角、金鉦、小銅號、大銅號等組成的浩大樂隊，一百五十多位樂師合奏著鐃歌大樂〈布爾湖〉。小銅號圓潤嘹亮，八管齊奏，以悠揚的旋律歌頌著滿洲先世；大銅號四尺多長，八管同吹，震耳欲聾；四面銅鼓的敲擊聲比樂曲聲傳得更遠，震得地皮簌簌發顫。樂隊之後，三百多紅衣鑾儀校執掌著一百多對鹵簿：傘——黃、紅、白、青、黑、紫等色的龍紋傘、花卉傘、方傘、圓傘；扇——鮮紅、金黃、單龍、雙龍、圓形、方形、鳥翅形；各色幡、幢、麾、節、氅，錦綺輝耀；各種旗纛在風中招展，燦若雲霞；槍、戟、戈、矛、鉞、星、臥瓜、立瓜、吾仗，朱紅的桿，純金的頭，顯示著皇家的富貴和威風。浩浩蕩蕩、絢爛奪目的鑾儀，導引著一頂黃幔軟金簷暖步輿。十六名抬輿旗尉，頭戴豹皮帽，身穿紅緞織小葵花長袍，步伐整齊，又穩又快。緊跟步輿，是一把曲柄繡金黃龍華蓋。兩班舉著豹尾槍、佩著弓箭大刀的御前侍衛分列華蓋兩側，緊緊護衛著御輿。再後面，是捧著金香爐、金香盒、金唾壺、金盆、金瓶、金交椅、金杌等物的一大批太監。最後，是護軍營的三百名精銳騎兵。輝煌的大隊，在徐緩、莊嚴的樂曲聲中靜靜前進，像一條彩色繽紛的河，向南流動。——這是皇帝排設儀仗中的第三等：騎駕鹵簿，只用於皇帝巡幸皇城以外。

宣武門北的一條東西走向的大街，總是那麼繁忙熱鬧。因爲地處南北城交界，南城的漢人和北城的滿人都愛在這裡交易買賣。今天早早就淨了街，店鋪關門，通衢闃無一人。道路上積雪掃得乾乾淨淨，撒上一層細溼黃沙，免得御駕行經時揚起灰塵。

一座淡灰色的三圓頂天主教堂巋然聳立，高出四周民房十餘丈，與宣武門南北相峙。正中最高的圓頂上，巨大的十字架高指藍天；正面門額，神光彩飾圍繞著三個大大的拉丁字母：IHS——救世主耶穌的名字。教堂在六年前破土動工，按當時歐洲盛行的纖縟瑰奇式（Barockstil）建築式樣修造。落成的日子，京師的滿漢百姓成群結隊，潮水般湧來，觀看北京古城裡前所未見的建築奇蹟。

浩大而莊嚴的天子儀仗，就停在了教堂門前。古老而富有東方色彩的華美鹵簿、典雅深沉的樂曲，與嶄新的歐式建築、高聳的教堂塔頂，形成了奇特的對比。教堂拱形大門的臺階下，欽天監監正、皇上親自賜號「通玄教師」的德國神甫湯若望，頭戴藍寶石頂戴的朝帽，身著繡孔雀的朝褂，項下一掛青金石的朝珠和一枚金色的十字架一同閃亮，正領著欽天監官員跪接聖駕。

靜鞭三響，鳴贊官拖長聲音喊道：「興！——」

護軍營騎兵們都跳下馬背，端正姿勢站好。

鳴贊官又喊：「拜！——」

樂隊器樂齊鳴，奏起了〈朝天子〉。所有這紅彤彤的一大片人，把街道擠得滿滿的，全都匍匐在地，大氣也不敢出。步輿的黃幔一掀，一個身穿明黃團龍朝袍，頭戴小毛貂皮緞臺冠，腳蹬藍緞朝靴的少年，走了出來。

鳴贊官高呼：「朝！——」

近千人的嗓音，合成洪大的震天撼地的祝賀：「吾皇萬歲、萬歲、萬萬歲！」

在伏地的一片紅藍相間、如同厚厚的地毯似的人叢中，以金黃色衣著爲主調的少年從容而立，不但顯得高大軒昂，而且如黃金鑄就的一般閃閃發光。他就是滿洲入關後的第一代天子——順治皇帝福臨。

呼喊停息，福臨緩緩下輿，莊重地走向教堂大門。他遠遠望見湯若望那部金色的大鬍子，眼睛一亮，脣邊閃過抑制不住的笑容，渾身一緊，眼看就要跑起來。很快，他又皺皺眉頭，熄滅了一臉興奮的光彩，恢復了原有的莊重。

一位少年天子。

福臨今年剛滿十六歲，團團的臉，細嫩而白皙的膚色，都還沒有脫去童年的影子。高聳的鼻梁，細長的眼睛，眉尖上聳、眉梢略略下沉的黑眉，卻已畫出愛新覺羅氏直系子孫的特徵。他的眸子非常明亮，光芒閃爍不定，在欣喜或發怒時，黑瞳仁的光澤像火焰一樣熾熱灼人。豐厚紅潤的嘴唇，輪廓清晰，總是溼滋滋的。脣的四周柔毛茸茸，還不能算是鬍鬚。他走路輕捷有力，腰部很有彈性，這跟他愛好騎射有很大關係。只是，青春的步態被帝王的威儀壓制著不能舒展，彷彿一道激流被束在狹窄迂折、布滿巨石的河床中。

他走近湯若望。

「不知聖駕降臨，有失遠迎，吾皇恕罪！」湯若望用流利的漢語，說著一整套禮儀上規定的辭句。

「瑪法，朕不是免你跪拜了嗎？本想不讓你知道，一直走到你住處的。」

湯若望起立，碧藍的眼睛滿含慈和的微笑：「皇上的八百扈駕足以動地搖山，若望雖老朽，也不會不知覺啊！」

福臨一笑，搶先登上臺階。湯若望連忙隨後相陪。御前侍衛、太監、三百多名鹵簿鑾儀校，彷彿一條長長的，越來越寬的楔形尾巴，緊緊貼在福臨身後，跟進了大門，護軍營兵馬則在大門外守護。

皇帝親臨民宅，非常稀罕。福臨親政以來，只到鄭親王濟爾哈朗府中去過一次。濟爾哈朗是叔輩，又是太宗皇帝遺命的輔政王。而福臨拜訪湯若望，已是第五次了。

大門內有一片寬闊的空場，鋪著整齊的石板，正可以放置那條金碧輝煌、五色繽紛的大尾巴。福臨停步，向隨從們平靜而莊重地下令：「你們都留下，不必隨行。」

「喳！喳！」那些跑得滿頭大汗的御前侍衛們，雖說都是貴胄子弟，年齡也大得多，卻都一字兒跪下，恭敬領命。

一個身段細巧、面龐俊俏的紅衣太監搶前一步跪倒：「啓稟萬歲爺，奴才們跟去侍候。」福臨一擺手，頭都不回地大步穿過空場，走進闢有三座門的白色大理石凱旋坊。只有湯若望跟著他去了。

大清皇帝怎麼會有一個日耳曼族的外國瑪法呢？

事情要追溯到福臨親政那年。三月裡，福臨率領幾乎全部親貴朝臣到口外行獵，僅鄭親王、巽親王奉皇太后命留守京師。

一天，湯若望住處忽然來了三位滿洲婦人，聲稱是鄭王府眷屬，因郡主患了重病，福晉不相信太醫，想請博學知天象的湯若望醫治。湯若望細心詢問了郡主的症狀，斷定不過是春季最常見的感冒。他把一面十字架聖牌交給來人說：「請郡主將這聖物掛在胸前，四天之內便可痊癒。」

五天之後，三位婦女又來了，拿三百兩銀子和五匹金線織錦酬謝湯若望，並尊他爲神仙。因爲郡主果然在四天內康復了。又過了五天，她們再來送錢。湯若望起了疑心，不肯接受。她們就大方地把這筆錢捐給了教會。

不久，一位蒙古婦人拜訪湯若望，捐給他一筆更大的款子。湯若望說他從不接受來歷不明的捐贈，這才迫使她吐露了真情：她的女主人，便是當今皇上的母親莊太后。那位患病的郡主，是即將立爲皇后的蒙古格格，也是皇太后的親姪女。她又說，皇太后感激湯若望，今後要像對父親一樣禮敬他，願時時聽從他的指教。

湯若望雖然很驚奇，卻不失時機地請這位蒙古婦人向皇太后轉達一個對他的傳教事業至關重要的忠告：皇太后是一國之母，迷信喇嘛僧徒是不明智的，會遭到有學識有理性的人們的非議。

皇太后很快就差人答覆了湯若望這位義父：她不能立刻斥退喇嘛僧徒，只能漸次施行，但決不會允許他們干預國家政事。

這「父」與「女」從此竟以禮敬相崇尚，直接影響到皇太后的親子順治皇帝。十年前，內祕書院大學士范文程在入關進京的戰亂中保護了湯若望，並把他做爲博學多才的天算學家推薦給朝廷。後來他又向年輕的皇帝引見這個高大的藍眼金髮外國人。第一次見面，福臨就被這位傳教士的仁慈的長者風度、淵博的學識和明睿幽默的談吐迷住了，極其讚賞母后和范大學士的眼光。

當年九月，皇帝大婚，湯若望不辭辛苦在宮中隨同諸王群臣參加繁縟的典禮，以六十歲高齡而支持終日，使皇太后和皇帝都很感動。之後，湯若望又親自到宮中慶賀他的義女新近因皇上大婚所獲的尊號，得到福臨母子更深的好感。於是，大婚後的福臨，第一次親自拜訪了湯若望，並從此稱湯若望爲瑪法。

兩年以來，他們之間的情誼與日俱增，就連溝通他們的引線人——那位「郡主」、後來的皇后被廢，也沒有影響他們的關係。湯若望在朝廷裡、在皇太后和皇帝心目中，地位越來越高。福臨這麼高興來找他的湯瑪法，就是明證。

福臨通過有天篷遮蓋的大理石遊廊，穿房越室，走得飛快，不時停下腳步，微笑地等候湯若望。

「瑪法，我不去客廳，那兒讓人感到太客氣啦。到你的住處去吧！」

「哦，好的。」

湯若望的臥室更像是一間書房。高大的到頂書櫥布滿四牆，滿滿地裝著拉丁文、羅馬文、西班牙文、荷蘭文、葡萄牙文和德文的各種書籍，更有一函函線裝的漢文、滿文書。書桌又大又闊，整齊地擺放著文具和玻璃器皿：燒瓶、量杯、試管。可稱爲裝飾品的只有兩樣：一塊安了烏木圓座的二尺高的天然水晶山，秀雅瑩澈，上面鐫刻了幾位朝中名書法家的題字；一條五寸多長的木製雙桅帆船模型，極爲精巧。房間布置高雅樸素，唯有那張鋪著潔白被褥的大銅床，帶點奢侈的味道。一進門，福臨竟自按照滿洲人的習慣，盤腿坐上這張床，說：「瑪法，我早就想坐坐這張床了。它看上去又寬大又輕軟，還很暖和！」

福臨說著，拿過床頭兩個又厚又大又蓬鬆的枕頭，墊在自己兩肘下，開心地笑著。

湯若望沉默片刻，認真地說：「修士是不應該睡這樣舒服的床的。上了年紀，對自己放鬆了，這真不可寬恕！」

「瑪法，這是應該的呀！」福臨驚異地揚揚眉毛，「你都年過花甲了。」

「哦，皇上，你坐了這床，老臣就必須另找上帝命我坐臥的地方了。你看。」湯若望指著室內的座椅、凳子，那都是福臨前次坐過的，已經用金黃色的布封蓋，不能再坐。臣民見到這樣被封蒙的座位，應該叩頭。而福臨像所有不安分的男孩子一樣，東坐坐、西坐坐，使得一屋坐具幾乎全都封蒙了。湯若望接著詼諧地說：「我得吊在天花板上讀寫和睡覺啦！」

福臨哈哈地笑了：「瑪法，你還管這些勞什子禮節？你愛坐哪兒，儘管坐！……咦，這船多漂亮呀！」

湯若望見福臨拿起雙桅帆船模型翻來覆去地看，愛不釋手的樣子，笑道：「皇上喜愛，老臣敬獻。」

「真的？」

「不過，不是這一隻，是和它一模一樣，比它大一百倍的真船，真正的萊茵河上的雙桅帆船！」

福臨高興得滿臉放光，喊道：「瑪法，你太好了！我要駕著它遊遍三海，網魚釣魚，那該多暢快！……」

湯若望慈愛地微笑著，望著熱情真率的少年，不由得用他純正的日耳曼語低聲吟哦：「啊，他的髮如冬之夜的黑，他的頸如夏之雪的白，他的臉如晨光之紅……」

「瑪法，你在說什麼？」

湯若望把詩句譯成漢語告訴福臨。福臨快活地笑了：「是在讚美我嗎？我有這麼美？……可是夏天怎麼會有白雪？」

湯若望告訴福臨，在他的祖國的南方，阿爾卑斯山的皚皚雪峰，終年矗立在藍天之下。說得福臨心馳神往，剛想拍手稱讚，又皺皺眉頭，自覺忘形，便收斂了輕狂，沉靜地笑道：「瑪法，我要告訴你一些好消息！」

湯若望頻頻點頭。福臨一進凱旋坊，他就覺察到皇上那按捺不住的興奮。

「饒州大盜曹志攀歸順！江南頑寇徐可進、朱元歸順！鄭成功手下又有兩路兵馬歸順！」福臨眉宇間一團喜氣，振奮地揮動著胳膊，說出的話一句比一句有勁。

「哦，上帝保佑！」湯若望仰面向天，在胸前畫了個十字，「仁愛，是君主的最大美德！」「自去年五月，至今不過半年有餘，見效如此之速，足見施仁政方能得人心，得人心才可治天下！」剎那間，福臨目光炯炯、神采奕奕，彷彿突然長大了十歲，成了一個精明、智慧、雄心勃勃的年輕君主。「瑪法，你和范大學士一樣，有功於社稷！」

滿洲入關後，一直憑借武力和屠殺征服天下。然而越征越不服，大江南北，黃河上下，處處掀起反抗的怒潮，局勢長期動盪不安。到了順治八年，由於連年征戰，軍費浩繁，朝廷財源枯竭，幾乎到了崩潰的邊沿。而剛剛親政的福臨，也和勳臣貴族們一樣，以爲憑藉剽悍善戰、凌厲無前的八旗勁旅，定能掃平天下，所以繼續推行武力征服的高壓政策。順治九年，桂林失陷，定南王孔有德敗亡；定遠大將軍、敬謹親王尼堪奉命征討湘黔，又全軍覆沒。這喪師失地、兩蹶名王的慘敗，震動了朝野，也震動了十四歲的福臨。

經過晝夜焦慮、寢食俱廢的痛苦思索，福臨才真正懂得了這幾年苦讀聖賢之書所獲得的治國之道：應該把歷代英主行之有效的仁政付諸實施，而不是停留在口頭上當幌子。他帶著急於圖治的強烈願望，反覆諮詢各種見解。在皇太后的支持下，他終於採納范文程和湯若望的政見，放棄了徒恃軍威的「勤兵黷武」，採取了招降弭亂的「文德綏懷」，從而完成了他治國平天下的一個大轉折。

從順治十年五月開始，他發下一系列諭令、敕書、詔告，招撫鄭成功、南明永曆及全國各地的抗清兵馬，言詞誠懇，條件優妥。不過九個月，就見到這樣巨大的成效，福臨怎麼能不欣喜若狂啊！

湯若望完全理解福臨的心情，欣慰地說：「這是上帝的啓示，他永遠保佑仁德的君主。皇上，你的選擇是你一生最偉大的事件，是一個偉大君主的起步！」

福臨臉色微微泛白，眼睛亮得驚人，全身振奮，好像生了翅膀，就要飛起來似的：「我要勉力做一個有爲的君主，一個仁德之君，不亞於漢武唐宗、宋祖明祖！……瑪法，我能超過世界上所有的君主嗎？所有的都算？」

「爲什麼不能！」湯若望微笑著，快步走去，指著一面書櫥上貼著的那張五顏六色、標滿拉丁字的世界全圖：「看這裡，波旁王朝統治的法蘭西，是個歐洲大國。它的君主路易十四和皇上你同年，也是六歲登基。法蘭西遠沒有中國廣闊，路易十四至今尚未親政。他和他的父親兩代君主，都因爲有能幹的首相，使法蘭西日益強盛，如今已在美洲和印度，同葡萄牙、西班牙、荷蘭這些海上強國爭雄了。這兩位首相都是紅衣主教，一位叫黎世留，一位叫馬扎羅尼……」

福臨輕輕一笑，道：「他倆也如瑪法這麼博學多才，熟知天象嗎？」

湯若望一怔。少年皇帝的敏感使他多少有些狼狽，但他立即笑道：「他們是世代相承的主教，不像若望身爲客卿。……或許有一天，皇上將與路易十四相遇於海上。我皇上雄才大略，必能……」

「不。」福臨認真地一搖頭，「我中華泱泱大國，禮義之邦，從來懷柔遠土，沛恩萬方！……瑪法，朕仰法先賢，國運必定長久，天象一定會有表徵，是嗎？……走，我們到你的工作室去！」

「這……」湯若望略一遲疑，低了頭，「聖母壇上的聖像新近換了一幅，皇上不想去看一看？」

福臨看著湯若望，眼睛裡閃動著狡黠和好奇：「先去工作室，後上聖堂。我還沒有進過你的工作室哩。」

湯若望嘆了口氣，說：「好吧！」

工作室門上的鎖「喀噠」一聲打開了，福臨迫不及待地等湯若望推開房門，不料一股嗆人的煙味隨著煙霧迎面撲來，他厭惡地擺手揮開，定睛一看，兩個滿洲官員各自拿著一桿五尺煙鍋，木雕泥塑一般嚇呆在那兒。半晌，那兩人才回過神，「撲通」一聲跪倒在地，連連叩頭，慌得連一句囫圇話都說不清楚了。

福臨認識他們，都是欽天監官員、顯赫的貴族：一個是內大臣蘇克薩哈的堂弟，一個是議政大臣杜爾瑪的姪子。福臨的笑容一點都沒有了，問：「怎麼回事？」

好不容易，蘇克薩哈的堂弟回話了：「奴才請皇上……聖安！湯……湯若望把我們……叫來，說是要革我們的差使！……奴才給皇上當差，他，他憑什麼敢革我們的差使！」

福臨轉向湯若望，以為他一定有幾分驚慌，不想卻看到一臉堅決得近於執拗的表情。他不無驚訝地問：「瑪法，確實如此？」

「是的。」湯若望昂起白髮蒼蒼的頭，斷然回答，「他們不稱職！不學無術，傲慢無禮，肆無忌憚地破壞欽天監的正當工作。我不能容忍！打算先通知他們不要再進欽天監，再向皇上奏請。因為皇上突然駕到，只好把他們暫留工作室。」

福臨哈哈大笑，揮手令兩名貴族退下，然後才勉強止笑，說：「你……不怕我怪罪你？」

湯若望看定福臨的眼睛，恢復了他特有的慈愛和親切，說：「你不會袒護不學無術的人。羽毛相同的鳥才飛集在一處啊！」

福臨點頭嘆道：「我明白了，你爲什麼寧肯要水鴨子一樣的漢人入教，而不願接受滿洲人。」

湯若望笑著搖搖頭：「不，上帝指示我，我們的鴨子都是鴻鵠。」

「哦？滿洲人就不是鴻鵠？」

「不是。他們是鷙鷹，是嗜血的猛禽。」

「你說什麼？」福臨倏然變色，黑眉擰起，一臉威嚴。

湯若望直率地回答說：「成年的滿洲人，由於長期的劫掠和其他惡習，加入基督教還不到成熟地步。」

「漢人就成熟？」福臨聲調都變了，高得刺耳。

「漢人的文化、道德，確實優於滿人。」

福臨的臉霎時漲得血紅，嘴脣縮得看不見了，鼻翼急促地翕動，眼睛忽大忽小，目光陰沉得可怕，一場盛怒就要爆發：「你、你膽敢如此護漢排滿！」

湯若望照直看著福臨冒火的眼睛，面不改色：「皇上，尊貴的太宗太祖皇帝，就曾向漢人學了許多東西，大到官制，小到犁鏵。如今你的一百個臣民裡漢人占九十九，你怎能不瞭解他們？那些成年滿洲人的嗜殺惡習，正要靠皇上你的仁德去感化改正，使他們最終免墮地獄……」

這雙忠誠的藍眼睛和這無可辯駁的道理，平息了少年皇帝的怒火。事實上，他不正在拚命地學漢文、讀史書嗎？他不是越來越傾慕這古老燦爛的文化嗎？不過，他不能這樣認輸。他立刻找到了挽回面子的途徑，以征服者的驕傲，批評那個亡國的末代皇帝：「瑪法，你那麼推獎漢人，看看那可憐的崇禎吧，不就因爲忌刻、貪婪、暴戾，失了天下，自縊煤山嗎？」

湯若望不以爲然。他在明朝的欽天監任過職，很知道明朝是被李自成摧垮的，滿洲不過是從李自成手中奪來了現成天下。有首民謠流傳極廣：「朱家麥麵李家磨，做得一個大饃饃，送給隔壁趙大哥。[11]」

如今這趙大哥家的小主子，卻擺出這麼一副虛驕態度，不是很可笑嗎？於是，他答道：「崇禎皇帝的知識、道德和對百姓的愛護，都是很優異的，只是因爲過分自信、固執……」

「瑪法，你說他愛護百姓？」福臨急躁地打斷湯若望，「萬曆末年合九邊餉銀，每歲不過二百八十萬；到了他崇禎，加派遼餉九百萬、剿餉三百三十萬、練餉七百三十萬，自古以來，哪有正賦之外，每年又搜刮兩千萬兩銀子的？民何以堪！所以我朝立都，第一件大事就是罷三餉以解民困，全國賦稅按萬曆初年數額徵收。瑪法你說，誰愛護百姓？」

湯若望笑了：「這是本朝第一大仁政。老臣認輸！」

福臨的好勝心得到滿足，自然恢復了情緒的活躍。工作室裡到處是工作臺、工具、儀器和計算桌，這引起了福臨的極大興趣。他在屋裡到處走動，摸摸這個，看看那個：「瑪法，這高高的跪凳，是你做禱告用的嗎？日課祈禱要費許多時間吧？……這臺起重機械的模型，是不是蓋教

11 其中朱、李、趙暗示明、李自成、滿洲。

堂時用的那種？……這些器皿是合藥用的吧？你進給太后治病的藥也是在這兒做的？照書本上做嗎？哪本書裡寫著？這本？還是這本？唉，都是你們歐洲文字……」

起初湯若望還一一回答，後來只是微笑著應付。這個世界上最大國家的權威無限的君王，和一切十六歲的少年心性沒有兩樣，好奇，好動，幾乎所有的角落他都一一搜尋到了。

在天文儀器面前，福臨變得嚴肅了。湯若望熟練地介紹：這是黃道經緯儀，那是赤道經緯儀，這邊兩座是地平經儀和地平緯儀，那邊兩座是紀限儀和天體儀。他還簡要地說明了儀器的使用方法。

福臨指指桌面，那兒一摞摞紙上寫滿算草算式，鵝毛管筆扔在旁邊，凹形的金屬墨水容器中墨汁已經用乾。他問：「這些，就是你的天算？你正在演算什麼？」

「今年五月，有一次太白金星晝現。此外，九月裡將有一次月食。」

福臨聰慧的眼睛裡忽然閃過一道強烈的光芒，他凝視著湯若望的藍眼睛，說：「瑪法，如果天上星宿的軌道可以預先測算，那就是說，它們的軌道必定如此，不可變更。那麼，由星宿預示的災禍也就不可變更了。上帝有什麼辦法克服這不可變更的災禍呢？而且這同樣的星象，難道對我和對朱由榔、對鄭成功都是一樣的示警嗎？」

博學的湯若望一下子被問住了。但他不慌不忙地來了個緩衝：「皇上，我們到教堂裡去，可以講得更明白。」

湯若望虔誠地信仰上帝。做為一個傳教士，如果能使一位中國皇帝成為信徒，把天主教引到東方，拯救世界上最大國家的億萬靈魂，那將是他對天主的最大貢獻，也是他一生事業的最大成功。但他看到，福臨的天性中固然有仁厚寬宏的一面，不過性情熱烈急躁，一件小事就足以激起他的暴怒，毀掉勸諫者的一切希望。所以他汲取先行者利瑪竇的經驗，努力以天然宗教和一般道德爲基礎，結合中國的儒學和佛教，將基督教義融會其中，把少年人的目光引向靈魂的解救，引向天主，最後，水到渠成，皇帝將不知不覺地被引導入教。

福臨對湯若望，除了少年人的好奇和真心的尊重之外，還另有一番心事。目前全國各處抗清兵馬中，對他心理上威脅最大的，是奉明朝正朔的永曆帝朱由榔，而朱由榔本人和他的皇太后、皇后及太子，還有隨侍太監和相當部分的大臣，都是基督教徒。湯若望在教會中地位很高，影響很大，禮敬湯若望，是招降朱由榔的一個重要姿態。如果湯若望能通過教會直接勸諭朱由榔就好了。但他貴爲天子，怎好開口求人？萬一人家以不介入政事爲辭拒絕了，他怎麼下臺？

大教堂又廣又深，堂頂如同高高的穹廬，上面用絢麗的色彩繪滿了天堂和天神天使。從天窗投進一束束巨大的、長長的光柱，光柱交匯著，形成莊嚴、宏偉而又神祕的氣氛，它照亮了牆壁上精美的浮雕，也照亮了五座高大而美麗的祭壇。地面鋪著地毯，走上去毫無聲息。湯若望陪同福臨來到正中大祭壇下。祭壇修飾得金碧輝煌，無數燭光和鮮花供奉著救世主大聖像。耶穌身披長袍，頭頂圓光，一手托地球，一手伸出降福。小天使和信徒們環繞著他，虔誠地向他祈福祝禱。

「讚美天主吧！」湯若望的聲音熱情而虔誠，「不論自然律則多麼鐵定不變，全能全知的上帝，總能根據他的意志安排自然律則的效果，以便向人類，尤其是向君王們默示訓誡。因此，君主帝王們應該奉祀上帝，崇敬上帝。尤其是你，皇上。」

在小小的工作室裡引起福臨疑惑的道理，在這崇高的聖堂裡被賦予神聖的意義，變得令人信服了。但那最後幾個字使他忍不住問：「爲什麼尤其是我呢？」

「因爲你是世界上最大的帝王，又自命爲天子。你統治著世界最大的民族，天主因此也特別眷顧你。」

「只要我改正我的過錯，就能轉移天災天禍了嗎？」

「是的。歐洲有一句諺語：哲人統治天上的星宿。」

「教導我吧，瑪法，我怎樣避免過失。」

湯若望像一位循循善誘的老師，撫著胸前那副濃密的大鬍子，向皇帝進勸：遵守帝王的責任和義務，厚愛百姓和官吏；專一信奉天主，不信任何假神假鬼；牢記孔聖人「己所不欲，勿施於人」的準則；嚴格以天主制定的「十誡」律己……

福臨靜靜地聽著，很有幾分虔誠。後來，他咬咬嘴脣，問：「上帝的律則，帝王也要和臣民一樣遵行？」

「是的，皇帝比其他人更要遵守，因爲他是榜樣。」

沉默片刻，福臨把眼光投向巨大的堂柱，彷彿在專心研究那些長了翅膀的光身子小天使爲什麼總在微笑。半晌，他突然問：「瑪法，爲什麼天主教禁止男人多娶妻妾？」

湯若望裝作沒看見他閃爍不定的目光，從容答道：「這可以使兒童得到良好教育，也可使家庭和睦。這是上天的真意。」

「這條戒律，對帝王們也有效力嗎？」

湯若望明知這是福臨入教的一大障礙，但他是個虔誠嚴正的傳教士，不肯犧牲原則去換取實利，不管這實利多麼巨大、誘人。他點點頭，沉穩地說：「是的，它對帝王有加倍的效力，以樹立好榜樣。」

福臨不作聲了。

湯若望領福臨走到左邊的聖母祭壇下。壇上的聖母像，是羅馬聖母大教堂所供聖母像的複本，出自一代大畫師施乃（Schnee）之手。福臨默默地站了許久，眼睛一刻也不離開聖母。後來，他輕輕地說：「瑪法，請告訴我，她，聖母，願意我挑選一個什麼樣的皇后？」

湯若望恍然悟出，這是福臨今天來訪的主要目的之一。他鄭重地、誠摯地望著少年明亮的黑眼睛，說：「選一個你最喜愛的人，一個能使你恪守戒律的人。」

「我最喜愛的人？」

「上帝用亞當的肋骨造就了夏娃。你要像愛自己一樣地愛你的妻子。」

福臨臉上掠過一片迷惑和茫然，跟著又沉默了。直到出了教堂，走進那種滿果樹、布滿石雕、有一處迷人的噴泉的花園，他還沒有擺脫沉思。太監和侍衛們蜂擁著跟了過來，他似乎也沒有察覺。

和煦的陽光，略帶寒意的春風，剛剛泛綠的小草，明亮的藍天白雲，終於使福臨又回到溫暖的世俗生活中來。莊嚴的教堂、神聖的天主聖母和瑪法那純銀似的嗓音，曾使他靈魂淨化，飛得很高。但是，高處不勝寒，遠不如人間的喜怒哀樂那麼誘人啊！

福臨在被無數葡萄藤纏繞的白石小亭裡坐定，對著陽光愉快地瞇著眼睛，寬舒地吁了一口氣，笑道：「瑪法，我進你大門好久了，你還沒給我拿點什麼吃的喝的呢！」

「請皇上見諒。沒有你的旨意，不敢隨意進食。」

「我想喝一口你這園裡葡萄釀的酒。」

深紅色的濃葡萄酒被托在晶瑩的水晶杯盤中呈進，同時奉上許多花色美麗的、按歐洲方式烘烤的糕餅。福臨飲乾一杯葡萄酒，說：「瑪法，等你園裡的葡萄熟了的時候，給我留下，我要自己摘來吃。」

臨行，福臨又說：「瑪法，你需要我賜給你些什麼嗎？」

「謝謝皇上。我什麼都有了。」

「那不行。瑪法總得要向皇帝請求一點恩澤的！」

「皇上恩澤深厚，若望早已感激不盡了。」

福臨蹙著眉頭想了想，忽然高興得目光閃閃：「瑪法，我有了個好主意！」他轉臉對御前侍衛下令：「著鑾儀使告訴象房，把十八頭馴象趕到教堂前的大街上來，讓牠們賽跑！」

「啊，皇上！……」湯若望想要制止，哪裡能夠！福臨站在他身邊，興致勃勃地說：「瑪法，你可要特別留心，別讓那笨重的象蹄踏著你……」

馴象所的象房離教堂不遠。很快，十八頭龐大的馴象被驅趕到了教堂前街。笨重的象蹄「咚咚」地踏著地面，彷彿上百隻石夯上下起落，震得臨街房屋沙沙顫動。巨象賽跑的奇觀，就要出現在北國初春時大清帝國的京城長街之上了。

二

福臨回宮，稍事休息，就往慈寧宮向他的母親請安。

已是申時，西斜的太陽照得人暖烘烘的，御道邊初綠的小草，橙黃色的琉璃瓦，紅色的宮牆，白玉砌階欄杆，互相襯映，格外鮮明。站在隆宗門高處，甚至可以遠遠望見淡黛的西山。富麗堂皇的慈寧宮，翻修完工不到一年，煥然生輝。緊連著的慈寧花園還在修理，參天古松鬱鬱蒼蒼，給這極少綠色的古老宮殿帶來幾分生氣。

福臨踏上兩尊青銅麒麟之間的漢白玉階，穿過氣勢宏大的慈寧門，太監、宮女們匍匐跪迎；然後穿過御道，跨過慈寧宮正殿的門檻，在一片寂靜中，聽到了他自幼慣熟的慈藹、圓潤的聲音，說著親切的滿語：「皇兒，你回來了。」

福臨趕上幾步，向母親行了常禮，恭順地問起她的飲食起居，既有兒子的孝敬，又有成年人的持重，還不失皇帝的威嚴。這三重身分，他已糅合得恰到好處了。跟在福臨後面的四位妃嬪：兩位博爾濟吉特氏、佟氏和石氏，是東西宮的主位，也都恭順地跪下請安。她們的燈籠錦絲袍閃著光亮，高高的兩把頭中露出粉紅色的頭墊，又在頭墊中間的頭正閃著翠玉金銀特有的光澤，壓鬢的絹花光鮮奪目。在周圍那些身穿藍布長衫、平梳辮髮的宮女之中，她們顯得十分嬌豔，恰似萬綠簇擁著的春花。

莊太后是科爾沁蒙古博爾濟吉特氏大貝勒寨桑的女兒。她和她的姑媽，她的姐姐三人一同嫁給了太宗皇帝皇太極。由於這種婚姻聯繫，科爾沁蒙古始終支持皇太極統一滿洲、奪取天下的戰爭，成爲蒙古四十九旗中最強大的、舉足輕重的一支。

當年，她是個有名的蒙古美人，草原上遠近聞名。但是，比她的美貌聲名飛得更遠的，卻是她的福命和聰慧。

她是塞桑的小女兒，自幼便器宇不凡，敏慧練達，嫻於蒙文，愛讀書史，通大略，善詞令。據說她在七歲那年，隨兄弟們到草原上巡視牧場，一個精通相術的喇嘛見了她大爲驚異，說：「這是大貴人哪，怎麼會生在此間？大怪事！」跟從的人並不奇怪，回答道：「這是塞桑貝勒的幼女，自然是天生的貴命！」喇嘛說：「我所謂的貴，何止於此！此女當與大國君王爲偶，母儀天下！」從人們仍然不在意：「那是自然。扈倫四國，葉赫最大。我們貝勒一向與葉赫貝勒相好，想必我們格格要當葉赫國福晉了？」喇嘛連連搖頭說，「不止不止！此女當偶萬乘之君，爲華夏兆民之母。」從人們一起哈哈大笑，說：「哪有天朝之主娶外夷之女爲配的？快閉嘴！別胡說八道啦！」喇嘛被斥，只得走開，邊走邊嘟囔：「將來能否有驗，非我所知，我不過就風鑑而言罷了……」

當時人們都當那是一句笑話，誰知二十五年後，皇太極病死，她的兒子福臨即位；當年大兵南下，滿洲入主中原，福臨成了清朝入關後的第一個皇帝，尊生母爲皇太后，正應了喇嘛「爲華夏兆民之母」的預言。

當然，這些都是傳說、附會。只有她自己知道，爲了兒子的皇位，爲了社稷江山，她曾經歷了多少驚濤駭浪。

她今年已四十二歲了，但仍然顯得年輕嫵媚。兩道彎彎的眉毛又黑又亮，細長的眼睛彷彿總含著暖意，端正的小鼻子下面，有一張輪廓鮮明的嘴，看上去很有決斷。高顴骨和寬下顎原是她所具有的蒙古族的相貌特點，中年以後漸漸發胖，這些缺憾反而被豐滿的面頰遮掩下去了。她神態安詳，舉止端莊，在她面前，任何人都會感到自慚和敬重——不僅僅是因爲她的崇高尊貴的地位。

此時，她望著幾位下跪請安的妃嬪，靜靜地說：「罷了。」隨即又微微一笑：「自今以後，佟妃不必跪安，肅一肅吧。」

佟妃的臉兒霎時紅得像一朵紅月季。福臨看著她，眼裡含笑。佟妃極快地對福臨一瞥，嬌愛橫溢，再也不肯抬頭。其他妃嬪強笑著低臉站在兩旁，心裡不是滋味。

太后把目光轉向福臨：「皇兒今天氣色很好。」

「兒去湯瑪法處談說，又往郊原跑馬，很是快活。」確實，他像剛剛出浴似的，面色紅潤，眼睛明亮，身姿英挺。

太后點點頭：「義父德行高尙，學問淵博，是難得的諫正良臣。替我問候了嗎？」

「問候了。瑪法還給母后帶回兩面聖牌，都在聖母壇上做了祈禱法事。」福臨把兩掛懸著耶穌受難十字架的金項鏈奉獻給母親，「瑪法說，應繫於外衣下，可以袪病消災。」

太后接過聖牌項鏈仔細瞧瞧，隨即鄭重戴好。小小的金黃色十字架懸掛胸前，在那一串珍貴的東珠佛珠間閃光。妃嬪和隨侍陪伴太后的命婦們，對太后這出格的行動都很驚詫，湯若望這個外邦人還有所顧忌地要她戴在外衣之下，而她卻……

太后抬頭對眾人一望，眾人紛紛垂下眼簾。她不在意地笑笑，又問福臨：「湯瑪法爲什麼送兩面聖牌？」

福臨眼睛望著別處：「他說，那一面給皇后。」

妃嬪們頓時低了頭，惴惴不安得令人可憐。那對博爾濟吉特姐妹花無意間對視一眼，像碰著火似地趕忙閃避。佟氏拿手絹輕輕擦她白嫩的小下巴，遮住了嘴，也遮住了唇邊的一絲微笑。

太后立即轉了話題：「皇兒讀書太苦。同賢臣哲人敘談來往，既長知識又能散心，勝於夜以繼日。再不要像去年秋天，直讀得吐血。」

福臨笑道：「母后再三教導，既為華夏兆民之君父，就得精通漢文、漢語。況且，兒要有所作為，哪能不費心血！武功文治，寬猛張弛，道理很深。近日兒正在仔細探究元、明兩代失國的原因哩！」

太后笑道：「好！想清楚了，說給我聽。再有，我朝以弓馬定天下，騎射固然不可偏廢，但遊獵須有節制。過於凶野，不免傷身，因獵誤事，就有失正道了。」

「母后，」福臨笑了，面容變得更像孩子，「我現在不是改得多了嗎？今年一次獵也沒打呢！倒是母后天天悶坐，多不暢快！花園過兩天就裝修完畢，到時候我陪母后盡意逛逛！」

修復慈寧花園，全是福臨的主意。皇太后以軍事未定，國庫空虛為由，多次反對。但福臨自認是孝子，要以孝治天下，在這件事上沒有讓步，並說只是在舊花園的底子上略加修整，並不費錢，太后才不得不認可。

「聽說園內綠雲亭的亭額書法最佳，是嗎？」

「是。都說是董其昌手書，瀟灑自如，極妙。昨日兒還臨他的字帖，內院學士看了，都說好呢！……」福臨不免露出幾分得意，順口說下去，「要是從小就讓兒讀書臨字，現在也不至於這麼苦了！……」

話一出口，他立即後悔了。這觸著了母子間的一大忌諱。

福臨幼年失教，是當初攝政睿親王多爾袞造成的。對於多爾袞，福臨也罷，太后也罷，感情都非常複雜。三年前他們母子配合默契地追論多爾袞謀逆大罪以後，便都竭力避免提到他。福臨恨他，十分地恨，痛恨之下有感激，因了感激而更加恨。太后恨他，痛恨之下卻有愛，出於今日的地位和情勢，愛和恨都得深深壓在心底。

太后不動聲色，又講了幾句閒話，平穩地說：「去吧。」

這是常規，表示皇帝和妃嬪們可以告退了。妃嬪們恭順地排成一列，對太后肅了肅，後退著走了幾步，轉身魚貫而出。花盆底的鞋子又高又硬，地毯也掩不住那碰地的聲響。她們的腰身繃得筆直，上身一動不動，活像有一根竹竿從腰際支到頭頂。這是宮裡的規矩，走路不許像蠻子那樣搖擺扭動。就連唯一的漢妃——永壽宮主位石氏，儘管是小腳繡鞋，羅裙短襦，一身漢家打扮，也竭力不搖不擺，僵僵地走了出去。

福臨皺著眉頭望著她們的背影，並無退出的意思。

太后溫和地說：「皇兒，你也歇息去吧。」

福臨搖搖頭：「我不。」

太后疑惑地看著他，他抱怨地說：「額娘，你都看不出？人家肚子早餓啦！」

太后莞爾一笑，知道他是用這種類似撒嬌的行爲表示對方才失言的歉意。她吩咐擺上兩桌酒膳，打發陪侍的命婦出宮。

母子倆回寢殿次間一同進餐。因爲這不是正膳，又在太后宮裡，所以沒有送膳牌請求引見奏事的攪擾，也沒有川流不息的大小太監來上菜、布菜、進試毒銀牌、嘗膳等等繁瑣的用膳手續，氣氛十分和諧寧謐，幾隻金絲熏爐散發出陣陣濃郁的沉香，傳送著溫暖，令人神安心靜。

母親的話題，自然而然地又轉到了選后：「皇兒，中宮不宜久虛。你究竟怎麼打算？」

沉默片刻，福臨說：「願聽母后教誨。」

「你長大了，未必肯聽額娘的。」溫靜的語調掩不住淡淡的辛酸。皇后被廢半年多來，她第一次在語氣中流露不滿。

福臨低了頭，不作聲。

廢去的皇后，是太后的哥哥、科爾沁蒙古貝勒吳克善的女兒，太后的親姪女，當初由攝政王多爾袞作主禮聘的。就因爲這個，不管皇后如何秀麗，如何至親，福臨心裡都非常彆扭。大婚前幾個月，多爾袞病死，福臨立時就要「退婚」，可是太后不允，而且吳克善已經親自送女進京了。從國事論，以親情言，大婚都不能不舉行。婚後，皇帝、皇后果然格格不入，很快反目，不到兩年，福臨就不顧一切地要廢掉皇后。皇太后原不同意，後來見愛子爲此鬱悶成疾，日漸消瘦，知道不能勉強，也就答應了。誰知朝中卻掀起了一場軒然大波。許多臣子，尤其是漢臣，據古禮力爭，一而再、再而三地上疏請慎重詳審；滿洲王貝勒大臣集議，也主張以皇后主位中宮，另立東西兩宮。

福臨不但拒絕了一切勸阻和折中方案，還訓斥諸臣沽名，嚴厲責罵了格外上勁的幾位漢臣，嚇得他們上疏認罪。這時，輔政鄭親王濟爾哈朗首先表示贊同，議政會議便也遵從了皇上。皇后終於被廢，降爲靜妃，改居側宮。朝臣們第一次領教了這位少年天子的固執。

對於這件事，莊太后的心情比兒子複雜，考慮的方面也多得多。她豁達地一擺頭，彷彿表示過去的事就不用再提了，然後認真地看定兒子的眼睛：「你的意思呢？」

福臨的口氣有些遲疑：「兒尚無定見……只是兒既爲華夏之主，滿、漢畛域似應漸次彌合。立后，能不能……」

太后細長的黑眉一揚：「已經納了一位漢妃，又推重降將，封了孔、吳、耿、尚四王，滿、漢一體的意思也就足夠了。皇后是天下之母，天子之偶，非貴人不足當此！」

「那，母以子貴，若佟妃生子，是不是……」

太后微微搖頭，半晌才說：「立后，必得爲社稷江山著想。去年廢皇后，蒙古四十九旗能不怨恨嗎？天下未定，萬不能自斷股肱啊！……」

福臨一時無言。爲社稷計，就不能不聽太后的教誨。立漢女爲后，祖宗家法不許可，福臨也不過是心血來潮。如果要他自己選擇，湯瑪法的話最使他動心。他要嘗試著追尋一種新的感情，找一個他自己最喜愛的皇后。可是眼前這些有資格升爲皇后的主位們，都不合他的心意。比較之下，佟妃還能得到他的歡心。

一出慈寧宮，福臨的面容舉止變得莊重舒緩，儼然一位身登九五之尊的帝王。他由太監攙扶著上了御輿，大群侍從仍靜靜地跟在後面。時近黃昏，西天的晚霞給四圍悄悄染上淡淡的紫色。在這淡紫的暮靄中，大內重重疊疊的宮脊飛簷，都蒙上一層憂鬱的霧，壓角的一排排蹲獸，也顯得神祕而奇妙。深寂無人的御階御道，更令人心頭空落落的。一股難以言說的悵惘，一種想要得到什麼又很難得到的懊喪漸漸湧上心頭，福臨在想什麼？在尋求什麼？是當一代英主的雄心？是以異族一統天下的壯懷？是仁德治世的理想？好像是，又好像不是……或者，是因爲立后？是了，談了半天，母子對此沒有達成協議。福臨輕輕嘆了一口氣。

身邊的內監，那個長得十分俊秀的吳良輔連忙湊近：「萬歲爺可要召見哪宮主位娘娘？」

福臨在沉思中，不答。

「要不，奴才侍候萬歲爺到各宮轉轉。」

福臨十六歲，比同齡少年早熟。三宮六院的古老制度培養了他的好色縱慾，何況他性情熱烈，正値青春猖獗的時期？明末的風氣原本淫靡。吳良輔這些前明留下的太監，對宮廷裡驕奢淫逸的一整套非常瞭解，用這來迎合年輕的皇帝，達到固寵的目的，這在他們是勢在必行的。福臨惑於前所未聞的隱祕，不由他不把吳良輔當作心腹。好在上有太后的家法，福臨自己也還足夠聰明，不至於沉迷酒色而忘卻國事。但此刻吳良輔見天天宣召妃嬪貴人的皇上只是搖頭，也有些奇怪。

天邊閃出了第一顆星，福臨望望它，心頭忽然閃過佟氏那愛嬌的笑眼，於是說：「朕想往景仁宮看看佟妃，就怕太后知道了要責怪。」

吳良輔忙道：「聖天子百靈相助。萬歲爺乃天下之主，誰不是您的奴婢！佟娘娘不定怎麼巴望呢！……」

福臨聽得心裡舒服，略一示意，御輿便轉過乾清門進東一長街，到了景仁宮門前。早有太監報知，佟妃率領著住景仁宮的嬪、貴人、常在、答應等，在景仁門前跪迎。福臨下輿，先把佟妃扶起，笑道：「母后都免妳跪拜了，妳還跪我做什麼！」

「皇上！……」佟妃臉上映著最後一抹晚霞，十分俏麗。

在景仁宮前殿行過常禮，福臨便直接進到後殿佟妃的寢宮。其他嬪、貴人等各自回房。

「這一回，妳不敢再騎馬了吧？」福臨笑吟吟地說，溫存的神態中帶了點甜美，使他的面容煥發出特別的魅力。

佟妃受寵若驚，連忙躬身回答：「皇上放心，天家恩重，妾妃絕不敢稍有閃失，必當恪守胎訓。」

畢恭畢敬的官樣回答，使福臨頓時掃了興頭。她怎麼毫無反應？她什麼都不記得了？……

一年前，正值福臨與皇后反目。他鬱悶至極，常常以騎射散心、勵志。仲春時節，西苑明秀軒邊幾株海棠花開得豔如雲霞，前來練射的福臨在樹下觀賞、徘徊，不忍離去。忽然一陣嬌聲笑語從明秀軒另一側傳出，幾位宮妃貴人在十多名宮女太監的簇擁中，也來到明秀軒。太監牽來一匹馴良的白馬。她們原本相約跑馬，來到這裡卻又你推我讓，誰也不肯先騎。年齡最小、新近入宮的佟妃挺身而出，大聲說：「祖宗以騎射得天下，不敢騎馬，真要羞煞！我來！」

宮妃貴人們拍手大笑。有人揶揄道：「佟家妹妹不忘祖德，人小心不小。太后知道了，定當另眼看待哩！」

一位宮妃順手掐了一朵並蒂海棠，插在佟妃鬢邊：「這朵並頭花兒是得幸承恩的兆頭！皇上今天準翻妳的牌兒！」

佟妃滿臉緋紅，似笑似嗔，佯裝不睬，掉頭從太監手中接過馬鞭，牽馬走了幾步，扳著雕鞍，踩上蹬子，一個漂亮的飛燕翻身的上馬勢子，跨上馬背。正待揚鞭，卻見眾人齊刷刷地跪倒，海棠花叢中走出了她們念念在心的順治皇帝。佟妃忙跳下馬，跪拜在地。順治逕直走到她身邊，對她打量片刻，脣邊露出笑意，隨後轉身走開。

當天晚膳，太監用玉盤進上宮妃的綠頭牌時，福臨找到了騎馬的人兒。綠頭牌上寫著：「景仁宮佟氏，年十三，漢軍正藍旗固山額真佟圖賴之女。」福臨輕輕翻過了這張牌子。當晚，佟妃就留在皇上的寢宮。

後來，不管皇后怎樣吃醋鬧氣，福臨卻不停地召幸佟妃。他喜歡她，因爲她稚氣、嬌小，對他十分依戀。初次行幸時她的驚懼和委屈，都使他覺得甜美。他常常不自禁地誦讀著辛棄疾的那闋〈粉蝶兒〉：

昨日春如，十三女兒學繡，一枝枝、不教花瘦。甚無情，便下得、雨僝風僽，向園林、鋪作地衣紅縐……

佟妃正是一個十三歲的嬌憨女兒啊！

遺憾得很，福臨一旦跟她說起這些他深深傾慕的唐詩宋詞，她就像一段木頭。更有甚者，皇后被廢之後，她漸漸變得那麼一本正經，開口賢淑敬謹，閉口才德容止，令人生厭。今天又是如此！當初的依依之情都到哪裡去了？

宮女爲佟妃上晚妝，拿了兩面鏡子前後照著。鏡子裡的佟妃豐腴而嬌嫩，桃花般的容色可以和鬢邊的絹花媲美，一雙圓圓的眼睛，橫波流盼，很有情意。福臨忍不住又念了一句花間詞調侃她：「照花前後鏡，花面交相映。」

佟妃緩緩轉過身，矜持地望著他，眼睛裡一片茫然，顯見不懂他說的什麼。看她故作高貴，顯示端重，完全掩蓋了她原有的天真，福臨心裡泛起一陣不痛快：瞧瞧她，真拿自己當作貴妃、皇后了！

福臨立刻拉下臉，一迭聲地叫起來：「吳良輔！吳良輔！把今天內院呈上的奏章拿來，我要批本！」

佟妃一點不覺得意外，柔順地為福臨收拾書案筆墨。福臨從眼皮下打量她，希望她對自己的舉動提出異議或表示不滿，哪怕一點兒也好。可惜，一點兒也沒有。

吳良輔領著幾個內監捧上折匣。福臨打開第一份奏摺，這是內祕書院學士傅以漸的題本：

> ……朝廷設有法司以詳刑獄，又設有都察院、通政司鼓狀通狀以伸冤抑，所以下通民情而上達天知。不意有鳴冤禁地斃命甘心者。如前十日有不知姓名男子於午門外持刃割腹，臣已不勝駭異。彼時以刑部必行究察，未敢煩瀆聖聽。今復於本月初八日，又有自刃於午門之前者。其姓名來歷臣雖不能詳知，但清禁之地何等嚴肅，一月之內兩見慘刃，此豈聖明之世所宜有者？且人情莫不貪生，苟非萬不獲已，詎肯自捐軀命？臣聞一夫負屈，足致干和。方今水旱頻仍，聖心警惕，正宜理幽疏枉，溥皇仁而回天意，乃禁地尚有冤斃之民，海內無告者不知凡幾矣！伏乞敕下該部，嚴察緣由，曾否經何衙門告理，務使受枉真情大為昭雪，使天下家傳戶曉。嗣後雖有迫切苦情，無難控告所司，不得輕穢禁闕，庶幾朝廷肅而民情亦通矣……

福臨看罷，勃然大怒，「嘭」地一拍桌子，站起來，憤然說：「不成話！太不成話！查出來，絕不寬貸！」他擰著眉頭，瞪著摺匣，氣息一陣比一陣粗重：這樣的大事，直到發生第二起才奏上來，而且不是刑部的題本！什麼緣故？他正以「仁德」自詡，卻來了當頭一棒！……

佟妃摸不著頭腦，連忙跪下求皇上息怒。福臨煩躁地說：「不關妳的事。起來！」他掉頭叫吳良輔：「去傳奏事處，命鰲拜立刻到乾清宮西暖閣進見！」

說話間，福臨看了佟妃一眼，發現她情不自禁地流露出了失望，心裡稍覺不忍，但還是斬釘截鐵地吩咐：「起駕，回宮！」

三

「嘿！」熊腰虎背的蒙古壯漢一聲大喝，御前侍衛尙之信仰面摔倒在紅地毯上。他惱羞成怒，一骨碌跳起來咒罵一聲，朝對手衝過去。對手已經叉腿握拳地傲然而立，像一棵挺拔的松樹，望著他搖頭：他不跟手下敗將賽第二次。

「尙之信！」領侍衛內大臣費揚古一喊，紅頭脹腦的尙之信猛地省悟，記起這是保和殿，在御前。他連忙退下，驚出一身冷汗。

連平南王尙可喜之子尙之信在內，御前侍衛被這蒙古怪物摔倒了三個，都是素以力大聞名的勇士。保和殿內那微妙的空氣，頃刻變得緊張了。

陪宴的王公大臣陰沉沉地互相交換眼色，心裡火燒火燎的。他們中間未必沒有高手，但身分所限，不能下場。正中的御座上，福臨勉強維持著鎮靜，可是眼睛已明顯地縮小，臉頰上的肌肉在隱隱抽搐。左側就座的鄭親王濟爾哈朗心裡著急，既恨侍衛們不爭氣，又怕年輕好勝的皇帝失態，貽笑外邦。御座右側，隔著理藩院尚書，客位上是滿臉歡笑的喀爾喀蒙古使臣，他倒了一盅酒，親自下位奉給他的隨從——那個角力的蒙古巨人。只要再贏兩次，他們就將大獲全勝。

喀爾喀蒙古遠在漠北，和漠南蒙古四十九旗同是元朝的後裔，但沒有歸附大清，只是歲有九白之貢，即每年進獻白馬八匹，白駱駝一匹。清朝受貢後也回賜一批金、銀、綢、緞、茶葉、煙、鹽等物，維持友好交往。和往年一樣，順治帝在保和殿宴請進貢使臣。不料酒宴間使臣竟問起皇帝廢去蒙古族皇后的事情，這使順治很不高興。所以當使臣提議由他的侍從官和御前侍衛角力爲戲時，順治竟輕率地接受了挑戰，結果打成這樣。如果五場皆輸，他怎麼承受這巨大的羞辱？

費揚古走到皇上身邊，輕聲說了些什麼。福臨眉梢一挑，驚異地瞪大眼睛，詢問似地看看他，他輕輕點點頭。福臨說：「好吧！」

第四場角力開始了。一名侍衛走出隊伍，向皇上跪叩，隨後站起身，倒退數步，踩到紅地毯，方轉過身，面對蒙古對手。與宴的王公大臣全都一愣，或許他們覺得力量懸殊？

這名侍衛中上等身材，可是站在蒙古巨人對面，卻像成年人身邊的十二、三歲的孩子。他連侍衛的黃色制服馬褂也不脫，毛邊小帽低低地壓在眉際，但仍可以看出他已經不年輕了。要是仔細觀察，就會被這侍衛的內涵所震驚。他是那樣強健、迅捷、黧黑，渾身彷彿帶著戰場的氣味；他鼻高目深，長方臉上一副絡腮鬍子，銳利的目光使人聯想到稱雄山林的鷙鷹。侍衛的衣服掩不住他的出衆氣概，就像一把粗黑的鯊魚皮鞘內的光華燦爛的寶劍。

沉醉在勝利中的蒙古大力士一觸到對方的眼睛，便猛然驚覺。兩人挓開雙臂，半握拳，不眨眼地盯著對方，在紅地毯上慢慢兜圈子，看上去平緩從容，互相並未接觸，實際上雙方都在積蓄力量，尋找對手的破綻，伺機猛攻。真像一隻猛虎和一隻黑豹在對峙。大殿上從皇帝到侍衛、太監，無不靜氣屏息，心弦繃得越來越緊。

蒙古力士似猛虎咆哮，騰空而起，以泰山壓頂之勢撲向黑侍衛。他體重在三百斤以上，在充分地使用自己的優勢。黑侍衛在對手撲到的一剎那，極其靈活地閃向一旁，動作勝過矯捷的黑豹。他順著躲閃的式子，渾身一緊，跟著，突然間像火藥爆炸，誰也沒看清他的動作，只覺眼前有一團極強烈的震撼，一道黃色閃電擊向立足未穩的蒙古力士，那魁梧的巨人突然飛起，在空中劃出一道弧線，「咚」的一聲巨響，沉重地摔在大殿門邊，趴在那裡不動了。

一切都發生在一瞬間，人們被黑侍衛的神力驚呆了。沉靜片刻，福臨神采飛揚，情不自禁地喝一聲彩：「好！」跟著，歡聲雷動，在大殿裡迴盪。王公大臣們起立，隨黑侍衛一起向皇上跪下致賀，高呼著「萬歲、萬萬歲」！蒙古使臣起初目瞪口呆，後來也隨眾恭賀。蒙古大力士慢慢爬起來，走到黑侍衛跟前，由衷地伸出兩個大拇指，憨厚地笑道：「你，巴圖魯[12]！」

福臨一招手，御前侍衛用銀盤托出賞物：一對雙耳高腳菊花金盃，各重十兩，分賞蒙古力士和黑侍衛；綵緞十五匹，分賞今天角力的五位勇士。樂工們又奏起〈金殿喜重重〉，歡快的旋律伴隨著歡樂的宴飲，保和殿大宴繼續著……

12 滿語，勇士的意思。

宴會結束，與宴人員告退以後，黑侍衛才又一次上前向順治叩拜：「奴才鰲拜恭請聖安。」

順治高興地說：「你回來的是時候，給大清爭了光！」

「奴才剛從永平府趕回京師，一進宮就遇上費揚古，告訴奴才這兒的事。我們倆一商議，使了這一招。全是託皇上的福，奴才也光彩。」

「你從永平府呈來的專摺，朕已看過。你辦事是不錯的。此事關係重大，朕已批下議政王貝勒大臣、九卿、科道會同確議具奏。明日議政會議，你可將查得的詳情說明。」

「奴才遵命。」

出宮的路上，鰲拜一直在思索。皇上此舉，竟是在發動滿朝文武對永平府圈地案說短道長了。是什麼用意呢？……

離左翼門還很遠，守門的侍衛已齊聲高喊著「伊里[13]」，肅立階上向他致敬了。這本是對議政王貝勒大臣的常禮，但今天的喊聲格外響亮，侍衛們臉上都有掩飾不住的敬仰和崇拜。領侍衛內大臣、議政大臣鰲拜從來以剛勇著稱。眼下入關初年能征慣戰的諸王名將相繼謝世以後，論軍功朝中無人能與他比肩，是滿洲人心目中的英雄。想必是今天保和殿勝利的消息已經傳開，又為他塗上一層輝煌的金彩！鰲拜沉著地點點頭就過去了。他從來很少笑，此時正一門心思地想著明天的議政會議。

太和殿東側的中左門，布置如坐朝形式，彷彿縮小了規格的金鑾殿：正中設一小型寶座，座

13 滿語，起立的意思。

後有一扇山水屏風，屏前立兩柄雀金寶扇；寶座前列有香亭熏爐，香煙裊裊，繚繞在丹柱之間。寶座兩側八字排開，擺著兩列座墊。越靠近寶座，座墊就越高越精緻，最後兩張，雕龍繡鳳，十分華美。這裡就是議政王貝勒大臣會議之所，會議正在進行。

坐在正中寶座上的，是鄭親王濟爾哈朗。順治即位時，他受命與睿親王多爾袞同爲輔政王。多爾袞專擅，多方排擠他，甚至興大獄籍沒了他的家產，他都默默忍受，似乎顢頇無用。但他對福臨非常忠心，一旦感到多爾袞的權勢會危及幼主，他便竭盡心力，暗中做了許多保護福臨的事情。多爾袞一死，各旗王貝勒心懷叵測，形勢岌岌可危，他又與莊太后通力合作，把正黃、鑲黃、正白三旗歸爲天子自將，造成皇權的優勢，最後，以賜死英親王阿濟格，做爲這一場緊張搏鬥的終結，穩定了八旗內部。三年多來，他始終扶持著順治，忠心耿耿，全心全意。順治對他也十分尊崇。他在朝中功高權重，是皇上以下的第一人。他今年五十六歲，高大肥碩，鬚髮盡白。由於多年奔馳戰場，受傷不少，看上去相當衰老。

東首第一位是承澤親王碩塞。他是順治的異母兄。在皇太極的十一個兒子裡，活下來八人，而真正參與打天下的，只有豪格和碩塞。肅親王豪格英勇善戰，功勞極大。順治五年，被多爾袞藉故興大獄，削去王爵，在監中自殺。碩塞的軍功遠不及豪格，但因爲是帝子皇兄，也封爲親王。他今年二十六歲，主管兵部衙門。

西首第一個座位空著，屬於安郡王岳樂。因爲案件牽涉到他，必須迴避。

順序下來的議政王貝勒還有鄭親王世子濟度，信郡王多尼，貝勒尚善。此後的座位上，便是范文程、希福、伊圖、杜爾瑪、索尼、費揚古、鰲拜、遏必隆這些八旗親貴大臣了。

鰲拜首先說明案情：永平府馬蘭村民王用修原有田地三十畝，佃給民人喬梓年耕種。後來他以此地投充安郡王莊，並買通莊頭，當了糧戶小頭目，欺瞞主子，暗中依舊把田佃給喬家，自取餘利。不久，他因奸占喬梓年之妻，逼得喬妻投崖自殺，兩家結仇，他又因此受安王府責打，懷恨在心，遂將田地改投漢軍旗佟圖賴莊上，並將平日與他不睦的柳、袁等數家民田詐稱他家私地一同投充。喬梓年氣憤不平，代眾告狀，處處不准，終於自刃於午門。

王貝勒大臣們聽罷，一時沒有作聲。鄭親王卻很爽快，開門見山地說：「佟圖賴雖是我的外甥女婿，我並不袒護他。皇上在順治八年已經下過聖旨，凡占爲獵原牧場的民地，盡數退還原主。鰲大臣既已查明王用修投充之地確是民田，理當退還。」

碩塞笑笑，說：「佟圖賴派人圈地，是受投充人的騙，並不知道是民田。佟圖賴可以免議。」

眾人紛紛點頭稱是。范文程咳嗽了一聲。許多人的目光投向他，眉目間已透露出幾分不滿。

范文程，三朝元老，內祕書院大學士，清初最有名望的文臣，太宗皇帝的主要謀士，是一個身材魁梧的遼東人，今年已五十七歲了，精神矍鑠，很有氣度。他曾一言定大計，爲滿洲取天下立了大功。他是漢人，自稱是北宋范仲淹的後裔。多爾袞攝政時，范文程看出多爾袞的弱點，和他保持著一定距離；但對豪格那一黨，他也不附從。追論多爾袞之罪，范文程曾短期受牽連而免職，由於莊太后的提醒，順治很快發覺這個錯誤，立刻給他復官，並進世職一等精奇尼哈番，授議政大臣，對他言聽計從，禮遇極厚。范文程在朝中威望很高，議政會議上，他的意見常常切中要害，王爺親貴也不得不讓他三分。現在，他要議論了，誰知他又會說出什麼逆耳之言！

「我想，」范文程慢吞吞地開口說，「鰲大臣題本上說得明白，圈地，不止圈了喬梓年一家，安王爺與佟固山額真所爭的，也不止這三十畝田。要講退還，兩家都要全退。」

事實是，王用修改投佟皇親後，安郡王雖然遠出宣化戍邊，家下人卻不服這口氣，領了騎兵去馬蘭村，把佟家圈去的地，又全都圈回安王名下。佟皇親哪肯認輸，再次派兵圈地……如此往復，馬蘭村的民田被全部圈占，這兩家皇親國戚還在那裡紛爭不休。

信郡王多尼還是一個少年，和順治同歲。他是豫親王多鐸的兒子，一向傾慕安郡王，這時便說：「原屬安郡王的地，不該退還。」

鄭親王世子濟度又高又壯，聲若洪鐘，眉頭一擰，說：「王用修二次投充，應該罰處！」

鰲拜的眼睛直直地盯著地面，說：「佟府那個輕視君上的，才是罪大惡極，應該問斬！」他剛才講起，佟皇親家去圈地時，有人反抗說皇上已有禁止圈地的聖旨，佟家領隊的竟說出「皇上小孩，什麼聖旨不聖旨」的話。鰲拜剛才一言帶過，眾人也沒留意，此刻突然拈出，眾人吃驚不小。

老成持重的索尼連連點頭附議：「這是正理，這是正理。」

鄭親王倏然變色。濟度已經「呼」地站起來要爭辯，又被父親用目光止住。

范文程把這些都看在眼裡，權衡一下輕重，和顏淡色地說：「佟府家將，可交旗下管束論罪。兩家多圈的民地理應退還。倒是王用修如何處置？此人逼死兩條人命，應當償命，斬立決。」

沉默了一陣，幾個人同時激動地嚷開了：「不行！」「這太過分！」議政大臣們竟一齊強烈反對，連鰲拜也不例外。

待第一陣喧鬧過去後，鄭親王首先皺著眉頭說：「喬梓年夫婦都是自殺，王用修並無殺人罪。況且，喬家佃種王用修的投充地，可算是旗下奴婢的奴婢，就是殺了，也沒償命的道理！」

濟度剛坐下，又跳起來，揑著拳頭，態度激烈地高聲嚷道：「誰家裡奴婢一年不尋死十個八個的？牛馬不是也要死的嗎？這也論罪，我們豈不都要下獄？」

「可不是嘛！」「說得對！」眾人同聲支持。

遏必隆是議政大臣中身分最高貴的一位。他的父親額亦都，是太祖皇帝天命建元時設置的五大臣中的第一位。遏必隆是額亦都的第十六子，母親是努爾哈赤的女兒和碩公主。他的家族最受信任，和皇族關係極爲密切，他有五個嫂子是公主，一個姐姐做了太宗皇帝的元妃。遏必隆年歲不算大，由於和皇室的姻親關係，輩分卻不低。他平日不愛說話，遇事也很少有主見。議論以來他半天不出聲，此刻，他卻慢聲細語地說了這樣一席話：「咱們滿洲東來，流血流汗，吃盡辛苦，總算用性命挣得一份家當，左不過就是府第、牧場田園、牲畜奴婢。投充人也算一大注吧！殺投充人，就像殺牛殺馬殺奴婢一樣，敗人家的財呀！你說皇上開恩，爲萬民著想，退一點獵田牧場，算不得什麼，以後再置。殺投充人，這不絕了財路？以後還有誰敢投充？王用修二次投充，責罰他的主子也就是了。不然，人家十幾年拚命苦戰，爲的是什麼？……」

遏必隆這個忠厚人的老實話，道出了大家的心聲。范文程想想也覺得有理，便不再堅持己見了。

九卿科道會議，照例在午門外闕左門舉行。所謂九卿，是指六部尙書、都察院左都御史、通政使、大理寺正卿；科、道，指都察院六科給事中及十五道監察御史。由於各官名額都是滿漢各一，加上內院學士及書記等，將近百人。會議已畢，滿臣有的面露悻悻之色，有的還在揮手大聲叱罵，各自散回朝房。漢官或低頭走開，或三三兩兩小聲談論。會議不順利，出了一件前所未有的怪事。

從來的九卿科道會議，無不以滿臣爲重心，以滿臣的意見爲結果，漢官不過唯唯諾諾、畫押而已。今天不知什麼緣故，二十九名漢官竟敢另成一議，與滿臣意見相左，而且居然都在另議上簽了字畫了押。滿臣議得：「安郡王與佟皇親各自退還民田，王用修交主子嚴加管束。」二十九名漢官卻進一步議得：「王用修問斬。不敢受理喬梓年訴狀，致其午門自盡之縣府州官，一律追究問罪。」

奉旨參加會議的內祕書院學士傅以漸，收起漢官簽押的奏本，沉思片刻，對爲首的幾名漢官說：「列位膽氣令人欽佩，只是……不妥吧？」

吏部尚書陳名夏仰頭一笑：「有何不妥！立朝綱、重法治，百年大計，萬世基業。皇上聰明天縱，定有明鑑。」

傅以漸低聲問：「不怕有朋黨之嫌？」

陳名夏一甩衣袖，掉頭走開，冷笑道：「正不知誰人在結朋黨！」

傅以漸望著他洋洋自得的背影，嘆道：「得意便忘形，禍不遠矣！」

陳名夏同禮部尚書陳之遴、左都御史金之俊說笑著，同歸朝房，在午門前遇著了大內出來的范文程和寧完我。

五個人滿面笑容，互相拱手問安。

五個人都是漢人，都說漢話。

五個人都是朝廷的大學士：范文程是初立內三院時的內祕書院大學士，寧完我在順治二年升任內弘文院大學士，陳名夏是內祕書院大學士，金之俊有內國史院大學士之銜，陳之遴新近也授爲內弘文院大學士。然而，范、寧都是遼東人，滿洲崛起之時便投奔了去，所以范文程隸天子自將的鑲黃旗，寧完我隸漢軍正紅旗，如今都是旗人，參與議政——皇帝以下的最高級會議，成爲議政大臣。陳名夏三人儘管學問出眾，更有才幹，卻只能是「九卿」。

陳名夏向范文程說起九卿科道會議的兩議：「……不斬王用修無以平民憤；不處罰縣府州官無以清吏治。如今天下未定，處處地荒丁亡、財盡民窮，再不收拾人心，只恐千里皆起亂萌，焉能久安長治！」

范文程聽著，並不表態。後來，他高高地向眾人一拱手，徐徐說：「老夫尚有他事，先行一步，失禮失禮！」他轉身踏上御道，向端門走去。

寧完我素來鄙視陳名夏，此時，瞟了他一眼，譏刺地說：「據你所言，想必有長治久安之策了！」

陳名夏道：「焉能沒有！只要依我兩件事，便可天下太平！」

寧完我盯著他：「哪兩件？」

陳名夏把頭上的紅纓頂子向後一推，摸著剃得發青的前額，說：「若要天下安，留髮復衣冠！」

寧完我臉色都白了。他儘管討厭陳名夏，也沒料到他會說出這樣大逆不道的話來。陳之遴、金之俊更加驚愕，瞪大了眼睛一起望著陳名夏。

陳名夏哈哈大笑，侃侃而談：「何需如此驚怕！前日皇上親臨內院，鄙人也曾上奏：當年豫親王南下江寧，招撫百官，概予留用，又求賢薄稅，民心大悅。對率先剃髮獻媚的故明侍郎李喬予以痛罵，並出示各城門云：『剃頭一事，本國相沿成俗。今大兵所到，剃武不剃文，剃兵不剃民，爾等毋得不遵法度，自行剃之。前有無恥官員先剃頭求見，本國已經唾罵。特示。』於是乎，大兵自江寧至杭州，一路傳檄而定。南人大多文弱，素不知兵。江南乃財賦所出之地，本應護惜此一塊土，以備供養國家之用。誰知攝政王薙髮令下，本已帖然歸附的江南，頓時揭竿而起，紛紛抵抗，至今此起彼伏，不得安寧。足見留髮復衣冠，方可得民心。蒙皇上首肯，並無他言。」

寧完我說聲「告退！」便憤憤地走了。陳名夏對著他的背影鄙夷地哼了一聲。

金之俊一向謹慎，忙勸道：「此人乃開國文臣，何苦開罪他。」

陳名夏一擺手：「什麼開國文臣，沐猴而冠！在前朝，他連生員都不曾考中。前日在內院，他竟然譏刺我降順。我也不客氣，勸他莫要五十步笑百步！說得他面紅耳赤，無言對答。哼，左不過故明降人，又不是滿洲舊族，神氣什麼！」

金之俊道：「還是謹慎爲上。」

陳名夏笑道：「之俊兄，你就看不出？朝廷缺我們不得呀！滿洲以武功得天下，國體官制盡都承襲明制。沒有我們這些故明舊臣，誰來給他指點呢？再者，皇上英明無比，改黷武爲招撫，足見皇上決意推行仁政，近日又常以『滿漢一體』諭示諸臣，不正是漢臣之福音？……」

三人傍著御道邊青綠的宮槐，邊說邊走。陳之遴道：「果如名夏兄所見，則龔鼎孳起復有望了。」

陳名夏說：「正是。他昨天還摺柬相邀呢。過兩日去看他。」

三人聲音越來越遠，身影越來越小，和宏偉的九重宮闕相比，小似螻蟻，微如芥子。

次日，福臨在養心殿東暖閣批本，越看越不對頭，越批越不是味道，立命召大學士金之俊，學士傅以漸、王熙進見。

金、傅、王三人應召而來，跪倒在紅地毯上，屏息靜氣，惴惴不安。福臨板著臉，擲下一件題本。

金之俊展開一看，是少詹事李呈祥的奏疏，竟提出「部院衙門應裁去滿官、專任漢人」的建議！金之俊暗暗吃驚：滿人功高權重，多數不識字少見識；而部院中有才有識的漢官如同虛設。這種情況向來如此，縱然錯誤百出，但也無法可想。況且上面還有滿洲諸王親掌六部，李呈祥有多大膽，敢上這樣的奏疏！

福臨眼內隱隱閃出怒光，提高聲音說：「李呈祥此疏大不合理，直是一派妄言！朕不分滿、漢，一體眷遇委任，爾等漢官反生異意！從實據理而言，難道不該首崇滿洲？不是滿洲東來，爾等能有今日的榮華富貴？」

三名漢官慌忙摘帽放在地上，連連叩頭請罪。

福臨「啪」地又扔下一份題本，那是頭一天二十九名漢官的另議奏文。他狠狠地說：「朋黨之弊，歷朝視爲異端，不想竟再見於本朝！分明是漢官心志未協，不務和衷，對滿員之見，故爲乖違！歷朝不能容，本朝更不能容！」

金之俊匍匐地面，不敢抬頭。

第三份題本摔下，金之俊打開一看，頓時面無人色，額頭上沁出黃豆大的汗珠。那是寧完我參劾陳名夏的彈章。題本的第一句，「爲特參大學士陳名夏結黨懷奸，情事叵測事」，而陳名夏的首項罪狀便是：「陳名夏痛恨我朝薙髮，鄙棄我國衣冠，曾謂臣曰：『若要天下安，留髮復衣冠。』……」

福臨虎著臉，最後說：「題本發下，從重議處！」

三名漢官再叩而起，倒退著出了暖閣，急急忙忙地走了。

福臨滿腦門冒火，感到他在受夾板氣：滿族親貴和太后都暗暗責備他親漢，而漢官得點甜頭，就蹬鼻子上臉，公然用這種方式挑戰！他，畢竟是努爾哈赤之孫、皇太極之子，大清的皇帝啊！

他煩躁地在養心殿外的月臺上走來走去。二月的陣風挾著寒意，兜頭颳來，他不禁縮了縮肩膀。吳良輔連忙跪下啓奏：「請萬歲爺添衣。」

福臨理也不理，只管緊皺眉頭，背手快步走著。

「萬歲爺請添衣裳，看著涼。」吳良輔不厭其煩地又奏。

「討厭！」福臨厲聲喝，瞪了他一眼。要是旁人，也就閉口了，吳良輔仗著平日皇上的寵愛，賠著笑臉又說：「萬歲爺，添件衣裳吧！著了涼，奴才怎麼交代……」

福臨勃然大怒，一把奪過吳良輔腰帶上懸掛的鞭子，照著他沒頭沒腦地一頓猛抽，劈劈啪啪地打了好半天。吳良輔跪在那兒，一動不動地受著，不叫喊、不呻吟，也不躲閃，就像一塊石頭，保持著畢恭畢敬的姿勢。

福臨打累了，扔掉鞭子，喝道：「滾！」他自己精疲力盡，慢慢走回養心殿去了。

幾名小太監悄悄扶起吳良輔，見他俊俏的臉上也著了幾鞭，裝出一副同情的樣子直搖頭，故意好奇地低聲問：「吳總管，不礙的吧？」

吳良輔輕輕摸一摸臉上的傷痕，微微笑著說：「咱們萬歲爺就是真龍天子。這叫作龍性難攖，懂不懂？」

經常挨福臨鞭子的內侍們，似懂非懂地望著他，咂咂嘴，點了點頭，又搖了搖頭。

四

南城顧園，是龔鼎孳的住宅。用他寵愛的二夫人顧媚生的姓氏為名的這處庭園，以山石、清溪、桃花、柳蔭著稱於時。龔鼎孳罷官以後，終日飲酒醉歌，俳優角逐，似乎十分曠達。他家是合肥豪富，當風流寓公毫不作難。

仲春時節，滿園花開草長。青青柳絲織出一片輕煙，爛漫桃花有如團團紅雲，山石溪水都被染上一層輕紅。清溪上漂浮著嬌嫩的桃花瓣，在園中曲折縈迴、潺潺流淌，忽而穿過玲瓏石山，忽而繞過古樸草亭，到綠楊橋下匯成一潭清池。池水如鏡，映出亭臺樓閣、綠柳紅桃，也映出綠楊橋上憑欄而立的陳名夏和龔鼎孳。

兩人都是文士裝束。陳名夏身著滿式無領藍衫，外面罩一件貂皮鑲邊暗蝙蝠花紋的煙色緞馬掛，頭上一頂瓜皮小帽。龔鼎孳穿的卻是前明秀士常著的直領藍衫，夾裡對襟，胸前以條帶隨便一繫，頭上無帽。兩人同歲，都在不惑之年。陳名夏風度翩翩，尙可辨出當年探花郎的丰采。龔鼎孳卻神色悒鬱，心事重重，他出神地望著兩人在水中的倒影，傷感地說：「唉，整整二十年了！」

陳名夏心頭一沉，飛揚的神采收斂了些，低聲應道：「是啊！……這綠楊橋還是舊時物……」

二十年前，陳名夏和龔鼎孳一同金榜題名，又同授兵科給事中，同榜進士成了同僚，關係格外親近。公餘歌飲留連，曾一同來過南城。那時，這裡是一所廢園，斷壁殘垣，野花無主，只有綠楊橋完好無損。兩人曾漫步橋上，對廢園主人的升沉大發感慨，進而浩嘆人生無常，前途難料。但那不過是得意之餘的無病呻吟，故作風雅而已。焉知二十年後，歷盡滄桑的當年風流進士，又在橋頭相聚？感慨深到極處，反而無話可說了。

陳名夏一揚頭，望著潭邊紅綠相間的色調，信口吟道：「柳葉亂飄千尺雨，桃花斜帶一溪煙。」

龔鼎孳沒有抬頭，卻低低地吟出兩句古詩：「顛狂柳絮隨風舞，輕薄桃花逐水流。」

陳名夏看了他一眼，他也覺得自己有些過分，便直起身子，對陳名夏憂鬱地一笑：「走走吧。」

龔鼎孳降清後，按原官原品授吏科給事中，遷太常寺少卿，升左都御史，進入九卿之列。不久，他屬下的給事中、御史等言官發難，朝中掀起彈劾大學士馮銓和侍郎孫之獬、李若琳的風潮。這三個人最先薙髮迎降，孫之獬甚至全家男女都改穿滿裝，取媚當權。當時，攝政睿親王多爾袞袒護三人，詰責諸臣。龔鼎孳攻馮銓最力，當面斥之爲「閹黨」、「魏忠賢的乾兒」。馮銓以龔鼎孳曾降李自成，反脣相譏道：「何如逆賊御史！」多爾袞故意問龔鼎孳：「馮銓所說可是實情？」龔鼎孳答道：「豈只鼎孳，魏徵亦曾降唐太宗！」多爾袞怒道：「只有無瑕者可以戮人，怎能以闖賊比擬唐太宗！」馮銓沒有參倒，龔鼎孳倒降八級調用，補了上林苑丞這樣一個小官。不多時，小官也不讓他做，乾脆罷免了。

龔鼎孳是江南有名的才子，詩文與號稱文臺領袖的錢謙益、吳偉業齊名。自順治四年罷官家居至今，慨嘆良深。陳名夏倒沒有忘記同命老友，常相來往。順治親政後時時巡幸內院，一次在陳名夏處見到龔鼎孳的詩文，讚嘆不已，還說道：「真才子也！」陳名夏於是認定龔鼎孳終有起復的一天，不時以此安慰老友。

他倆順著溪邊漫步，柔弱的柳條從他們頭頂、肩上拂過。前面有一樹盛開的白碧桃，掩映著一座連著短廊的四角亭。短廊折而向東，與住宅的內廊相接，那裡傳出一陣女子的笑語，兩人停步花下，不禁會意地一笑。他們是通家之好，陳名夏自然熟悉這笑聲出自何人。

當龔鼎孳因投降被人指責氣節有虧時，他總是回答：「我原欲死，奈小妾不肯何？」這位小妾，便是發出動人笑聲的顧媚生，龔鼎孳贈她一個表字：橫波。

顧媚生領了兩個僕婦，穿過短廊，走進四角亭。她嬝嬝婷婷，如弱柳扶風，步態很美，一身明末官宦家婦女家居的裝束：玉色羅裙，粉色窄袖圓領衣，戴一披高領繡花雲肩，濃黑的頭髮高高盤在頭頂。她懷抱著一個綠錦緞繡百子圖襁褓，不時親暱地把臉貼上露在襁褓外的花花綠綠的小帽。她在亭中的青花瓷墩上坐定，把襁褓遞給身邊的乳母。乳母不敢怠慢，立刻解襟開懷餵奶，顧媚生目不轉睛地注視著。少頃，餵完奶，顧媚生又對另一僕婦——保母示意，保母從乳母手中接過襁褓，小心地打開，抱起嬰兒，撩開尿布把尿。嬰兒手腳亂動，就是無尿。保母說：

「稟太太，小相公尿罷了，要不要就包上？」

「包上吧，當心受風。」顧媚生懶洋洋地回答。

雖說隔著花影看不真切，總是大致不差。陳名夏很驚奇。他知道顧媚生進香拜佛，百計求嗣，始終沒有結果。難道抱養了一個孩子？他轉向龔鼎孳：「孝升，橫波不是上月還往碧霞觀求子的嗎？」

龔鼎孳先有幾分尷尬，繼而放聲大笑：「何需瞞你！來看看我們這位內外通稱小相公的娃娃吧！」

顧媚生見二人進亭，站起來笑迎。陳名夏寒暄幾句，便俯身去看保母懷中的「小相公」，頓時大吃一驚，哪有什麼孩子！那只是用罕有的白檀香木雕成的一個男嬰，四肢可動，笑容滿面，異香撲鼻，衣帽都用鑲金嵌珠的錦緞製成，華麗非常。好一顆掌上明珠！

陳名夏揚聲大笑，連連稱讚：「匪夷所思！匪夷所思！不是媚生，哪來如許空靈綺想！」

龔鼎孳半讚半怨地瞟了顧媚生一眼，笑道：「就是這麼個人，你說我拿她有什麼辦法！」

顧媚生也笑了，邀他們進客廳，又回臉問陳名夏愛喝什麼茶。

顧媚生已年過三十，可謂徐娘半老了，但仍有令人迷醉的魅力。她一顰一笑，一舉手一回身，都曾經過精心設計，對鏡練習過千百次的。這位秦淮金粉世家的嬌女，遠非一般煙視媚行之流所可比擬。如今，她把夫人的尊貴、名妓的嬌媚糅合起來，又成另一種使人愛憐的風姿了。她對兩個男人點頭一笑，搶先去爲他們安排茶點。陳名夏看著那楚楚動人的身影，拍著老友的肩頭說：「真所謂惑陽城、迷下蔡！孝升豔福如此，教人羨慕不已呀！」

龔鼎孳一擺手：「算了算了，誰似你官運亨通，位極人臣！有道是情場得意，官場失意嘛。」

陳名夏又放聲大笑了。他很愛大笑，而且笑得很得意，很張狂。龔鼎孳見怪不怪，習以為常，他關心著別的：「聽說近日朝中又出了大事，由圈地引起的？」

「不錯。」陳名夏把事件的經過講了一遍，得意地說，「安郡王和佟皇親兩家都惶惶不可終日。尤其是佟家，原本不是滿洲人嘛，狐假虎威！」

「二十九人另立一議……不會出毛病嗎？」

「不會！絕不會！皇上天縱聰明，非凡人可比，親政以來，頗有作為。最難得他勤學苦讀，自四書五經至諸子百家，以及詩詞歌賦，無不涉足。皇上的漢話、漢文，朝中滿人不能及其萬一！你想，我對皇上說：若要天下安，留髮復衣冠，皇上竟也點頭稱是，可不是一代英主嗎？……孝升，沒有請別的客人？」

此時，二人已走進客廳，小戲臺面前只擺了三張宴桌。

「還有一位，他想見你，求我引薦。」

「何許人也？」

「說來怪有意思。刑部主事李振鄴那日由公事房回家，途中聽見小孩子們跳著腳齊聲唱：『不要喊，不要喊，來年狀元名張漢。』哪知次日便在一個朋友家見到了張漢，這朋友也是聽了童謠特意尋訪，才把他請到的。李振鄴與我有師弟之誼，就把此人引來顧園。今天邀他作陪，他還叫了戲班湊分子……」

正說著，家人稟報：張漢先生來拜。陳名夏官高位崇，又是主客，端坐不動。龔鼎孳接了張漢進來。張漢見陳名夏就拜，說了許多「大名久仰、如雷貫耳」的套話。陳名夏略略還禮讓座，對張漢打量一眼，直截了當地喝彩道：「好一個英俊美少年！若不是孝升引見，乍一覷面，一定當你是梨園佳弟子！」

張漢的臉紅了一下，立刻陪笑說：「不敢。」陳名夏的狂傲實在令人難堪，怎麼一見面就將人賤比爲戲子？龔鼎孳打著圓場，令僕役上菜，丫鬟斟酒。雙慶小班班主前來請他們點戲，陳名夏當仁不讓，點了《風箏誤》裡的三折：〈前親〉、〈後親〉、〈驚醜〉，龔鼎孳點了《金雀記》裡〈喬醋〉一折，張漢點了一齣《南渡記》。

「《南渡記》？孝升聽過嗎？」陳名夏問。

龔鼎孳搖頭。張漢笑道：「雙慶班剛由南方來京，便會演此戲，可見流傳之廣。學生正要請老大人一觀，可知世人心術之壞，時下風氣之惡！」

「這麼說，你是聽過的了？」陳名夏瞥他一眼。

「是。」張漢莊重地向後退了退，說，「《南渡記》爲江南許巨源所作，此人乃一失意文士，筆下刻毒之至，老大人不可不提防一二……」他竭力使自己說得義正辭嚴、態度忠誠，心裡卻不由自主地感到慌張。

戲宴開了，張漢並沒有覺得輕鬆。在陳名夏這樣的大貴人面前，他自慚形穢，戰戰兢兢，恨不得鑽到地底下去。但這是千載難逢的進取的機會，怎能錯過？

爲了求取功名，張漢煞費苦心。那首童謠是他一手製造的。他正當落魄，無依無靠，也無人引薦，便想出一條妙計：買了一大包棗和糖餅，在大街小巷見了小孩就給一把，要他學說兩句童謠：「不要喊，不要喊，來年狀元名張漢。」京師果然是首善之區，見效之速出他意料，他很快成爲好客之家的座上賓，被到處引薦……想不到小小伎倆，勝過籌思多時的計畫和行動，居然得到了成功。

今天，張漢觀察陳名夏的態度，毫無佳兆。這位大學士目中無人的驕狂之態，反賓爲主的囂張氣焰，給張漢很大壓力，他不得不竭力掙扎，時時注意著陳名夏的神態。大學士喜他也跟著喜，大學士笑他就立刻笑，大學士皺眉他趕緊搖頭，大學士喝彩他搶先擊節。他必須給大學士留下好印象，爲以後直接拜會他鋪平道路。

可是陳名夏只顧和龔鼎孳吃酒議論，看也不曾看張漢一眼。在尷尬的絕望處境中，張漢勉強支撐著看過兩折。第三折，是《風箏誤》裡頂精彩的〈驚醜〉，男主人公韓世勳被醜女詹愛娟嚇得喪魂失魄。那小生很會作戲，水袖抖得漂亮，一臉驚懼之色唯妙唯肖，令人叫絕。陳名夏大聲喝彩，張漢卻驀地站了起來，好像受了驚嚇，隨後又覺得失禮，重新坐下。陳、龔兩人都沒有注意他。

漸漸地，張漢的眼睛瞪大了，一個醜陋的臉隱隱浮現著，還有暗紅的帳幔、閃爍不定的燈光……可怕的回憶糾纏著他，他渾身顫慄，閉上了眼睛。但戲臺上的詞曲卻無情地向他襲來：

……驚疑，多應是魍魎魅將咱魘迷。憑何計，賺出重圍？……

他再也無法忍受，搖晃著站起來，對主人拱手道：「學生還有些賤事要料理，不能終席，老大人見諒！……」說罷，他腳步踉蹌，跌跌撞撞地走了。

陳名夏鄙夷地一笑，簡單地說：「喝醉了。」

龔鼎孳搖搖頭：「唉，如此名士！」

張漢離席，顧媚生就可以從簾後移進廳中看戲了。三人說笑著越看興致越高。顧媚生曾是紅氍毹上的一代名優，自然指長道短，格外精神。

《南渡記》開始了。兩個主要人物——一生一末剛剛自報家門，三位看戲的立時寂靜無聲。臺上人哪裡知道他們所演的角色正坐在臺下觀看，還因爲報酬優厚而格外賣力，又唱又說又做，曲盡其妙。

臺上的陳名夏、龔鼎孳血汗滿面地從王氏胯下爬出的一瞬間，顧媚生一聲刺耳的尖叫，雙手蒙臉，跑出了客廳。龔鼎孳面色鐵青，渾身顫抖，說不出話，只對聞聲而來的戲班班主連連揮手，叫他們趕快退下。

一陣混亂之後，客廳空空蕩蕩，只剩下陳名夏和龔鼎孳。兩人慢慢轉過慘無人色的臉，互相看了一眼，龔鼎孳突然「哇」地放聲痛哭。陳名夏沒出聲，只有兩行淚水沿面頰緩緩流下。

龔鼎孳捶胸頓足：「名節掃地至此，還有什麼可說！……」他的羞憤很快轉爲惱怒，咬牙切齒地罵道：「許巨源！你個黃口孺子！陰損如此，必殺以洩忿！……」

良久，陳名夏才慢慢地輕聲說道：「我輩吃虧在怕死二字，自然不如史可法、閻應元，卻不肯自甘寂寞，總以爲天生我材必有用，要在名利場上角逐一番，則又不如黃梨洲、顧亭林……可是，我輩總也算是應運而生、應運而出。大兵進關入主中原，若無我輩，成何世界？人生在世，人生在世啊！……」他突然仰天大笑，笑了好一陣，笑聲既狂妄又悲酸，很像夜梟在月夜林中的呼叫，龔鼎孳直聽得停止了痛哭，毛骨悚然。

陳名夏睜著淚汪汪的眼睛，笑盈盈地對龔鼎孳說：「當個內院大學士，錦衣玉食，調和天下，上爲天子分憂，下爲萬民解苦，這比當年死於忠節，比今日浪跡江湖，是強過，還是不及呢？……」

龔鼎孳和陳名夏互相安慰著，心境漸漸平和了。他們約定三日後到陳名夏府上聚會。陳名夏還再三囑咐，一定要帶顧媚生去，好開導開導他的妻妾。

他們沒想到，烏雲已籠罩在陳名夏的頭頂。

當晚，剛剛回府的陳名夏被逮鎖問罪。聖旨命吏、禮二部大臣會同刑部共同審理這一案件。

五

辰初三刻，皇上退朝了。

早朝後的第一件事，是往慈寧宮向母后請安，這是福臨定下的規矩。

在宮內，儀駕比較簡單：前面侍衛舉著四桿豹尾槍導行，便輿四角各有一名御前侍衛，挎著名叫「小神鋒」的二尺多長的寶刀跟隨，太監打兩面雀金扇，頭頂遮一柄黃羅傘，後面跟著一些服侍小太監。

福臨坐在輿中，心情十分不快。沒想到陳名夏的案件震動了整個朝廷，上上下下的大小官員，無論滿漢，都眼巴巴地盯著。福臨感受到來自各方的壓力，難以應付。

寧完我的彈章參了八條，主要的，一是「留髮復衣冠」；二是陳名夏父子暴惡，攬權納賄，結黨營私，士民怨憤；三是塗改諭旨。會審時，陳名夏只承認第一條，說其他各款都是誣陷。而寧完我會同內祕書院學士劉正宗共證陳名夏所犯各罪都是事實。今天早朝，吏、禮、刑三部會審後題本上奏，最後擬出的處理意見是：斬。現在，陳名夏的生死，完全取決於福臨了。

朝廷裡的傾向太鮮明。參與議政的王公大臣和滿官對此十分快意；多數漢臣口中不說，卻都表現出一種兔死狐悲、黯然神傷的憂鬱。敢於替陳名夏講情的，只有一個外國人湯若望……

剛進慈寧宮，迎接福臨的，竟是一派檀板輕敲、笛聲嘹亮、歌喉宛轉。東配殿裡新搭起小宮臺，莊太后和兩位太宗的妃嬪——懿靖大貴妃、康惠淑妃，還有一位太祖皇帝的壽康太妃，在許多福晉命婦的陪同下，正興致勃勃地觀看傀儡戲。傀儡大約有真人的四分之一大小，做得十分精細，說唱操縱都由太監擔任。一齣勸善的《魚兒佛》正演得熱鬧。福臨一腳踏進配殿，嚇得那些福晉命婦們紛紛站起身向後退避、低頭、跪倒。

福臨依次向壽康太妃、莊太后、懿靖大貴妃、康惠淑妃等祖母、母后請安。她們一一受禮，問了皇帝好，便要向莊太后告辭。莊太后笑著挽留說：「今兒的宮戲怪認真的，戲碼也好，還是看完吧！一會兒有北邊新進的松仁、白果，正好品茶。」

白髮蒼蒼的壽康太妃先笑著坐下，懿靖大貴妃和康惠淑妃也跟著告坐。莊太后起身笑著對她們道了歉意，領著福臨往慈寧宮正殿走去。剛進殿門，她忽然想起什麼似的，叫一個宮女回配殿請佟夫人。

一位衣飾華麗的滿裝貴婦走來向福臨請安。太后笑著對福臨說：「照家常禮數說，這是你的丈母，不該受禮的。」福臨連忙遜謝。按宮內制度，內廷主位遇娠，有生母者允許進內照看。福臨問道：「佟妃的日子近了嗎？」

佟夫人連忙回答：「就在這個月了。」

莊太后笑道：「這是宮內主位第一次誕育，佟夫人要精心照料才好。早些回景仁宮陪伴去吧。」

佟夫人連連稱是，後退幾步，向殿外走去。

福臨的不快又增加一重：太后引見佟夫人，無非是表示她對佟圖賴家的恩寵。這不是又在給自己增加壓力嗎？

母子倆方坐定，太監來稟告：鄭親王濟爾哈朗恭請皇太后召見。太后看看福臨，福臨立刻站起來說：「額娘，皇叔一定是爲了陳名夏的事情。」

莊太后揚了揚眉峰，沒有說話。

「額娘，我把複審的題本帶來了，請額娘過目。」福臨說著，吳良輔跪進摺匣。太后的貼身女侍蘇麻喇姑接過打開，雙手放在太后的御案上。

莊太后先吩咐太監：「請鄭王進宮。」然後對福臨說：「皇兒，你還是從安郡王和佟皇親兩家爭圈民地說起，近日朝廷裡都有些什麼議論？」

很多次了，不等福臨細說，母親已把朝中大事的來龍去脈摸得一清二楚。福臨知道，這些進宮侍奉母后的福晉、命婦們，等於是一個副朝廷，但他還是對母親的明睿感到驚奇，不由得說：

「額娘，妳什麼都清楚吧？」

莊太后避開他的問題，只靜靜地望著他，道：「說吧！」

於是，從午門自戕案到陳名夏獄成的全部過程，由皇帝繪聲繪色地向皇太后敘述了一遍。聽罷，太后不表態度，低頭去看題本。

鄭親王進宮來了。他向皇太后和皇上的跪拜被止住，太后賜給他一個座位——那是一個杏黃色的織著龍紋的錦緞坐墊，置於太后右側向南較遠的地方。鄭親王盤腿坐下，因爲這一陣走得太急，止不住喘著粗氣，臉色泛白，看上去很虛弱，和他魁梧肥碩的身材很不相稱。太后連忙命太監賜茶，並和悅地說：「王兄年紀大了，要多多保重。行走不便，乘馬進宮吧。自家骨肉，不必太拘禮。」

在紫禁城乘馬，這是極高的禮遇。鄭親王非常感動，又要下位叩謝，再次被太后止住。他喝了那碗熱氣騰騰的奶茶，方覺得心定氣靜，這才誠篤地仰望著福臨說：「皇上是不是有赦免陳名夏的意思？」

福臨不置可否。

「奴才就是爲這事求見，請太后、皇上明察，陳名夏不能赦呀！……皇上很看重他的才學，但我大清富有四海，我皇上是普天下的主子，有能耐的人比河裡的沙子還多，不少陳名夏一個！這人一向結黨，是個反覆小人，皇上早就瞧透他了……」

濟爾哈朗指的是兩年前的事情：御史張煊彈劾陳名夏結黨行私，銓選不公。議政王貝勒大臣會議時，議政大臣譚泰袒護陳名夏，反而以誣奏反坐，判處張煊死刑。不久，譚泰因黨附多爾袞論罪誅死，順治覆命議政王貝勒大臣按張煊所劾陳名夏罪狀再審。陳名夏竭力爲自己辯解，到了理屈詞窮之際，便哀哀哭泣，訴說自己投降有功，希冀免死。當時福臨對議政王大臣們說：「此人真乃輾轉狡詐的小人，罪實難赦。但朕已有旨，凡與譚泰事有牽連者，皆赦而不問。若罪陳名夏，則失信於天下了。」這樣，陳名夏才得以革職留命。福臨畢竟看重陳名夏的學問才幹，去年，陳名夏復職。但剛得意一年多，又生出事來。

福臨不大高興鄭親王提起往事。因爲就是順治九年那次赦免陳名夏，他的出發點也是重才而不是守信。此刻他說：「朕觀歷代英主用人，無不用其所長棄其所短，如漢高祖之用陳平，魏武帝之容張繡。須知金無足赤，人無完人！」

要掉書袋，鄭親王哪裡是福臨的對手！那些繁複雜亂的漢文，至今他仍是斗大的字識不得一石。但是他有對朝廷最實際的考慮：「皇上說的是。可陳名夏的大害不只在反覆，要緊的是結黨。二十九名漢官竟膽敢另立一議，本朝從來沒有過！陳名夏就是魁首，就是害群之馬，不加嚴懲還成個朝廷？……」

福臨半晌沒作聲，後來遲疑地說：「或者免官遣戍？……」

鄭親王嘆息道：「皇上心地慈善，奴才真怕皇上養虎傷身。這種不忠不義的小人，奴才瞧著都發怵。皇上這樣待他，他對皇上又安過什麼好心？」他惴惴不安地迅速看了莊太后一眼，太后坐在她的寶座上，一如既往，端莊、慈藹、溫和，看不出可否。於是，他硬著頭皮使出了撒手鐧：「多爾袞攝政那會兒，皇上年幼，陳名夏不是夜謁睿王府，陳請多爾袞登皇位的嗎？」

福臨渾身一震，緊緊咬住牙關。鄭親王心疼地看著福臨，繼續說：「多爾袞雖然回答說『本朝自有家法，非爾等所知』，沒有接受，但陳名夏立時由學士超擢吏部侍郎，從此大受重用。幸虧老天爺不佑惡人，多爾袞病死，不然……唉！」鄭親王低下頭，老態龍鍾。

福臨也低著頭不出聲，看不清他的表情。但濟爾哈朗知道擊中了要害。凡事凡人，只要和多爾袞逆謀有所牽連，就能立刻激起福臨的憎惡；只要被多爾袞打擊排斥過，就能立刻引起福臨的好感。多爾袞一倒臺，索尼、希福、鰲拜、遏必隆等人立刻參與議政，就是這個道理。

鄭親王站起，向皇太后和順治躬身再拜。他真心疼愛這個十六歲的姪子，知道自己這麼說會刺激福臨，心裡很覺難過，可又不能不說。他默默地望了福臨一會兒，嘆了口氣：「唉，皇上不要過於勞累，奴才去了……」

濟爾哈朗走後，母子倆相對無言，不時交換一道目光。後來，莊太后輕輕讚嘆道：「真是個忠心耿耿的老臣！」她看定福臨那目光游動的眼睛，溫和地問：「皇兒，你的意思呢？」

「陳名夏有罪，但罪不至死。湯瑪法今天還有奏本替他講情，說身爲君上的，必得仁慈爲本。兒一心施仁政、行王道，怎能隨意誅殺大臣！」

太后微微一笑：「瑪法道德高尚，是個仁義長者。但究竟是外邦人，不懂得中土民俗人心、歷朝興衰，更不懂得治理天下的根本。」

福臨烏黑的眸子盯住母親，竭力隱藏心裡的不服。

「陳名夏並非不可赦。但是赦了陳名夏，李呈祥赦不赦？他可比陳名夏罪名小、官職低。陳名夏、李呈祥都赦免了，二十九名漢官結黨如何處置？只得不聞不問，他們比陳、李更少罪名。

三案都不定罪，議政王貝勒大臣服不服？滿洲親貴服不服？八旗將士服不服？皇兒，你坐江山究竟靠的誰？」

福臨一哆嗦，垂下眼簾，濃黑的睫毛簌簌抖動。

「能靠那些漢人嗎？皇兒，我屢次要你想，今天還要你想，你以爲天下漢民已經都臣服了嗎？如今你身踐帝位，本當凜凜然如以朽韁馭六馬，稍有閃失，就會使太祖、太宗百戰得來的天下毀於一旦。皇兒，你千萬不可大意啊！……」

福臨覺得背上滾過一個又一個冷顫，額頭也滲出了汗珠。他羞愧地低聲說：「我只是想，陳名夏罪不至死，所以……」

莊太后溫靜地笑笑：「到了這個地步，還談什麼有罪無罪？」略一沉吟，她說：「只須治陳名夏抹刪諭旨、結黨營私之罪。『留髮復衣冠』的話，就不必提了。」

福臨欽佩母親。因爲這樣一來，不僅爲福臨曾首肯此話留了面子，也免得更激起漢臣漢民的反感。

* * *

佟夫人進了景仁門，繞過一架名爲遠山疊翠的大理石方屏風，穿過前院，由西側門進了後院，見她的女兒端坐在寢殿前廊，身上灑滿燦爛的陽光。廊邊雀替上掛著幾只金絲鳥籠，兩個宮女給籠裡添食添水。佟妃身子一動不動，只噘著小嘴，揚著下巴頦，逗弄面前那隻活潑的青綠相間、黃腹紅嘴鸚哥。

「哎喲，我的姑奶奶！妳可真有閒心！」佟夫人風風火火地來到前廊，倒沒有忘記向她的親女兒請安。

佟妃轉過臉，睜大圓圓的眼睛：「出什麼事兒啦？」

「妳舅爺爺進慈寧宮，請太后一起勸皇上。也不知勸妥了沒有！皇上要是非赦免那個姓陳的南蠻子不可，那可怎麼辦喲！」

佟妃今年剛剛十四歲。進宮時是個十足的毛丫頭，還在玩抓子兒的年齡，因爲想娘幾乎天天哭鼻子。近年漸漸學會不哭了，卻又懷了孕。自己還是個離不開媽媽的孩子，眼看又要當媽媽，真是又驚又怕又喜又憂。她的小小的心裡只裝得下三個人：皇上、太后和她未出世的娃娃。別的她無暇去想，也沒有興趣。對這些朝政，她更是一點不懂。佟夫人進宮後對她多方開導，她依然不那麼開竅，這時便說：「一個漢官，赦不赦的，有什麼了不起！」

「哎呀，好我的姑奶奶！我跟妳說了這麼些日子，敢情白費唾沫！這姓陳的南蠻子糾了一伙子漢官，專跟咱們過不去！」

「不就是退還圈占民地那事嗎？皇上說叫退，就該退嘛！」佟妃在支持皇上這方面，毫不含糊。

「退百十畝地算什麼，對咱們也不過九牛一毛。可那姓陳的蠻子又要殺投充人啦，又要處罰地方官啦，明擺著要倒咱們的架子，掃咱們的威風呀！他要成了事，還有咱們旗人的好果子吃嗎？……」

佟妃稚氣地望著母親。佟夫人一拍手，嘆著氣叫一聲：「我的小冤家！這事兒還掛著妳呀！」

「我？」佟妃聳了聳細細的眉毛，有點驚異。

「可不是咋的！」佟夫人趕緊把女兒攙進臥室，扶她在又軟又厚的床上躺好。等宮女們都到外間侍候了，佟夫人才坐在床邊的繡墩上，壓低嗓音，開門見山地問：「妳就不想當皇后？」

這話太尖銳了，佟妃的臉「刷」地紅到脖子根，簡直像一塊紅綾，連顴上、脣邊那些黃褐色的蝴蝶斑也被紅暈蓋過去了。她儘管入世不深，許多方面還是個孩子，但對自己的地位卻非常敏感。皇后被廢以後，她常常半夜醒來，悄悄地禱告蒼天神佛，保佑她能有繼立之分。這是她的祕密，平日絕不敢有所流露。她本能地感到，如果她這「非分之想」被人發現，定會招致皇上的厭棄，溫厚慈愛的皇太后也會憎惡她，她將如皇后被廢爲靜妃、永居側宮那樣，被貶爲庶妃或貴人，永無出頭之日。她的從不敢出口的隱祕，竟被母親一語道破，窘得她眼淚都要掉下來了。

「臉紅什麼！」佟夫人心直口快，「現今皇上雖說有一位皇子、兩位公主，可他們母親位分低。主位娘娘裡，妳第一個有喜。我看妳這肚子尖，花花臉，準生兒子！母以子貴，歷來如此，還有什麼說的？……」

佟妃微微一皺眉，連忙伸手撫摸自己凸出的腹部。不安分的小東西，正在肚子裡踢腳伸拳。佟夫人的話其實多餘，佟妃自己想過何止幾百回。

「妳繼立皇后，原是十拿九穩，偏偏這姓陳的蠻子跟咱們作對。皇上要是赦他，對咱家算個啥意思？妳當皇后還有啥指望？」

佟妃愣住了。她真不曾想到這一層。

「妳說我能不著急上火嗎？妳倒沒事人兒似的！妳也該瞅空子給皇上念叨念叨，可不能喝那南蠻子的迷魂藥！」

佟妃扯著綾被把臉蓋上，細聲說：「宮裡有胎訓，皇上有半個月沒來了。再說妃嬪不許預政，這是家法，我不能……」

佟夫人呆了半晌，「嗐」了一聲，說：「真是的！好端端的美事，要是敗在南蠻子手裡，老娘我死不瞑目！……這南蠻子究竟有什麼妖術，迷得這些人把祖宗的規矩都忘了？別瞧那安郡王，也是那路貨！……」

「妳別說了！叫人聽了笑話咱家沒規矩！」佟妃突然不高興了，顯出了主位娘娘的身分。佟夫人嚇了一跳，意識到自己太過分，連忙收斂，躬身謝罪，按照官定的禮節說：「娘娘恕罪。臣妾實在是心中不平……」

宮女進來稟告：「啓娘娘，佟夫人的侍女求見佟夫人。」

佟夫人慌得猛然站起，旋又坐下，急煎煎地對佟妃說：「消息來了！我叫她到舅爺爺府上去打聽來著！」

佟妃不知哪裡來的勁，忽地坐起來：「快傳她進來！」

侍女進見，先跪佟妃，後跪佟夫人。佟夫人一把拽住急問：「怎麼樣？」侍女抬頭一看，佟妃和佟夫人神情緊張，都瞪大眼睛盯著自己，一眨都不眨，頓時心裡發慌，舌頭打結，半天才說道：「皇上……批下吏、禮、刑三部題本，說是，念在陳名夏率先投誠，效勞年久……」

侍女一口氣上不來，那母女二人臉色刹那間雪一樣白，佟妃嘴唇都灰了，臉上一塊塊黃褐斑變得非常觸目。佟夫人急得揚手要打侍女，侍女已緩過氣，繼續說：「……皇上開恩，將斬刑改爲絞刑。是絞立決！」

靜默片刻，佟妃頹然倒在枕上，隨著臉色復原，笑容也漸漸泛上嘴角眉梢。佟夫人樂得手舞足蹈，放聲大笑：「哈哈哈哈！好皇上！好皇上！這才是太祖、太宗的好子孫！」她拍著大腿，爽快地說笑著，透露出早年部落婦女的帶有男性味道的豪氣。她扯住侍女又問：「就這些？還有嗎？」

侍女想了想：「御史李呈祥免死，流徙盛京。二十九名漢官分別予以革職、降級、罰俸處分。」

佟夫人樂不可支，推了侍女一把：「去！回府給我拿幾件衣裳，今晚趕回宮裡來！」這分明是要侍女回佟府報喜。侍女會意，匆匆往宮殿監領腰牌去了。

宮女侍女都不在跟前，佟夫人興致更高了：「哈哈，這一回，妳爹能當國丈，我叫啥呢？國丈母娘？妳兄弟可就是正牌的國舅啦！封王咱也不想，可封個公侯太師啥的，總錯不了吧？永平府那些個田地，都封給咱們家好了！皇后的娘家，看誰還敢爭！」她又拉著女兒的手，憐愛備至地撫摸著，笑咪咪地說：「妳從小就命貴，好幾個有名的老道都算妳大富大貴，有個老和尚還指實了說，妳有皇后之分。我們心裡明白，不敢告訴妳。打妳一進宮，我們就盼著這一天啦！……」

她再也坐不住了，在屋裡走來走去，興奮地大聲叨叨：「可得敬謝老天，敬謝神佛保佑！快，快！我得立馬給佛爺燒炷香！」她找來線香點著，跑到臥室後的小次間，那裡佛龕上供著一尊尺多高的金佛像。她舉著香拜了又拜，嘴裡不住地念著禱詞。不一會兒，她覺著有人挨著她跪下了。回頭一看，她那身子笨重、相貌嬌小的女兒，也舉著線香，滿臉喜悅和虔誠，對著金佛像頻頻拜禱。

*　*　*

「萬歲爺，膳齊。」管膳大太監向站在一盆牡丹花前發愣的福臨跪稟，福臨無可奈何地回到東暖閣。洋漆花膳桌上已經擺好三十多個琺瑯質、銀質及瓷質的盤、碟、碗。兩名擺膳太監一左一右地站著，前面還有四個養心殿當值太監垂手恭候。福臨入座後，擺膳太監便把一品一品的菜碗菜盤的銀蓋打開，請皇上過目。看見皇上用眼瞧哪品菜，就得趕緊拿它往皇上跟前挪。福臨此時毫無胃口，連眼皮都不抬。

吳良輔乖巧地走過來，用眼色支開了擺膳太監，笑道：「萬歲爺批本批了兩個時辰，怎麼也得進點膳。」他看著滿桌的菜，點著數地說：「萬歲爺往這兒瞧，這一品燕窩絲雞絲香蕈絲火腿絲白菜絲，鮮美無比；這一品燕窩冬筍肥雞熱鍋，熱騰騰香噴噴；攢盤裡燒麃肉、鍋塌雞絲、晾羊肉，是北地的名菜；黃碗裡芽韭炒鹿脯絲紅黃相間，是太廟的供獻；象眼小饅頭，又軟又暄；摺疊奶皮子、酸奶子，白格生生饞人眼！……」

吳良輔一套油腔滑調，活像是市上酒樓的跑堂，倒把福臨逗笑了，說：「貧嘴賤舌的，饞死你！」

吳良輔趕緊跪下叩頭：「奴才哪敢承望萬歲爺的賞，只求皇上開開臉，進得香，奴才就是餓三天也心甘情願！」

福臨半笑半惱地說：「少給我耍嘴皮子！」他在面前的幾個碗裡夾了一點菜，吃了幾口，便放下筷子，微微蹙起眉頭說：「把菜賞給妃嬪們。佟妃那兒多分兩品。」

太監們連忙撤膳，用黃錦緞的棉包袱將膳盒包好，捧著、抱著、抬著退出養心殿，緊趕著送往東西各宮。

吳良輔還在接福臨的話茬兒：「佟娘娘日子近了，是得好好保養。要是誕育一位太子，可是大清的洪福啊！」

福臨心頭一動：太子？爲什麼是太子？……佟妃想當皇后？她憑什麼？……

上午，他從慈寧宮回來，立刻批下題本：陳名夏處絞，李呈祥和二十九名漢官都給了嚴厲懲罰。下筆時他並不猶豫，甚至還有點痛快。批本很快被送走了，陳名夏的死便成定局。之後，他在批覆其他題本時，腦子經常回到這件事上來。想到幾乎天天照面的內祕書院大學士，才幹卓著、倜儻不群，能和福臨論詩談史的陳名夏，三兩天內便要成爲一具屍體，他又感到心裡不是滋味，感到違心的痛苦，感到受了壓制的憤懣。他絕非對母親不滿，因爲母親是全心全意爲自己著想的。他忍受不了鄭親王的挾制！是的，他覺得這位老叔王是在利用他痛恨多爾袞的弱點，達到庇護親貴的目的，而最終還是爲了他的外甥女婿佟圖賴！

這些思緒糾纏著他，使他心情十分惡劣。吳良輔一句有關太子的話，一下子使他把兩件事情聯繫起來了：鄭親王表面上是爲江山社稷，實際上也在營私。他打擊陳名夏是爲了保護佟圖賴，保護佟圖賴是爲了幫助佟妃謀取后位……

福臨站在一排排藍緞遮掩的巨大書櫥邊，緊緊抿住嘴唇，下巴凸了出來。史書史冊浩如煙海，記載了多少帝王將相的興亡，多少宮闈祕事掩蓋著爭權奪利的生死搏鬥！那些昏昧的、醉生夢死的帝王糊里糊塗，像被人玩弄於指掌中的木偶。可是我福臨，是大清一統江山的第一代君主，絕不能任人挾制，絕不軟弱！

他穩穩地轉過身，背起雙手，一步一步走回西暖閣，在御案上找出那兩份重要題本，堅定地提起了硃筆。

佟夫人的侍女回到景仁宮，已是上燈時分。佟妃母女的喜氣，因皇上賜給菜肴而更加火熾。一品燕窩雞絲香蕈絲火腿絲白菜絲裝在五福大琺瑯碗裡；一品山藥酒燉鴨子熱鍋盛在紅潮海碗中，另有紫龍黃碟裝的乾溼點心四品；五寸黃龍盤盛的奶餅敖爾布哈一品；銀碟小菜四品，佟妃都畢恭畢敬地吃了。富麗的御用餐具還放在八仙桌上，等候御膳房的太監來取。

佟妃臉上一團嬌慵，流露出愉快和滿足。佟夫人不住聲地又笑又說：「……想想啊，上午批本絞了那蠻子，中午就賞來御肴，皇上的心意還不明白嗎？有情有義呢！」她不再壓低嗓門，滿院都能聽到她的聲音：「嘖嘖！這膳具多漂亮！多精緻！瞧見嗎，這是龍盤，還是黃龍盤哪！拿這紫龍碟黃龍盤給妳送點心，準有意思。這可不是小事！……咦，妳站在這兒幹什麼？進來呀！」她發現侍女悄悄地站在門邊，伸手把她拽進來，問：「家裡人都樂壞了吧？妳家老爺再不用吊著他那大馬臉啦！這可是託姑奶奶的福！……妳怎麼不說話？」

侍女跪下，低頭道：「稟夫人……稟夫人……」

佟夫人心緒正好，很爽快：「有什麼爲難事，儘管說！」

「稟夫人，聖旨下到府裡，說是圈占的永平府民地一概退還；不敢受理民詞的縣府州官停職待參；老爺罰俸三月，降二級……」

「啪！」佟夫人掄起胳膊抽了侍女一耳光，跺著腳喊道：「妳胡說！小賤人，看我不鞭死妳！」

侍女連忙叩頭嗚咽道：「奴才有多大膽量，敢捏造聖旨……」

佟妃臉色一變，張嘴倒吸一口冷氣，把手指咬在唇齒間，抽抽噎噎地哭了。佟夫人心亂如麻，顧不得細問侍女，連忙回身摟著女兒安慰：「快別哭！傷了胎氣，可不是鬧著玩的。小孩子家嘴沒遮攔，胡說八道，別聽她的！……」

「佟妹妹好嗎？」清脆柔媚的聲音從院裡傳來，彷彿含著笑意，響亮地招呼著。永和宮端妃和景陽宮恭妃進來了。這一對姐妹花，都穿著蒙古式的錦緞便袍，端妃粉紅，恭妃深藍，閃著柔和的亮光。這是兩位科爾沁蒙古王公的格格，難得來景仁宮串門。佟妃有喜以後，她們更不舒坦，只是懾於皇太后的威嚴和宮裡的規矩，不敢形於辭色。這會兒，她們來做什麼？

佟妃困難地移動身子，請她們坐上臨南窗的短炕。宮女爲她們收拾好杏黃緞墊和靠枕，奉上奶茶。她們向佟夫人表示了問候，坐下了。

端妃流動的目光，立刻集注到八仙桌上：「呀，佟妹妹，御膳房的人還沒來收膳具？我那兒的早就收去了。」

恭妃笑道：「剛上我那兒去收。今兒賞的菜怪有味道的。」

佟妃不由得看了母親一眼，佟夫人傻了似地張嘴瞪眼，一語不發。客人看在眼裡，互相使著眼色，暗暗發笑。

端妃說：「佟妹妹，我們姐兒倆可有要緊事告訴妳……」

恭妃連忙打斷：「先別說，讓妹妹猜一猜。」

佟妃強笑著搖頭，表情十分可憐：「小妹猜不著。」

端妃笑嘻嘻地說：「告訴妳吧，咱們就要有一位中宮娘娘了。妹妹猜是誰？」

端妃和恭妃都笑著，閃爍的目光一齊盯住佟妃。佟妃經受不住，臉色漸漸發白，心頭怦怦亂跳，手心捏出了冷汗，用變得不像是自己的嗓音，啞聲說：「我不知道。」

端妃柔媚的笑容裡含有顯而易見的幸災樂禍：「還是我們科爾沁蒙古格格，咱們皇太后的姪孫女，靜妃的姪女兒！」

恭妃補了一句：「今兒下午，皇上的諭旨。」

佟妃耳中嗡嗡亂響，冷汗順著背溝流。她們又說些什麼，她全沒聽明白。她強笑著、掙扎著，把端妃和恭妃送出宮門。晚風送來她們的竊竊私語：「還當自己能爬上去呢，不就仗著肚子裡有貨嗎！」「這下子可好了，看她還張狂！……」

佟妃感到噁心，眼前金花直冒，渾身一軟，暈了過去。

當晚，太醫被緊急召進景仁宮。上夜的敬事房太監、御藥房首領太監急得團團轉，佟妃的呻吟已變成可怕的嘶叫了。薩滿太太[14]頭戴神帽，身繫腰鈴，手持皮鼓，搖頭擺身地擊鼓跳舞，滿嘴裡高聲誦著神祝，鼓聲鈴聲隨著她越來越快、若顛若狂的舞動和叫喊，響得越急越亂。她從景仁門跳進前院，跳上月臺，又在寢殿門口跳祝。佟妃的陣陣哀號，佟夫人帶著哭聲的勸慰，仍然透過跳神的鼓鈴誦祝聲傳了出去。

黎明前，夜色最濃、天光最暗之際，一聲嬰兒的啼叫衝破黑暗飛上天空。他拚命地哭叫著，哭叫著，彷彿受了極大委屈，又憤怒，又響亮，用力呼吸著人間甘美的，又充滿苦難的空氣。他將走過漫長的一生，完成宏偉的大業，英名永留史冊。但他的第一陣啼哭，和所有嬰兒並無不

14 滿族流行的薩滿教，是一種原始宗教。薩滿太太是跳神作法的女巫。

同，也是一首動人的生命之歌。

第一顆晨星升上來了，默默俯視著九重宮闕。隨在晨星之後，是漸清漸亮的黎明。

這是順治十一年三月十八日。

六

順治十一年六月十六，福臨二次大婚。這一天行冊立禮和奉迎禮，儀式最爲隆重。由於連年征戰，鄭成功和朱由榔長期與清朝大軍相持，互有勝負，軍費開支浩大，財賦情況吃緊。但帝王的威儀必須維持，因而大婚典禮仍然那麼豪華、奢侈和氣派，一點不亞於第一次大婚。

這一天，京城和全國各地都奉到喜詔，人人須穿紅戴綠，家家要張燈結綵，以示萬民同慶。偌大一座北京城，登時打扮得花團錦簇。新增設的十三衙門裡的管事太監，領了些差役往貧民居住區發放喜餅，人們擁擠喊叫，有的哭有的笑，擠傷了許多人，熱鬧嘈雜的聲音給喜洋洋的氣氛增色不少。

這一天，是皇家的喜慶，皇城另是一番天家氣派：宮內各處御道鋪上了厚厚的紅氈毯；門神、對聯煥然一新；午門以內各宮門殿門高懸大紅燈籠；太和門、太和殿、乾清宮和坤寧宮還要懸掛雙喜字彩綢。從太和殿外直到天安門前，陳設著皇帝的法駕鹵簿：五顏六色的旗、扇、傘、幡，金光閃閃的刀、斧、鉞、戟，成百成千，站成筆直的隊形，使人眼花繚亂；大輅、玉輅、大馬輦、小馬輦直排出午門，駕輦拉輅的大象和御馬肅立在側；午門外左右兩列，站了四隻巨大的開路導象、四隻身背金色嵌珠玉寶瓶的寶象，牠們龐大的身軀和凶野的外貌，足以嚇壞初次進宮的人。中和韶樂設在太和殿前廊下的東西兩側，丹陛大樂設在太和門內廊下，與陳設在午門寶象之南的鐃歌鼓吹相呼應。一旦典禮開始，三支大型樂隊將把歡快的喜樂撒遍大內，撒遍整個紫禁城。

慈寧宮外陳列著皇太后的儀駕，數百人鴉雀無聲、整齊森嚴。各宮主位及太妃們都集中在慈寧宮正殿，分列在莊太后左右，等候著典禮的鐘聲。

皇太后高坐在寶座之上，因爲穿了全套禮服而顯得越加莊嚴高貴：三重寶石冠頂上，珍貴的東珠圍繞著一塊碩大的紅寶石，九隻鑲了珍珠的金鳳環集在皇冠的四周，金鳳嘴裡各銜著五串珍珠垂掛，前面的垂向前額，側後方的垂至耳下肩頭；馬蹄袖的深紫色朝袍外，罩著石青色繡行龍朝褂和披肩，上有山海日月龍鳳圖案，顯示著無上的尊嚴。可是，即使面臨這樣的大典，又處在如此高貴的地位，莊太后仍不改她一貫的自然而慈藹的大度。

午門上鐘聲響了。一派管笛悠揚，導迎樂隊吹打著典雅的樂曲，在御杖的前導下，出隆宗門緩緩而來。後面，禮部尙書恭引身著禮服的皇帝，步往慈寧宮向皇太后行禮。一聲口令，皇太后儀駕的鹵簿高高舉起，恭迎皇上。

樂隊和禮部堂官留在慈寧門外恭候，福臨進入慈寧宮。妃、嬪、貴人、常在、答應及太監宮女們跪下迎駕，懿靖大貴妃和康惠淑妃站在寶座左右，和太后一同受了皇帝的禮拜。

母子對視片刻，都微微一笑。母親的笑容裡滿含著安慰與鼓勵，兒子的笑容表示著體諒和一點無可奈何。

太后會意地說：「此女秉性溫良，恪守其職，孝敬節儉，淑儀素著，是皇兒佳偶。自此以後，中宮有主，內政可修，佳兒佳婦，永諧合好，我也放心了。」

福臨深深一拜，按禮儀規定，說了一長段答辭，什麼「秀鍾華閥，德備坤儀」，「溯懿親於渭陽，定嘉祥於嬀汭」之類。最後，他添了一句規定外的話：「母后覺得好，想必是好的了。」

福臨再拜而出。樂曲聲又嘹亮地響起。太后耳邊總縈繞著兒子多加的那句話，心中一絲不安在擴大，似乎有某種不幸的預感。她連忙穩定心緒，閉眼靜了片刻。

白髮蒼蒼的鄭親王濟爾哈朗和承澤親王碩塞在御杖的導引下進入慈寧宮，奏請皇太后駕臨保和殿。太后將在那裡接受皇后之母及公主、福晉們的朝見。皇后進宮後，太后還要在那裡接受皇帝和諸王的禮拜，並賜宴皇后之母。

莊太后起身走下寶座出殿，妃嬪們按各人位號有秩序地跟從在後，到保和殿參加大婚典中的內禮。太后忽然停步，回頭看了一眼。面色疲憊、臉龐消瘦，身材細弱得繡袍在身上打晃的佟妃，在這群豐滿鮮豔的宮妃中顯得非常刺目。太后微笑著柔聲道：「康妃，妳產後體弱，失於調養。大典很累人，妳怕吃不消。先回宮養息去吧，喜宴我著人送去景仁宮。」

佟妃因生了皇子，進號康妃。聽了太后體貼的吩咐，她心裡感動，眼淚直在眼眶裡打轉。大喜日子是不能哭的，她連忙跪下拜謝，聲音有點嗚咽：「謝太后恩典。」

慈寧門外樂聲大作，佟妃知道，太后升輿了。又等了片刻，料想太后已經走遠，佟妃才扶著兩名宮女離開慈寧宮。

今天，她不能如平日那樣穿隆宗門、過乾清門，直接由內左門進東一長街回景仁宮，甚至也不能從啓祥門過永壽宮，穿月華門、日精門到東一長街。正殿、中宮今天只屬於正位的人——皇太后、皇帝和皇后。而她只不過是康妃，要想進到正位，還有貴妃、皇貴妃兩大臺階。只是皇上一直沒有冊立貴妃、皇貴妃，她才因生子而存了那麼一段痴心妄想。如今，全都破滅了！

她滿心淒楚，緩緩地、悄悄地向北走，折而向東進啓祥門，出螽斯門折向北，便是那條靜寂的西二長街。兩旁宮牆矗立，頭頂只露出窄窄的一道藍天，重重殿闕、層層宮院，彷彿都深深陷沒在厚重的宮牆之下，只有一道道深黃琉璃瓦屋脊、高高翹向天際的飛簷和簷上九個欲飛的壓角獸，求救似地浮出牆頭。她們的腳步聲在宮牆間空寂地迴響著，直走到最北頭，也不曾見到一個人影。要不是驕陽似火，真會令人感到陰森可怖。

出百子門，向東直行，到了御花園。佟妃走得很累，天氣又熱，鬢髮都被冷汗溼透了。乍一走進這座松柏如蓋的御花園，陰涼的風頓時使她打了個寒噤。

這邊是千秋亭，對面是萬春亭。福臨剛立她爲妃的時候，不是常到這裡來的嗎？他們不是十分恩愛嗎？那時她還把「千秋」、「萬春」當作佳兆呢……不到一年，她就失寵了。生了一個皇子，也沒能挽回她的厄運。他有了皇后，還會有皇貴妃、貴妃；還會冊立很多很多的妃嬪、貴人、常在、答應；她們還會爲他生許多許多的皇子皇女。多子多孫，這是皇家的願望，也是皇家的規矩，不然和千秋亭、萬春亭遙遙相對的東西二門，爲什麼命名爲「百子門」、「千嬰門」呢？

午門鐘鼓齊鳴，打斷了佟妃的胡思亂想。皇后進宮了，中宮有了主人。一年多的幸福、甜蜜、期望、野心，如同一場春夢，消失了；如同御溝裡的河水，流逝了。留下來的，只是那個小皇子，剛剛三個月。在紫禁城高大厚重的宮牆內，那小小的嬰兒，是她唯一的親人……

她不敢恨誰，甚至不敢恨自己命苦。怨望，是宮妃失德的一項罪過。不妒嫉、不申辯，才算恪守謹順之道。此時，她只熱切地想要見到她的兒子。——按出生時序，他是順治皇帝福臨的第三個兒子。

孩子剛落地，就被保母抱走，交到早已預備好的乳母手中，養在乾東五所。佟妃只在孩子滿月時見過他一面：乳母抱他到太后宮中朝見祖母時，她和其他宮妃以相同身分抱了他一會兒。宮裡有規矩，盡可以有宮妃在自己宮中養育其他宮妃所生的皇子皇女，甚至親王的子女——當然，這是對宮妃的特殊寵幸——卻不許親生母子同居一宮。清代吸取歷代母以子貴或子以母貴，因而結黨亂政的教訓，採取了這種違逆骨肉之情的宮規。

今天，不是去看望孩子的好機會嗎？

她抬手抿了抿鬢邊的亂髮，撣了撣宮袍上並不存在的灰塵，莊重而有信心地走向瓊苑東門，步履穩健，不要人攙扶。兩個宮女驚異地互相望一眼，緊緊跟上。

佟妃並不由長寧左門折向南，走東一長街回宮，卻頭也不回地繼續往東走。宮女又互相看了一眼：娘娘難道要繞遠走東二長街嗎？

千嬰門下，佟妃停步片刻，毅然轉身向北。宮女驚慌地喊了一聲：「娘娘！」佟妃像沒聽到一樣，逕直走向乾東五所大門。

兩個宮女緊跑兩步，攔跪在佟妃面前，哀求似地齊聲喊著：「娘娘！……」

佟妃細眉一豎，瞪起圓眼怒喝道：「想挨鞭子嗎？」宮女無奈，只得讓開。佟妃簡直是憑著直覺，一腳踏進第二所，一眼就看見保母抱著她的兒子在簷下逗弄。孩子又白又胖，因爲大婚喜慶，也換上繡龍的黃色錦緞小袍，頭上胎毛未剃，黑黑的披在額前、鬢角和腦後。「孩兒！我的孩兒！」佟妃暗暗地喊，彷彿啼血的杜鵑，心裡在流著酸淚苦血。

孩子不知受了什麼感應，慢慢轉過頭，黑亮亮的眼珠盯住了佟妃，隨後伸出一隻胖得像藕、手背上有四個小坑的小手，咧開沒牙的小嘴，笑了。佟妃再也忍不住了，猛衝過去，一把奪過孩子，緊緊摟在懷中，發瘋似地親吻著孩子的小臉、小手、脖子、頭髮，一陣哭又一陣笑。

佟妃還是個孩子。兒子出生後被抱走，她並不覺得多少痛苦，彷彿抱走了一隻心愛的小瓷貓或是景仁宮中一架精巧的自鳴鐘，不大在意。她的感情和思慮，都被後宮的大事，自己的榮辱升沉吸引了。只有今天，只在此時，她身上那沉睡的母性覺醒了。懷裡這個軟軟的、暖暖的、活生生的小東西，和自己竟是這樣的血肉相連，緊貼著他柔嫩的小臉，感覺那小手的觸摸，聽著他咿咿呀呀的嬌嫩聲音，她的心一陣又一陣地在幸福和甜蜜中顫慄。這張可愛的小臉上，有他的臉形、他的眉毛和鼻梁，又有自己的眼睛自己的嘴。她細細分辨著，大滴大滴淚珠滾落下來，落在孩子的小臉上。

保母早嚇呆了，跪在佟妃腳下不知所措。院裡還有兩個乳母，也都原地跪著，頭都不敢抬。兩個宮女十分著急，對保母連使眼色，保母終於明白過來，對佟妃叩了個頭，躬身退下。不一會兒，本所當值太監率領著侍奉皇子的四十人同來參拜娘娘，其中保母八人，乳母八人，針線上人、漿洗上人、燈火上人、鍋灶上人各四名，還有一些守門、清掃等執事太監。

當值太監陪笑道：「三爺飲食起居平安康泰，娘娘放心。」

佟妃全不在意，一門心思地撩著孩子柔細黑亮的胎毛。

「娘娘請回。上面要知道了，奴才們吃罪不起。」

佟妃視而不見地看看他。他渾身在發抖，不住叩頭。

「娘娘開恩！」「娘娘開恩！」四面都在哀告，侍奉阿哥的四十人環繞著佟妃母子跪成一圈，連連叩頭。她們謀得這份宮裡差使何等不易，要是丟了，可怎麼活！

宮女小聲說：「娘娘回宮吧，叫人知道了，可就……」說著，她想從佟妃懷裡抱過三阿哥。可是出生以來就不認識母親的小皇子，卻信賴地摟住母親的脖子，全身伏在母親懷中，誰也不要。佟妃全身簌簌發抖，她又怎麼能捨得放開手？

前殿的中和清樂，隨風時強時弱地飄到乾東五所，筵宴快要結束了。宮女急得連連說：「娘娘，不能耽擱啦！各位娘娘一回宮，事情就包不住啦！」

「娘娘開恩！」「娘娘開恩！」四十個人一再叩頭哀求。宮女對領班乳母使了個眼色，乳母向佟妃告了罪，站起身解開衣襟，露出半邊豐滿的乳房，終於把阿哥吸引過去。三阿哥舒服地躺在乳母臂彎裡，貪婪地吸吮著乳汁，嘶得咕嚕咕嚕地響，不時轉過眼珠照應著母親。

佟妃不忍再看，轉身便走。剛到門口，阿哥「哇」的一聲大哭起來。佟妃腳一軟，幾乎跌倒。宮女卻在連連催促：「娘娘，快走，快走吧！」

佟妃低著頭，咬緊牙關，一步不停，出了乾東五所，出了千嬰門，進了長寧左門，走上東一長街。可是孩子的哭聲緊緊追著她，像一記又一記鞭子，抽打在她的心上，逼得她越走越快，越快越急，彷彿逃進了景仁宮。跨進寢殿的門檻，她就癱倒了，耳邊卻還是她兒子那無限委屈的、抗議似的哭啼……

太和殿和保和殿的內、外盛大喜宴結束了。皇上恭送皇太后還宮後，由內監持御杖、紅燈導引，前往坤寧宮。

福臨緩緩走著，不慌不忙，還在回憶方才的筵宴。他打定主意要仔細琢磨濟爾哈朗的表情，心裡懷有一種惡作劇的愉快，相信能從老親王臉上看到沮喪。沒想到鄭親王對這次聯姻非常高興，喝了許多酒，以至於滿面紅光，顯得年輕了很多。福臨心中納罕，召他到寶座跟前，說道：「叔王，你像是非常快活。」

「可不是嘛，皇上。我真的擔心過一陣子，怕皇上鑑於廢后的不快，在聯姻的事兒上發生別的意外。虧得太后明斷。科爾沁蒙古與大清世代相婚好，北部屏障如故，祖宗山陵可以放心了。有太后在，真是大清的福氣呀！」

由於喝酒，他的話比平日多，但絕不糊塗。去年朝廷命安郡王岳樂爲宣威大將軍駐歸化城，準備應付喀爾喀蒙古的進犯。就是因爲四十九旗蒙古，特別是科爾沁蒙古忠於大清，喀爾喀蒙古才沒敢輕舉妄動，乖乖地前來進貢，安郡王也才罷兵回京。要專力對付南方的鄭成功、朱由榔，沒有安定的北方是不可想像的。

濟爾哈朗喜眉笑眼地連連說：「皇上，好！就是這樣最好！……」他的紅臉白鬚相映生輝，更顯出一派忠心耿耿。他並沒有爲佟妃謀立皇后。福臨既感動又慚愧，連忙叫內侍用自己的金杯再賜老親王一杯酒。

福臨又召來了湯若望。他看看對方的眼睛，便明白兩人都想起那次在天主堂關於選后的談話。

「瑪法，我……又結婚了。」有什麼話令福臨難以啓齒。湯若望點點頭，同情和安慰的目光撫慰著苦惱的少年天子。

「瑪法，我不知道她，我沒有選擇的可能，我……」

「我都明白，皇上。你只能這樣。盡力去愛那姑娘吧……你會幸福的。」湯若望說罷低頭告退，可是福臨還是感到了他那沒有說出口的惋嘆和憐憫。

現在，福臨就要走進他的新婚洞房了，可是眼前仍然交替出現著兩位老臣的面龐，耳邊依然響著兩位老臣的聲音。他不由得感慨萬端，長嘆一聲，邁進坤寧宮門。

在東暖閣門口，福臨停下腳步，目光從右到左，掠過整個洞房：南窗下一鋪大炕，炕桌東西設兩個寶座；紫檀龍鳳雕落地罩；玉如意、瓷瓶、琺瑯瓶的陳設，鮮紅的牆上、宮燈上、桌燈上連綿不斷的雙喜字；北邊靠牆，東邊一套簡易寶座陳設，西邊一座龍鳳喜床：五彩納紗百子帳、大紅緞繡龍鳳雙喜字炕褥、明黃和朱紅彩繡百子被，被上壓著裝有珠寶、金銀、穀米的寶瓶；床前低頭坐著新娘子——紅衣紅裙紅花，連同喜床的紅帳紅褥，以及整個洞房的紅牆紅門紅燈，暗紅一片，逼得眼珠如同要凸出來似的，很不舒服。

福臨立刻聯想起上一次大婚。陳設、氣氛全都一樣，也這麼暗紅暗紅的，叫人透不過氣來。就連坐在喜床上的新娘子也和上一次相似，一個從無所知、素不相識的陌生人……她是前一個皇后的姪女，也會像她姑媽一樣驕橫、刁鑽嗎？記得和她相處不到三年，事事不合，動輒爭吵，看來天性相忤。這一個能好到哪裡？看上去也那麼健壯高大……福臨一下子覺得心裡彆扭，胸口發悶，扭頭要出坤寧宮。太監們慌了。兩個首領太監跪倒在地，全身匍匐著求告：「皇上，您千萬可別……」

福臨皺著眉頭苦笑了一下：「這是怎麼啦！天氣太熱，我出去風涼風涼，就回來。別總跟著我！」

福臨信步在坤寧宮簷下走動。夕陽西下，金紅色的霞光塗抹在紫禁城這一片雄偉的建築群上，使它更加金碧輝煌。一群鴿子從殿頂飛過，清脆的鴿鈴聲直逼重霄。福臨目送鴿群消溶在風日晴朗的淡紫色天空，不覺精神為之一爽，回頭想想，心下更加空空蕩蕩。

輕風拂面，吹過一陣陣涼氣，飄來一陣陣清香。這是茉莉和晚香玉的氣息，馥郁的暗香緩緩流動著，縈繞在福臨身邊。福臨暗暗沉吟：「哪裡來的花香？……」冷不防，一個甜美的聲音，像低吟的洞簫，隨著輕風和花香，飄到福臨耳邊：「……哪能忘記江南呢？岑參〈春夢〉詩云：洞房昨夜春風起，遙憶美人湘江水。枕上片時春夢中，行盡江南數千里。我可是夢牽魂繞呢！……」

是漢話！誦的是唐詩！

宮裡頭，太后太妃也罷，主位貴人也罷，甚至宮女太監，一概說滿語。一整天在滿語的海洋中酬酢的福臨，登時耳目一新，彷彿在冰天雪地中看到一朵鮮紅的春花；又像身處暗室，忽然透進一束明亮的月光，十分令他動心。他向巨大的朱紅圓柱邊靠了靠，為的是不讓說話的人發現他。她是誰？……

「哦，妳要是嘗過無錫水蜜桃，太湖東山枇杷，別樣水果，再不要吃的喲……」

這個圓潤有力的聲音，福臨熟悉，是豫親王的夫人，滿人私下稱為「蠻子福晉」的劉三秀，因為她是地地道道的江南女子。豫親王南下時，她正孀居在家，被搶到軍中。她的美貌、機智、練達，終於使她脫穎而出，做了豫王夫人。後來生了兒子，主持了家政，受了封誥，成了皇太后宮中的常客。她一定是奉命來侍候合巹宴的四名福晉之一。那麼另一個說話的是誰？聽聲音要年輕得多……

那聲音又響了，柔婉動聽：「是時候了，皇上怎麼還不進宮？……」

鑾子福晉囑咐著：「一會兒侍候皇上、皇后，千萬別說漢話，當心得罪。」

「是。這裡不是只有我們兩人嗎？」聲音中含著笑意。

福臨忍不住了，一步跨下簷階。白玉欄杆邊，靠著兩位身著華麗朝服的貴婦，豫王福晉在左，福臨認識。另一位呢？福臨的目光急切地投向她，那位全身都沐浴在夕陽之中的嬌小玲瓏的年輕福晉。他們的目光接觸了。刹那間，福臨的心猛然縮成一團，感受著一種尖銳的痛苦，使他不得不屏住呼吸，臉色煞白；跟著一陣慌亂，心又「撲通撲通」亂跳，猛烈地撞擊著胸腔，面頰像火燒著一樣通紅。好半天，他無法使自己平靜，心神飄飄搖搖，彷彿飛上了九霄。

她太美了！她的美不僅在於桃花般的容色，珍珠貝似的牙齒，端正秀麗的小鼻子和珊瑚那樣紅潤的嘴脣，也不僅在於那一雙令人驚奇的眼睛——如同清澈的冰下游動著兩粒純黑的蝌蚪，晶瑩明淨、靈動活潑，她的美更在於她那開朗從容的氣度和她眼睛裡流露出來的聰穎、才華和真摯。滿洲貴婦、宮廷妃嬪，何曾有過這樣的美人？

豫王福晉很不安，怕皇上聽到她們的漢話交談，連忙拉同伴跪下：「皇上，時辰不早，請進宮吧！」

這聲音像來自遙遠的地方，福臨恍恍惚惚，滿眼都是那位不知姓名的福晉的面龐。

福臨身不由己，不知怎麼就進了洞房。後來的事，在福臨腦子裡一片模糊混亂。他記得自己坐上龍鳳喜床，和皇后各吃了兩個子孫餑餑，那是因為他使的筷子是她進奉的；他記得皇后梳妝上頭，那是因為她在皇后跟前忙活，為皇后梳上雙鳳髻、戴上雙喜如意、插上扁簪富貴花。他也記得合巹宴的情形：他與皇后在南炕上對面而坐，黃地龍鳳雙喜膳桌上滿擺著菜品，他吃了沒有，嘗過哪品菜，他都很模糊；但是那些菜品複雜而吉利的名稱卻記得清清楚楚，因爲那是她從門外膳房首領太監手中接來，安置桌上，並輕聲細氣地報著喜名。兩個大赤金盤盛著豬烏叉和羊烏叉，兩個赤金碗盛著燕窩雙喜字八仙鴨和燕窩雙喜字金銀鴨。中赤金盤裝了四品：燕窩龍字拌燻雞絲、燕窩鳳字金銀肘花、燕窩呈字五香雞、燕窩祥字金銀鴨絲——合成了「龍鳳呈祥」；兩個中赤金碗盛著細豬肉絲湯，兩個紅地金喜字瓷碗盛著燕窩八仙湯。五彩百子瓷碗四個，各盛著老米飯和子孫餑餑，每個瓷碗都帶有一個鑲有十六塊寶石的金碗蓋……至於膳桌上原來陳設的膳具：赤金鑲玉筷子、金銀湯匙、赤金螺螄碟小菜、赤金碟醬油、紅地金喜字三寸接碟、帶蓋赤金鍋和赤金鍋墊等等，不管多麼金紅耀眼，他全都沒有看見，連窗外那照規矩不停地唱著「交祝歌」的兩對結髮侍衛夫婦，聲音那麼響亮，他也充耳不聞。他的視聽，他的意念，全被她——那個有一雙令人驚異的眼睛的福晉占據了。

福臨有同齡少年人的思維特點，一旦精神被某一事物吸引，就全神貫注，除此以外的一切都會拋到腦後。此刻，他忘了時間，忘了地點，忘了侍候喜宴的另外三位福晉，忘了坐在他對面的皇后——他的新娘，甚至也忘了自個兒，今天舉行大婚、身爲新郎的皇帝。好在他的喪魂失魄、心不在焉，都被莊嚴的帝王威儀掩蓋著，所有的人，或出於羞怯，或因爲敬畏，都沒有發現。

合巹宴罷，大婚禮成。大清順治皇帝又有了一位皇后。

四位福晉跪叩，向皇帝、皇后告退。福臨猛地清醒，有點口吃地說：「怎麼，你、你們要走？」

這叫什麼話！那雙晶瑩的黑眼睛略露驚異，又閃過一道光亮，脣邊泛出一絲掩飾不住的笑意，使福臨一下子發窘了。鑾子福晉忍著笑，一本正經地說：「皇上，這是您的大婚洞房啊！」

福臨一驚，愣住了。洞房東門直通坤寧宮東過道，四位福晉魚貫而出，陸續消失在紅底金雙喜字的木影壁後面。福臨略一回味，頓時明白了自己可笑的處境：一個洞房花燭夜的新郎，心思不在自己新娘身上，倒被另一個邂逅相遇的女人吸引，以致神魂顛倒，這是怎麼回事啊！他胸中煩悶不堪，心頭空落，彷彿實實在在的心被她帶走了，只給他留下了一個心的空殼。

他再對羞怯地垂頭而坐的新娘看一眼，越發覺得她和她的姑媽一模一樣！穿了禮服的腰身竟像一隻木桶！「粉面如土」四個字忽然閃上心頭，他像吞了個蒼蠅，渾身不舒服。他慢慢踱出洞房，站在坤寧宮門口，極力向天空望著。天黑了，星星爭先恐後地向他眨眼。哪一顆明亮？哪一顆暗淡？哪一顆閃著藍光？哪一顆蒙著橙黃？啊，數都數不清……可是，看哪，東天一片銀光，十六的圓月大如銀輪，皎似冰盤，升起來了，升起來了！燦燦銀輝照亮了天空和大地，群星失去了光彩……

她就像這輪明月，吸引著他，使他的心燃燒，使他的靈魂顫慄！……可恨月下老人錯拴了紅線！今晚的新娘爲什麼就不是她？……

福臨長嘆一聲，依然呆望著月亮。

「萬歲爺，早早安歇吧！」吳良輔輕輕跪倒，小聲稟告。

「你還在這兒？」此時的福臨見到吳良輔不啻見到親人，連忙扶起他，迫不及待地問，「今天侍宴的四位福晉是誰？」

吳良輔眼珠一轉：「萬歲爺是問最年輕的那位吧？她是……噯，萬歲爺敢情忘了，去年這會兒選秀女，原本選過她的，讓皇后給攪黃啦。」

福臨忽然想起來了，像昨天的事情一樣清晰。那次候選的有二百多人，每五人一班，立在殿前，由皇帝、皇后共同挑選。應選年齡是十三到十七歲。她在的一班年齡較大——她最小，也已十四了——偏偏都風姿綽約，行動婀娜。皇后一看就不高興，立刻說這一班年紀太大，不懂規矩，走路腰肢扭動，違背宮裡制度，蠻子味太重，絕不可留。這正逆了福臨的意思，兩人當時就頂撞起來。首領太監見勢不好，慌忙把這一班人打發走了，免得加劇帝后的不和……

這麼說，她今年該是十五歲了，小福臨一歲。怪不得一見面就有似曾相識的感覺。

「那麼，」福臨猶豫地問道，「她現在？……」

「稟萬歲爺，皇太后指婚，配給皇十一弟了。」

「什麼？」福臨大喝一聲，一把攥住吳良輔的胳膊。吳良輔痛得齜牙咧嘴，喘著氣小聲央告：「萬歲爺，您輕點兒、輕點兒，您龍性龍力氣，奴才吃不消！……她、她真的是皇十一弟的福晉啊！……」

福臨頹然放開手，如同渾身浸進冰水，冷透了心。太宗的十一子博穆博果爾，他的幼弟，懿靖大貴妃所生，今年剛十四歲。他憑什麼有這麼好的運氣？

命運爲什麼這樣捉弄人啊！福臨心裡苦極了，好像吃了黃蓮。唯一使他發生熱烈情愛的女子，卻被別人占有了！唉，福臨，縱然你有三千佳麗、六宮粉黛，縱然你貴爲天子、富有四海！……

第二章

一

小小香荷包，瓔珞飄飄，月白緞底上的繡圖，像真景一樣美：碧綠的蓮葉從水中托出粉紅的並蒂荷花，一對文彩絢麗的鴛鴦，在花下相依相傍。柳同春忙裡偷閒，獨自躲進青楓小林中，又一次拿出夢姑給他的荷包凝視著、撫摸著，心潮翻騰，不能自已。

他沒有爹娘，從小跟著柳師父學藝，長住在永平府馬蘭村，邊練功夫邊種地。

他和夢姑青梅竹馬，早已情投意合，非常要好。夢姑從來不曾用「小戲子」這樣的話嘲笑他。前年圈地事發，同春受了傷，夢姑一家母女三人常來照料他這沒娘的孩子。後來土地被圈的幾家人實在無法生活，柳師父便把他的兩個養子兼徒弟同春、同秋提前佃給了慶樂戲班，拿佃身銀幫助眾人度過難關。喬梓年拚了性命，終於奪回了馬蘭村民的地，村民們也義不容辭地幫這孤寡一家耕種出力。去年夏秋兩熟豐收，馬蘭村的日子好過多了；同春也在京師走紅，和久負盛名的劉銀官、陳玉官並稱「梨園三傑」，一時身價百倍。久病的養父便要乘時爲他張羅親事，他心裡早看定了幼年時的小夥伴。今年清明節，他爲此專門請假回鄉求親。原以爲當年同舟共濟，必定一說就准，不料喬氏口緊，推說夢姑年幼，要過兩年再議婚。同春心裡又難過又疑惑。是夢姑的小妹妹容姑跑來，對他悄悄地透露了真情。小姑娘天真地說：「我娘別的都不嫌，就嫌你們爺兒仨都是唱戲的！」

同春很不服氣：不偷不搶不賣身，憑本事吃飯，比誰賤？他問容姑：「那，妳姐的意思呢？」

容姑蹙著小眉頭，悲哀地說：「我姐眼睛都哭成紅桃兒啦！……她讓我偷偷地給你這個包袱……」

包袱裡，兩雙青布鞋，一件紅肚兜，一個香荷包。當時他落了淚，立刻把他預備的聘禮——一對碧玉鐲子交容姑帶給他的心上人。他不能耽擱，只得趕回京師。

他常常想念夢姑，不時拿出信物來看。一見到信物，就像見到夢姑，總覺得心口發燙，鼻子發酸，淚水湧滿眼眶。眼下，對著這小小香荷包，他又一次暗暗發誓：天荒地老，絕不辜負夢姑的情意！

「雲官！雲官！張老爺叫你！」背後有人在喊同春，他如夢方醒，又跌回到現實中。今天是呂之悅先生四十五歲生辰，借正陽門外浙紹鄉祠詩酒宴客。同春、同秋兄弟和京師幾個有名的優童都被招來侑酒。呂先生品行道德學問，都令同春佩服，應召並無怨言。可是與宴的那些文人學士，大多是些自命情種的好色之徒，歌場流連、俳優角逐的老手。見到他們，同春就心裡起膩，又不敢得罪他們，怕斷了自己的衣食，只得在夾縫裡覓生活，不冷不熱，落落寡合。這反倒提高了他的身價。

張老爺，就是張漢，已在李振鄴的幫助下，謀了個國子監監生的資格。他臉龐豐潤了，服飾鮮明了，氣概也灑脫了，再沒有最初那種畏畏縮縮、唯唯諾諾的寒酸氣了。他和李振鄴、龔鼎孳圍一小圓桌隨意而坐，桌上擺著八珍攢盒，裝了些下酒菜肴，酒壺、酒杯胡亂擺開，正興致勃勃地議論著京師名伶的優劣。

張漢召來同春，拉他站在身邊，像出示什麼古玩似地對另兩人說：「請看此人，近日改演小生，真可惜人也。其實他演旦角，真正秀穎無雙，娉娉婷婷，絕無浮豔之態，於兒女傳情之處，演來頗爲蘊藉，而臺下叫好聲寂然，豈不可怪！依我說，好花看在半開時，閨情之動人在意不在象。若是於紅氍毹上觀大體雙，豈不味同嚼蠟？」

大體雙的典故出自七百年前五代的南漢，國君劉鋹荒淫無度，曾令宮女與人裸合，自擁波斯女旁觀，名之曰「大體雙」。這比喻引得李振鄴哈哈大笑，龔鼎孳忍不住也笑了。

李振鄴忍笑道：「這話也難說。剛才來送酒的明官，諢名水蜜桃，水團臉盎潤如膏，笑容可掬，見了他沒有不愛的。扮出戲來，巧笑孌聲，工於嫵媚，但頗帶村俗氣。《背娃子》一齣中演鄉下婦人，神情畢肖，又嬌痴謔浪，真是旦色中專結歡喜緣的冤家！一出簾則叫好聲四起，多有豪客捧場，門前頗不冷落。漢兒如何解釋？」

張漢笑道：「這叫作野花偏豔目，村酒醉人多。民諺云：三月三，薺菜花兒上灶山。得其時罷了，未必長久。」

龔鼎孳撫掌點頭：「正是正是。即使觀戲聽歌，自有風雅村俗之分。老夫最愛蓮官，濃纖合度，秀雅出群，面如芙蕖，腰似弱柳，竟像吳下女郎，絕難料想他是北國男兒。觀其丰采，如在粉紅糅綠中忽睹牡丹一朵，豔麗奪目，使人愛玩不置……」這位老風流、老名士，津津樂道，有如吟詩作賦，一字一句念得很有滋味。

李振鄴不甘落後，笑吟吟地說：「老前輩言之有理。不過水蜜桃自有出奇之處，難道不曾風聞？」

「老夫不知，」龔鼎孳拈著鬍鬚悠然自得地說，「只記得吳下金閶有一名妓，也叫水蜜桃。」

「這倒奇巧，真可謂兩般滋味盡酕醄了，哈哈哈哈！」李振鄴很爲自己的調笑得意，笑嘻嘻地接著說，「京師水蜜桃，兩隻俏手妙絕人寰，老前輩不知嗎？」

龔鼎孳斷然道：「絕不如蓮官！」

「老前輩敢打包票？」

「有何不敢！你我立時來一個樽前相比。負者罰作東道，改日請客！」

李振鄴拍案叫絕：「好！好！這樣的風流韻事，足傳千古！漢兄，快請仲裁！」

賓客們鬧哄哄地圍過來，同聲叫好。蓮官和綽號水蜜桃的明官都被召到桌前，伸出自己的雙手。仲裁們一個接一個，上前去又摸又捏又嗅，玩過來弄過去。他們的動作和表情，使站在一旁的同春羞得閉上了眼睛，一個接一個寒顫從背上滾過，冷汗淋淋，順著額頭、脖頸一個勁兒地流。他滿面通紅，無地自容，恨不得鑽進地裡去。此時他突然明白了，在這裡，沒人拿他們這些戲子當男人看，沒人拿他們當人看。他們是玩物，是這些名士發洩他們卑汙感情的玩物！這些名士，不也這樣津津有味地玩弄女人的小腳嗎？……他但願此刻眼睛瞎掉，永遠不看這可羞的景象；他但願立刻就死去，永遠不蒙受這樣的恥辱！

一名仲裁的曼聲宣告，硬灌進同春耳中：「明官之手，肌理膩滑，豐若有餘；蓮官之手，肢節秀削，柔若無骨。明官遜於蓮官！」

又一陣哄然叫好。喧鬧中有人問龔鼎孳：「老前輩何以如此知根知柢？」

龔鼎孳信口吟道：「酒入情腸不自持，玉纖偷握笑儂痴。藕梢潔白羊脂膩，甲乙樽前各自知……」

人們鼓掌呼叫，高聲稱讚，亂哄哄的一片。其中卻冒出一個清脆而柔媚的嗓音，嬌滴滴地說：「龔老前輩，我要你這詩，肯不肯給呢？……」

蓮官——同秋的聲音！同春吃了一驚，睜眼細看，才發現今天同秋打扮得格外妖嬈，臉上粉白黛綠，頰染胭脂，脣點朱紅。往日的羞澀此刻像被風吹去了一般，滿臉妍笑，一身媚態，那雙羊羔般令人愛憐的大眼睛半睜半閉，在睫毛掩蓋下閃閃發光，充滿了誘惑和挑逗……這是同秋嗎？什麼時候變成了這樣？……同春嚇呆了，心頭一陣狂跳。

這時，出去迎客的主人呂之悅陪同客人進來了，賓客們才恢復常態，全都起身拱手相迎。自從呂之悅由他的東翁鄂碩將軍正式推薦給安郡王以後，他的聲望更高了。

呂之悅性情坦蕩平易，從不與人相忤。遇到能寫文章的人，就一起談文章；遇到通曉音律的人就一起談音律；遇到善於琴棋丹青的人，就一起談琴棋丹青。他常愛獨行村落，遍遊山巔水涯，碰到村翁溪叟、樵夫牧童，他也樂與談說，周旋終日毫無倦色。

他是錢塘人，北遊數年，老妻屢次寄書勸歸，都被東家一再挽留下來。當了安王的賓客後不久，妻子又來信催他，他便寫詩呈安郡王：

老妻書至勸歸家，為數鄉園樂事賒：
西湖鯉魚無錫酒，宣州栗子龍井茶。
牽蘿已補床頭漏，扁豆猶開屋角花。
舊布衣裳新米粥，為誰滯留在天涯？

安王看了詩非常讚賞，說呂之悅性情之恬適無人可比，天下難得，是真名士、真才子，要朝夕請教，更不肯放還了。

適逢呂之悅四十五生辰，他的妻子又託人寄來一幅親手繪製的「故鄉山水圖」，問他何日還鄉，在文人間一時傳爲佳話。這一次安王肯不肯放他南歸呢？

呂之悅迎進的客人，雖然也和主人一樣，青衣便袍、頭戴風帽，但身材高大，兩肩寬闊，四十以下年紀，一雙眼睛亮閃閃的，氣度很是軒昂。呂之悅站在他身邊，就更顯得文質彬彬、書生弱質了。

賓客們都不認識這位寬肩膀的來人，從呂之悅一向具有的不卑不亢的態度上，也猜不出此人的身分。但見此人爽快地舉手一拱，聲音洪亮地說：「來遲一步，攪了諸位的清興，抱歉，抱歉！」

賓客們參差不齊地寒暄一番，來客便轉向主人說：「笑翁，尊夫人的手筆，總要賜觀的吧？」

呂之悅笑道：「在隔壁小間掛著，剛剛裱糊起來。」

兩人相視一笑，舉步走向大廳一側。後面幾個黑衣黑袍的僕人也想跟過去，來客回頭制止道：「門口侍候。」

呂之悅對大廳掃視一周，說：「雲官，你來。」

霎時間，同春像是脫去一件既骯髒又沉重的衣袍，離開那群風流名士，他覺得渾身輕鬆。

這是一間精緻的小花廳，完全是江南風格。長條案上擺了兩盆春蘭；方屏風上水墨迷離，展示著富春江秀水，子陵灘煙雨；花梨木的窗扇和掛落，鏤空細雕出喜鵲鬧梅的圖案；紫檀木的太師椅嵌著雲壑飛泉的大理石靠背；茶几古色古香，光可鑑人。一幅長卷橫掛在東牆上，題爲〈故鄉山水圖〉，畫的是杭州西湖全景。寬肩膀的來客在圖前站定，背著手仔細看了許久，讚不絕口，並笑吟道：「應憐夫婿無歸信，翻畫家山遠寄來。可謂千古逸事啊！」

「你這風流倜儻的詩句，正可為之傳神！」呂之悅和悅地讚道。

「這圖運筆靈妙，瀟灑幽閒，直追唐六如。賢伉儷才具，真不讓明誠、易安。」

「見笑見笑。」呂之悅一搖手，「無師無法，有瀆清視了。」

同春送上茶點。兩人坐下，很隨便地閒扯著。

「笑翁，唐六如這六如二字，做何講解？」

「據記載，是取佛家之說。我不信佛，也不懂佛經，說它不清。但是鄙人倒願君六如。」

「哦？」

「一如深溪虎，一如大海龍，一如高柳蟬，一如巫峽猿，一如華亭鶴，一如瀟湘雁。」

「再說一遍！」

呂之悅微笑著，一字一句地重複。來客目光閃閃，精神振奮，驀然站起，大步如風地走到窗前立定，仰望長天，寬厚的胸膛一次深深的起伏。他吐出一口長氣，猛回身，向長條案一揮手，高聲說：「笑翁，請留此六如寶墨！」

同春早聽得呆了。這是另一個境界，使他如登高山，如臨曠原。呂之悅喊他一聲，他才趕緊跑過去侍候文房四寶。

呂之悅寫得一筆剛柔並具、古樸大方的魏碑體。這十八個字，用濃黑的徽墨寫在潔白如雪的宣紙上，蒼勁有力，渾如鐵鑄，很有氣勢。寬肩膀的客人站著旁觀，不住點頭。寫罷，呂之悅正要擱筆，來客說：「慢！笑翁的行草二書也聞名於時，何不一併賜教？」

呂之悅笑笑，另拿出一張宣紙，換了一枝雞狼毫，舔足濃墨，提筆在手，問：「寫什麼好，唐詩？」

「不！我來念，你來寫。題目：詠雪。聽仔細了：漫天墜，撲地飛，白占占許多田地，凍殺萬民都是你，難道是國家祥瑞！……」

才寫了兩句，呂之悅的眉毛就不住聳動，寫罷，擲筆大笑。來客也笑，比笑翁之笑更爽快、更開朗，聲音也更宏亮。

呂之悅道：「想不到事隔一年有餘，你還記得這麼清楚！」

來客笑道：「怎麼能忘呢？歷來都說跪諫、哭諫，唯有你來了這麼個詩諫。偏偏只有你這一詩諫，令我大慚。」

呂之悅說著玩笑話：「當時正逢君怒，深恐伏屍百萬，流血千里。我是既怕死，又不得不諫，無奈，才出此兩全之策啊……」

「笑翁再這樣說下去，我可要無地自容了！」來客一揮手，接著說，「事後回味愧不可當。皇上明見萬里，實在是我自己糊塗，罰當其罪！圈地一事的處置，皇上確是爲江山社稷著想，爲大清的萬世基業著想，我沒有什麼好抱怨的……笑翁，我總還當得起深明大義四個字吧？」

「當得，當得！」兩人相視而笑，很是坦誠。

同春目不轉睛地望著來客，心裡驚疑不定：他的英武軒昂，就是在漢人中也是不多見的；他的風流儒雅在滿人中更是絕無僅有。既不似貴胄宗親那麼狂妄傲慢，又不似一般臣僚那樣虛禮謙卑，他是誰？……

同春擺下棋盤棋盂，二人入座對弈。同春又偷偷地仔細察看來客的一雙手：大而豐厚，手背青筋暴露，但膚色柔潤，指甲修得很整齊，右手拇指還套了一個翡翠扳指。連他的手也這麼令人難以捉摸。

棋子落棋盤，清脆的聲音很好聽。來客一面下子一面說：「笑翁執意回鄉，強留不恭，只有一事請先生務必應承。國家初創，百廢待興，朝廷求賢若渴。先生巨眼識人，薦賢之任，請不要再推托了。京師朝中雖有大臣薦舉，但賢才多流落山野間。笑翁性愛山水，一舉兩得，豈不甚好？」

「那麼，覆命之後？」

「禮送先生南歸錢塘。」

「一言爲定？」

「一言爲定！」

同春一把扯住伸手下子的呂之悅的衫袖，對棋盤東南角匆匆一指。這一子若落在別處，那一角就沒救了。呂之悅忙回手連出子突圍，終於化險爲夷。來客驚異地注視著同春，那閃閃發亮的眼睛看得同春局促不安。

「這個小么兒忠心爲主，倒有幾分眼光。」

呂之悅淡淡一笑：「在他們那行，難得有他這麼乾淨的。木秀於林，風必摧之。他日後的路正難走呢！」

「那麼，此人當是梨園三傑中的雲官了？果然名不虛傳。」來客目不轉睛地看著同春，微微點頭。

呂之悅將來客送出浙紹鄉祠時，雲官又被賓客們拉住了，他們要爲優伶贈聯。伶童們一個個興高采烈，嬌媚百出，如能得到一位名士的贈聯高掛楹間，他們的身價將大大提高。

雲官被第一個推出。

那位滿面皺紋的老名士搖頭晃腦，瞇著眼覷定同春，抑揚頓挫地念道：「秋水爲神玉爲骨，芙蓉如面柳如眉。」

李振鄴連連擺手，大聲道：「不妥！不妥！」

張漢接著說：「雲官無媚容無俗態，有翩翩佳公子之風，在梨園如匡廬獨秀，豈能用這等脂粉文字！」

那名士不服：「你來一聯無脂粉氣的如何？」

張漢不慌不忙地高吟：「有鐵石梅花意思，得美人香草風流。」

眾人拍案叫好。同春心頭一熱，不免看了張漢幾眼。張漢微微一笑，對他點點頭。同春竟生出一種知己之感。

蓮官站在席間，嬝嬝娜娜，粉面含春，不時向龔鼎孳飛媚眼。龔鼎孳如飲醇酒，閉目品味，慢慢吟出一聯贊語：「子夜清歌，寶兒憨態；漢宮楊柳，秋水芙蓉。」

蓮官彎腰左斂，像戲臺上扮小旦時那樣輕俏地向這位老前輩致謝。冷不防李振鄴哈哈大笑，別有意味地對蓮官使個眼色，調侃地說：「蓮官，我贈你一個別號：十全。」

「謝李大人！」蓮官喜不自勝。十全，不就是十全十美嗎？

李振鄴醉迷迷地挨近蓮官，把手搭在他的肩頭，乜斜著眼，笑道：「以十全之名，我贈你一副絕妙好聯：十分如我意，全不怕人聽！」

猥褻的含意太露骨了，賓客們哄堂大笑。有人笑得喘不過氣，便連聲咳嗽。同春的臉「刷」地紅了，心頭火燒火燎，像被人抽了一鞭子。他憤怒地望著同秋——蓮官，卻見他只露出一點兒尷尬和羞怯，很快便自如地同著眾人一道笑了，笑得嬌滴滴的，還作態地扭了扭身子。

又有伶童走入席間接受贈聯，同春無心再聽，大步走到同秋身邊，壓住火氣低聲說：「跟我來。」

同秋這回真紅了臉，咬住嘴脣，低頭跟著同春乖乖地來到門外廊下。兩人面對面站著，同春眼裡冒火，同秋卻望定地面，緊緊抿住搽得通紅的嘴脣。

他倆同是柳師父的養子和徒弟，同春大不到一歲，兩人一同學藝，一同佃進班子，感情一直不錯。同春拿出師兄的身分，劈頭就問：「爹給咱們定的規矩，你忘了？」

同秋不作聲。

「老實講清楚，不然，別怪我無情！」同春瞪起了眼睛。

恐懼、羞怯，夾雜著恥辱，同秋嚶嚶哭泣，慢慢跪下，低聲說：「昨天，到李府唱曲，他把我留下。後來，他就把我……」他的聲音消失在嗚咽中。同春直跳起來，揮手重重摑了同秋一耳光，罵道：「你這個沒家教的下流東西！」他恨李振鄴荒淫無恥，敗壞了他柳門的規矩；他更恨同秋沒出息，叫人作弄了，還對他媚笑！

這一巴掌把同秋打急了，也把他的羞怯和恥辱打掉了。他搗著臉挺身站起，抗聲分辯：「怪我嗎？怪我嗎？咱們不就吃的這碗飯嗎？人家設堂子、賺大錢，住的神仙洞府，吃的山珍海味，穿的綾羅綢緞，車來轎去，逍遙自在，不就靠的這一手？人人都這樣，咱們硬撐著講乾淨，誰信你？」

「咱們憑本事吃飯，自重自愛，就得出汙泥而不染！」同春跺著腳，幾乎喊起來。

同秋含淚的眼睛裡透出一道冷光。今天這場談話他早已想過了，也想透了。他要走另一條路。他抹去淚水，平靜地說：「不染，不染，說來容易。去年一年，你在梨園紅得發紫，可算是憑本事吃飯。一年下來，不就只掙了一副碧玉鐲子嗎？……人往高處走，我不願意像你那樣窩囊一輩子。要想乾淨就別當戲子。命裡注定幹這一行，就說不得乾淨！誰讓咱們不投生到公侯府宅、書香門第呢！……」

同春愣住了。要想清白也這麼難！夢姑的娘不肯應承這婚事，有什麼可怪？單是戲子這名稱就足夠玷汙夢姑的了！……同春用雙手蒙住臉，身上不由得起了一陣寒顫。等他重新抬起頭，同秋不知何時已悄悄走開了。他跳起來，發瘋似地衝向大門，去尋找送客的呂之悅。他猛地跪倒在老先生跟前，嗚咽著說：「呂先生，你救救我吧！」

呂之悅吃了一驚：「你這是怎麼啦？」

「這日子我實在過不下去，我要脫籍，哪怕回鄉種田！」

呂之悅點頭嘆道：「我早對諸人講過，你外相雖美，但眉目間英氣太重，終非此道中人。不過你是名優，脫籍身價怕不下千金。你可有此財力？老朽客居京華，籌措千金也不是易事。再有，脫籍之後，你果真能下田耕作嗎？多半還得給人當書僮家僕，仍然為奴，何苦多此一舉？」

「呂先生，我決意回鄉耕讀一世，絕不再入梨園！」同春回答得斬釘截鐵。

「也好……難得你能如此自愛自重，理當相助。」呂之悅沉吟著，下意識地回頭朝大門看了一眼，「要是他肯說句話就好了。」

「誰？」

「方才跟我對弈的那位客人。」呂之悅微微一笑。

「那位先生好大氣概！他是誰？」

呂之悅從容不迫地答道：「安郡王。」

「啊？」同春大吃一驚，不覺打了個冷顫。

二

兩位行客一進到山腳下，就感到陰涼沁人，非常快意。呂之悅對張漢說：「我們等一等雲官。」他倆各占一塊大青石坐下歇腳。這裡綠樹合圍，溪水潺潺，十分幽靜。在驕陽下走了一個時辰，呂之悅不免有些氣喘，張漢也滿頭是汗，文雅地用衫袖在臉上輕輕沾著。

同春提著一只竹籃跑到跟前，打開籃蓋，把熱粽子分給呂之悅和張漢，笑道：「端午節的時令貨色，比平日的好。寺觀裡出家人做的，很乾淨。」

三個人都餓了，剝了粽葉大嚼，吃得格外香甜。同春一面吃一面指手畫腳地介紹：「那是掛月峰，那是紫蓋峰，上邊，瞧見嗎？松樹林子中間，古塔那兒叫萬松寺，西邊就是舞劍峰，老人說是李靖舞劍的地方……」

呂之悅縱目觀覽，點頭讚賞：「崢嶸突兀，峰巒競秀，蒼松擎天，飛泉奔瀉，果然名不虛傳，京東第一山！」

同春興頭更大了：「對，對！人們都說，這盤山是五峰八石七十二寺觀，上盤奇松，中盤怪石，下盤飛泉，可以跟天下勝景比高低哩！」

張漢嘆道：「九華奇秀，不入江上名山志；巢湖亦江淮巨浸，不入〈禹貢〉《水經》。盤山何足道，居然名揚四海。山川有知，寧不感憤！」他是在說山水還是說人？呂之悅和同春都看著他，他輕輕一笑，彷彿回過神來：「老前輩尚記家鄉風物否？人道江南景似江南人，文弱秀雅有餘，壯闊雄豪不足，其實不然！錢塘大潮就不必說了，只大月渡太湖，大雪渡揚子江，都是非常奇景！當年道出江左，閱月間我遍歷諸地，紀之以詩，至今猶難忘懷。」

張漢請求再三，才得隨同呂之悅出京訪賢。呂之悅對他人品雖不無疑惑，但還是愛他才學，也就收了這個弟子。現在張漢把話說到這個地步，明明想顯示詩才。呂之悅向來不愛忤人，接口便道：「想必是得意之作了，倒要領教。」

張漢清清嗓子，吟誦他的〈大月渡太湖〉：「廣寒八萬四千戶，太湖三萬六千頃。姮娥子與洞庭君，良夜迢迢斗冷清。彎彎月子照當頭，翦翦春風不住流。如此煙波如此夜，居然容我一扁舟。」

呂之悅輕輕拍了拍巴掌，笑道：「好！看來你當年頗有氣概，想必是雄心勃勃的了？」

張漢揚眉挺胸道：「丈夫既有此六尺身，何以不流芳千古！應舉不做狀元，仕宦不至將相，虛此一生！」

同春著迷似地望著張漢，心裡充滿敬仰。這樣年輕、這樣有才華，對同春又如此看重的人，他沒有遇到第二個。

由於呂之悅的斡旋，安王府戲班把同春由慶樂班買去。慶樂班不敢訛拿，只按當初佃進的三百兩身價加三成三，算了四百兩銀子。隨後安王爺一句話，放同春脫籍爲民。同春感激涕零，聽說呂之悅要往京東一行，便自告奮勇地爲他帶路，然後便回馬蘭村。一路上，同春輕鬆愉快，活潑得像天上自由飛翔的小鳥。他拿呂之悅當長輩尊敬和服侍，也記得張漢在自己心頭引起的知己感。張漢的才華和雄心，使他聯想到許多戲臺上的英華人物：周公瑾、李存孝、陸遜，還有潘岳、唐伯虎等等。瞧，張漢不也很有光彩，很令人傾慕嗎？……他太年輕，不明白張漢對他的看重和讚賞是爲了接近呂之悅，也看不清呂之悅對張漢的保留態度。

張漢一見呂之悅含意不清的微笑，連忙自我解嘲地掩飾道：「這都是早年的痴想。如今，壯志消磨已盡，此生當終老江湖了。」

同春心頭又閃過泛舟五湖的范蠡、富春江上的嚴子陵。

呂之悅平靜地笑道：「真能爲天下萬民憂，登第拜相亦是好事。」

張漢怔了一怔，低頭拱手恭敬地說：「老前輩金玉良言，晚生謹受教。」

同春蹲到溪邊舀水，笑著介紹：「這股泉水從翠屏峰出來，一路都在石頭上流，叫涓涓泉，又清又甜，四季不乾，什麼時候喝它都不會鬧肚。……咦！這是什麼？」

清澈見底的泉流中，一片字紙漂浮而下。同春連忙撈上來，呂之悅和張漢一看，卻是一頁刻寫精美的《離騷》，不過無頭無尾。紙形很方正，並無損傷。

張漢道：「莫非盤山裡藏有大賢？」

呂之悅看著這頁溼淋淋的《離騷》出神。同春喊道：「又下來一張！」他趕去撈過來。仍然是《離騷》，內容正好與前一頁相接。

呂之悅說：「端午佳節，或許有人在祭奠屈原。」

張漢說：「果真如此，這人絕非尋常之輩。」

同春提議：「我們循著溪水逆流向上，總能見到他的。」

呂之悅誇讚這是好主意，三人便沿著泉流上山。林木蔥蘢，峰迴路轉，路旁怪石十分別緻：巨大的元寶石比馬車還大；酷似菱角的紫石方圓數丈；古松伸臂，彷彿迎賓，可是松下橫臥的一條二丈多長的石蟒，又會把來客嚇一大跳。空谷下泉聲低迴，半山腰隱隱有吟哦之聲。清溪繞半山亭流下，聲音想必是從亭中傳出。三個人藉著茂密的林木遮掩，悄悄走近草亭，觀看動靜。

亭中也有三個人。一人穿著藍袍，背身而立，一動不動，不知是在傾聽，還是在觀賞山景；臨溪兩人，一人著白色道袍、白色道冠，手中捧一冊書，高聲誦讀，讀的正是《離騷》。他每讀完一頁，就扯下來扔進溪水，任其漂浮而去。他身後，一個褐袍道童呆呆站著，無動於衷。

不多時，一本《離騷》誦完撕光，順水流盡。白衣道人發狂似地大叫大喊，仰天慟哭，聲淚俱下地吟出一首詩：「年過四十去遊方，終日修行學道忙。說我平生辛苦事，石人應下淚千行！」

藍袍人並不回身，只朗朗地說：「道兄，出家人清淨無爲，何苦如此作踐自己。」

呂之悅一愣：這不是陸健的聲音嗎？他記起陸健的獄事，不覺回頭看了張漢一眼，想把他支開。

同春又驚又喜地悄聲說：「這就是今年開春來我們村裡的那個白衣道人，通醫術、會看風水，可真有道行！……」

張漢面色驀地陰沉下來，說：「世上最數這些出家人奸詐，多是騙子！我向來不信，也從不與結交。老前輩，我往別處走走，明日薊州城會齊，請你去看鼓樓上那塊『古漁陽』匾額，聽說是嚴分宜[15]的手筆哩！」他恭敬地對呂之悅一揖，掉頭轉向另一條路，上山去了。

亭裡的人也聽到他們的聲音，一時靜了下來。呂之悅走進草亭，和顏悅色地拱手笑道：「陌路相逢，俱是他鄉之客。這位道兄，這位仁兄，都有端午登臨的雅興啊！」

道人極快地對呂之悅上下一打量，笑道：「既相逢便是緣分，請坐。」

陸健聽到呂之悅的聲音，心裡「撲通」一跳，回身看到是他，神色都變了。同春看見陸健，驚喜異常，張口要叫，陸健袍袖一揮，對同春使個眼色，微微一搖頭。久在舞臺的同春還有什麼不明白，立時閉嘴。陸健見呂之悅也裝出不相識的樣子，才慢慢平靜下來，恢復了悠閒自在的表情。聽到道人殷勤的表示，他也抬抬手，吐了兩個字：「請，請。」亭中石桌邊有四個石墩，三人便坐下敘談。

呂之悅說：「聽道兄讀騷吟詩，憂憤何深？」

白衣道人灑脫地一笑：「文人積習，至死難改。」

「那麼，道兄曾是文士了？懷才不遇，真人生一大慨嘆啊！」呂之悅進一步試探。

白衣道人避開話題，笑道：「往事不可追，談它何益。總歸是命裡注定。」

15 即嚴嵩，明代權臣。

呂之悅笑道：「說起命裡注定，還真不由你不信。我認識一位老先生，錢塘張曼，已年登古稀，醫卜、堪輿、風鑑之術無不通曉。前朝萬曆年間曾遊遼東，歸來後對人講：『據風鑑而觀，王氣聚於遼左；看那些人家的葬地，三十年後皆當大富貴；而閭巷間兒童走卒，往往多王侯將相，莫非天下將從此多事？』當時人們都以爲他狂妄。誰知三十年後，果然一一應驗。或許萬事真有前定？」他說著，平日看上去有幾分矇矓的笑眼，突然閃出精明銳利的光澤，盯住了白衣道人。他相信，對方一定會做出反應。

白衣道人含笑道：「這類事，檢之史書，比比皆是。唐李固的《幽閒鼓吹》中，曾記苗晉卿一事。苗公落第歸鄉，途中遇一老人，自稱知未來事。苗公於是問道：『我應舉已久，有一第之分嗎？』老人答道：『何止此，大有來頭，只管再問。』苗公道：『我久困於貧變，但求一郡守，能夠得到嗎？』老人道：『更向上。』苗公問：『那麼按察使呢？』老人道：『更向上。』苗公驚異，再問：『爲將爲相嗎？』老人答道：『更向上。』苗公發怒，說：『將相更向上，難道能做天子？』老人笑道：『真者不能得，假者即可得。』苗公以爲事屬怪誕，驚出一頭汗。後來苗公果然出將入相，唐德宗駕崩，苗公以首輔居攝政三日，應了老人『真者不能得，假者即可得』的預言。可見命皆前定，安知人間沒有第二個苗公？」

白衣道人修髯飄飄，風致瀟灑，彷彿出世神仙。但他複述的這段軼事，以及他眼睛裡偶爾閃出的寒光，令人想到山林深處目光鷙銳的鷹鷲，絕非肯低伏人下、輕易認輸之流。呂之悅暗暗點頭。

陸健接下去說道：「講起定數，我也想起一個故事。前朝崇禎末年，流寇勢焰大張，烈皇日夜憂勞，曾令一心腹太監便裝出宮，探聽民間消息。路遇測字先生，太監出一『友』字請占卜吉凶，測字先生問占卜何事，答曰『國事』，先生道：『不佳，反賊早出頭了。』太監急忙改口說：『不是朋友之友，是有無之有。』測字者皺眉道：『更不佳，大明已去了一半了。』太監再次改口：『不是的，是申酉的酉。』測字者長嘆道：『越發不佳。天子是至尊，至尊斬頭截腳，還成什麼體統？』……」

三人一起沉默下來，只聽得松濤陣陣，涓涓泉在亭畔低吟，是不是明朝覆亡的往事使他們心有餘痛，黯然神傷？

呂之悅打破沉默：「一亡一興，雖說有天命，卻也在人力。興亡之間，名將如雲，才人輩出啊！」

陸健和道士都不搭腔。後來陸健站起身，對另兩人拱手一揖：「花謝花開，時去時來，福方慰眼，禍已成胎。得未足慕，失未足哀，得失在天，敬聽天裁。」

白衣道人也站起來，對陸健拱手笑道：「便是公孫子都[16]聽君此番話，躁進之心也當渙然冰釋！」他順著陸健的話題，高聲吟唱著走出草亭：「上天生我，上天死我，一聽於天，有何不可！」他反覆吟著這四句，頭也不回地自顧自去了。小道童緊跟在後，很快，師徒二人就消失在濃密的樹蔭山草之中，吟唱聲越來越遠，終於聽不見了。

「文康！」

「笑翁！」

16 春秋時鄭莊公伐許，以穎考叔為帥，子都為副，後許將破，子都爭功心切，竟發暗箭射死考叔，後子都雖因功拜師，卻因良心的譴責而精神崩潰。

陸健和呂之悅互相緊握雙手，互相重新打量，像所有久別重逢的老友一樣，既高興又感慨。同春也連忙向陸先生拜謝當年相助之恩。呂之悅這才詳細地知道了永平府圈地案的全部內情，嗟嘆不已。他轉而問道：

「文康，這兩年你怎麼樣了？江南獄事……」

陸健苦笑：「我？仍然逃亡在外，藏匿山澤田野間！……」

「你？……唉！赦書未得，我愧對老友啊！……」

「此事非你力所能及啊！……江南十舊家之案已成大冤獄，陷入囹圄者何止百人，受牽連者也在千人以上。說十姓謀反，確屬冤枉，只是……唉，也是十舊姓在前朝百年榮華顯赫，為富不仁，平民百姓恨之入骨，一旦改朝換代，誣告在所難免！……」

陸健告訴呂之悅，因為他平日以信陵君自命，周濟貧困，所以獄急之後，受惠之家多方保護他，使他逃過多次追捕。好在通緝他的布告只在江浙兩省張貼，他躲來北方，反而比較安全。

「你就永遠匿隱山澤，做亡命之徒？可惜了你的才學啊！」呂之悅問話中感嘆很深。

「還談什麼才學！」陸健一聲冷笑，「終日有如被獵犬追捕的疲兔！只望老天開眼，昭雪冤獄吧！」

「這要等到何年何月！」呂之悅緊皺眉頭，「朝中就沒有相知肯幫一把？當年你救助過那麼多人！」

陸健眉梢一動，沉吟片刻，又搖搖頭：「年深日久，未必還記得我。」

「是哪一位？」

陸健凝視著呂之悅，確信這位一向慈和厚道的朋友不會有害人之心，便緩緩答道：「傅以漸。」

「傅以漸？這可是個幫得上忙的人啊！去年八月，他已經拜內祕書院大學士了。你跟他交情深淺？」

「這……很難說。只看他是否念及舊情了。」

呂之悅見陸健不肯深談，也就不再追問，想了想，說：「這樣吧，盡老夫所能，助你一臂之力，務必使此冤情上達天聽。不過我位居幕賓，終歸成效有限。你再給傅以漸寫封信，讓這個小么兒立即送往京師，多方使力，或許平反有望。」

「好！」陸健雖在難中，仍不失他的豪爽氣度，立刻向同春索取紙筆，就石桌寫成一信。但交信給同春時他有些遲疑，彷彿不好出口。最終他還是囑咐了一句：「此信必須交給傅大學士的王氏夫人，就說是夫人娘家的報安書。」

呂之悅很高興：「原來你與大學士夫人娘家有交情，這就更好了。聽說傅大學士伉儷情篤，至今不曾置妾。……同春，你今天就回京師送信，送罷信再回鄉。」

「好的！」同春知道了底細，回答很痛快。

呂之悅又問：「剛才那道人你早就認識？」

「不，今天上山才遇到。彷彿有些才學，很是狂傲。攀談之間，覺得他對我別有所圖。」

「你是指……圖財？」

「不。像是圖無貝之才。他吟詩誦《騷》，幾次試探我，很有網羅我的意思。你呢？也不單是來遊山玩水吧？我看你倒想把道人連同我一起網羅了去，對不對？」

呂之悅大笑道：「你這個鬼精靈，真正不減當年！……不過，你聽我這老友幾句忠告：大清社稷得之於流賊李自成，弔民伐罪，爲大明雪了亡國之恥。歷數前朝，得天下之正，可與漢高祖、明太祖媲美。所以明之舊臣仕清，也算不得叛逆。皇上親政以來，施仁政行王道，改征剿爲招撫，各處逆命抗拒者漸次平定，足見海內人心厭亂求治。雖然雲貴南明和東南鄭成功時有動靜，但強弩之末，終難有所成就。至於山野間盜賊橫行，久亂之後在所難免。你亡命其間，可要看清情勢，拿定心性，若真被逆人網羅了去，再要拔出來就不容易了！」

陸健笑道：「放心。我一向並不熱衷，仕宦之情淡然如水，哪裡有作亂的興致。十多年，實在是亂夠了！」

「還有，你要盡早離開此處。我看那道人很怪……」呂之悅心裡還掛著個張漢，生怕他得知陸健被追緝，告發上去，又要連累許多人。這話他不好出口。

最後，呂之悅把自己的盤纏分給陸健五十兩銀子，兩人一揖而別。呂之悅上山，陸健下山，同春跟他一道走了。

張漢氣喘吁吁地登上盤山，松林的濃密綠蔭把烈日遮得一絲不透，空氣中瀰漫著松脂松花特有的清香。但這一切都不能使他擺脫憂鬱，初上山時的愉快被無意撞上白衣道人的事完全破壞了。他見不得和尚、道士這些方外人。他記憶中最恥辱、最慘痛的一件事，就是因爲相信一個道士的算命才造成的。

張漢本是浙江嘉興府生員，原名吳自榮，在家鄉頗有才子之名，可惜家貧如洗，總不能出頭。順治二年，他十七歲，決意趁鼎革之際上進，賣掉僅有的幾畝薄田，奔赴京師。他認定京師是人文聚會之所，定有際遇。誰知蹉跎半年，想謀一學館舌耕爲生也不可得。他生計日益艱難，便起意走捷徑以登仕途。他彙集了明代錦衣衛有關制度，趁著朝廷廣開言路，具疏上奏，敬請朝廷仿明制設錦衣衛掌獄刑，使校尉緹騎緝訪民間，以防謀叛害國。他本以爲此疏一上，必能立受獎許，得到識拔，不料御批下來，斥責他「率爾妄陳，謬希進取，獨不思聖主當陽，朝政肅然」！「至設立錦衣衛緝訪一款，乃明朝極弊，尤屬狂悖」！「應依上書詐不以實律，杖一百，徒三年」。幸而逢到恩詔，才免杖免徒，但被革去生員衣頂爲民。

他窩囊極了。仕途未登，反而丟了頂子，斷送了前程。當年在家鄉被人譽爲神童的才子，眼看就要淪爲乞丐了。

誰想福星高照，一個老旗人看中他的才貌，要招他爲婿，並說只要他肯就婚，便幫他恢復頂戴。他受寵若驚，又喜又怕，忙不迭地應承了親事，暗中又多次求神打卦，因爲這家貴人竟看中自己這麼個落魄文人，總使他奇怪、不放心。神籤和卦文都大吉大利。一位頗有名氣的老道還煞有介事地對他說：「此婚女貌郎才，必生貴子。」

婚事辦得冷清，既沒有吹打，又沒有請客，一頂素轎把他從南城一個破爛小旅舍裡抬進內城，兩扇黑色大門前，兩個女奴引他到上房，拜了岳父岳母，就被送進側院的洞房了。他心裡不滿：人家娶妾也比這氣派！可是不敢有一點流露，反而自我安慰：或許滿洲人招贅，就有從簡的規矩吧？……

洞房裡倒是光彩煥然，喜氣洋洋。炕桌上一對紅燭明明亮亮，照著炕頭盤腿而坐、紅襖紅褲紅頂頭的新娘。天！這麼寬的肩膀，這麼厚的胸脯，好大的塊頭！當他懷著一絲不安揭開頭蓋時，嚇得他往後一縮，掀翻了炕桌，跌碎了碗，子孫餑餑撒了一地。他手腳冰涼，渾身寒顫，這個新娘怎麼這樣可怕？左臉白右臉黃，一半頭髮黑，一半頭髮白，連兩隻眼珠的顏色都不一樣：黑髮黃臉這邊是人眼，白髮白臉那邊眼睛黃蠟蠟的，像死羊眼一樣。他幾乎暈過去，這才明白自己上了當！

生米已煮成熟飯。他是個即將淪爲乞丐的人，能抗拒這樣的騙局、這樣的命運嗎？新娘子人雖醜陋，性情倒不潑悍。她好心地扶他起來，勸他吃菜喝酒。到了這步田地，他也就委委屈屈地上了炕。

老旗人說話算數，婚後立即著手給他活動恢復頂子。他看出老旗人心裡有鬼，對人只說他是收來的義子，爲他買頂戴也藏藏掖掖地怕人知道。他很機靈，堅持恢復頂子的事要自己去辦理。老旗人畢竟憨厚，對他並不疑心。於是他乘機改名叫張漢，籍貫仍寫嘉興，不肯換成漢軍旗。

他果然變成了嘉興府秀才張漢，並從此拋棄了他那醜怪的妻子。嘉興府生員吳自榮從人間消失了。他毫無內疚，一身輕鬆。在鑽營附勢的緊張活動中，有時他會想起那段生活，想起懷孕的醜妻。一年後，出於好奇，他曾改裝到那條胡同去打聽，可是他的岳家也消失了。鄰居一個小女奴悄悄告訴他：老旗人犯了罪，全家流徙尙陽堡；他的醜女養了個兒子，也一同帶走了。

在京師緊張的應酬、奮鬥中，他難得有時間沉思默想。今天，在寂靜的山林中，啁啾鳥語，潺潺泉流，彷彿推著他去回憶，他信步在松間遊蕩，任憑往事一幕一幕在心中翻騰……

兩隻小鳥突然嘰嘰喳喳地從他面前驚慌地飛起，他腳下一滑，身子向前衝倒，跟著，一個尖銳的聲音朝他嚷嚷：「你幹什麼！把我的網衝壞了！」

張漢定睛一看，自己果然撞上了一張捕鳥網，驚得架桿上兩隻「呼伯拉[17]」撲楞著翅膀亂叫。一個十歲左右的小男孩憤怒地跳出樹叢，衝他氣呼呼地喊：「鷹都教你嚇跑了！你賠！你賠！」繡花小袍子已經很舊，小黑馬靴也沾滿了泥土，辮子纏在頭頂，漢話又說得這麼好，看樣子這小孩並非貴家子弟，用不著賠小心。張漢不耐煩地說：「我又不是故意的！」他轉身要走，小男孩一把揪住他的衣袖，大聲喊：「瑪法！瑪法！」

一個老滿人從松林中衝出來，粗壯有力的大手往張漢肩膀上一拍，張漢只覺得身上像壓了一塊磨盤。只聽那老頭兒用滿語吼道：「你敢欺負小孩子！」

張漢一回頭，兩人頓時驚住。張漢向後一縮，老滿人朝前一衝，雙手把住張漢的肩膀搖撼著，又驚又喜地嚷著：「天爺！天爺！……我到底還能見你一面！……」他滿面堆笑，掉頭招呼那小男孩：「費耀色！快來給你阿瑪[18]叩頭！來呀！」

費耀色遲疑著。這個不講理的男人，竟會是自己的阿瑪？看看瑪法幾乎要發怒了，他只好跪到張漢面前，叩了三個頭。張漢愣在那裡，一句話也說不出來了。

蘇爾登非常激動，斷斷續續地說：「我當初騙你，是我不好。你跑了，我不怪你。你爲我留下這個小孫子，我要謝謝你。你這些年過得順當吧？」

張漢猶猶豫豫地用滿語支吾著：「我……」

「當初不知哪個多嘴的告我的狀，旗主發怒，因爲私嫁女兒打了我一百鞭；因爲招贅漢人，

17 用來做捕鷹誘餌的小鳥。
18 滿語，父親。

把我們全家發配到尙陽堡。我那女兒，你的妻，到尙陽堡不久就病死了。小費耀色三歲的時候，我的老伴又去世了。現在，只剩我們祖孫倆相依爲命……」

張漢慢慢集攏模糊的目光，仔細看看蘇爾登，好落魄的樣子：衣袍敝舊，鬚髮蒼蒼，皮靴已看不出本來的顏色，一雙大手又黑又髒。張漢一轉眼，發現費耀色一雙黑眼睛正聚精會神地審視著自己，雖然眉清目秀，可也不難尋出他母親的面影，也許不久後他也會變成半白半黑的怪人……他鎮定了，後退一步，躲開蘇爾登的雙手，勉強問道：「你們，是皇莊的鷹戶吧？」

蘇爾登直發愣：「是啊……三年前，我們從尙陽堡回來，小費耀色喜歡捕鷹……」

張漢冷冷一笑：「你認錯人了。」

蘇爾登驚住了：「你，你，說謊！」

費耀色不眨眼地盯著張漢的眼睛，認真地說：「說謊話的人是膽小鬼！」

張漢又羞又怒，一甩袖子抽身便走，連聲說：「豈有此理！豈有此理！……」在松林邊，他正遇上飄然而來的呂之悅。呂之悅見張漢氣急敗壞的模樣，連忙問他出了什麼事。張漢心頭和嘴頭都打磕絆，找不出話來回答，只說：「豈有此理！認錯了人，還要糾纏不清！真是豈有此理！」

張漢越是怒形於色，呂之悅越覺得蹊蹺。因爲他隱隱覺得張漢表現得太過火，使他忍不住要去看個究竟。張漢自顧自下山了。呂之悅進了松林，遠遠看見那個衣著敝舊的老滿人直挺挺地叉腿坐在石頭上，兩手按著大腿，胸脯一起一伏，臉上毛叢叢的鬍鬚都挓挲開來，渾身噴發著怒氣。男孩子站在他身邊，一手扠腰，動也不動。

「真不是東西！」老滿人突然一聲大吼，把呂之悅嚇了一跳。他仔細地打量對方，終於很有把握地喊道：「蘇爾登！」

老滿人吃了一驚，轉過布滿紅絲的眼睛，猛地站起身，大步跑來，拉住呂之悅的手連連喊道：「呂先生，真是你嗎？……」

順治二年，呂之悅在杭州被鑲白旗甲喇章京鄂碩將軍羅致府中設館教授子女。蘇爾登是鄂碩的內兄，雖然已是遠親，但因隨征到杭州，也常到鄂碩府中走動，因此與呂之悅相識，很敬佩呂之悅的學問，還想跟呂之悅學說漢話。不久蘇爾登隨隊調回京師，就不曾再見面。如今蘇爾登怎麼落魄到這種地步？兩人互敘溫寒，不幾句話就轉到蘇爾登的現狀，蘇爾登立刻想到剛才那個不肯認親的吳自榮，頓時罵了起來：「天下竟有這樣禽獸不如的人！虎毒還不食子呢，他連自己的親兒子看都不看一眼！……」

「究竟怎麼回事？」呂之悅扶蘇爾登坐下，和悅地問。

蘇爾登怔了一怔，坦白地說：「這事，最先有我的不是……你還記得我女兒吧？白白淨淨、漂漂亮亮，誰不誇她？我們回到京師，就把她聘給了本旗梅勒章京的兒子。沒想到成婚不到半年，她生鼠瘡，頭髮白了，臉也變了樣，給休了回來。本旗二十七個牛錄裡沒有人肯來再娶，我難道讓女兒白放著？那次往南城辦公事遇上這傢伙，看他有才有貌，又孤苦伶仃，這才起意招贅……」老頭兒不厭其煩，把前因後果詳詳細細說了一遍，最後說：「我爲招了個蠻子女婿，被旗下弟兄笑罵了許多年，還流徙尙陽堡，跌了我紅帶子身分，吃了這麼些苦頭。就算我當初騙婚，這罪過也抵了吧？呂先生，你是知書明禮的好人，你倒評評看，誰虧待了誰？那小子該不該吃一頓教訓？」

呂之悅心裡很不平靜，沒想到張漢還有這麼一段可悲的經歷。雙方都有所圖，也都得到了一些、失去了一些。造成現在這種不近人情的局面，又該怪誰呢？……他慢慢地說：「蘇爾登，不要生氣吧！這事既怪你又怪他，既不怪你又不怪他。人生到這世上來，總要活下去的呀！費耀色這孩子能有依靠，就是不幸中之大幸了！」

蘇爾登一把摟住費耀色的小肩膀，驕傲地說：「這可是個乖孩子，將來準是條好漢！巴圖魯！」

「那你還管他認不認這個兒子！他若認了，帶走費耀色，你肯嗎？」

蘇爾登憨厚地嘿嘿笑了：「好先生，你說得對！」

呂之悅再次打量著祖孫倆：「這麼說，前年在馬蘭村趕走圈地驍騎、救了柳同春的，就是你呀？」

「哦，哦哦，有這回事。先生也知道？」

呂之悅笑著講了那次見聞，最後說：「小費耀色，你那會兒要肯告訴我你的姓氏，咱們不就可以早點見面了？」

雄糾糾的小好漢，這會兒才露出點難為情的樣子。

「你們祖孫倆……日子過得不順心嗎？」

「哪裡話！虧了鄂碩到旗主那兒講了情，我們三年前從尚陽堡遷回來。我看中馬蘭村那地方好，就安了個家，有月銀、有奴僕、有馬群、有山場，什麼也不缺。費耀色最喜歡獵鷹，纏著我要到盤山來玩，我怎麼拗得過他？」

「鄂碩近日晉陞護軍統領，他的女兒已賜婚給皇十一弟，是一位福晉了。你不去賀喜？」

「他家格格不是你的學生嗎？當然要去賀喜！」蘇爾登笑咪咪地說，「我們祖孫多虧了他！費耀色說要捕兩隻最好的海東青，送給恩人！」

呂之悅下山走得很慢。今天遇到的事使他感慨萬端。田園荒蕪，可以開墾，三兩年總能恢復；人丁凋敝，可以再生，二十年內可望繁盛。但大亂之後，民氣復甦何等艱難緩慢；異族入主，貴賤之間的鴻溝又何等深長！士爲民之秀，得士心便易得民心，剛從荒野進入中原的八旗旗主們懂不懂？號稱英明的少年天子懂不懂？什麼時候才能見到真正的天下太平、人間大同呢？……這一切，他都想不清楚。他決定，見到張漢，絕不提有關蘇爾登家的一個字。因爲此事實在令他難置可否。他一向自詡爲識人巨眼，現在卻在懷疑自己了。

三

柴門「喀啦啦」一響，九歲的容姑連蹦帶跳地衝了進來：「姐！姐！同春哥又要回來啦！他不唱戲啦！」

夢姑猛地停下紡車，眼睛瞪得大大的：「真的？聽誰說？」

「村裡人早傳開了。白衣老道給柳大爹帶回來一封信，是同春哥讓捎的。……姐，人家都說，同春哥是爲了妳才這麼著的！」

「別胡說！」夢姑滿臉紅暈，低聲斥責一句，眼睛卻像曉星般閃亮。兩度春秋，當年的紅襖小姑娘，出落成秀美的少女：淺淡的眉峰如遠遠的山影，微微蹙起的眉尖使她總帶著天真純樸的神情。圓眼睛變長了，眼尾向鬢邊掃去。小小的嘴像櫻桃那麼紅，也類似櫻桃一般的圓。略長的鴨蛋臉，更增加了她給人的溫柔善良的印象。小妹妹一點不怕她，一晃腦袋，眨動著圓圓的大眼睛，天真地說：「我沒胡說呀，妳不是願意嫁給同春哥的嗎？」

「死丫頭！」夢姑一手捂住發燙的臉蛋和含笑的嘴脣，一手推開紡車跳下炕，裝作生氣地說，「再說看我不打妳！」

容姑像小山羊似地往屋外一跳：「我偏說，我偏說！姐姐天天都想同春哥！……」

夢姑追出去要搗容姑的嘴，容姑撒腿就跑，一個跑一個追，姐妹倆嘻嘻哈哈，鬧成一團。

「夢姑姐姐！夢姑姐姐！」院外的喊聲使姐兒倆停了追鬧。夢姑開門一看，是費耀色這個小韃子。他不肯進門，只遞給夢姑一個摺成飛燕的紙條，悄聲說：「我在盤山碰到同春哥了。他讓我帶給妳這個，過幾天他就回來了……可別叫旁人知道，同春哥囑咐的！……好啦，我走了。」

「費耀色別走！」容姑在院子裡命令似地叫道，「我給你留了好些麥黃杏，等著！」她跑回屋，拿出裝滿黃澄澄的鮮杏的扁竹籃，杵給費耀色，才揚著小臉說：「你走吧！」費耀色笑嘻嘻地對她扮個鬼臉，抓幾把杏兒塞進兜裡，吃著走了。

夢姑心慌意亂，手裡攥著那張紙條，像捏著一團火，急急忙忙掀簾退回裡間，好半天呼吸才平緩下來，抖抖擻擻地打開那隻「飛燕」。上面工工整整地寫著：

夢姑賢妹見字如晤：

吾已脫籍，五、七日內將歸。婚事諒無阻礙，望賢妹放心。

他真的要脫籍歸田！……他是京師的紅角兒，吃得好穿得好住得好，結識的都是大老官，金窩銀窩他都不要，全是為了我啊！……夢姑想著，感念已極，不覺熱淚滿腮。

這消息，娘知道了嗎？……娘和村邊環秀觀的住持袁道姑交好，今天又上觀裡去了，說不定知道得更早！可娘的心意到底怎麼樣？……

圈地官司打完以後，安王莊竟破例把那三十畝地仍舊佃給喬家，而沒有收回交糧戶耕種[19]。喬氏於是成了二佃主。由於王莊的土地不納糧不上稅，交了佃租後，喬家所獲比哪一年都多。喬氏因而也有點財大氣粗，眼睛高上去了。她能如夢姑的心願嗎？……

夢姑一會兒站，一會兒坐，兩隻手扭結著，揉搓著，皺一回眉頭又悄悄抿嘴笑，終於待不住，囑咐容姑看家，自己上環秀觀去了。

白衣道人來馬蘭村以後，因是道友，就借住環秀觀。袁道姑很仗義，把前院大殿兩側的四間客房讓了出來，自己領兩個徒弟住到後院。夢姑一家和袁姑姑交好，後院又都是女道士，她沒什麼忌諱，見門虛掩著，便輕輕推開進去了。

松蔭滿地，蟬聲悠長，幽靜的觀院一塵不染，確是出家人修真養性的地方。夢姑不覺腳步也

兄同春即日

19 清代皇莊、王莊等莊園下屬大小莊子，由莊頭率數家奴戶統一耕種，莊主供給生活必需的糧食、住房及工具、籽種等物，收穫所得全部歸莊主。莊子分糧莊、菜莊、果莊等，奴戶便稱糧戶、菜戶、果戶等。莊頭及奴戶都是莊主的奴隸，是莊主私有財產的一部分。

輕了，氣息也微了，生怕攪擾三清，受到天罰。偏偏廂房裡傳出人聲，是那兩個小道姑：一個在嗚嗚咽咽地哭，一個在絮絮叨叨地勸，幾句莫名其妙的話飄到夢姑耳邊：「……哭啥哩？楊貴妃娘娘也當過道姑，武則天娘娘還剃光頭當尼姑哩！……」

這叫什麼話？出家人不是修仙嗎？夢姑心裡有事，無暇多想，只管走進袁姑姑的上房，掀開門簾，輕輕喊道：「姑姑！」

沒人回答。堂屋正中供著天仙玉女碧霞元君的聖像，像前一尊宣德爐，青煙裊裊，香火正旺。看這樣子袁姑姑並未走遠。她等候片刻，到底忍耐不住，一看西耳房門上沒鎖，便推門而入，仍然不見人影。做法事的鈴、杵、鈸、鑼等物擦得乾乾淨淨，在暗屋裡也閃閃發亮。所有的高桌低櫃，被褥法衣，都放得整整齊齊。靠北牆立著個一人高的空木櫃，有些歪斜，破壞了整個小屋的和諧。夢姑走近把木櫃扶正，卻猛地吃了一驚，木櫃背後的牆上，竟有一扇新開的暗門！

夢姑心頭突突亂跳。

她竭力抑住慌亂，好奇地把暗門推開一道縫，貼臉偷看一下，認出來了，那邊是前院老君殿的西房。陽光透過窗櫺，把這間屋子照得透亮。屋子中央擺了一桌酒宴，雞鴨魚肉，十分豐盛。白衣道人的那位外相威猛、燕頷虎鬚的僕人，身著褚紅色外衣，在往桌邊擺酒杯，白衣道人陪著一位青衣客低聲談話。那人鬚髮灰白，清臞有神，夢姑從未見過。她十分疑惑，白衣道人師徒是全真，怎麼可以開葷？

門「呀」的一聲輕輕推開，白衣道人的徒弟走了進來。看到他，夢姑不由得一哆嗦。往日每當她到觀裡燒香，這個道童總在旁邊站著，目不轉睛地盯著她看，眼裡像有一團可怕的烈火，直撲萼姑，像要吃人。可是現在，他彷彿變成了另一個人，面容蒼白、雙眉緊皺，身姿和表情滿含悲傷，顯得那麼清秀、憂鬱，竟使萼姑對他同情了：是不是他冒犯了師父，特來領罪，等候受罰？

然而，萼姑萬分驚異：白衣道人、青衣客和褚衣僕人一道站起，搶前幾步，一字排開，竟齊齊跪倒迎接小道士，並恭敬地奉小道士上坐。小道士坦然承受，毫無局促。坐定後，三人又肅然行了三跪九叩禮，小道士抬抬手，三人才在左、右、下三個座位坐下了。

萼姑完全昏了頭，不知眼前這怪事是真還是夢。她怕被人發現，不由得縮緊身子，瞪大眼睛，屏住了呼吸。

小道士聲調嗚咽地說：「流亡數省，也沒有找到一塊立足之地。最近聽說李定國退出廣東、敗走南寧，樂安王朱議溷兵敗被殺。觀時度勢，天意可知……諸卿歷盡艱險隨我奔波，本想使我繼承祖業，但大勢已去，如何是好？……」

褚衣僕跪在席旁啓告：「近日聽說韃子攝政鄭親王濟爾哈朗病死，入關戰將俱歿，正是主少臣疑，國事不穩之際；鄭成功已陷舟山，勢力大張，不如前去投他，乘機而爲！」

白衣道人搖頭道：「鄭氏名雖奉明，志在自立，可聯而不可投，且舟山狹小，非用武之地。至於韃子朝廷，主雖年少但頗具見識，上有太后掌綱，下有良臣輔佐，外有吳三桂、尚可喜一干人賣命，根基已牢，一時難以動搖。唯有南聯永曆，東通鄭氏，立定腳跟徐圖發展，或許大事可成。」

青衣客從袖中取出一圖，展在小道士面前：「臣籌劃六年，唯此一區可暫立國。昨日接到幾處舊將密書，都正練兵積粟待變。臣意先取三山爲根本，然後御駕親臨，勇氣自當百倍！……」

他的聲音越來越輕，四個人臉上表情也越來越開朗。

夢姑聽不懂他們的對話，卻明白了這小道士不是平常人，正處在艱難之中，不得不改裝流亡。於是，說書瞎子口中許多落難公子的故事都在她心裡活動起來，她更加可憐這個倒楣的「公子」，對白衣道人這些「義僕」也就格外敬佩。這些日子積存心頭的對小道士的惡感，轉眼間消失殆盡了。

酒過三巡，小道士低聲說句什麼，三位「義僕」面露難色。小道士不高興了：「既欲延某一線祀，卻又如此推托！」

白衣道人陪笑道：「臣等竊願王爺以大業爲重。況且先前已經……」

「時至今日，本王尚無子嗣！」小道士搶過話頭，生氣地說，「若是絕後，大業縱使成就，又是誰家天下？」

白衣道人連連解釋：「王爺息怒。實在是弘光帝前車之鑑，深恐酒色誤事，臣等不得不再三進諫。王爺所欲，臣已囑環秀觀主去辦了。」

小道士面色轉喜：「辦成了？」

「想來沒有阻礙。袁道姑已對她明說。她只要一見憑證。」

小道士笑道：「這好辦！叫袁道姑領她見駕！」

赭衣僕出去一會兒，又領進兩個婦人。前面那個頭戴道冠、身穿水田衣的自然是袁姑姑；後面一位夢姑看不真切，悄悄向前探探身子，跟著猛地往後一縮，嚇了一大跳！天哪，是她娘喬氏啊！

袁姑姑拉著喬氏竟也向那小道士跪下叩頭了！夢姑又驚又怕，心跳得怦怦響。她自幼溫良、聽話，非常膽小怕事，眼前的景象，本來就比說書唱戲的那些故事更神祕，也更可怕。母親竟捲了進去！這就更加不可捉摸。夢姑像發寒熱病似地簌簌發抖，不敢再往下看，偷偷溜回家去。

她倚著炕桌，托著腮，想了好半天，拿說書和唱戲的故事套來套去，也沒想出個名堂來。她嘆口氣，不想了，起身從炕洞深處掏出一個小布包，一層又一層地打開，那對碧玉鐲子第一百次托在她小小的手心裡，那麼瑩潔光潤，像早春新柳初吐的嫩芽，像翠鳥豔麗的羽毛。她把臉兒貼在溫潤的玉鐲上，同春哥的影子便出現在眼前……

有人敲門。她連忙藏好她的寶貝，伸了個懶腰，走去開門。

「啊！你！……你找誰？」夢姑意外地看到，門前站著小道士，他的目光像烈火一樣熾熱，烤得夢姑心裡發抖。

小道士舔舔乾裂的嘴脣，勉強笑著：「就找妳！」

「不！不！」夢姑驚慌失措，急忙關門，但小道士身子一橫，擋住了。「我娘不在家，誰也不讓進！」夢姑竭力壓抑著恐懼，正顏厲色，口氣非常堅決。

「我知道妳娘不在家……妳娘方才找我了。妳看，這不是妳娘給我的嗎？」他舉起左手，無名指上，一只鑲了梅花形珍珠的金戒指赫然在目。夢姑一見就怔住了，這是母親珍藏多年的唯一寶貝，是當年父親娶母親的定物。原是一對，那一只已在十年前隨父親入葬了。

趁夢姑發愣，小道士跨進門，返身把大門插上。夢姑慌了，張口要嚷，小道士一把捂住她的嘴，用不容反駁的口氣命令道：「不許嚷！跟我來，有要緊話告訴妳！」

除了許多年前，父親曾這樣對她說話以外，這是第一個用強制的口吻指使她的人。她被懾住了，不由自主地隨他走進裡屋。小道士目光灼灼、聲音嘶啞地說：「這戒指，就是你娘給我的定親信物。從今以後，妳就是我的……」他說不下去了，眼睛和臉都漲得血紅。夢姑在他的逼迫下步步後退，嚇得渾身發抖，嘴裡不住地念叨：「不！不！……」

＊　＊　＊

喬氏在袁道姑屋裡待了很久，才喜孜孜地回家。

白衣道人來馬蘭村才三個月，治了許多人的病，救了好些人的命，遠遠近近誰不說他是活神仙！「活神仙」的話，誰敢不聽？袁姑姑說得也對，眼下這朝廷，雖說對百姓比前朝厚道，可他是外夷蠻族，再寬厚也是邀買人心，不能信！喬氏是前朝貢生之妻，知書明禮，哪能忘記忠義爲本的正理！「到底貢生之妻，有見識有心計！」這是白衣道人說的，聽來很是舒心。因爲她並不輕易相信小道士是龍子龍孫，她硬是索看了小道士的龍鈕金印，上面確實用篆體刻著「大明陽曲郡王朱」幾個大字。金印爲憑，還有假嗎？再聽白衣道人、青衣客說起天下大勢，處處起反塵，省省有接應，不出三五年，大明定當復興，夢姑就是王妃了！

喬氏沒想到自家風水如此之旺，居然能出一個王妃！那小道士也真看他不出，今天擺開架勢，仔細瞧瞧，果然是龍眉鳳目，面如冠玉。夢姑好福氣啊！喬氏欣然同意白衣道人的安排：讓小道士和夢姑暗中成婚，表面上仍維持他的小全真的身分。

她興沖沖地回到家來，一推門，門不開，隨手敲了幾下，沒動靜。喬氏納悶，用力打門，喊道：「夢姑，開門哪！」

一陣匆忙的腳步聲、門閂響，門開了，小道士站在她面前，頭髮、衣裳都溼淋淋的，好像剛從水裡撈出來，臉色發青，胸脯起伏，氣息很不平穩。

「你？……」喬氏倒抽一口涼氣。

小道士笑吟吟地悄悄說：「丈母，本王已納妳女兒爲妃了！」他點點頭，甩開步子飄然而去。

喬氏站在門邊，怒、驚、喜、怕，心裡非常混亂，一時不知所措。「哇」的一聲，夢姑在屋裡痛哭，喬氏一驚，衝進裡屋，掀開門簾，她就什麼都明白了。女兒披散著頭髮，半裸著身子，正在往房梁上扔汗巾。她趕上去一把摟住女兒，喊一聲「我的傻閨女！」娘兒倆抱頭大哭。

夢姑哭得上氣不接下氣，嚷道：「我不活了！……我還有什麼臉見人哪！……」

喬氏語無倫次地撫慰著女兒：「好閨女，可別往絕路上走……他是個王爺……娘已經把妳許給他，他是妳丈夫了……」

夢姑哭得昏頭昏腦，接口就詛咒道：「什麼該死的王爺！挨千刀的丈夫！……這麼作踐人，叫人怎麼活啊！……」

喬氏溫存地摟著女兒，爲她梳理頭髮、擦去淚水，又給她穿好衣裳。等她把許婚的詳情細細說了出來，剛才一心尋死的夢姑這才聽懂了，頓時驚得面容雪一樣白，脫口而出地說：「同春哥就要脫籍回鄉了呀！……」

喬氏心裡一抖，鼻子發酸。今天她去找袁道姑，原是商量把女兒嫁給脫籍歸來的柳同春的；帶去的那只戒指，也是給袁道姑瞧瞧，用它給同春做信物是不是寒酸。誰想見到袁姑姑，事情就全變了……喬氏嘆了口氣，輕聲說：「傻孩子，自古來女人講的是從一而終。如今妳已失身於他，就死心塌地跟他一輩子吧。同春，妳還想他做什麼？……」

這時夢姑才弄清了今天這樁事的真情。三年來，她用少女曼妙玲瓏的心、真摯的情愛，編織著神祕甜美的夢——那只屬於她和同春的夢。今天，這夢破碎了。她心裡一陣劇痛，眼前發黑，身子一仰，昏了過去。

「夢姑！夢姑！」喬氏流著淚，抱著女兒用力搖晃。好半天，夢姑才吐出了一口氣。

「屋裡有人嗎？」一個響亮的銅鑼般的聲音在院裡問，嚇得喬氏一哆嗦，這才記起大門沒關，趕緊迎了出去。一出屋門，她就不由自主地停了步：這是個像柏樹那麼魁梧結實的虯鬚大漢，黑紅的臉龐，閃閃發光的眼睛，又生疏又熟悉。

「你……」喬氏只吐出一個字，心口怦怦亂跳，手腳暗暗打顫。

「娘！妳不認識兒啦？」大漢撲過來，跪在喬氏腳下，仰頭道，「我是妳大兒柏年啊！……」

「天爺！」喬氏高叫一聲，跌坐地上，盤著腿，又笑又哭，「老天，這不是做夢吧？你還活著，你回來了！……我只當喬家男人都死了，絕了後了！……你身子骨倒結實，這麼大個子！……我只當我再沒臉見喬家先人了，你還活著，活著呀！……」她撫弄著兒子的頭髮、肩膀，顛三倒四地嘮叨著，高興得有如癲狂。

喬柏年用手指抹著眼睛，聲調哽咽著說：「十年了，我總惦著老娘，惦著家鄉，惦著祖墳。今兒總算九死一生，撿回一條活命！……」

喬氏不錯眼地打量兒子：「你倒還認得家，就這麼照直走進院裡來了！嚇我一跳！……」

「兒子哪裡尋得著家門，是個同路進村的漂亮小伙兒指的路。可真是個人物！」

喬氏一怔，有點緊張：「你說誰？」

「指路的小伙兒呀！熱心腸，好身板，俊模樣。娘認識他吧？他說他叫柳同春。」

喬氏無言，拉著兒子粗壯有力的大手，哭了。

屋裡的哭聲再起。但已不是方纔那號啕不息，淚滔滾滾。這哭聲幾乎聽不到，那是令人心碎的、肝腸寸斷的飲泣……

四

「稟太太，有位夫人來拜望。」

顧媚生放下右手拿著的《玉臺新詠》，左手仍然抱著她那個裝紗點銀、香氣襲人的「小相公」，蹙了蹙淡淡的彎眉，說：「糊塗！為什麼不報來客府第？」

老僕連忙躬身，誠惶誠恐地說：「來客不肯明言，只說是太太的故舊。……坐著八抬大轎，僕從烜赫……」

顧媚生想了想，說：「請她在內花廳待茶。我即刻就來。」

老僕下樓去了，顧媚生這才把「小相公」遞給身邊的保母，站了起來，端茶盞用香茶漱漱口。丫環趕忙捧上唾盂，待她吐罷，又趕忙退下。但顧媚生並不急著下樓，款款走到窗前。精雕細刻著雲朵仙鶴的橢圓窗洞上，蒙著綠瑩瑩的亮紗，她可以清楚地直看到大門、二門、前院，外面卻看不見她。

隨著家中老僕，先進來兩個豔妝的丫頭，跟著，一位貴婦人扶著一個丫頭的肩，慢慢走進來，身後隨著兩個丫頭，丫頭的背後是兩個穿號衣的老僕。再看那貴婦，披了一領鑲金嵌銀的湖色披風，頭上蒙一幅如雲似霧的面紗。顧媚生不快地想：尊貴也罷，矜持也罷，犯不上到我家來擺！

話雖如此，她還是很快下樓去到內花廳，早在進門之前，就把親切、燦爛的笑堆上面龐。跨進花廳，她心裡一驚：來客已除去面紗披風，側立壁前，觀賞那一幅宋代蘇漢臣的〈秋庭戲嬰圖〉。此人下著白羅裙，上穿淡綠對襟薄綢衫，一頭黑亮的秀髮全堆上頭頂，用一根赤金點珠鳳頭扁簪穿住，有如烏雲中展翅飛翔的一隻金鳳凰。面貌雖然看不見，但風姿綽約，淡雅如仙，令顧媚生為之氣奪。

聽到腳步聲，貴婦轉身面向主人，莞爾一笑，露出潔白如貝的牙齒，款款地說：「顧太太，久聞大名，特來拜望，不見怪吧？」

顧媚生笑著寒暄：「拜望二字，實不敢當。請坐，請茶……」她心裡卻在暗暗納罕：此人面容似曾相識……她稱自己顧太太，難道是江南宦門的家眷？

「顧太太別來無恙……妳真的不認識我了？」

顧媚生仍然嫵媚地笑著，那雙有名的號稱橫波的眼睛在笑的掩飾下，極快地上下打量來人，非常得體地、絕不使人見怪地輕輕搖了搖頭。

來人忽然不笑了，正色道：「媚姐，妳忘了？十五年前，荷花盛開時節，在姑蘇虎丘西施井邊，銀爐焚香，義結金蘭……阿姐，妳當真記不得了？」

最後一句，用柔媚的蘇白道出，立刻勾起顧媚生那遙遠的回憶。她驚喜地一把捏住來客的雙手，失聲喊起來：「素雲小妹！素雲小阿妹！……阿妹，想不到妳我還有見面的一天！」

顧媚生動了真情，不再注意自己的表情、姿態，又激動又急切地問：「這些年妳都在哪裡？甲申、乙酉[20]兩次劫難怎麼逃脫的？如今在何處安身？爲什麼到今天才來看我？這些年叫我好想啊！……」說著說著，淚珠成串地淌了下來。

素雲微笑地拍著顧媚生的手背，溫柔地安慰著：「阿姐，妳我不都好好的嗎？甲申、乙酉已經過去十二年了。阿姐快不要哭，我是專來找阿姐敘舊的呀！」

顧媚生慢慢安靜了，聽到素雲在「敘舊」兩個字上加重了口氣，立刻會意，說：「這裡不好講話，快跟我上樓，到我房裡去！」她拉著素雲的手，兩人親親熱熱地走向庭院深處。一路上，她不住打量素雲：「阿妹，妳好風姿，好氣度。算來也該有三十歲了，看上去好像不到二十哩！不知誰有這麼大的福氣，能消受妳這一代佳人喲！……妳看妳，僕從如雲，落落大方，想必嫁了個金龜婿，做起了夫人，對不對？……他是誰呢？在京師吧？在哪個衙門當差？」

素雲笑而不答，只說：「阿姐，妳樣子沒變，性情也沒變，還像早年那麼活潑潑的。結拜的時候，論年紀妳是阿姐，論性情，妳可是最小的小阿妹喲！……」

顧媚生笑道：「這些陳芝麻爛穀子，虧妳還記得它！」

十五年前，她們都是不到十六歲的姑蘇名妓。六月二十二日，姑蘇人稱之爲荷花生日，她們相約到虎丘西施井畔焚香結拜。她們都頗通詩書棋畫，選擇的時間地點很有詩意。她們願自己像荷花那樣美麗清香，有出汙泥而不染的品格。西施同她們一樣，是美人，也是個以色事人的風塵女子，西施終於有個與心愛的人泛舟五湖的大好結局，那也正是她們所嚮往的。

20 甲申即指李自成起義及吳三桂引清兵入關事，乙酉則指清兵破南京及嘉定屠城事。

兩人攜手走進顧媚生的香閨，抱著「小相公」的保母和侍女連忙跪下請安。素雲立刻上前抱過「小相公」仔細欣賞，笑道：「真正名不虛傳。阿姐的『小相公』精緻得很呢！一定能帶一個弟弟來！」

「妳也聽說我家『小相公』了？」顧媚生瞟了素雲一眼，「我知道外面有人罵我是人妖！才不理他們呢，人妖就人妖！咱們生來是挨罵的命！再說，女人家生不出兒子，丈夫再疼愛，親戚朋友當面不說，背後總是要罵的，什麼母雞還生蛋，母豬還下崽的，討厭死了！……我要是有個兒子啊，顧太太三個字怕不重過千斤！」說到這裡，她突然心裡一動：素雲上樓一見木孩子，就稱「小相公」，方才進門，第一聲就喊顧太太。十多年不見了，這些近日的事怎麼她都知道？

當初，龔鼎孳做左都御史時，朝廷賜給命婦誥封。按制度，誥封必須頒給原配夫人。龔鼎孳不敢違命，派人送回合肥原配夫人處。夫人卻說：「我已受先朝兩度誥封，不能再受新朝誥封。誥封給顧太太吧！」這樣，顧媚生就受誥封成了命婦，而「顧太太」的稱呼也就被人叫開了。顧媚生倒也欣然接受，因為可以避免「二夫人」、「姨奶奶」之類令她厭恨的頭銜，不過，和「夫人」這樣的正式稱呼比，仍然不免矮了一頭。

這是八年前的事，而「小相公」的出現，只在這三兩年。顧媚生不高興了：「阿妹，想來妳這些年都在京師，為什麼不來看我？不知道我嗎？」

「哪能不曉得阿姐的大名！」素雲笑著說，「早些年不敢來，近幾年又不能來。阿姐莫要生氣。」

「這話怎麼講？」

素雲看看保母、侍女，笑了笑。顧媚生明知她在賣關子，還是等侍女們穿梭似地在桌上擺滿精緻的茶點和小菜以後，才把她們打發出去。只剩下姐兒倆了，顧媚生道：「好啦，妳講啊！」

「早些年，姐夫在朝官高爵顯，妳妹夫無名小卒，不敢高攀；近些年，朝中滿、漢同列不同權，處處要小心，又怕人說結黨營私，有礙官聲……」

「那麼，今天怎麼敢來了？」顧媚生不滿地問。

素雲笑咪咪地壓低聲音：「近日妳妹夫扈駕出都，我才得空來看望阿姐。」

「扈駕？」顧媚生心中一驚，「阿妹的夫婿究竟是誰？」

素雲挽過顧媚生的肩頭，湊在她耳邊小聲說：「山東聊城傅以漸，字于磐……」

「啊！傅以漸！內祕書院大學士！」

素雲不好意思地點點頭，歪著腦袋靠在顧媚生的肩上，三十歲的人了，倒像個嬌羞的女孩兒。

「哎呀，妳是宰相夫人哪！」顧媚生推開素雲，假意要拜下去，素雲一把攔住，嗔怪道：「阿姐，看妳！」

顧媚生無所顧忌地哈哈大笑。當年她的狂笑曾風魔了江左文士，今天也還能辨出早年那絲毫不損媚容的狂笑的影子。她心裡真的高興，這對丈夫的起復不會沒有好處。她拍著素雲柔軟的小手，連聲說：「好啊，好啊！當初結拜，數妳年紀小，大姐笑妳有富貴命，妳還生氣了呢，說什麼定要效仿西施，隱居山水花木間。如今怎麼說？」

素雲一笑，拉顧媚生一道坐下，順著她的話問：「姐妹們近況如何？這些年一點音信也沒有。」

顧媚生道：「倒是我們這些在野的人家，來往走動得勤，芝麓又極好客，消息滿靈。」於是，她扳著手指算：大姐柳如是後來嫁給錢謙益，順治三年，錢謙益在明史館充副總裁任上乞歸，回常熟與柳如是家居，以著述自娛，頗爲安樂；二姐便是她顧媚生；三妹陳圓圓已是平西王次妃，順治初年她留京時，還時有來往，平西王接她隨軍，出京時顧媚生曾去相送；四妹董小宛，嫁給江南四公子之一的冒辟疆，三年前已經去世……

「金陵的一幫姐妹呢？」

顧媚生與柳如是一起，在崇禎末年去了南京，對秦淮名妓的歸宿都很清楚：馬香蘭病死，和另一位公子侯方域交好的李香君出了家，卞玉京和寇白門也都遁入空門。

「唯有我們這些俗人，還在紅塵中沉浮！」顧媚生最後說了這麼一句感慨的話，隨手在杯盤間拈了幾塊蜜餞果脯，津津有味地嚼著。

「哎喲，阿姐，再吃這些東西，妳還要胖起來，再胖可就不容易養兒子了！」

「死丫頭，嘴巴還那麼刁！」

「阿姐消息靈通，可曾聽說江南十世家謀反的事？姐妹們有沒有給牽連進去？」素雲終於小心地、彷彿無意地發問了。

「知道知道！那是早些年的事了，死人破家的不計其數。要是芝麓還在都察院，總會拚死進諫的。姐妹們嘛，要有，便是錢家、冒家。可不曾聽說呀？」

「好像還有仁和陸文康家吧？」素雲突然單刀直入，提出了她此來的中心題目，不過口氣非常平緩，似在隨意閒扯。

「不錯，仁和陸家，弄得很慘，偌大一所宅第改作了官舍，萬貫家私查抄一空。」
「家中再沒有人了？」
「不是入獄監禁，就是絕了戶，記不清了……妳和陸家相識？」
「倒不。是一個親戚與陸文康有同窗之誼。」素雲表示很有興趣，便夾起了一塊涼藕，跟著她就暗暗鬆了口氣，不用她再挑動，顧媚生已義形於色地講起這場冤獄的詳細經過，滔滔不絕。這些都是由來往於龔鼎孳門下的文人之口傳出，比官吏的文書奏摺生動得多。看來，這位二阿姐對於素雲在蘇州後來的遭遇竟一點都不知道，或許已經忘卻了。

素雲樣子很悠閒，吃著點心，喝著香茶，似聽非聽。實際上，顧媚生的每句話，她都聽進心裡去了。直到顧媚生轉到別的話題，她才起立，走來走去地巡視阿姐的香閨，不斷向她打趣。當她停在窗前，像顧媚生剛才看她那樣向外觀看時，卻不由得怔了一怔，她看見她的老僕正在與一個少年書僮講話，就是這個明眸皓齒的俊書僮，害她找得好苦。這真是踏破鐵靴無覓處，得來全不費功夫！

「阿姐，那個小廝是妳家的人？」

顧媚生走過來看了一眼：「那是芝麓的門生張漢的書僮。說來可憐，他原是梨園名角，偏發誓不肯再唱戲，要脫籍歸田。結果父親病死，定親的媳婦又退了婚，只落得無家可歸，無親可投，這才又回到京師。他敬慕張漢的才學人品，自薦當了書僮。可是他又不肯賣身爲奴，只算是個侍候張漢的伙計。張漢倒也願意，這就叫作緣分。主僕兩個，都跟畫上的潘安、宋玉也似的……」顧媚生說著，掩嘴笑了，是那種中年風流女人說到漂亮後生時曖昧的酸溜溜的笑。

「阿姐，我們下樓去，我要找他問話。」

「喲，小阿妹，妳那大學士不醋嗎？」顧媚生斜瞟素雲一眼，笑得更厲害了。

「阿姐，我找他可不是爲他漂亮標致。一個月前他曾替我娘家捎來一封信，還沒謝他，也沒細問，他就走了，再沒找到。今兒個可要問問清楚！……」

* * *

素雲到家，隨傅以漸出去的僕人前來稟報：主人安好，今天下午就能回府。

素雲靈機一動，身子搖搖晃晃，跟著躺了下去，喊頭痛說噁心，午飯也沒有吃。於是闔府都知道了：夫人中暑。

院裡一派寂靜，素雲那深邃寬大的寢室裡，更是寧謐十分，幾乎能聽到檀香香煙在空中裊裊飄動的細微聲息。侍女在門前、在床前垂手而立，大氣也不敢出。素雲懶懶地躺在翠帳如煙的繡床上一動不動，頭腦卻異常活躍、靈敏。十四年的歲月如同一道厚厚的沉重的帷幕，慢慢揭開了。正因爲時間相隔太久遠，素雲得以清楚地看到整個事情的全部過程，好像她是一個戲臺下冷靜的看客，而不是當事人。

浙江仁和陸健，才氣豪放，風流瀟灑，有名的佳公子。和所有豪門公子一樣，喜歡蓄養歌姬侍妾。他春遊姑蘇，遇到十六歲的名妓素雲，驚爲天人，以三千兩銀子爲聘禮，把她買回家中。素雲色藝爲諸姬冠，自然受到格外的寵愛。

一天，忽有山東書生投刺請見，門丁以從不相識爲理由予以謝絕。這位風塵僕僕的年輕書生非常固執，安坐門前，大有候陸公子駕出的意思。陸健只好在客廳接待了他。書生無暇寒暄，自稱「山左傅以漸」，因聽說陸公子侍姬中有一名叫素雲的，豔傾宇內，特地趕來一睹風采。

陸健頗覺意外，遲疑半晌，逡巡著說：「勞君遠來，請先待茶，慢慢商議。」

傅生慷慨陳詞：「某千里徒步而來，於公子並無他求。公子若幸而許我，誠當少候；否，則不必相留。」

陸健無奈，又不肯失了「信陵公子」的名聲，便同意了，傅生這才就座。此時已近暮夜，陸健即命僕人擺上酒宴款待傅生。酒過數巡，燈燭輝煌，環珮鏘然，十多名侍女前導後擁，如眾星捧月，素雲出見了。傅生起立，長久地凝視素雲，嘆道：「果真名不虛傳，不負我來此一行！」說罷就向主人道別。陸健堅持要留他多住幾日，傅生笑道：「得睹傾城之貌，私願已遂，豈是爲飲食而來！」他一揖告辭，逕自走了。

陸健坐立不安，怏怏不樂，如有所失。惆悵之餘，猛然驚覺，拍案大呼道：「陸健、陸健，何愛一婦人而失國士！」他立刻牽來駿馬，跨上雕鞍，向北飛奔，終於在三十里外追上了傅以漸，強制他一同回府，並以最高禮遇款待他。第二天傍晚，陸健把傅以漸引進一間紅燭高燒、錦帳華褥的寢房，對傅以漸拱手道：「君來此雖屬無心，但其中似有天意。我今以素雲相贈，此室即洞房，今晚即七夕。」

傅以漸堅辭不就，說奪人所愛將陷他於不義。陸健笑道：「君何迂腐！自古就有贈姬之事。我念君家力單，難致佳麗，我粉黛盈側，豈少此女。我視君爲大丈夫，方有此舉，何必效書生羞澀之態！」說罷，侍女已導引素雲出拜。傅以漸驚喜過望，便也就依從了。

在陸府，傅以漸夫婦過了滿月，陸健又爲素雲出妝奩十箱，更贈傅以漸千金，送歸聊城。傅以漸安然當了富家翁，從此得以博覽群書，專心舉業。

甲申之變天下大亂，傅、陸兩家音書斷絕，整整十二年了……

素雲在床上翻了個身，侍女連忙用托盤捧上一把精緻的小茶壺，素雲端著喝了一口，重新躺下，又跌入綿長的回憶……

這件事從頭到尾，兩個男人都以豪爽俠義相標榜，自以爲可傳爲佳話，可留於青史。但陸健也罷，傅以漸也罷，誰都沒有想到去問問素雲的意思，問問素雲到底喜歡誰，願意跟誰——盡管她身價高達三千兩銀子，儘管她是個傾國傾城的姑蘇美人。直到洞房花燭夜之前的那個下午，陸健才告訴素雲要把她嫁給傅以漸。

素雲大吃一驚，感到蒙受了恥辱。應該說，她見到的傅以漸，給她的印象是不錯的：寬額、隆準、闊嘴，目光湛湛，清亮如水，當時她就想，此人儀表非凡，氣度軒朗，前途未可限量；但是她眷戀的是風流瀟灑的陸公子，她的主人。她哭了。

她的眼淚好像使陸健有些感動，他柔聲說：「妳是嫌他窮嗎？妳這麼個超逸的人兒，竟也脫不了俗氣。妳想想，妳就是在我府裡過十年二十年，仍不過是個歌姬，嫁給傅以漸，妳就是他的結髮妻子。傅以漸乃國士，妳還愁當不了一品夫人？」

素雲使氣，跺著腳說：「我不管什麼夫人不夫人，我真心喜歡你。可你，拿我當一件東西，隨便送人！……」

陸健不說話了，在窗前默默地站了許久。他眼睛不看素雲，低聲說了一段話，那憂鬱的聲調，傷感的表情，永遠留在她的記憶中：「素雲，別看我只大妳三兩歲，在男女之間的事上，真情實意早就埋葬到墳墓裡去了。對酒當歌，人生幾何！凡事不過逢場作戲，何必認真？對妳也無非如此，妳有什麼可留戀的？不錯，我拿妳送人，沒有把妳當人看。那麼從今以後，我拿妳當我的妹妹，好不好？哥哥送妹妹出嫁，當是天經地義了！……」

他沒有食言，送給她的嫁奩跟他親妹妹的相同；她隨傅以漸回山東後，在來往書信中他也以兄長自居，稱他們爲賢妹、妹夫……

這些年他是怎麼過來的？聽那小書僮說起在盤山相遇的情景，他該是很狼狽的了。他一定老了許多，十四年沒見了！……

十四年來，她與傅以漸相依爲命，倒也十分恩愛。傅以漸確是個不同凡響的男兒，他並不在意素雲的出身，也從不問起素雲在陸府的那段歌姬生涯，一心一意拿她當結髮妻相待。素雲爲他生了一子一女後，他連娶妾的心思都打消了。順治三年，他以頭名狀元大魁天下，授內弘文院修撰。爲了顯示榮貴，同榜進士紛紛在京納妾，他卻毫不動心。事後素雲問他何不入鄉隨俗，也納小星[21]？他笑道：「任它弱水三千，只取一瓢耳！縱然美女如雲，誰能比得上拙荊？」

傅以漸居官謹慎，尤其拜大學士以後，得在議政王大臣、滿尚書等滿洲親貴間周旋，既要施政，又不能得罪他們，真是費盡心力。江南十世家謀反案，從順治初年直鬧到今天，滿官總是一口咬定。因爲這十家是明朝的首富大戶，文人淵藪，在滿人看來，他們謀反是確定無疑的，不嚴加鎮壓，江南就難以服帖。傅以漸敢去碰這棘手的事嗎？弄不好，丟官喪命都是可能的。不見陳

21　即小妾。典出《詩經・召南・小星》。

名夏的前車之鑑！

可是，人不能沒良心啊！……素雲努力壓制著煩亂，在心裡演習著如何說服激勵自己的丈夫。

「夫人，妳怎麼樣了？」還在窗外，傅以漸就急不可待地大聲問。他一進門就聽說素雲臥病，一步未停，邊走邊脫朝衣、朝帽，直趕到寢室，幾個大步就邁到了床前。侍女連忙把紗帳掛上銀鉤。

素雲慢慢回臉，睜開迷迷矇矇的眼睛，看著自己的丈夫。十多年來，他的最大變化，就是脣邊頷下多了一些鬍鬚，略略遮住了闊嘴；由於薙髮，額頭更顯得寬大，可是鼻梁高聳，目光清湛，和當初一樣，是個可以依賴的男子漢。她怦然心動，忽然覺得一陣輕鬆，微笑道：「你瘦了。一路勞累吧？」

「我還好。妳這是怎麼了？怎麼會中暑呢？」

「在花園太陽底下站久了。」

「丫頭爲什麼不撐把陽傘？」他轉頭要責問侍女。素雲連忙示意侍女們退出，說：「不怪她們，是我不小心。」

「妳現在覺得怎麼樣？」

「好些了。就是心裡有事，總放它不下。」

傅以漸端起茶壺喝了兩口，坐在床邊，安慰道：「有什麼大不了的事？我來幫妳排遣。」

「這幾日，天天晚上夢見廟裡判官戳手指斥我，說什麼『女子也當報養育之恩，妳豈能忘記娘家』！連夢三夜，心緒不寧，如病纏身。但我向來不記事，離家年久，又逢世亂，實在不知娘家在何處啊！」

傅以漸想了想，和悅地說：「賢卿難道忘了？按理而論，仁和陸府實在應該算是妳的娘家，對不對？」

素雲恍然，似有所悟地連連點頭：「對的！但不知陸健在哪裡？」

傅以漸嘆口氣，低聲道：「我聽說順治初年，陸家就牽入十世家謀反冤案中了。去年拜大學士後，也曾暗地差人到仁和尋訪他的消息，回報說痛遭冤禍，家沒身亡。怕妳難過，一直沒有告訴妳。」

素雲靜靜地對傅以漸凝視片刻，說：「相公本是一介寒儒，貧困交加而得以專心向學、坐致通顯，實在是陸文康的恩德；你我十數年相濡以沫，相敬如賓，也實在是陸文康的情分。我想相公不會忘記吧？」

「沒齒不忘，終身銘記。」傅以漸說得很鄭重。

「那麼，如果文康至今尚在，你將何以報答？」

傅以漸一驚，看素雲時，病態全無，炯炯目光直視自己。他毫不猶豫地說：「果真如此，以身相報尚且不惜，何況其他！」

「此話當真？」

「可對天日！」

素雲立刻拿出陸健的那封信。傅以漸臉色都變了，開封時雙手略略發抖，但他還是從頭到尾讀完了這封寫給妹夫和賢妹的信。信中不過恭問起居寒溫，但末後說了一句：「因遭冤獄，數載亡命山野，昭雪無由。」

素雲一面看著傅以漸的表情，一面小聲解釋：「這是你出京後一個小廝送來的，連他也不知文康現在何方……」

傅以漸看罷，收信入封，面容嚴峻，沉吟不語。

素雲見狀，猛跳起身，從枕下抽出一把鋒利的剪刀，扯下自己的頭髮就剪，傅以漸連忙阻攔時，已剪下一綹二尺長的青絲了。素雲手捧青絲，望天發誓：「人生在世，信義爲本。要是不能報恩，狗彘不如！要這榮華富貴有什麼用啊！……」

傅以漸奪過剪刀，生氣地說：「妳這個人怎麼這樣性急！不報文康之恩，我成什麼人了？朝廷裡的事妳又不是不知道，大權盡屬滿官，漢員不過是陪從。我雖拜大學士，也不過秉承皇上和王大臣會議的意思辦事，哪能說了就算數？何況逆謀大案非同小可，滿官視爲禁臠，從不讓漢官插手……」

「照你這麼說，報答文康還不是一句空話！」

「我想，唯一的希望在皇上。天子聖明，或許有開恩之舉，但也需時日。我將遍謀有識之士，看準有利之時機，會同申奏，這都不是十天半月能辦得成的……」

這些，素雲理解。不過她還是問了一句：「那麼解江南冤獄的事，你是經我提醒才想到的嗎？」

「哪裡。如今訐告成風，漢官人人自危，再不設法阻止，成何朝廷？成何世界？」

「唉，」素雲長嘆一聲，又躺下了，「但願皇上明察秋毫，解天下冤獄，讓江南還如舊日江南那般昌盛明麗吧！」

第三章

一

轉眼間冬去春來，到了順治十三年。二月初八，是莊太后的聖壽節，和皇帝的萬壽節一樣，也是個普天同慶的日子。

一大早，皇帝就率著諸王及文武百官到慈寧宮行慶賀禮；他們退出後，皇后率六宮妃嬪、公主、福晉、命婦再進慈寧宮行慶賀禮；第三撥是皇子們在內監的導引下給太后行禮叩頭。慈寧宮內張燈結綵，只這三撥人的慶賀禮儀，就把大半個上午占盡了。接下去是太后的萬壽宴。按制度，壽宴應設在慈寧宮正殿，皇太后南向升寶座，皇后率妃嬪進茶進酒，殿南搭舞臺，戲舞百技並作。但是，今年是太后四十五整壽，加上去年年景好，國家漸趨穩定，太后十分高興，便格外開恩，壽宴不僅恩及近支王公的福晉、命婦，與太后有母子名分的福臨的同父異母兄弟都被留下與宴，幾位小皇子、小公主也被帶來了。

太后彷彿要一享天倫之樂，打破了以前筵宴男女分席的常規，凡是夫妻便同在一席；凡有皇子、皇女的妃嬪，也讓她們母子、母女相聚。這就成了一次真正的家宴。莊太后做爲這龐大、顯赫、高貴家族的最尊貴的長輩，自然能享受到任何人都無法體味的自豪和滿足。

「萬——歲——爺——駕——到——！」慈寧門外太監拉長聲音響亮地喊著，院裡廊下的人們立刻跪下、匍匐在地，恭迎皇上。福臨大步流星跨進宮門，站在門內的臺階上，矜持地背著手，目光仔細地掃過每一個人，長長吁了口氣，表情有些不安。他抬抬手，簡單地說：「起。」他毫不停留，直奔後殿。太后身邊還有許多福晉、命婦環繞著。

福臨在後殿門口一出現，除太后以外的所有人又一起跪倒。福臨先到母親面前行了常禮問了安，隨後一聲輕輕的「起」，那些打扮得豔如春花的貴婦人都直挺挺地站起。福臨對她們看了一眼，臉上一團失望，眼角都垂了下來。

太后看在眼裡，嘴上卻喜孜孜地說著調侃的話：「今兒的壽宴真不該讓你來。我請的客人怕都要吃不飽啦。」

福臨笑道：「母后說哪裡話！兒爲天下主，必須孝治天下。母后壽宴不與，兒子豈不是千古罪人！至於賓客嘛，我怕他們要吃得走不出慈寧門呢！」

「這倒爲什麼？」

「誰讓母后調教得慈寧宮的廚子一個賽似一個呢？」福臨在這裡，心靈口巧，很能討好母親。太后快活地笑了。

「母后，兒子這個慈寧宮家宴的主意可好？皇家規矩太多太嚴。要能像平常百姓家親戚來往，做滿月，喝喜酒，隨心所欲，自由自在，該有多好！」

「規矩不能沒有，家人團聚也該快活些才好！」太后和悅地說，心裡卻在暗笑兒子拙劣的障眼法。她斷定，她這性情熱烈暴躁的兒子，絕不會在五句話之後還能掩飾住他的真實意圖。

果然，福臨緊接著問：「襄親王怎麼沒有來？」

去年二月，也是在太后的聖壽節上，福臨與他的幼弟博穆博果爾夫妻談得十分高興；過了三天，他派太監去博穆博果爾府，賜給幼弟一大批書畫珍玩；跟著，二月二十一日，未滿十四週歲的博穆博果爾竟被皇上封爲和碩襄親王，引起朝野的驚異。由此開始，皇帝突然對自己的幼弟格外寵愛。當了親王，博穆博果爾必須參加許多以前不常參加的典禮，並每日隨朝站班。皇帝因此就可以經常召見他，可以經常請他的福晉參加宮內的許多宴會。

不止一個人在太后耳邊說起這件事。尤其是去年中秋、重陽、冬至三次內廷家宴，皇上不僅格外優待襄親王夫婦，竟然在御花園多次單獨與襄王福晉說笑。最令人不安的是，他們交談用的是漢語，弄得向太后私下稟告的人也說不清他們都談了些什麼。

太后傾聽這些密探們——主要是些得臉的太監、宮女和他們的主子娘娘——的密報時，從來都面無表情，不置一詞。醋味太重的妃嬪若說出什麼不得體的話，便會被太后斥爲有虧婦德；說皇上的壞話，更是絕對不允許，那有宮規管著。宮規裡也有鞭笞和杖刑，不過太后從來不用罷了。

太后絕對地維護兒子。因爲他是天下之主、萬乘之君。她從來明睿智慧，兒子的作爲，兒子的心思，絕逃不出她那時時含笑的慈藹的眼睛。早在大婚後的第二天，她就覺察到福臨心緒不寧，對新皇后仍不滿意。當福臨向她提出晉博穆博果爾爲親王時，她已大致猜到了他的用心。不過，莊太后可不是一個平凡的婦人，更不是個普通的母親。她很懂得怎樣做一個太后，怎樣對待身爲君上的兒子。她的最有力的手段就是寬容。只要不越過危險界限，她一概寬容。事實上，這是對待她的這位聰慧異常而又喜怒無常、性情暴躁的兒子的最好辦法。她確實從她的丈夫皇太極那裡學到了許多東西，是個絕不亞於任何男性智士的女智多星。

聽著兒子的問話，看看兒子的表情，太后心裡如同黑松雞落在雪地上，一清二楚。但她絕不點破，很自然地回答說：「他倆往壽康宮迎接懿靖和康惠去了。」

懿靖大貴妃是博穆博果爾的生母。她和康惠淑妃原先都是元朝的直系後裔察哈爾蒙古林丹汗的福晉。天聰八年，皇太極領兵攻打察哈爾，成吉思汗的末代子孫從此滅亡。皇太極收納了林丹汗的兩名福晉。崇德元年皇太極改國號爲清，稱寬溫仁聖皇帝，設置後宮。清寧中宮大福晉即皇后，是莊太后的姑媽；西永福宮莊妃便是莊太后；東關雎宮宸妃是莊妃的姐姐。當時，懿靖大貴妃爲西麟趾宮貴妃，康惠淑妃爲東衍慶宮淑妃。懿靖大貴妃早年爲林丹汗生了察哈爾蒙古汗的繼承人額哲和阿布鼐。當蒙古四十九旗歸附時，皇太極以延續元朝苗裔、不忍廢絕之意，命額哲爲察哈爾蒙古旗的旗主，封爲和碩親王，並以皇二女固倫公主馬喀達下嫁。順治二年額哲亡故，其弟阿布鼐襲王爵，公主也轉嫁阿布鼐，至今駐守察哈爾旗。博穆博果爾生於崇德六年，與額哲、阿布鼐同母異父。

莊太后對待先皇留下的其他妃嬪，一貫非常優厚。博穆博果爾夫婦先來慈寧宮問了太后聖安，太后便打發他們去迎接大貴妃和康惠淑妃。福臨一向佩服母親的大度，又知道襄親王夫婦確實已來，也就放了心，便跟母親饒有興致地談論起壽宴上的戲目。

東西兩廡的中和韶樂，奏起了皇太后升座樂，曲調莊嚴而徐緩。莊太后在樂曲聲中登上慈寧宮正中的寶座，所有的妃嬪和王公福晉們在帝、后的率領下，整齊地跪在寶座前。太后坐正，樂止，人們在宣贊太監的帶領下同聲祝賀：「願聖母皇太后萬壽無疆，萬壽無疆，萬壽無疆！」人多聲響，大多數是女子，合在一起十分好聽，在闊大的殿宇中引起了回聲。

太后微微笑著，朗朗地說：「今兒的壽宴是家宴，都是自家骨肉，不要拘禮，酒隨意喝，話暢心說，我這個子孫滿堂的老婦人也要高興高興！」

殿堂裡泛起一片笑聲，比平日莊嚴肅穆的典禮輕鬆多了。福臨卻不肯草率，一定要正式向太后敬茶敬酒，太后只得同意。於是，排列在慈寧門簷下的中和清樂演奏起〈朝天子〉，福臨率著他的五位兄弟走向太后寶座。他身後按年齡順序排列著鎮國將軍葉布舒、輔國公高塞、鎮國將軍常舒、鎮國將軍韜塞與和碩襄親王博穆博果爾。承澤親王碩塞已在前年病逝，博穆博果爾就成爲皇太極諸子中唯一的親王了。按爵位而言，鎮國將軍離著親王還有六級：輔國公、鎮國公、貝子、貝勒、郡王、親王，通常情況下，本不能同拜同起；而且博穆博果爾原來並無爵位，一下子晉封親王，幾個哥哥十分眼氣。今天是家宴，除了皇上、皇后，只講輩分長幼，不論官職爵位，博穆博果爾只能排在最後，葉布舒他們心裡自然痛快，只是不好表現出來。博穆博果爾卻是一肚子不高興。當了一年親王，他已習慣於處處受尊崇了。不想，行進途中福臨回頭看了一眼，笑笑，停步對博穆博果爾招招手。博穆博果爾趕緊跑兩步追上來，福臨牽著他的手，一同端著金杯，並肩走到了太后寶座前。殿裡一片壓抑的驚嘆和竊竊私語，目光都集中到福臨和博穆博果爾的臉上。博穆博果爾不免趾高氣揚，得意洋洋，幾個哥哥只得亦步亦趨地跟在一位天子、一位親王的身後。福臨呢，臉上泛起恭敬的微笑，正合他此時此地的身分。他心裡卻是一陣陣沉醉，因爲在無數投向他的目光中，他感到有一雙烏黑晶瑩的眸子，透露出驚訝、不安和恐懼，也透露出讚美和知心。這就足夠了，其他的哪怕一萬雙鳳眼美目對他都沒有意義，都不存在。他不覺把步子邁得更穩健有力，使身姿更加瀟灑自如，而那使他面貌開朗英俊的微笑，始終沒有離開他的唇邊、眼角。

太后接過兒子們進上的金杯，豪爽地一飲而盡，然後又分賜他們每人一杯酒。趁此機會，福臨向站在寶座兩側的妃嬪、福晉們很快地掃過一眼，心頭一跳：她到哪裡去了？再搜索一遍，仍然沒有見到那雙明豔無比的眼睛。一剎那間，福臨渾身像纏上蜘蛛網似地不自在，面孔陰沉下來。如果她不在，如果她沒有看見，沒有聽到，福臨所做的一切，不都枉費了心機嗎？福臨回到設在太后寶座左前側的御座上，情緒低落，連寶座和食案上金光燦燦的膳具彷彿都失了光彩。

〈朝天子〉在一遍又一遍地奏著，樂隊裡的歌工用嘹亮的響遏行雲的歌喉，和著樂曲，唱出祝壽祝酒的賀辭。皇后率著六宮妃嬪、公主、福晉向太后敬茶敬酒。大殿中心彷彿開出一壇五顏六色、光豔奪目的鮮花，又彷彿集中了一群宛轉嬌啼、炫人耳目的彩鳥。福臨淡漠地望著她們，「粉色如土」四個字又一次在他心頭閃過。

突然，她出現在第三排最後一個位置上，是福晉中的最後一名。福臨驚喜地看著她。顯然，剛才她被那些軀體高大的女人完全遮住了，像一堵牆遮住了一叢芳蘭。在這一群高大健壯、舉止呆板、色彩豔麗的滿、蒙貴婦之中，她顯得越加嬌小玲瓏、儀態萬方，那麼溫文爾雅、蘊藉脫俗，彷彿是一個晶瑩剔透、放著光芒的玻璃人兒。「啊！烏雲散開了，明月出來了！」福臨在心裡高聲讚美著，胸際頓覺豁然開朗，周圍的一切都變得更加美好：殿堂高了，寶座更輝煌了，茶酒菜肴爲什麼如此香美？歌工的歌唱爲什麼如此動聽？福臨覺得自己的精神彷彿進入一個從未經過的仙境，心裡那麼明亮、歡樂。當太后向大家賜酒以後高興得爽聲而笑時，他也借題發揮，放聲大笑，像孩子那麼率真、歡快、無所顧忌，惹得坐在對面皇后御座上的那位正宮娘娘膽怯地看了他好幾眼，他也毫不在乎。歡樂像一道清純甘美而又湍急的溪流，騰著浪花，從他心上流過，從他全身流過……

中和清樂奏起了輕鬆歡快的〈金殿喜重重〉，壽宴正式開始。斟酒斟茶的宮女用彩色綢袍換去了藍布長衫，烏油油的大辮子根上梢上都插了鮮亮的絹紗花朵，臉上薄施脂粉，在各席間來往如飛，川流不息。

皇帝和皇后離座，向太后跪拜。福臨笑吟吟地說：「皇太后聖壽，兒臣等恭進壽禮：白銀萬兩，上用緞紗百匹，珍珠六百串，珊瑚珠六百串，請母后笑納！」蘇麻喇姑笑著替太后接過帝、后的壽禮紅單。這是每年一次的例貢，理所當然。〈金殿喜重重〉奏得更響了。

各宮主位也順次進獻她們的壽禮。因爲帝、后的大宗壽禮已代表了她們這些晚輩，所以她們的禮品多半是象徵性的：永和宮端妃獻上一串佛珠；景陽宮恭妃奉進一尊金佛；永壽宮恪妃，宮中唯一的漢妃，別出心裁，用珍珠和金絲銀線在兩雙明黃緞花盆高底鞋的鞋幫上，嵌繡了丹鳳朝陽的華麗圖案，引起周圍許多貴婦的嘖嘖稱讚。

景仁宮康妃，是主位中唯一有兒子的人。今天居然能抱著自己的孩子向太后祝壽，使她非常快活，萬分感激太后。她緊緊摟著懷中的三阿哥，在太后寶座前跪下去。那不滿兩週歲的皇三子，一雙小胖手用力擎著一只用金絲銀絲編織、鑲嵌著珠玉的玲瓏小巧的手爐，高高舉起，用奶聲奶氣的嗓音，親切地喊：「皇阿奶！暖暖手！」

古老厚重的宮闕，莊嚴輝煌的殿堂，忽然迸出這種近似天籟的聲音，本來就令人心頭一顫，皇三子又異常聰明伶俐，對這盛大的場面、無數陌生的面孔毫不畏懼，更使太后喜歡。她親自下座，從孩子手中接過禮品，對康妃說道：「生受妳了。三阿哥他……」

話未說完，又發生了一件意外的事，這個長著紅潤的圓臉蛋、眼珠烏黑的漂亮又健康的孩子，突然張開兩隻小手，喊道：「皇阿奶，抱抱！」

大家愣住了。太后也是一怔。怎麼辦呢？

因為赴壽宴，其他人可以穿禮服而不必穿繁縟的朝服。像康妃這樣，只梳了隆重場合下才梳的兩把頭，不需戴金冠；只穿一件貂皮出鋒的錦緞毛裡宮袍，不需戴披肩、加長外褂，所以抱孩子不覺困難。而太后因為是「壽星」，必須穿上全套朝服：三重寶珠的九鳳冠，朝袍、朝褂、朝珠、披肩俱全，一身龍鳳輝煌，也十分沉重。真要抱孩子，雙臂難以迴環，胸前珍貴的飾物也會弄壞。況且皇太后抱小孩，實在有失身分。

康妃輕輕拍了三阿哥一下，說：「不要嚷嚷！」

太后卻伸出雙臂，把皇三子接在自己懷中。即使是一歲以內的嬰兒，也能準確無誤地判斷人們對他的態度：是真喜歡他還是假裝喜歡他，或者是厭惡他，這是不會說話的孩子的一種本能。皇三子偎在太后懷中，全身貼在她寬闊的胸脯上，雙手緊緊摟住祖母的脖子，一張嬌嫩的小臉親親地貼到太后的面頰上。

懷中一團溫暖、嬌嫩的小身體，脖子上繞著兩條柔軟的小胳膊，面上貼一張散發著溫暖的奶香的小臉蛋，這一切，表示著絕對的信賴和無比的依戀。莊太后許多年沒有這樣的體會了。她不自覺地緊緊摟住小男孩，在他那胖嘟嘟的小臉上親了一下，喉嚨裡湧上一股又辣又酸的熱氣，逼得她幾乎落淚。

人們瞪大眼睛望著寶座上這祖孫倆，驚訝得說不出話。一片寂靜中，太后輕輕一笑，說：「你們知道吧，三阿哥滿有意思的。去年週歲抓盤，他張開兩隻小手，竟把翡翠盤裡所有物件全抓起來了！……將來，應是福壽綿長，文武全才了！」

按皇家制度，皇子週歲設的晬盤，例用玉陳設二件、玉扇墜二枚、金匙一件、銀盒一件、犀鍾犀棒一雙、弧一張、矢一枝、文房四寶一份。去年皇三子一股腦兒抓了所有物件，使祖母非常高興，賞了許多玩物錦緞，至今說起來，還禁不住地自豪。

太后開了頭，皇子的叔伯嬸母及其他額娘也跟著湊趣，進上許多吉言。皇三子還有一個哥哥、兩個姐姐、兩個妹妹。但因他們的母親封號都在貴人以下，上不了正席，縱然心裡因不服而酸酸的，也得跟著大家一起笑。

抱走皇三子又費了一番手腳，那孩子像膏藥似地黏在皇阿奶身上，康妃和保母忙得滿頭大汗，在三阿哥的哭聲中，才把他揭下來。還是老辦法，由乳母去爲他止哭。

太后心裡很感慨，被一個嬰孩所依戀，心裡甜甜的、暖酥酥的，那滋味既不可言傳，又異常舒坦。

福臨滿臉堆笑，注視著這一幕。能使額娘高興，他也很快活。他的長子牛鈕在順治九年夭折，沒有引起他多少悲痛。一則孩子太小，死時才三個月，又瘦又弱，是一位答應所生；二則他自己那時也太小，不過十四歲。近年他才開始重視子嗣。

皇二子比皇三子只大八個月，遠不及皇三子健康聰慧。加上皇三子的母親地位尊貴，福臨對皇三子也很喜愛。不過，今天他的心不在孩子身上。他等著看自己的兄弟們向母后貢獻壽禮。

葉布舒、高塞、常舒、韜塞四對夫婦相繼上前，分別奉獻了佛像、佛珠、白玉塔、金香爐。自他們各自領封建府以來，壽禮從未超出過這種格式，非常莊嚴、高貴、穩妥，絕無標新立異之嫌。蘇麻喇姑鄭重接受，太后微笑著點頭。

十五歲的襄親王和十七歲的福晉，像一對金童玉女，齊步向前，手中各執一柄鮮紅的珊瑚如意，跪進太后。難得這一對如意大小、形狀、顏色都很相近，在潔白的長絲穗的映襯下，更顯得紅似雲霞，玲瓏可愛。太后忍不住從蘇麻喇姑手中接過這一雙如意，輕輕撫摸一下，溫潤細膩，與上等羊脂玉一樣貴重。她把如意交蘇麻喇姑收好，正要有所表示，襄親王夫婦各捧著一個玉盤又跪下了。襄親王托盤裡放了一把藕節底、荷花身、蓮蓬蓋的古色古香的陶壺，旁邊是一只同樣色澤的荷葉杯，栩栩如生，彷彿風吹來就會擺動似的。親王福晉的托盤裡放著一個鮮紅的填漆食盒。兩人同聲說：「請太后嘗新。」

蘇麻喇姑會意，先提起陶壺向荷葉杯裡注入，淡綠色的清亮的水泠泠作響，一股清香在太后四周散開了；再打開食盒蓋，小巧的盒子裡如橘瓣似的分成九格，每格裡放了一些乾鮮果品。太后喝了一口茶，只覺得清香沁人心脾，非常甘美；又從果盒中取了一枚長生果吃，香脆滿頰。她很滿意，問襄親王：「這茶是怎樣烹煮的？又香又清醇。」

博穆博果爾一下子回答不上來，有點結巴地說：「茶……茶裡放了東西……」

「什麼東西？」

「這……我也不清楚，問她好了！」博穆博果爾不覺露出小孩子心性，朝他的福晉一擺頭。

「啓稟太后，」襄王福晉董鄂氏從容地回答，親切地笑著，露出白燦燦的貝齒，「這水是去冬從松針、竹葉上掃下來的雪，攢在罈子裡，烹茶時候，又添了松仁、佛手和梅花三味，水滾三道煎成。」

「怪不得！」太后笑了，「這茶可以叫作三清茶了！……那麼，這果盒也有講究吧？」

「是。」董鄂氏笑道，「這叫九九果盒，九樣果品，每樣九顆，都有一個吉祥如意的名色，奴才已寫成名籤，放在果品底下了。」

「哦，還是妳念給我聽聽吧！皇兒，你們夫妻也來看看、聽聽。」太后興致很高，對這個最小的兒媳婦似乎格外喜愛。福臨巴不得這一聲，立刻湊到太后桌邊。

襄王福晉也不推辭，立到太后席前，一樣一樣地指給太后看：「龍眼，如同瀛海驪珠；栗子，彷彿上苑瓊瑤；蓮子，又名玉池蓮顆；葡萄，勝過仙露明珠；荔枝，堪稱絳囊仙品；白果，恰似寶樹銀丸；白棗，可比安期珍品；松子，美其名曰蓬山翠粒；長生果，能催令崑圃長春。」

「好，好！」太后很高興，「難爲妳記得這麼清楚。看來妳的詩文頗有根柢。」

「奴才自幼隨父駐防杭州，父親請了滿、漢兩位師傅教導。」

「怪不得妳有那麼一種江南水鄉的秀雅文靜，竟像個漢家書香門第的姑娘，不像我們滿洲的格格。」說著，太后自己也笑了，拈一顆松仁放在嘴裡，慢慢地品味。

她最後這兩句話是什麼意思？是貶還是褒？董鄂氏捉摸不透，一面遜謝著說：「太后賞臉，奴才謝恩！」一面小心地抬頭，想看看太后的臉色，誰想遇上福臨那雙火辣辣的眼睛，她心一慌，連忙垂下眼簾，退回自己席上去了。

太后寶座和福臨寶座之間靠後一席，是懿靖大貴妃的座位，太后略略側過身子，笑著對她說：「皇妹，博穆博果爾孩兒成親以後，變得多了。」

大貴妃先是一笑，後又皺皺眉頭，說：「可不嗎？這樣下去，他也要變成南蠻子了！」

「怎麼，妳看這個兒媳婦……」太后很有興趣地問。

「哪裡，太后指婚絕沒有錯的。我是說博穆博果爾。咱們滿、蒙八旗，畢竟靠騎射起家，尚武不尚文啊！」

這時，饌肴陸續進上，所有的人在自己席上向太后一拜禮後，坐下開宴。太后和悅地笑笑，沒有再說什麼。殿外舞臺上，古老的隊舞——打莽式已在熱烈快速的樂曲伴奏中開始了。身上掛著模型馬、象徵騎兵的八名八旗兵士，身著甲冑，手舉弓矢，周旋奔馳，追逐十數個跳躍翻騰的象鼻怪獸。席間的氣氛變得更加輕鬆，如同平日親友宴會一樣，執著酒杯串席說笑，也不會有人見怪。

福臨逕直走到襄親王夫妻席邊，並且毫不猶豫地坐到兩人之間，弄得兩人都有些手足無措，想要叩拜，福臨連忙擋住，笑起來：「太后已經明諭，今兒是家宴，只行家人禮，不行君臣禮，你們不要這樣。」

博穆博果爾連忙給皇兄斟酒，福臨舉杯一飲而盡，隨後端著金杯，對襄王福晉說：「弟妹，該妳了。」

福晉看了襄親王一眼，襄親王催促道：「快給皇上斟滿！」福晉低頭一笑，執金壺給福臨滿上，福臨又一口飲乾。福晉道：「皇上好酒量！」

福臨對她笑笑，說：「可惜沒有好酒！」

襄親王驚異道：「宮裡的玉泉酒，不是天下頭一份嗎？」

福臨搖搖頭，笑著看看幼弟，又看著弟婦說：「這類酒，日飲千盅不醉，無味至極！聽說江南有名酒，叫作梨花春，甘芳清冽，香沁肌骨，味厚而濃，飲一小杯就會沉醉終日。不知此生可有福氣一嘗。」

襄親王說：「一罈酒何足道！叫他們貢來就是。」

福臨嘆道：「山高水遠，咫尺天涯，誰知能不能一近芳澤？……不過，我今日彷彿聞到了梨花春的清香，已覺沉醉，真所謂酒不醉人人自醉啊……弟妹，妳一定會說我身在酒國，沉醉終日吧？」

福晉避而不答，另起話頭：「梨花春確是難得的好酒，色呈淺綠，所謂傾如竹葉盈尊綠，酒質濃厚，香飄一屋……」

襄親王問：「妳怎麼知道？」

「我家在杭州時，師傅吃過這種酒。他的老友送他一小罈，他足足吃了一個月，每天一杯，沉睡半日。但凡開罈，便覺濃香四溢，我們這些不會吃酒的都覺醺然欲醉，連站在院裡的家僕，也是直嚥口水。最後那兩天，酒香把我阿瑪招來了，兩人對飲，一齊醉得東倒西歪，好不容易才把兩個老人家扶回臥室，一路上他們還滿嘴嚷嚷：好酒！好酒！」

福臨和博穆博果爾都笑了。福臨道：「妳師傅這麼好酒？」

福晉連忙說：「不。他酒量不大，但很愛持杯，最是南士習氣，每當酒酣，便議論風生，精妙無比。他本來就博古通今，詩才雋逸，半酣時文思尤其敏捷。一天，他喝醉了，伏案而眠。我跟幼弟費揚古悄悄議論，『水如碧玉山如黛』一句以何爲對，爭了半天，誰也對不出好句。想不到老師醉夢中眼都不曾睜開，便說道：『可對雲想衣裳花想容。』說罷，仍舊呼呼大睡。等他醒了問他，他竟全然不知！」

福臨笑道：「接對的可是李太白的〈清平樂〉？妳再用漢話把兩句詩念一遍。」

福晉照著念了，福臨點頭笑著用漢話說：「這些詩詞，必得用漢話去讀，平仄聲韻才有味道。」

福晉也用漢話答道：「正是呢。我爲太后試寫了幾首祝壽的賀詩，要是用滿語讀，便毫無詩味，只得作罷了。」

這以後，他們的對話都用漢語。博穆博果爾全然不懂，但既不敢插嘴，更不敢表示不滿。

福臨道：「何不將詩呈來，讓朕一讀呢？」

福晉笑道：「亂筆塗鴉，有瀆聖目。但我從師習琴數年，待皇后千秋之日，一定要奏琴獻壽。」

福臨心裡很不受用，便道：「妳師傅又喝酒又作詩又彈琴，想必是個風流人物。」

福晉暗笑，只得恭敬地側面回答：「當年師傅客居揚州，有人賣鶴，師傅家道貧寒，卻傾囊買了兩雙，準備回鄉時一起帶走，不料嘲笑譏訕一時俱來。師傅恬然答道：『我家門可羅雀，對鶴如對良友；我夫婦老乏丁男，撫之如倚玉樹；戛然一鳴，悅心盈耳，撫琴觀舞，排憂解愁，此樂何及？』爲此，他賦詩十章爲友人吟誦。家父聽了此事，深敬師傅爲人，這才千方百計聘入家中設館。」

「哦。妳師傅叫什麼名字？就不願涉足仕途嗎？」

福晉莊容相對，答道：「師傅姓呂，名之悅，字笑天，人稱笑翁。他說：『皇清以義受命，其垂統之誼甚正。然我輩生於明世，食明粟已久，不可爲失節之婦，以爲異日子孫羞也。』唯願新朝施仁德之政，顧念天下百姓疾苦。他說他雖然力量微薄，也要爲此奔走，樂而不疲。」

福臨傾慕地說：「這正是所謂高士啊！……他如今到哪裡去了？」

「前幾日家母說起，師傅曾在安郡王府做幕賓，近日已告辭南歸了。」

「告老回鄉？」

「不是的。……據說江南近日冤獄重重，十家舊姓謀反一案，株連甚廣，內情大有出入，但十數年不解，師傅想要……他要去爲此奔走。」

福臨沒說話。他對這位笑翁的行動，既讚賞又反感。讚賞他的正氣、勇氣，反感他干涉自己的治理。

「萬歲，」襄親王福晉忽然改了稱呼，「南人儒雅文弱，不禁摧殘，江南又是財賦所出之地，如今永曆僞朝及鄭成功兩處叛亂未平，安定江南人心、安定江南地方，實在不可小視。萬歲仁厚聖明，想必早有成算的了。」

福臨驚奇地看著眼前這粉光玉潤的美麗面龐，那雙眼睛如同曉星，灼灼閃亮，燃著一團勇敢的火焰。他心裡很感動，半晌，突然問道：「告訴我，妳叫什麼名字？」

襄親王福晉「刷」地紅了臉，假作斟酒布菜，低下頭去，很輕很輕地、責怪地說了一聲：「皇上……」

一名太監走來跪下：「啓稟萬歲爺，太后請你過去，看一件暹羅國進貢的新奇物。」

福臨只得離座而去，臨行又停下腳步，再回頭問：「妳不肯告訴我？」

襄親王福晉抬眼迅速地看了他一下，復又低頭，用更輕悄的聲音說：「烏雲珠……」

「烏雲珠……」福臨的心怦怦直跳，滿腦子想像著用龍飛鳳舞的狂草寫出的這三個可愛的字，「這是說一顆烏黑閃光的寶珠啊！不是在形容那舉世無雙的眼睛嗎？多美！……妳，爲什麼不是個蒙古姑娘呢？爲什麼不生長在科爾沁草原呢？……唉，若真生在蒙古、長在草原，怕也就沒有這樣明慧，沒有這種令人陶醉的水鄉丰采和儒雅的書卷氣了！……」

二

乾清宮西側的弘德殿，和養心殿東暖閣、乾清宮西暖閣一樣，都是皇上常日聽政視事的地方。不過，在弘德殿召臣子入商國事，更顯得鄭重。

湯若望第一個上前跪倒，他是那樣興奮激動，面孔紅紅的，映照得白髮白鬚更加雪白，眼睛更加碧藍。

福臨看著他笑道：「瑪法，你怎麼又行跪拜？荷蘭國來進貢算得什麼大事，值得瑪法這樣高興！請坐下說吧。」

湯若望笑著，照規矩盤腿坐在寶座下首的坐墊上，說話比平日又快又響：「皇上你是不知道，我離鄉幾十年，現將在這離故土萬里之遙的海外接待家鄉的人，心裡太激動了！……」

「瑪法，你不是德意志科倫城的人嗎？和荷蘭並非一國呀！」

「皇上，我們雖分處兩國，但我自幼就會荷蘭語，在科倫讀書的時候，許多同學是荷蘭人，總有同種族之誼啊！老臣既獲皇上知遇，在中華帝國得到這樣的榮寵，同鄉們不辭萬里，遠航而來，我無論如何要盡盡心。請皇上看在老臣的薄面上，給荷蘭使團最高禮遇！」

福臨笑道：「瑪法講情，朕哪能不准！可是瑪法，看你這麼高興，你可清楚荷蘭使團此來有沒有別的使命？」

一直處於興奮狀態的湯若望愣了一愣，說：「他們是代表荷蘭大公向陛下致敬的啊！我看了他們那禮單，真是一份重禮！送給皇上、太后和皇后的，都稱得上是國寶！還有許多天文儀器、鐘錶，非常精美，非常精美！啊！我離開歐洲不過四十年，金屬技藝竟大進了！」

湯若望說著說著又興奮起來，福臨不禁微笑了——數年以來，他一直諫正皇上保持帝王的威儀：要不苟言笑，對臣屬尤應持慎重緘默態度，等等，而今天這位仁慈和藹的道德引路大師，一旦激動，竟也如小孩一樣單純。於是福臨說：「瑪法，凡是你的請求，朕都很高興賜准。這次接待荷蘭使團，就以你爲主，禮部侍郎陪同你去辦。只是，瑪法不要忘了，幾年前達賴喇嘛來朝，你還對朕有過諫正呢！」

那是順治九年，被人敬爲活佛的西藏達賴喇嘛向皇帝馳報，願進京覲見，途中將帶領三千喇嘛和三萬蒙古人爲護衛。起初福臨打算親臨邊地迎候法駕，遭到許多大臣的反對。湯若望不僅上了一封很長的諫書，還親自面奏皇帝，認爲皇帝不可自失尊嚴招致這種恥辱。

湯若望的諫正發生了效力。皇帝改派一位親王出京遠迎大喇嘛。法駕抵京時，皇叔鄭親王迎於城下，皇帝本人則赴南苑遊獵。在那裡，福臨坐大殿等候，達賴喇嘛進殿時，皇帝起立把手遞給他表示親敬，並在右側親王序列中指給他第一個座位。

後來得知，達賴來京的許多心願中最重要的一個，是使皇帝成爲他的一位喇嘛弟子。湯若望於是又向皇上陳述：這大有失於一位天朝君主的身分。皇帝與喇嘛應當各行其是，各盡其職。結果，儘管那位活佛在京受到隆重禮遇，清朝並於次年冊封他爲「西天大善自在佛」，領天下釋教，而他的主要心願還是落空了。

提起往事，湯若望略一沉吟，道：「皇上放心，老臣有數。現在我先去貢使館舍看望荷蘭使團。……啊，那名叫德•戈耶爾的使臣，也許認識我的許多在荷蘭各地和阿姆斯特丹的老朋友呢！」湯若望興致勃勃，面部表情非常熱烈，福臨不好意思再給這位老人潑涼水了。福臨准許他離開時，他久盤的腿因麻木竟站不起來，皇上上前親自攙他起立，扶持著他，直到侍衛們上來替換。福臨舉手一招，四名御前侍衛連忙跪下聽命。福臨說：「你們護送瑪法出宮，往貢使館舍。路上要小心，不要驚了馬，摔著瑪法。」侍衛們簇擁著傳教士出殿。福臨良久站立，目送著白髮蒼蒼的湯若望的背影。

當值的四名大學士，望著滿懷拳拳之情的皇上，非常感慨。對於這位少年天子，他們都深感知遇之恩。

圖海，字麟洲，馬佳氏，滿洲正黃旗人。順治親政時，他不過是個管理御寶的中書舍人，經常背負皇帝金印跟從福臨往南苑遊獵騎射，神態總是那麼從容鎮靜，一絲不苟，不卑不亢，很有氣概。福臨心裡認定此人不凡，很想破格提拔重用，又怕眾人不服，便以他的少年心性，想出一個絕妙而又簡單可行的詭計。一次大朝聚會，議政王貝勒大臣及大學士們都在御前，福臨突然說：「中書圖海舉止異於常人，當置於法，立斬！」

眾人大驚，紛紛以其無罪為圖海請命。鰲拜甚至直言陳詞，說殺無辜是君上無道之舉云云。當眾人情緒激昂達於頂點時，福臨才板著臉說：「如不殺，則須立置卿相高位，方可滿足其願，不生他變！」

於是，圖海當殿立授內院學士。不幾年拜內弘文院大學士、授議政大臣，去年加太子太保，兼任刑部尚書，成為滿洲新人中晉陞最快的一名幹練大臣。

金之俊，字豈凡，江南吳江人，明朝萬曆四十七年進士，曾官明朝兵部侍郎。順治元年清兵入京，諭命故明內閣、部院諸臣以原官原品同滿洲官員一體辦理國事，金之俊便為新朝兵部侍郎，以蠲田租、赦降眾、舉漕政等要事得到朝廷信任。順治親政後，金之俊又密奏：凡旗人不得經商，王公不得私離京師，內監擅出宮門者斬等，深得福臨讚賞，很快由兵部侍郎歷左都御史、吏部尚書升為內國史院大學士。即使他參與了二十九人另立異議的事件，也沒有對他的陞遷發生影響。但金之俊心中畢竟不能無愧。當譏諷陳名夏、龔鼎孳的小戲《南渡記》在民間演開之後，也有詆罵他的順口溜在京師私下傳唱：「從明從賊又從清，三朝元老大忠臣。」為此，金之俊怒愧交加而病倒，便上奏請求致仕。皇上不但不准，竟遣了宮中畫工去為金之俊畫像，說要留在自己身邊，以慰想念之情。

今年初，金之俊假滿上朝，福臨很動感情地對金之俊和大臣們說：「君臣之義，貴在相維始終。爾等今後不要以引退請歸爲念。去年之俊病體沉重，朕特遣人繪其真容，是念彼已老，唯恐不能再見，故而不勝眷戀……朕簡用之人，都願皓首相依，永不離別啊！……」一番話，說得大臣們鼻酸心熱，金之俊更是唏噓流淚，叩謝不已，發誓肝腦塗地以報知遇之恩。

內祕書院大學士成克鞏的心情和金之俊相似。他的父親是明朝的大學士，他自己是崇禎十六年進士。甲申年避亂家居不出。新朝建都北京，他被引薦進內國史院。順治親政後，以成克鞏爲世家子，對故明官制舊事知之甚多，堪爲借鑑，因而不次擢用。順治九年，成克鞏由弘文院學士遷吏部侍郎，十年擢吏部尚書，十一年擢祕書院大學士加太子太保。以故明大學士之子，得到這樣的重用，他怎麼能不感恩戴德？

至於傅以漸，和他們三人都不一樣。他在前朝只是個白丁，到新朝方應科舉。自順治三年大魁天下，到順治十二年十個春秋，他從內弘文院修撰、內國史院侍講、左庶子、侍讀學士、少詹事、內國史院學士直升到內祕書院大學士、內國史院大學士，加太子太保。對於他來說，清朝比明朝看重他，而順治親政前後，他又有完全不同的感受。「以國士相待則以國士相報」、「士爲知己者死」這些在讀書人中長期傳播的信條，是非常有用的。

福臨回身，正遇上四位大學士神態不盡相同，卻都含著忠誠的目光。他心裡很滿意，緩緩走回寶座，面帶微笑地坐下，以說閒話的口氣隨便地說：「《資治通鑑》，朕已閱過兩遍，順便也翻看了二十一史及《明實錄》。據卿等看來，漢高祖、漢文帝、光武帝及唐太宗、宋太祖、明太祖六帝相較，誰為最優？」

金之俊對奏：「唐太宗似乎過於諸帝。」

福臨說：「不然。明太祖立法周詳，可垂永久，歷代之君皆不能及。」

成克鞏立即奏道：「皇上此言明見萬里。去年六月皇上命十三衙門立鐵牌，嚴禁中官納賄干政；十一月斬納賄貪贓之巡按御史顧仁，二事震動朝野，足見我朝立法業已初具規模。這也是天子聖明……」

福臨皺皺眉頭，說：「去年朕就詔告大小臣工：朕纘承鴻緒已十餘年，治效未臻，疆域多故，水旱迭見，地震屢聞，皆朕之不德所致。而內外章奏動輒以『聖』稱，是加重朕之不德！克鞏忘卻了嗎？」

成克鞏連忙跪下，摘帽叩頭請罪。

福臨說：「這倒不必。爾等須牢記，今後凡章奏稟詞，不得稱『聖』……」略一停頓，又說：「朕一日萬機，豈無未合天意、未順人心之事，爾等直言無隱，當者必旌，戆者不罪。」

事情來得突然，大學士們一時不知所對。傅以漸想要出列上前，被年老的金之俊用目光止住。陳名夏之死，給漢官心理上造成很大壓抑。他們在皇上懷柔親善的鼓舞下，好不容易來了一次抗爭，第一個回合就全線潰敗，整整兩年，一片沉寂。如今，小皇上又要鼓動了？

福臨繼續說：「帝王以德化民，以刑輔治，法司用刑務求平允，方能上合天意，下得人心。江南十舊姓謀反一案，自國初以來延綿十年，株連極廣，至今未結，究竟是實是虛？是實，刑部應拿出證據；是虛，誣告者就該反坐。豈能成一積案，十數年不清？」

現任刑部尚書圖海忙奏道：「江南十舊姓謀反，立案於順治二年，初時由江南領兵王貝勒處置，歸刑部辦理時大局已定，雖曾有人提出疑議，但不得結果。順治八年後，順承郡王兼理刑部，一切唯命是聽。郡王乃國家重臣，事務繁多，實在無暇細細查閱案情，認定是實。尚書侍郎皆相隨畫諾，不敢異議。」

福臨面露不悅之色：「如今你是刑部尚書，爲什麼不查疑平刑？」

圖海遲疑著沒有回答。福臨眼睛一閃，目光像刀子那麼鋒利，直射圖海。頃刻間，福臨止住了怒氣，說：「法者，天下之平，不以喜怒爲輕重。你身爲刑部之長，職守所在，有何疑慮，不敢在朕前直陳？」

圖海終於跪地免冠叩頭，奏道：「恕奴才之罪，實在因爲貴賤有別，不敢冒昧回奏，有瀆聖聽。江南十舊家謀反案，立於順承郡王。順治九年順承郡王謝世，順承小郡王襲位後仍兼刑部，自然不敢翻案。刑部處理重案，往往尚書、侍郎商榷未定，王爺所差司員已持王爺擬定奏本邀各官畫押，當時誰敢不遵？皇上恕奴才妄言之罪，以奴才所見，親王、郡王位望高貴，可使他們爲大將軍、爲議政王，卻不可使他們兼六部部務。」圖海的話戛然而止，彷彿沒有說完，仔細想想，該說的都說了。

福臨的面色反倒平靜了，眼睛依然閃閃發亮，那是另一種興奮的光芒，圖海說到他心裡去了。他說：「刑部如此，其他五部可想而知，江南十家獄可想而知。以漸，你意如何？」

傅以漸趨前幾步，奏道：「去歲三月，皇上下諭將『興文教崇儒術，以開太平』，還詔示諸臣於政事之暇留心學問、薦舉賢才，此誠英明之舉，文武盛世當不遠矣。江南乃人才淵藪，十舊姓都是百年望族、書香門第，士人眾望所歸的世家。解江南十舊家獄，正當其時。」

福臨微微點頭，烏黑的眸子裡光亮閃爍，透露出壓抑不住的振奮：「之俊年高持重，以爲如何？」

金之俊躬身答道：「去歲正月，皇上命在京在外各官各舉職事及兵民疾苦，極言無隱。其時江南奏摺中便有幾本提及此案冤枉，曾蒙皇上過問。如今訐告之風大起，不是誣人謀反，便是藉投充、逃人兩法害民。正可藉此案嚴肅反坐之律，一掃此風。」

福臨望著金之俊，沒有作聲。

在圈地基本停止之後，逃人就成了民間動亂的主要問題。通過征戰、投充等各種手段，旗人從上至下都大量蓄奴。奴婢不堪忍受主人的摧殘，紛紛逃亡，朝廷於是立下嚴厲的逃人法。此法雖也懲罰逃奴，不過鞭一百、刺字、發還原主而已，逃跑三次者方處絞刑；而窩藏逃人者卻立斬不赦，妻子、家產、房地一概籍沒。實際上，窩主所以敢於窩藏逃人，多數情況是因爲逃人是他們多年前被滿洲旗人掠奪去的父母兒女、兄弟姐妹。因此，逃人法在漢民百姓眼裡，是毫無道理的誅族滅門的酷法，極其可怕。順治初年戰事頻繁，許多奴僕隨主出征，逃人問題還不尖銳。近年戰爭移到邊境，中原和北方漸趨平靜，逃人就越來越多，逃人法於是更加嚴厲。順治十一年，議政王大臣會議議定：不僅窩主正法籍沒，鄰居十家也要房地家產入官，人口流徙寧古塔；鄉約、地方鞭責四十；地方官降級；捕得逃人若在途中復逃，解差也要流徙。皇上認爲此議過嚴，命議政王大臣等再議，結果仍以原議上奏，迫使福臨不得不認可。這樣苛酷的連坐法，加上奸惡之徒的詐索財產，使多少百姓家破人亡。

金之俊見福臨沒有表示反對，便鼓足勇氣進一步說：「直陳政事得失，乃言官職責所在，一孔之見，難免失之偏頗。況且應皇上明諭直言民間疾苦，即使有誤，也罪不至流徙。求皇上寬言官之罰，否則言路緘口，朝無直臣，非廟廊之福。」

去年正月，應皇帝直言民間疾苦的詔諭，許多言官題奏逃人法害民。兵科給事中李裀極論逃人法的弊端，提出了由此產生的極可痛心的七種後果。他的奏疏在順治御案上留了十幾天，順治很爲震動，將此奏本發下議政王大臣會議。誰知議政王、貝勒、貝子、大臣們一個個氣得臉色發青，痛罵李裀，竟然以「『七可痛』情由可惡，李裀當斬」奏報呈上，把順治氣得直跳起來，他批了個「不准，發回重議」。議政王大臣們於是改議爲「杖八十，流徙寧古塔」。他們已經讓步，順治也不得不讓步，於是便批下：「免杖，安置尙陽堡。」

這些過程，幾位大學士一清二楚。他們表面上在諫正皇上，骨子裡的目標是議政王大臣。這個高踞於內院之上的議政會議，是實際的執政集團，使內院處於從屬地位，也分去了皇帝的權力。

福臨懂得大學士用心之苦，他握著寶座扶手，幾個手指按笛似地輪流彈過金色的龍頭，緊蹙眉峰，沉吟片刻，緩緩說道：「朕念滿洲官民人等攻戰勤勞，佐成大業，各家役使之人皆征戰所得，甚是艱辛。滿洲之有役使家人，猶如中原江南之民有房產土地一般。不想十餘年間，背主逃亡者日眾，隱匿者尤多，滿洲各家必將日益貧困，特立嚴法，以止此風。以一人之逃匿而株連數家，以無知之奴僕而累及官吏，亦萬不得已，非朕之本心！……」

大學士們萬萬沒有料到皇上如此坦率地說出他的苦衷，一時相顧無言，不敢進一步深諫了。

福臨微微一笑，熄滅了眼睛裡那團明亮的火光，淡淡地說：「這幾件事待朕深思熟慮後，再做定奪。去吧！」四名大學士向皇上拜辭出殿，福臨又添了一句：「以漸暫留。」

傅以漸是真正的新朝貴官，福臨對他特別信任。當他恭立御座旁時，發現皇上的一雙眼睛又在熠熠發光，暗示著他內心一個非常強烈的念頭在躍動。福臨盯住傅以漸的眼睛：「以漸，你似乎沒有把話講完。」

傅以漸腦子轉得飛快。福臨的個性和他的處境，都使這位少年天子喜怒無常。他需要滿洲親貴支持時，就把漢大臣推一推；他需要抑制滿洲貴族了，又會把漢大臣拉一拉。他的自尊心強得驚人。有位朝臣進言睿親王多爾袞功大於過，乞賜昭雪，被他流徙寧古塔；有位言官聽民間傳說宮監往揚州買女子而上疏進諫，他惱羞成怒，斥爲瀆奏沽名，流徙尙陽堡。因此傅以漸不得不特別謹愼。當然，他也不願意辜負年輕皇帝對他的特殊信賴。他精細地、小心地挑選著詞句，說了這樣一番話：「陛下上承天命，主宰天下，並非一方諸侯，當以神州萬民爲念，不只是八旗滿洲。」停了片刻，他說起了彷彿與此並不相干的另一個話題：「有史以來，元代最無制度，馬上得天下，又於馬上治天下，毫無長治久安之法度，立國未到百年，便群雄並起，土崩瓦解了。其所以能箝制萬民數十年，僅恃其武力而已。明太祖，誠如陛下所稱，乃一代英主，承元代法紀蕩然之後，參酌百代之得失，定立國之規，足與漢、唐相媲美。但所以能夠成就大業，也在明太祖英敏果決，獨斷專行，言必信，行必果，不許他人掣肘，也絕不受人播弄，法峻典重，執法森嚴。若非後代嗣君昏庸亂法，大權旁落，明代享國何止二百七十年！」

福臨扭開臉，目光避免與傅以漸接觸，投向殿頂塗金雕龍的華麗藻井，靜靜地說：「然而開國之初，殺戮功臣，明太祖不免有傷盛德。」

傅以漸後退了兩步，拱手說：「漢有韓信，明有藍玉，讀史至此，誠可感嘆。然以國家全體而論，當開創伊始，若無約束元勳宿將之力，人人挾其馬上功勞，驕縱橫暴，民生凋敝，也不能立國長久。漢高祖、明太祖誅殺功臣，雖千古嘆爲寡恩，其實也是漢、明開國之功所以能夠速就的原因。」

福臨猛一低頭，灼灼發亮的眸子盯住了傅以漸。他眼睛裡包含的內容太複雜了：驚奇、喜悅、恐懼、惱怒、感佩、疑惑……傅以漸強迫自己咬緊牙關，坦然承受。他很明白，他若流露出一絲畏縮和心虛，就會留下「唆君之惡」的口實，弄得不好，自己的身家性命都將斷送在這一點點真情的表露上。

還是福臨年輕，先笑了起來，說：「以漸不愧爲內國史院大學士，史學精博，立論獨到。好！」聽皇上自動把這一番對話納入史學的軌道，傅以漸才鬆了一口氣。福臨一聲「賜茶」，結束了君臣之間的心腹話。兩人都明白，話說到這個程度，就不可再說了。

傅以漸走後，福臨怎麼也坐不住了。

今天聽政，他原想只拋出江南十家謀反案加以解決，不想牽涉到早就梗在他心頭的親王、郡王兼理六部的慣例，進而又觸及議政王貝勒大臣會議這個祖制，是他始未料及的。

福臨念及祖宗創業的艱難，不能不遵循祖制，維護滿洲八旗。但他是皇帝，又正當年少，血氣方剛，銳意求治之心異常強烈。要顧念天下百姓的生計，必然與滿洲八旗的利害發生抵觸。他想在兩者間尋求平衡，非常困難。福臨踱出了弘德殿，走上乾清宮漢白玉丹陛。吳良輔以爲他要回宮，便招呼小太監準備。福臨一擺手：「不回宮，我隨便走走。」

「要不要命御輦侍候？」

「不用。」福臨從乾清宮門前折向南，走上漢白玉甬道。

「萬歲爺可是到哪位娘娘宮裡去？」吳良輔壓低聲音問。

「不去。」福臨頭也不回，只管漫步南行，也沒有讓吳良輔繼續答話的意思，吳良輔不敢作聲了。自去年六月順治鑄了嚴禁內監干政的鐵牌以來，太監們一個個都夾起了尾巴。皇上這一年來變化也很大。如果說他過去是縱慾，那麼現在可說是節慾。主位們很少應召。坤寧宮皇后那兒，福臨本來就去得不多。至於其他貴人、常在、答應，連見皇上的面都難。皇上經常獨處乾清宮，批閱本章，苦讀詩書，有時又對燈凝望，若有所思。大家都暗暗稱奇。有的人猜到了緣由，只是不敢說或不肯說罷了。吳良輔就是其中之一。

福臨信步南行，出了乾清門，心裡還在翻騰。親王、郡王兼理六部，是福臨親政時，攝政叔王濟爾哈朗的意思，他也願意以此表示對諸王擁戴自己度過多爾袞死後的危機的獎賞。這些親王、郡王們表面馴順，實際上各行其是，處處使順治感到掣肘……議政王大臣會議呢？有時簡直在和皇上作對！……他應該怎麼辦？像明太祖那樣，他不行，他不是開國之主，沒有那樣的威望；當個窩窩囊囊、形如傀儡、無所作爲的皇帝，他又不甘心！

應該怎麼辦？順治的腦子非常專注，緊張地活動著……親政那年，兼理六部的親王、郡王都是同輩的堂兄，有戰功、有威望，奈何不得。如今除了掌工部的岳樂，其他繼任者都是晚輩，怕他們何來？……對！議政王大臣會議是祖制，搬它不動，但王爺兼理六部並非祖制，完全可以由此入手！福臨想著，決心漸定，面露笑意：對！就以江南十家謀反冤獄爲由頭，從刑部入手，停了諸王兼理六部的弊政！……事關大局，必定震動朝野，又要跟議政王大臣們對壘一番了！……是不是先跟額娘商議商議？……

福臨停步，舉目四望，才驚訝地發現，他竟步行到右翼門下來了。貼在身後的幾十名太監組成的「尾巴」誠惶誠恐地跟著他，誰也不敢問他一句。他不免自己好笑。回頭一望，慈寧宮已落在身後，經冬後愈顯墨綠的松柏覆蓋著慈寧花園高高的牆頭，松柏間探出嫩綠的新葉，那是銀杏和青桐今春新吐的枝芽。

不如進慈寧花園漫步一回，想想怎樣說服太后。從花園直接進慈寧宮，路更近一些呢。

進了花園南門，便見青石由牆根向外散開，疏疏莽莽，有的偃臥，有的直立，漸漸聚成一丘小山，石色深青，形體規整，紋理橫豎清晰，頗具蒼勁深遠的意趣。登上小丘，可以看到慈寧宮的琉璃殿脊，福臨不由想起半月前的聖壽節。

那時，賓客們都已離去，暖閣裡只剩下他們娘兒倆。太后對福臨講起太宗皇帝征伐察哈爾蒙古林丹汗的往事，從頭到尾，有聲有色。講得最詳細的，是皇太極如何繼絕世，立林丹汗之子額哲爲察哈爾蒙古旗主，如何因此而受到蒙古各旗的愛戴。太后最後笑道：「蒙古四十九旗中，察哈爾旗歸附最晚，兵馬僅次於科爾沁。難得他們舉國歸附後，始終忠心耿耿，北邊寧帖無事，朝廷才得以全力向南。論起來，額哲、阿布鼐和博穆博果爾是嫡親的同母兄弟，與你也有手足之誼。你對博穆博果爾特別愛重，阿布鼐和察哈爾旗定會感恩戴德，我也高興非常哩！」

福臨笑著連連點頭。但是，母親和兒子心裡都清楚這一席話說的究竟是什麼。他倆思慮的中心都是那個人，雖然那個人的名字提也不曾提到。

福臨那熱烈的感情，哪裡會因太后的反對而冷卻！越不容易得到的東西，越顯得珍貴。她的美麗的身影和面容在福臨心上生了根。是她委婉的提示，使福臨牽出江南十家冤案這個頭，去打開集中治國權力的道路。她也許並非有意，福臨卻已把她當成知己，愛得發狂。可惜他不能任意召她進宮，只能焦急地盼望著宮廷的節日，盼望她進宮向皇太后問安時，自己能夠當面遇上。即使說不上話，看她一眼也是好的。

事實上，福臨有多少話想要對她講啊！

身爲皇上，誰敢對他把心裡話掏盡？傅以漸不敢，湯若望不能，連額娘也不情願。他們不是因爲害怕，便是出於擔心，或是需要維護某種尊嚴。他不是也不能對別人說心裡話嗎？他必須具備天子的威儀，必須不被人看透。然而，他又是多麼想說說真心話，多麼希望得到理解和支持啊！……皇后雖然秉性淳樸，卻有德無才；其他妃嬪，除了盼他光臨，盼望生皇子以提高自己的位分之外，還懂得什麼？……她出現了，像荒涼沙漠上流淌的一道清泉，像孤寂原野上飄灑的一陣歡快的笛聲，他的心怎麼能不向她傾倒？幾乎在見面的第一瞬間，一切都已不可挽回了！……

今天這個特別的日子，福臨的願望格外強烈：想見到她！她明慧的眼睛，知心的笑，一定會給他勇氣和力量。

福臨快步穿過花壇，踏上臨溪亭南的石板路，兩旁古老的參天銀杏已經蒙上新綠，花壇上的牡丹、芍藥尚未發芽。臨溪亭四周松柏繁密，枝葉相連，拂簷掩樓，滿目蒼翠，竟看不清臨溪亭北的路徑。

「撲楞楞」一陣拍打翅膀的聲音振動了空氣，兩隻白羽黑尾的丹頂鶴高叫著飛上天空，在松柏上方盤旋，福臨停步注目鶴飛的當兒，一片笑語從臨溪亭北傳了過來。一個女子含笑的聲音問：「以後我們叫妳福晉呢，還是叫妳格格？」

那個甜美低沉的、福臨從來不曾忘卻的聲音回答了：「在宮裡叫格格，出宮叫福晉，好不好？」

福臨拔腳就跑。跟從的太監大吃一驚，皇上怎麼啦？出了什麼事？只得跟著盲目地跑，卻怎麼也追不上萬歲爺。福臨幾個大步便衝過臨溪亭，突然出現在襄親王福晉面前，嚇得那一群女子「刷」地全跪倒了。

福臨旁若無人，眼睛只望著福晉，叫了一聲：「烏雲珠！……」這名字，他在自己心裡，在黃昏清晨、花前月下，獨自叫了無數遍，今天是怎麼啦？聲音都不像是自己的了。

烏雲珠連忙跪叩請安，隨後站起來，笑道：「啓稟皇上，太后今天召我進宮，認我作義女了。」

「哦？」福臨望著她烏黑晶瑩的眼睛，一寒，暗暗喊著母親：額娘，我的額娘！這些全都沒用，全都太晚了！什麼也攔不住我了！……他穩了穩自己，笑道：「好啊，這下我該叫妳皇妹啦！」

烏雲珠紅了臉，仍然含笑，接著低聲說：「太后要我教她說漢話，讀漢詩……」

「當真？」福臨驚喜地揚起濃黑的眉毛。

「嗯。太后很喜歡上次我們敬獻的九九果盒各種名目，她說很美，很有詩意。要是用漢話唸出來，一定更好聽。」

「啊！妳……」福臨高興得很，一伸手，連袖子帶胳臂抓住了烏雲珠，「我正有要緊事跟妳商量，來，到臨溪亭裡坐。」

烏雲珠胳臂被捉，很難為情，低聲地帶著嗔怪說：「皇上，你！……」

福臨這才對周圍那些使女看了一眼，彷彿現在才發現她們。他全然不把她們放在眼裡，也不鬆手，半拉半攙地把他的皇妹請進亭中，直到兩人面對面地在石桌兩側的石墩上坐下，他才放開烏雲珠。

藉著太監和侍女分別送上坐墊的間隙，福臨已整理好自己的思緒，便滔滔不絕地就江南十姓案、就諸王兼六部事和議政王大臣會議等等，把自己的想法傾吐了出來。

烏雲珠起初十分狼狽和羞怯，神態極不自然，老是做賊心虛似地偷偷覷看亭外呆立著的侍女。但很快她就被福臨的話所吸引，目光專注，心無他顧了。她雖然一聲不響地聽著，但她那極富表情的一雙大眼睛，已把她內心的意向全都透露給了福臨，福臨在這明媚春光般溫暖的雙眸中，感到了理解和支持，這比任何語言更使他振奮和心醉。

福臨終於說完了，默默望著她。她像悟到了什麼，又一次紅了臉。不過她迅速恢復常態，掠了掠被春風拂到額前的烏髮，不再躲避福臨那逼人的火熱目光，鎮定而堅決地說：「皇上是天下萬民之君王，並非滿洲一部之酋長！……皇太后一定會幫助你！」

「烏雲珠！」福臨幾乎喊起來，聲音都哆嗦了。

兩雙明亮的眼睛互相凝視，兩顆年輕的心在激烈跳動。此刻的沉默，飽含著深情，但它也阻止了感情激流的沖蕩。福臨努力使聲調恢復正常，說起他極想和烏雲珠交談的思考：「皇妹，我近日反覆閱看《明實錄》，受益不淺。明之亡，一亡於制度廢弛，二亡於庸人柄政。總之是君主昏聵，百官曠職，終於民窮財盡，內外交困。」

大清朝廷自太祖、太宗皇帝以來，都在探究明弱明亡的原因，或說任用宦官，或說偏用文臣，或說貪風熾烈，或說民氣文弱，莫衷一是。還沒有人像福臨這樣說出過如此深切的原因。烏雲珠目光閃閃，像清晨的露珠，滿臉是讚賞的微笑，這使福臨得到鼓舞，想的說的更加深切了：「我想，明亡雖亡於崇禎，明衰卻早衰在正德、嘉靖間，到了萬曆則病入膏肓，此後泰昌、天啓、崇禎三朝便益發不可收拾。縱有明太祖再世，怕也無力回天了。所以，崇禎殉國之日還說『朕非亡國之君』，可謂執迷不悟了。」

「是。」烏雲珠認真地說，「從來一朝之亡，非一代之過；而一朝之興，亦非一代之功啊！」

「說得好！」福臨興奮地說，「我必將以明爲鑑，效法先賢，爲後代子孫開出一條路來！……不過，」他遺憾地搖搖頭，笑著說，「如今天下初定，瘡痍未復，那太平盛世，我或許看不到了……」

「可是，開基創業之主，都是永垂青史，爲萬世所敬仰的。」

「妳說，我是開基之主還是守成之主？」

「開大清疆域，創一代制度，難道不是開創？眼下兩事，皇上不是正在開創嗎？」烏雲珠直視福臨，說得很有信心。

「對！」福臨立刻領會了她的意思，「開基創業，總要吃些辛苦，受些艱難……」

「皇上，你怕嗎？」烏雲珠像對知己朋友似的，同情中含有鼓勵。

「我？」福臨凝視著烏雲珠的眼睛，覺得雄心壯志和似水柔情融匯進一道歡樂的暖流中，在他全身衝擊迴盪。他用低得只有她一個人能聽到的聲音，深情地說：「我要說服太后，我需要妳的幫助，我不怕。」

三

陽光明媚，百花盛開，三月來臨了。慈寧花園含清齋前，白、紫兩色玉蘭相繼開放，像是立在樹間的無數只白玉紫玉雕就的酒杯，盛滿春光的濃酒，散發出醉人的甜香，瀰漫在清幽的小庭院，從窗際簷下直沁入雅麗的正房。

南窗下一鋪長炕，鋪著毛氈，氈上蒙了明黃緞褥。莊太后舒舒服服地倚著繡鳳明黃靠枕和扶枕，半坐半躺，一個伶俐的小宮女拿了一對美人拳為她輕輕捶腿。炕邊一左一右的烏木雕花椅上，坐著太后的兩個乾女兒：襄親王福晉董鄂氏——太后左右現在稱她烏雲珠格格——和定南王孔有德的女兒、被稱為四貞格格的孔四貞。孔四貞今年剛十五歲，長得很漂亮，但眉梢高揚，粉面含威，和烏雲珠一比，她多些武氣，少些文氣；多些驕氣，少些勁氣。由於她到底還小，儀態表情中常帶著些令人愛憐的嬌憨。她正在講著桂林城破、她父親臨死前的情況：「……那時，父王對母親說：『我不幸少年從軍，飄泊鐵山、鴨綠江間，指望立功受爵，垂名青史，不料毛大將軍忠心爲國反被慘殺，這才歸命本朝，從此青雲直上，歷受兩朝知遇之恩，封親王，賜藩土，榮寵至極。我受大清厚恩，誓以身殉，你們早早自作打算吧！』母親指著我兄妹二人說：『王爺無需慮我不死，只是小兒輩有何罪過，要遭此劫難？』見父王沉吟不語，母親忙喚保母背我兄妹逃走。母親哭著把我們送出大門，對保母說：『此子若能脫難，當度爲沙彌，再不要像他父親，一生馳驅南北，落得如此下場！』我們才跑到城門口，回頭一看，王府的大火已經燒、燒起來了！哥哥也沒了下落……」

四貞嗚嗚咽咽地哭了，烏雲珠忙上前勸慰。太后嘆息著說：「定南王出身山野，血性忠烈，歿於王事，闔門死難，實在令人敬嘆！烏雲珠可知道，那時四貞的母親同幾位如夫人一齊自縊，是定南王親自縱火燒了王府，他北向三跪九叩之後才拔劍自刎，家口一百二十人全都被害了……」

董鄂氏連忙說：「定南王死於王事，合朝悲悼。前年四貞妹扶櫬還京時，和碩親王以下數千人郊迎，三品以上大臣數百人日夜守喪，又恩謚忠烈，造墓立碑，歲時祭祀，太后還收四貞妹爲養女。定南王泉下有知，也可安心瞑目了。」

莊太后嘆道：「定南王在四漢王中來歸最早，功勳卓著，靖南、平南都出自定南門下，死得太早了！……」她心裡的另一句話不好出口：孔有德若在，吳三桂就會受到牽制，不至於如此烜赫。如今平西王的威勢已經成爲莊太后的一塊心病了。她轉而笑道：「四貞小小年紀，生長王府，倒不嬌養。我看妳馬上功夫不弱。」

「父王整日督催我們兄妹練武，說天下未定，騎射不可放鬆。我們從小都開得弓放得箭，文墨上卻沒功夫，不像烏雲珠姐姐，是個才女。」

太后笑道：「妳們倆一文一武，都可算是一時難得的女中英傑。烏雲珠，妳騎射功夫怎麼樣？……烏雲珠？」

望著窗外發愣的烏雲珠一驚，茫然望著太后的笑臉。四貞出聲地笑了，說：「姐姐，妳的心飛哪兒去了？母后問妳騎射功夫如何呢！」

烏雲珠連忙跪下，先請太后免失儀之罪，然後答道：「孩兒騎馬尚可，武功不行。」

太后笑道：「哪個怪罪妳！不過，妳可真有點心神不定呢。」

烏雲珠低頭道：「昨夜失眠，至今還覺怔忡不安，母后恕兒不恭。」

太后輕輕「哦」了一聲，看看她，不再說什麼。

四貞滿語說得很好，加上她那清脆的聲音，色澤鮮豔的小嘴，繪聲繪色地講起「山如碧玉簪，江作青羅帶」的桂林山水。烏雲珠陪著笑臉，強打精神聽著，但不多時，心又飛走了。從昨晚起，她就不曾平靜過。她知道，福臨要在今天把江南十家獄和罷諸王兼六部這兩件大事批下議政王大臣會議！這是福臨親政以來的重要關頭，她不由得心裡七上八下：皇上能不能成功？……

太后正在靜靜地聽四貞講述，忽然抬起手，微微欠了欠身子，說：「四貞，別說話。」孔四貞吃驚地閉了嘴，捶腿的宮女也停下雙棰，屋裡屋外宮女、太監屏息凝神，一個個都凝固在前一刻的那個動作上。他們發現，太后在側耳聽著什麼，神情很專注。

屋裡一片寂靜，春風掠過窗外的玉蘭樹，花朵落地，發出輕微的「撲嗒」、「撲嗒」的聲響。烏雲珠小聲說：「母后，是落花。」

「哦，」太后笑笑，重新倚倒在靠墊上，「我還以爲是妳們皇兄來了呢！……也該下朝了！」她眉頭微微聚攏，有些擔心的樣子。

四貞哼了一聲，撒嬌地扭扭身子：「人家講東說西，賣力不討好，都那麼心不在焉！額娘和姐姐都有心事！」她瞟了烏雲珠一眼，一臉嬌嗔，把嘴噘得老高，逗得太后不得不笑。

烏雲珠趕忙走過去，溫柔地撫著她的雙肩，軟語溫存：「好妹妹，誰不知道咱們皇額娘最喜歡妳？可皇額娘是太后啊，朝廷有了大事，她哪能不掛心呢？皇額娘惦記皇上，總是正理呀！」

四貞「撲哧」一下笑了：「我是逗皇額娘高興的！要是連這個理都不懂，我可成什麼人啦？」

太后看看烏雲珠，沉吟片刻，笑道：「昨天夜裡我也是一宿睡不著，翻過來折過去的，到現在還心不定呢。妳們姐兒倆能猜得出我這是怎麼啦？」

四貞笑嘻嘻地搶著說：「我知道，我知道！皇額娘一定想著再抱十個二十個大胖孫子！」

太后忍不住笑出了聲，道：「瞧這丫頭！」話音剛落，院裡傳進來大太監的喊聲：「萬歲爺駕到！——」

一陣靴子響，福臨興沖沖地快步走了進來。太后已經坐正，四貞和烏雲珠都跪下迎駕。一看烏雲珠在，福臨的眼睛亮了，唇邊泛起寬慰的笑。這自然沒有逃出太后敏銳的眼睛，她只當沒看見，一如既往地接受兒子請安問候，並沉穩地等待兒子稟告她極其關心的大事。從福臨進門時的腳步神態，她已猜出結果不壞，但不親自聽到，她是不能放心的。

請安剛罷，福臨已抑制不住自己的興奮，眉飛色舞、指手畫腳地說下去了：「額娘，真沒想到，事情會這樣順利！……圖海提出江南十家獄不實，王貝勒大臣爭得面紅耳赤。勒爾錦堅持原議，說他父親定案無誤。圖海拿出許多證據和誣告者的供詞，勒爾錦可什麼也拿不出，只好認輸！……額娘，我原以爲罷諸王兼六部一定會吵翻天，哪知事情全然出我預料。安郡王岳樂先請解任，並且盛讚此舉明智，於社稷有利。康郡王傑書隨著安郡王，鰲拜極力贊同，老臣索尼雖沒有作聲，也沒有反對。這麼一來，其他議政王大臣順水推舟，議的結果，全如兒意！」

太后點頭：「皇兒平輩的親王、郡王中，以位望而言，除了簡親王濟度，就要數岳樂。濟度南征未回，眾人自然就尊重岳樂的意見了。議政大臣中，索尼資歷最老，鰲拜軍功最著。難得他們對皇兒如此忠心！」

福臨高興得像個孩子，坐立不安地走來走去，直搓手指尖，恨不得跳起來才好。他笑吟吟的眼睛看看烏雲珠，掠過孔四貞，望定母親：「這下子額娘可以放心啦！」

太后笑笑，說：「不要高興得太早，還會有麻煩。」

福臨和烏雲珠臉上的笑意幾乎是同時閃沒了。福臨急忙問：「怎麼呢？爲什麼？」

太后安慰道：「不要急，兵來將擋，水來土掩，慢慢對付就是了。哦，烏雲珠、四貞，我們說的妳們都明白嗎？」

孔四貞顯然什麼也沒明白，連連搖頭。

烏雲珠的表情和福臨那麼合拍，這就使太后證實了一開始就存在心頭的疑問。烏雲珠稍一猶豫，坦率地說：「這是皇上英明之舉，長治久安之策。」

太后緩緩地說：「妳像是事先已經知道了呢。」

烏雲珠粉腮上泛出一層淡淡的紅暈，福臨暗暗咬嘴唇，不住拿眼睛看她。她不看福臨，照直說：「稟母后，幾天前在這裡遇到皇兄，皇兄說起過。」

太后問：「那時候妳就這樣說的嗎？」

「是。」

莊太后皺皺眉頭，心中滾過一陣激盪，不由得十分感慨：這樣有才識的女孩，又是皇兒痴心所愛，當初沒有留在宮中，反而應大貴妃之請配給博穆博果爾，實在是埋沒了她。不然，真可以是福臨的賢內助了！

莊太后內心疼愛烏雲珠，但她又必須顧念親情和皇室的利害，不得不用各種辦法防止福臨和烏雲珠的過分接近。現在看來，她的防範沒有效果。她是過來人，只要看看兩個年輕人的眼睛，還有什麼不明白的？那不是什麼天子龍目、王妃鳳眼，那就是互相鍾情的十八歲少男與十七歲少女的眼睛，美麗、純真、火熱！

太后正在暗自嗟嘆，坤寧宮首領太監進來跪稟：皇后想請烏雲珠格格到坤寧宮講詩作畫，求太后恩准。

太后笑了，說：「烏雲珠，妳將來要成本朝的曹大家[22]了。」

烏雲珠躬身道：「孩兒哪裡敢當。」

太后笑道：「既然妳嫂子下請，就去吧，姑嫂們在一處說說話，把妳的靈氣、文氣傳給她些

22 指班超之妹班昭，時稱才女為「大家」，因其夫姓曹，故謂「曹大家」。

個。」

烏雲珠跪拜道：「女兒就從坤寧宮出宮，不來拜辭母后了。母后多保重，過些日子再來給母后叩安。」

太后說：「妳去吧。我想妳的時候，自會打發人去接妳。下次來多住幾天。」

烏雲珠登上坤寧宮四名太監抬的便輦，出了慈寧花園。走到空曠的御道，風很大，坤寧宮首領太監小心地放下綢簾。便輦輕輕晃動，烏雲珠彷彿坐上遊船，在波浪微動的水面起伏。她慢慢閉了眼。福臨便又一次出現在眼前……不，不是現在的，而是四年前，她剛從江南回到京師，第一次見到的那位十四歲的少年天子……

八旗人家的格格是很貴重的。她們都有一次當秀女入宮應選的機會，都有可能成爲尊貴無比的宮妃。在娘家都是父母疼愛、兄嫂謙讓、奴僕害怕的「姑奶奶」。早年在關外，滿洲女子所受的束縛和限制，遠不像關內漢家女兒那麼嚴苛，姑娘家更是享有漢人女子想都不敢想的自由：不纏足、不閉鎖、能見客、能上街、會騎馬、會射箭。雖經太祖、太宗兩代皇帝倡導從父從夫的婦德，畢竟影響不深，習俗難改。烏雲珠就是這樣的滿洲格格，在家裡是個備受寵愛、說一不二的姑奶奶，豪放、開朗、灑脫。但是，她生長在江南水鄉，有一個崇信李卓吾的江南才女的母親，一位「蠻子」額娘；又有一位錢塘老名士的師傅。母親給了她聰慧的天賦，師傅培育了她出眾的智能和過人的才華。她於是又兼備漢家才女的蘊藉、溫柔和多情善感。

兩者結合，造就了這麼一枝奇葩，兼有滿漢女子的特長，外柔內剛，含而不露，有心胸有見識。老天爺偏又賦予她絕代姿容，明豔驚人。她十二歲的時候，父母親友和師傅便暗自驚訝，眼看著伶俐的小山雞出脫成華美的雛鳳。親人們又喜又驚又犯愁地私下議論：「這可不是咱家留得住的，老天生就的做主子的命！」師傅教得更嚴格更認真了。她自己呢，笑容更美、更溫柔，說話更少了。

她十三歲了，應選秀女的日子近了。

七夕之夜，在閨房裡，她長久地對著鏡子獨自微笑。她是那樣愛慕自己的倩影，不禁親密地對鏡子裡的「她」悄聲細語：「妳看妳面如春花，眼似秋水，秀外慧中，一至於此！能不叫人愛死！……妳千萬不能隨波逐流，自誤終身。無論如何，要爭得個『鳳凰于飛，和鳴鏘鏘』！」紅霞飛上鏡中美人的香腮，烏黑的眸子像星星一樣閃亮……

她最不放心的是，那人到底是個什麼樣的人，她能不能跟他「和鳴」「于飛」？這常使她深夜不寐、輾轉籌思。人們傳說他年少英俊、仁厚嗜學、果斷明睿，是真還是假？選秀女是國家大典，烏雲珠相信自己能入選。萬一他不值得她入宮呢？她自有辦法。選秀女無非選身段、氣度、臉蛋。要改變這些，在烏雲珠來說，毫不困難。

「應選之前，一定要見他一面！」這是烏雲珠對鏡子裡的自己說的第二句話。他可以用國家大典來選她，她也要用她的辦法去選他。如果不夠格，她寧可不進金碧輝煌、錦衣玉食的皇宮，而去尋找她的「鳳鳥」。

機會終於來了。一次由皇帝親臨、王公貴族都參加的大規模圍獵，在京師以北延慶縣的山原間舉行。鄂碩將軍必須參加。他領著幾十名家將和護衛，在長長的萬人圍獵大隊中很不起眼。當長號和觱篥聲遙遙傳來時，行進中的隊列立刻左右閃開，讓出大路，皇上的儀仗熱熱鬧鬧地過去後，皇上本人騎著一匹火紅的烈馬，在親王、郡王、貝勒、貝子等國戚皇親的簇擁下，飛馳而過。鄂碩和周圍的人們都跪下了，不敢抬頭。但他眼睛的餘光發現，他的左側，一名護衛公然抬頭向聖駕張望。鄂碩大怒，扭過臉去就要發火，可那護衛俊美的臉在他眼前一閃，投給他一個頑皮中帶著羞澀的笑，使他張口結舌，一個字也罵不出來了。他很快就猜透了女兒的心，也就原諒了女兒的「不法」行爲。他看到愛女穿上護衛的漂亮短褂長袍，格外俊俏可愛，只是夾在那些彪形大漢的家將中，太顯得嬌小玲瓏罷了。

日出之前，號炮三響，令旗一招，萬餘名合圍將士齊聲吼叫，一時角鳴鼓響，旗幟飛動，聲勢浩大，驚天動地。方圓數里的包圍圈迅速縮小，圍中被轟趕出來的鹿、狐、兔、黃羊，漫山遍野，亂竄亂跑。皇帝站上高高的看城，揮手發令：「出獵！」人們歡呼著揚弓搭箭，躍馬揮刀，縱橫馳騁，盡情追逐，粗獷興奮的呼喊和馬蹄聲、馬嘶聲、獸叫聲、號角金鼓聲攪成一團，隨著揚起的黃塵飛上高空，在天地之間震盪。

鄂碩一直把烏雲珠擋在身後。一隻火紅狐狸飛竄而過，撩起他的興頭，他夾馬一躍，奮力追趕。追出一箭地，背後忽然傳來女兒的驚叫，扭頭一看，一隻受傷的花斑豹撲向烏雲珠，驚得他一個冷顫從背上滾過。他一聲大叫，縱馬返衝過來。烏雲珠臉色慘白，撥馬便逃，豹子憤怒地咆哮著，緊追不捨。事情太突然，周圍的人都嚇呆了。

在合圍之後、開獵以前，皇帝已命令虎槍手用排槍將包圍中的猛獸全部擊殺。這隻豹子想必只是受了傷，受傷的猛獸卻是十倍地危險！鄂碩急忙搭弓射箭，已經搆不著了！眼看花斑豹離烏雲珠越來越近，將士們怕傷著人，也都不敢放箭了。偏偏烏雲珠的馬竟衝到爲圍獵而挖成的二丈多寬、一丈多深的壕塹邊，人們失聲驚呼，鄂碩仰天大叫，閉上了眼睛，烏雲珠不死於豹口，也要摔下深塹！

只見烏雲珠猛力一勒韁繩，又突然放鬆，同時舉鞭向那雪白馬胯下狠狠一抽，大喝一聲：「衝！」那馬縱身一跳，躍起四尺來高，前後蹄拚命地張開，幾乎成了一條線，如同展翅翱翔的鷹，一瞬間飛過了壕塹。當馬的四蹄踏上壕塹另一面的土地時，人們不顧一切地喝彩了，為這騎士在千鈞一髮的關頭機警地逃出險境而歡呼。

花斑豹追到壕塹邊，兇惡地一聲怒吼，原地打了個圈子，陰沉沉地按了按兩隻前爪，俯下身子，肚皮貼到了地面，跟著後臀聳起，長尾一豎，眼看就要跳過壕塹。人們一片吆喝，紛紛搭弓扯箭。

在豹子縱身離地的一剎那，一枝飛箭尖嘯著，「嗖」的一聲，直貫豹子咽喉。豹子一聲哀號，從半空中摔進壕塹。

「萬歲！萬萬歲！」四面響起歡呼。大家看到壕塹外側趕來一隊人馬，在許多穿黃馬褂的侍衛們簇擁之中，順治皇帝端坐在火紅的御馬上，正在收弓。剛才那準確有力的一箭，是皇上親自射的。

烏雲珠騎著白馬兜了一圈，轉回到壕塹邊時，鄂碩已率從人趕到皇上跟前謝恩，並且連忙推烏雲珠給皇上叩頭。烏雲珠像片樹葉子似地顫抖著，臉上沒有一絲血色，跪在那兒說不出話。鄂碩急忙奏道：「稟皇上，這是奴才府裡一名小吏，沒見過世面，不會說話，膽子小，奴才替他謝皇上救命之恩。」

福臨笑道：「還是個小孩子嘛！嚇壞了吧？照他的騎術，不該這麼膽小的！」

烏雲珠慢慢抬起頭，很快地看了皇上一眼，正遇上皇上漫不經心的目光，她慌忙低頭，心頭怦怦直跳。皇上顯然很驚訝，揚起黑黑的眉毛，分明要問什麼。鄂碩又怕又慌，手心捏出了汗。

正巧一名御前侍衛來稟報：鄭親王趕出一群梅花鹿，請皇上快去開射。

福臨年輕的臉上躍動著虎虎生氣，看看壕塹對面的獵圈，人人馬鞍上都掛了獵物，而圈中野獸仍然紛紛奔逃，多不勝數。他立刻下令道：「圍開一面，任其逃竄，給來年留下種獸！」說罷，他隨著那個御前侍衛催馬而去。跑出十來步，他像忽然想起什麼似的，回頭張望。但侍從如雲，馬快如飛，他看不清烏雲珠，烏雲珠也看不見他。他和他的侍從們像一團金色的雲霞，很快就在烏雲珠的視線中消失了。

且不說其他，只是救命之恩就足以使烏雲珠對福臨感激、愛慕了，何況他儀表英俊，出言爽利，神態活躍，確有仁厚之心呢？當烏雲珠從獵場回到京師時，少年天子占據了她的心，她已是情之所鍾，不能自已了。她暗自盼望著早日應選，盼望著再一次見到意中人。

後來事情變成那樣，完全出乎她意料之外。她竟被指配給博穆博果爾。這位皇弟還是個孩子，什麼都不懂。她很傷心，恨嫉妒的皇后，恨舛誤的命運，甚至也恨福臨。好在她是八旗女子，沒有漢族那種嚴酷的貞節觀念，雖然違心地出了嫁，倒沒有想到去上吊投河，只是哀嘆自己生不逢時，落個彩鳳隨鴉的結果。表面上，她溫良柔順地做她的福晉；內心深處，卻始終不能忘情，盼望著見到福臨，甚至慶幸著作為他的弟婦，總有再見他的一天。

她正在這隱密而強烈的感情中煎熬，福臨終於發現了她。

那時她已長成了，青春煥發，豔麗驚人，一面渴望著愛和被愛，一面苦度著徒有虛名的皇子福晉的生涯。子福晉的生涯。對於福臨的試探，他的一步步逼近，她心裡又驚又喜，多少有點恐懼，但絕不拒絕。叔叔娶嫂子，伯父納姪媳，在滿洲習俗中很為平常，沒人當作大逆不道。當年莊太后與睿親王多爾袞，不就是這樣嗎？……

便輦停了，太監掀簾，烏雲珠扶著太監的肩頭下輦。這不是坤寧宮。一路上烏雲珠只顧想心事，不知來到什麼地方。各座宮門大同小異，都是兩面綠瓦紅牆夾兩扇九九八十一顆銅釘的紅門，門外一塊雕龍照壁，門裡一面雕花琉璃影壁。烏雲珠既不能分辨這是哪一座宮門，也無心觀賞那些精美的浮雕。

皇后召見，不論從國禮，還是從家禮而言，她都要謹敬小心。

一進院門，滿目姹紫嫣紅，處處盛開著牡丹，芳香四溢，招得整個院子裡充滿蜜蜂的嗡嗡聲，各色蝴蝶翩翩飛舞，和這國色天香的花王爭奇鬥豔。烏雲珠從花盆間的小路曲折而行，不時停步觀賞，瀏覽掛在花下的金牌銀牌上的曼妙雅號。瞧啊，這絳紅的珊瑚映日，粉紅的錦帳芙蓉，潔白的寒潭月，墨紫的煙籠紫玉盤，銀紅色的楊妃春睡，鵝黃色的大金輪，淡淡輕綠的幺鳳新綠，還有一花多色的漢宮春、紫霞仙、胭脂點玉、嬌容三變等等，多少種牡丹，紛紛向她探出玉盤大的花朵，爭呈它們嬌豔的姿色。烏雲珠左顧右盼，喜不自勝。她生來愛花，對這馳譽天下、名傳今古的洛陽花哪能不動心？不過她記著此來的目的，不敢久停，勉強自己挪動腳步，穿過這由盆栽牡丹擺成的花田，輕輕分開擋在路間的花朵，終於走上殿前的月臺。烏雲珠這時才想起抬頭看看。大殿簷下藍青底、金色雕龍邊的匾額上，用滿、漢兩種金字寫著：養心殿。

烏雲珠一愣。片刻之間，她明白了。紅暈頓時飛上面頰，有如階前那倩紅豔冶的名品牡丹——洛妃妝。兩名養心殿太監已經跪下迎候她進殿了。烏雲珠慌亂中回頭看了一眼，隔著牡丹花叢，送她進養心殿的坤寧宮太監和便輦早已離去。養心殿內外靜悄悄的，只聽得見自己的心跳、血流，只聽得見蜜蜂的嗡鳴和蝴蝶粉翅的搧動……

烏雲珠猶豫片刻，一抿嘴唇，橫了心：盼望了那麼久的時刻終於來到，事到臨頭反而膽怯了？她一手撫住胸口，幫助平息心的狂跳；略閉了一會兒眼，穩住自己的呼吸，然後從容地解開披風領扣。養心殿太監連忙上前替她除下披風，她邁步走進了養心殿。在大殿正中的寶座前，她恭恭敬敬地跪拜之後，便細細打量他日常聽政、批本和讀書的地方。

兩壁的金畫、殿頂的軒轅寶鏡、燃著沉香的熏爐、各種形狀的香柱香亭以及寶座四周富麗堂皇的裝飾，這些她只一眼帶過。吸引她的，是靠著東、西、北三面牆的那幾十架紫檀木的巨大書櫥。她懷著自己也說不清的敬意，打開了蒙著深藍色綢簾的櫥門。多少書啊！書的山，書的海，令她驚嘆，使她讚美，她由感佩而生欣慰，輕輕嘆了一口氣。

烏雲珠品味著自己的境遇，恍然想起一齣雜劇，劇中那位素梅小姐也處在同樣的矛盾中，最後她決心赴約與情人幽會，說了一句大膽出色的道白：「奴想貞姬守節，俠女憐才，兩者俱賢，各行其志……」烏雲珠有沒有當俠女的膽識，敢不敢行自己之志呢？……她在「明傳奇雜劇」一欄，抽出了㮣園居士的一冊，隨手一翻，翻在象牙書籤插記的地方，啊！這不正是那齣叫作《素梅玉蟾》的雜劇嗎？一段硃筆勾畫的眉批赫然在目：「極是佳論，非具俠骨，不能道此。」正文中加了硃點的句子，就是素梅那段大膽的獨白！

鮮紅的硃筆點畫，彷彿一朵朵跳動的火焰。能用硃筆在御用圖書上勾畫的，還能是誰呢？烏雲珠的心潮翻滾得沸騰了一般，想不到兩人的心竟如此息息相通！烏雲珠因爲深深被感動而熱淚盈眶，眼前一片模糊。

「烏雲珠！」福臨站在門口喊了一聲。烏雲珠渾身一顫，回過身去望著。福臨朝她奔來，越走近，他的步子越慢、越輕，臉色煞白，濃眉漆黑，強制的、燃燒的目光，火一般燎人。烏雲珠沒有後退，沒有畏縮，她凝視著他，迎接著他。這不只是一位皇帝、一位天潢貴胄，也是懷著不可遏止的熱烈情愛的男子，是她所愛的、願爲他獻出一切的男子！

「烏雲珠……」福臨目不轉瞬，閃爍著更加強烈的燙人的光芒，低聲地、輕輕地呼喚著。

烏雲珠低頭，悄聲喊道：「皇上……」她躬身要拜，被福臨一把攔住。

身體的突然接觸，衝破了他們之間最後的矜持。福臨張開雙臂，烏雲珠倒在他的懷中。兩人緊緊地擁抱著，一動也不敢動。相握的手，感到彼此的血脈在手指間噗噗流通，緊貼的胸膛，感到彼此的心在腔子裡怦怦劇跳，彷彿發生了強烈的共振。不知過了多長時間，福臨猛然抱起了嬌小的烏雲珠，大步走向後殿。

正午的陽光下，滿院爛漫的牡丹色澤更加嬌豔。醉人的芬芳隨著春風，瀰漫在養心殿的每一個角落。

四

太后剛從慈寧花園回宮，順承郡王勒爾錦便來求見太叔祖母。

勒爾錦不到二十歲，一望而知是在綺羅叢中長大的。白皙、纖弱、嬌嫩，除了黑眉還像他曾祖父那樣線條剛硬，高直的鼻梁還帶有祖父的餘威，其他，眼睛、嘴脣、膚色，乃至一雙小手，都是另一樣的，令人聯想到女子的柔弱。

皇太極的長兄、禮親王代善，在努爾哈赤去世後讓位於皇太極，有讓賢的大功。皇太極去世時，各旗爲了繼位爭得劍拔弩張，幾乎鬧出一場內訌；莊太后又是靠了禮親王的支持和協助，立福臨爲帝，以睿親王多爾袞、鄭親王濟爾哈朗攝政，平息了事端，爲半年後入主中原、建都北京奠定了基礎。因此，代善對皇室的功勞是不言而喻的。皇帝給代善一族的禮遇也格外優厚。清初八家世襲罔替的鐵帽子王，代善這一支系占了三家：禮親王的爵位由其七子滿達海、孫常阿岱世襲；代善的長子岳托封克勤郡王，傳長子羅洛渾，再傳於子，即如今的羅科鐸，改封號爲平郡王；代善的三子薩哈璘追封穎親王，其子勒克德渾進封順承郡王，再傳於子便是這位勒爾錦。現在襲爵的平郡王羅科鐸和順承郡王勒爾錦，是順治皇帝的孫輩，莊太后的重孫輩，勒爾錦年齡又小，在曾祖母面前，不免拿出重孫子的身分，撒嬌耍賴，哭哭啼啼。

「太媽媽，太媽媽！」勒爾錦用滿洲話口口聲聲叫著曾祖母，並跪著膝行，直到莊太后腳下，「瑪法信不過我們了！六部也不許我們管了！我們總是瑪法的親族子孫啊！還不如那些狡詐的南蠻子嗎？」

太后勉強笑道：「哭什麼呢？八旗男兒抹眼淚，自來沒有聽說過！……你們都是皇族貴胄，位望崇高，養尊處優，朝廷不曾虧待你們。自家的兄弟子姪孫兒，哪有不信之理！只是六部事務繁雜，處事要依法依理，諸王征戰出身，未必通曉。與其亂法亂政而後不得不加處治，何如防患於未然？皇帝此舉，也是爲諸王著想。你何必這樣！」

勒爾錦怔了一怔，用手抹抹眼睛，說：「管不管六部，還在其次，就是嚥不下這口氣！太祖、太宗皇帝總是訓……訓誡，諸王與皇上共議國政。要是諸王連六部事務也不能過問，和祖宗之法不就相……相背了？」

太后明白，勒爾錦絕不是只替他自己說話。從他平日的不學無術，從他眼下背書似的進言，可以斷定是諸王把他推出來的。他輩分小、年歲小，不至於觸怒皇上，也使皇太后易生憐惜之心。太后不禁暗暗爲福臨慶幸：皇兒真有福啊！在他親政前後三兩年內，平定天下、功高權重的諸王都已謝世，不然，今日進諫的絕不會只是個無足輕重的勒爾錦了。她認真地說：「敬天法祖，是皇帝的本心。諸王兼六部並非祖制。太宗皇帝在世，紀綱法度也時有更張，何況這件小事！……你這麼哭天抹淚的，想是捨不得兼理刑部？那麼我來考考你，刑法律則能背得幾條？講幾件援例案件給我聽聽，好不好？」

勒爾錦的頭垂下去了，不敢回答。

「那麼，從今以後，你天天坐堂審案，不許遊獵騎射，行嗎？」

「那怎麼行！」勒爾錦委委屈屈地說，「太媽媽，我不會說蠻子話，也識不得蠻子文，再說，我們天潢貴族，誰願意親自同那些下賤的蠻子打交道！」

「那你管刑部管些什麼呢？」太后嘆了口氣，說，「你的祖父薩哈璘，在諸子姪中最受太宗皇帝器重，他通達敏銳，精通滿、漢、蒙文，整理治道，對國家很有建樹。你能有他的智能才幹，又何止兼理六部呢？」

勒爾錦眨眨眼，欲哭無淚，不敢再看太后。太后也覺得無話可說了。國家開創的那些年月，愛新覺羅家族出了多少文經武緯之才！他們聚集在太祖、太宗皇帝周圍，真是一派叱吒風雲、龍騰虎躍的發皇氣象！幾十年過去了，開國元勳或死或老，順治皇帝要怎樣才能把先輩開創的大業承繼下去？他也需要人才，不只爲了打天下，更爲了治天下……

勒爾錦前腳走，索尼跟著就進了慈寧宮。他向太后三跪九叩之後，匍匐殿中，半晌不作聲。

太后料想他也是爲議政會議而來。他不是沒有反對皇帝嗎？太后和顏悅色地說：「索尼，你是太祖皇帝身邊的頭等侍衛，三世老臣了，有什麼話不好出口呢？」

皇太極去世之際，索尼首議冊立皇子而不立皇弟，使多爾袞、多鐸等親王不得不退讓三分，爲福臨即位立了大功。多爾袞攝政時，索尼不肯阿附多爾袞，爲維護順治而結怨於攝政王，兩次被藉故罷官去職，差點殺頭。直到順治親政，才恢復了他的職權，又進一等伯世職，擢內大臣、議政大臣，並總管內務府——實際上就是權力很大的皇室大管家。他的父親碩色和兄長希福，在太祖時就是有名的文臣。他們父子兄弟精通滿、漢、蒙文，是滿洲少有的博學世家。索尼正直樸實，有時甚至十分固執。但他所有這些品行，都服從一個「忠」字。他對太祖忠，對太宗忠，對順治忠，都忠到了忘我的程度。這時，他向皇太后再拜道：「稟太后，奴才一生從不敢對皇上有半點貳心，也從不敢想皇上有舉措失當之處……」他心情沉重，濃密的鬢眉抖擻著，說不下去了。

太后安慰地說：「索尼，你站起來慢慢講。」

「不，不！奴才要講的話，實在是爲皇上著想、爲江山社稷著想，可又實在是冒犯皇上！奴才絕不敢不跪……」

太后決定直截了當：「今天議政，你並沒有持異議。」

「是！是！奴才從來不敢違逆皇上的意思。奴才是請皇太后開恩，求皇太后開導皇上，到此爲止，不可再走遠了……」

「這兩件事，皇帝做的不對？」

「不！不！皇上沒錯，皇上全對！只是……只是諸王的祖先隨太祖、太宗皇帝百戰艱難，開基創業，功勳卓著，皇上這樣處置，只怕他們私心不服。如今天下未定，眾多八旗將士還在軍前征戰。皇上此舉，不怕動搖軍心嗎？……」

「有那麼嚴重？」太后微笑著問。索尼連忙叩頭，正要回奏，宮女稟告：懿靖大貴妃求見。太后想了想，便請她進來一道聽聽索尼的意見。索尼又向大貴妃叩拜一番，等大貴妃坐定後，繼續談下去。

「那麼，索尼，」太后靜靜望著索尼略顯老態的身姿，沉著地問，「依你之見，江南之獄不可解，諸王兼部務不應罷？」

「不，不敢！君無戲言，豈能更改。奴才只是懇請，一要到此爲止，二要對漢官嚴加檢束，免得他們藉此又生驕狂輕慢之態，也可以安定八旗將士之心。前歲斬陳名夏、懲處二十九名漢官，就煞住了他們的氣焰，朝廷內外兩年間安靜無事。」

太后沉吟不語。大貴妃立刻聽懂了索尼的意思，說道：「皇姐，索尼三世老臣，很有見地。

當初祖宗創業，滿、蒙世世代代結爲姻親。太祖、太宗一統各部，皇帝入主中原，蒙古各旗立有汗馬功勞，至今又鎮守北疆，保護祖宗陵寢。蒙古四十九旗只尊滿洲八旗在前，絕不屈居南蠻子之後。漢人狡詐，可用而不可重用。皇姐心裡必定是有數的。」

太后微笑道：「索尼，聽說會議時安郡王岳樂自行讓賢，不肯再掌工部，康郡王傑書附議，鰲拜和圖海也很贊成。」

索尼心頭激動，竟跪在那兒直擺手：「再不要提起！圖海等人身任六部尙書，不願受諸王制約，自然贊同。鰲拜全然是成君之過！凡皇上所說，他沒有不贊成的！至於安、康兩位王爺……」索尼嚥口唾沫，努力使自己鎮定。因爲他不管怎樣不滿，卻牢牢記著，這是王爺，是皇室宗親：「太后明鑑，兩位王爺都是這些年滿洲興起來的『新派』，學漢書、習漢俗、親近漢人，離祖宗的成法舊制，越來越遠……」

大貴妃緊接著說：「皇姐，這路『新派』，不只是皇親裡有，滿官裡有，就連女眷裡也時興得很哩！皇上若是親近『新派』，更張舊制舊俗，全學了漢人，咱大清可真要換藥不換湯啦！」

索尼連連叩頭，連連說：「正是呢，正是呢！奴才怕的就是這個！……皇上嗜好讀書，又愛書畫詩詞，遲早要去親近那些文人學士。漢家文學實在厲害，如同迷魂藥，沾唇便迷，奴才深知其險，實在不敢埋怨皇上……只願皇上以大局爲重，以大清天下爲懷……」

太后莊靜地說：「天下一千數百萬戶，一百戶中漢人占九十九。皇帝撫馭億萬黎民，豈能不通漢語漢文？只要不沉溺、不迷醉、不妨政事便好。」

「是，是！」索尼無言對答，恭受太后賜茶後便拜辭出宮了。

太后沉靜地看著大貴妃，含笑道：「皇妹方才說起女眷裡頭的『新派』，不知指的是誰？」

大貴妃保留了很多蒙古女子的粗獷和直爽。她佩服莊太后，卻學不來莊太后的教養，多年的宮廷生活也磨不掉她的特性。但凡說兒媳婦的不是，做婆婆的沒有一個不上勁的，大貴妃自然不例外：「除了她還有誰！我真後悔當初求皇姐把她指配給博穆博果爾！她哪裡還像咱們滿洲、蒙古家的格格！只要纏上小腳、戴上髻子、穿上衫子，可不就成了個蠻子丫頭了嗎？走路也那麼一扭二擺的，真叫人看不下去！皇姐還收她當乾女兒，真白疼她！……最叫人不放心的，皇姐，妳說她有沒有點子狐媚？我真怕她纏上皇帝……」

太后嘆口氣：「唉，這個我也有些擔心。進關十三年了，不能總跟在關外時候那樣放肆，得有規矩，要講君德，不能叫南人看笑話。」

大貴妃想想，說：「這事皇姐妳也爲難，皇帝總歸是皇帝。我想著，先皇十四位公主，十二位都比皇帝年長。除去升天的五位，下嫁蒙古的就有五位。皇姐的雍穆長公主、淑慧長公主跟皇帝是同胞姐弟，從小就疼愛他。要是讓公主們還朝省親，皇姐可以骨肉團聚，公主們也可以幫著勸導皇上，再說，雍穆還是皇后的親娘呢！」

太后點點頭。大貴妃確實在爲皇室著想。因爲她的女兒端順長公主下嫁蒙古阿霸垓部王公，已在順治七年去世。公主死後，朝廷又以禮親王代善的女兒續嫁過去，大貴妃不過認她爲義女，公主還朝，大貴妃並無骨肉團聚之喜。於是太后說：「妳想得很周全。皇兒性情多變，有時候也固執得很。他對董鄂氏另眼看待，多半是因爲婚姻不稱心。我想，讓他憋在心裡，也不是好辦法。定南王之女孔四貞端莊秀美，又是忠勳後裔，如能立爲貴妃，或許能夠使皇兒移情。」

大貴妃笑道：「太后看得遠、想得深，說的正是！立四貞爲妃，不但可以使皇帝移情，定南王部下也會感激不盡！定南王和平西王是漢王的頭兒，定南王女兒冊皇妃，平西王兒子招額駙，天下蠻子哪能不附朝廷！」

太后的笑容消失了。大貴妃說到要害處，使她不快，便岔開話題說：「皇妹說的公主還朝省親，確是個好主意。如果公主們能夠帶來四十九旗王公的妙齡女兒爲皇兒充實後宮，就更好了……容我仔細想想吧！」

大貴妃會意，起身告辭，臨行時憂心忡忡地低聲道：「皇姐，咱們那個博穆博果爾年紀還小，兒女私情不怎麼上心，可是臉皮嫩得緊哩，一點也不能傷……」

太后笑道：「放心。」

蘇麻喇姑攙扶著太后，慢慢走回寢宮。往常，太后總要和這個自幼相伴的貼身侍女說兩句輕鬆的笑話，今天她卻沒有這分心思。蘇麻喇姑看她臉色不好，關切地說：「太后，叫他們上蔘湯吧？」太后點點頭。

太后坐在寢宮明間的花梨木寬榻上，端起蔘湯喝了兩口，放在几上，沉思地看了蘇麻喇姑一眼：「妳說，皇后可知道內情？」

蘇麻喇姑老老實實地說：「請皇后來問問。」

太后又想了片刻，便命人召皇后來慈寧宮。

皇后來了，如往常一樣跪拜後，站在一側等候太后問話。皇后壯實高大，面貌端正厚樸，顯得心地純良。她的父親綽爾濟是莊太后哥哥吳克善之子，她的母親是莊太后的女兒、固倫雍穆長公主。她既是莊太后的姪孫女，又是莊太后的外孫女，現在又是莊太后的兒媳，可謂親上加親。不過錯了輩分，福臨其實是她的親舅父。在太后和皇上面前，她是小輩，皇后的身分也撐不起她的架子，常常顯得畏葸膽怯。對於這個沒有主管六宮能力的外孫女，一向愛才的莊太后不能不深以爲憾。

對外孫女，太后不講什麼客氣，劈頭就問：「皇兒，襄親王福晉還在妳宮裡嗎？」

皇后面現惶惑之色，一時不知如何回答。

太后目光一寒，猜到其中另有蹊蹺，緊接著問：「上午妳不是著人來接她去坤寧宮的嗎？」

「是……」皇后低下頭，支吾了半天，終於說，「是皇上他……要我打發人去接的。」

「接到哪兒？」

「到……養心殿……」

「妳就依了他？」

皇后可憐地紅了臉，低聲答道：「是……」

「妳是從大清門抬進來的皇后，是我們博爾濟吉特家的格格呀！」太后語氣很重，烏黑的眉毛鷹翅般揚向前額。皇后既委屈又難過，跪下了，噙著眼淚輕輕地喊：「母后……」

太后凝視著她，好半天，嘆了口氣，說：「妳也賢慧太過了！……」她終於找到這樣一個詞代替她心裡的「軟弱」和「無能」一類貶義更深的詞。「我現在要往養心殿，妳跟我一路去看看嗎？」

皇后把頭埋得深深的，面容都看不見了，聲音細微得幾乎聽不清：「兒實在不便前往，求母后寬恕……」

去養心殿的路上，太后心裡很不愉快。這樣的兒媳婦，自己都不稱心，兒子豈能如意？門第、容貌、才能、性情都要相當，才是好姻緣。看來，這一段婚姻，又委屈兒子了！莊太后暗暗嗟嘆：誰讓你是皇帝呢！

福臨在殿門前躬身迎接穿過牡丹花叢而來的母親。太后一一巡視盛開的牡丹，連連讚嘆，目光卻不時掠過兒子的面容。福臨平日白中微黃的臉色，今天竟隱隱透出紅暈；眼睛水汪汪的，含著柔情、露著倦意；嘴唇鮮紅豐潤，敏感的嘴角微微顫動，竭力想掩住那沉醉的微笑，平日那英氣勃勃的眉目間也好像揉進了幾分嫵媚。太后的心頓時涼了半截：晚了！已經晚了！

太后邁步進殿，轉入東暖閣，彷彿不經意地問：「皇兒在讀書？怎麼不去西暖閣？」她看到南窗下的炕桌上擺著熱茶和一函打開的書，皇帝日常讀書習字、批閱本章，都是在西暖閣。

福臨不大自然地說：「隨便翻翻，一會兒就去西暖閣。」

太后翻出書函的封面。她雖不精通漢文，書名卻還是認得的：《花間集》。她低頭翻書，突然抬起雙目，望定福臨的眼睛，毫不含糊地問：「董鄂氏剛才在這裡？」

福臨驟然紅了臉，直紅到髮際耳根。他避開母親尖銳的目光，沒有說話，望著側面透雕的隔斷。

「她——什麼時候走的？」

「剛走。」福臨聲音雖低，卻並不膽怯。

「年輕人胡鬧，也要有分寸，不能忘了自己的身分！」

福臨沉默片刻，堅決地轉過臉，小聲說：「額娘，兒並非胡鬧。董鄂氏正堪與兒作配，她才具有總領六宮、爲一國之后的才德。額娘，妳就看不清？」

太后搖搖頭，容色略略和緩地說：「皇兒，你有什麼不明白？用漢人的話說：你和她，姻緣簿上沒有分！」

「額娘！」福臨的臉色驟然煞白，暴怒倏地狂風般颳起，他抑制不住，不顧一切地脫口喊道，「讓我攤上兩個博爾濟吉特氏的平庸之輩，還不夠受嗎？……」

「放肆！」太后提高聲音，斬釘截鐵地摔出兩個字的斥責。半晌，養心殿內靜悄悄的，母子相對，都是黑眉白臉，非常相像。太后的怒容漸收，恢復了平日的沉靜，她說：「傳我諭旨：自今日起，皇親宮眷沒有我的特許，一概不許進宮！違旨者嚴懲！」這聲音如生鐵鑄成般堅硬，像寒冰一樣令人發冷，在深邃的殿堂裡竟引起了回聲。太監、宮女們從來沒聽過太后的這種聲調，都嚇得跪倒在地，不敢仰視。

福臨也跪下了，垂頭送太后出宮。他一句話也不說，太后從他身邊走過，他彷彿也沒有知覺。太后乘機迅速地斜眼看看兒子，他的兩道黑眉緊蹙在一起，和緊緊抿著的嘴脣相配合，顯出一副非常執拗的神氣。太后立刻走開，步履平穩，步速中常，再沒有回頭看兒子一眼。她的博爾濟吉特族高傲的自尊心受了損害。哪怕這損害者是自己的親生兒子，她也不能原諒！

黃昏時分，皇城的宮殿在暮霞的背景上漸漸變成深色的剪影，寂靜的宮廷透露出一股無法言喻的憂鬱和惆悵。初夏溫馨的空氣也不能減輕傷心人的痛苦。追隨著宛轉的歌聲，從養心殿中送出陣陣悠揚的絲竹之音，那拖得長長的音調如泣如訴，更增加了暮夜的纏綿和哀怨：

平生不會相思。才會相思，便害相思。身似浮雲，心如飛絮，氣若游絲。空一縷餘香在此，盼千金伊人何之？證候來時，正是何時？燈未昏時，月半明時。

這一曲〈折桂令〉，曲子高雅，詞文俚俗，卻道出了福臨的心病。他不等煞尾，便扔開了手中玉笛，斜躺在雕龍御榻上，心頭萬種滋味，無法排遣，又煩躁又憂傷，想發脾氣都沒有精神。笛子一停，陪伴著品簫奏琴吹笙敲檀板和唱歌的小太監們都趕忙停止，不知所措地望著皇上。福臨有氣無力地看他們一眼，說：「再唱吧，我聽聽。」

另一個小太監連忙拿起一根竹笛吹奏，於是歌聲又起：

相思有如少債的，每日相催逼。常挑著一擔愁，准不了三分息。這本錢兒見她時方算得……

福臨閉眼聽著，一動不動，心卻飛走了，飛出養心殿，飛出皇宮，去尋找他苦苦思念的另一顆心……

從皇太后到養心殿來過以後，又過了六天。福臨天天把自己關在養心殿裡，哪兒也不去，誰都不見，喪魂失魄，寢食不安，連往慈寧宮請安的禮節都丟了。皇后和妃嬪去問候，一概擋駕，所有宮女都不准進養心門。今天是常朝之期，福臨總算記得自己是皇帝，勉強去聽政，草草處理了幾天來堆積的國事，早早地又回來了。首領太監吳良輔怕皇上悶出病，召來樂工、歌工、太監，陪皇上奏曲取樂。福臨精通音樂，尤愛吹笛。但今天，音樂也不能使他解脫。

福臨突然睜開眼睛，對吳良輔說：「去值房看看，蘇克薩哈來了，立即引見。」

吳良輔一愣，不敢怠慢，立命召對太監去接。

吳良輔和蘇克薩哈可是老相識了。當初蘇克薩哈密告睿親王多爾袞謀反，就是通過吳良輔上達給順治的。這幾年蘇克薩哈一直征戰在外，皇上召他做什麼？

蘇克薩哈來了。他是領侍衛內大臣，內廷近侍，在皇上面前本不像外臣那麼拘謹，這會兒卻顯出幾分沮喪。

蘇克薩哈白白胖胖，高身量寬肩膀，帶著所謂的富貴相：五官端正，眉平鼻直嘴正，看上去很是忠厚，實則十分精明。他是額駙之子，母親是太祖的第六位公主。他自幼與皇室來往密切，又是攝政王多爾袞的親信，非常熟悉八旗旗主、諸王與皇室的關係。多爾袞一死，他看準時機，與睿親王府護衛一起首告多爾袞謀逆，這正投合了順治和鄭親王的需要。多爾袞追黜王位、奪爵削謚，「多黨」在朝中的勢力立時土崩瓦解。蘇克薩哈因此授議政大臣，擢巴牙喇纛章京。他並不就此自尊自安，深知以訐告得賞終將被人鄙視，所以順治十年主動請命，與經略洪承疇會剿湖南。三年征戰，他在岳州、武昌等地，打出六戰六捷的戰績，大敗大西軍孫可望、劉文秀部，得到二等精奇尼哈番的軍功世職，擢升領侍衛內大臣，加太子太保銜。

今天順治臨朝，蘇克薩哈當值，一直在順治身邊。順治精神不振，蘇克薩哈多次奏請皇上回宮休息。順治突然想起蘇克薩哈是正白旗人，與董鄂氏同旗，便有意追問。蘇克薩哈想必已從內廷聽到風聲，便假作無意地說起當年與鄂碩一家的來往，說起自己的妻子與董鄂氏是閨中密友的事。順治大喜，立刻手書一信，要蘇克薩哈設法帶給董鄂氏，並要當晚回信。現在蘇克薩哈向皇上跪叩之後，便呈上了一封淺藍色的碎金信箋。

福臨急忙接過打開，卻見上面只有兩行娟秀的小字：

皇上孝治天下，太后之命不可違。

今世已無望，唯盼來生。

福臨頹然倒在靠背上，一團歡喜化爲雲煙。他是約董鄂氏私會的，卻等來了這麼一個令人心碎的回答！……

蘇克薩哈暗中打量皇上的神色，小心地說：「烏雲珠自幼便姿容絕代，才華出眾。正白旗的親友女眷們都以爲她必定入選宮掖，與皇上作配，誰知……」

「她的母親果真是……江南才女？」福臨氣息微弱地問。

「是。原是蘇州世家女，到濟南探親，正遇我大兵南攻，鄂碩旗下將士搶來獻給鄂碩。只當是普通婦人，鄂碩就想硬來。誰知她尋死覓活，堅不順從，在壁上題了一首絕命詩，便懸梁自盡了。鄂碩這人皇上也知道，跟安郡王一個味道，新派人兒，最愛跟那些蠻子文士混在一起唸詩喝酒。他看了那絕命詩，當下就後悔個不了，說是唐突了才女，十分罪過。好在奴婢們解救得早，才女沒有死得成。鄂碩從此拿才女當菩薩供養，就差沒有燒高香了。一來二去的，才女被鄂碩的真情打動，竟下嫁了他。幾年後，鄂碩夫人病故，他就趁著朝廷恩准滿漢通婚，把才女扶了正。

才女的女兒烏雲珠就成了名正言順的格格。誰知道那位蠻子夫人是怎麼調治的，格格、阿哥都跟玉石樹珍珠花一樣，照得人眼都睜不開……」

「你還記得那首絕命詩嗎？」福臨頗感興趣。

「記得的。」蘇克薩哈用生硬的漢語念道，「生小盈盈翡翠中，那堪多難泣途窮。不禁弱質成囚縶，魂化杜鵑啼血紅！」

福臨聽罷，低頭嘆息，半晌無語。

蘇克薩哈沿著皇上的思路，說著福臨心裡想著的事：「真是有其母必有其女，烏雲珠十歲時候就會寫詩。有那麼一首，正白旗的格格們拿著它用漢話唸，當成頂時興的事呢。就二十個字：春雨過春城，春庭春草生，春閨動春思，春樹叫春鶯。八個春字哩！……」蘇克薩哈住了聲，再看看皇上在燈影中顯得蒼白的臉，突然說：「皇上，何必這樣苦自己？咱們究竟不是漢人，管它那一套！德格類死了，先皇不是把他老婆賜給小叔子阿濟格了嗎？先皇之兄莽古爾泰死後削爵，他的福晉也由先皇之命分賜給肅親王和克勤郡王，這還是叔母嫁姪兒呢！」

福臨擺擺手，叫他不要再說了。她的信上寫得明白：她不願成君之過，要求皇上孝治天下，他難道敢冒天下之大不韙？入關了，畢竟不能與關外時候相比啊！……

蘇克薩哈走後，吳良輔為了給皇上開心解悶，竟舊業重操，粉墨登場，在皇上面前演戲了。只見他寬衣博帶，頭戴高冠，狀如〈九歌圖〉中的三閭大夫，升座高踞，自稱天文地理、古今中外無所不知，三教九流、諸子百家無所不通，是萬事不求人的「天下師」，態度極其倨傲。他到底是從宮中戲班出來的高手，雖然久不登臺，演來仍然唯妙唯肖，看他那種「萬事通」的樣子，福臨也不禁微微發笑。

人們於是紛紛向「天下師」求教。一個小沙彌上前問訊道：「老師既言博通三教，請問釋迦如來是何人？」

「天下師」一本正經地想了想，一本正經地回答：「女人。」

小沙彌大吃一驚：「啊？如來怎麼會是女人？」

「天下師」振振有詞：「《金剛經》云：『敷座而坐。』若非女人，何需丈夫坐了然後才坐呢？」

一名老道士搶上來問：「那麼太上老君是何人？」

「天下師」認真地回答：「也是女人。」

「胡說！」老道憤然斥責。

「天下師」不慌不忙，一揮袍袖：「《道德經》云：『吾所大患，以吾有身；及吾無身，吾有何患？』若非女人，何患於有娠乎？」

道士張口結舌時，一儒生上前打躬問道：「文宣王孔老夫子是何人呢？」

「天下師」毫不猶豫：「還是女人！」不待儒生發怒，他已眼睛都不眨地一口氣解釋下去：「《論語》云：『沽之哉，沽之哉，我待賈者也。』若非女人，爲什麼要待嫁呢？……」

「天下師」那種自以爲是的誇張表情，故意歪曲的三教經典，終於逗得福臨哈哈大笑。吳良輔在臺上看到福臨大笑，立刻跳下高座給皇上叩頭。福臨道：「良輔久不登臺，今兒該賞你點什麼東西呢？」

吳良輔說：「只要看見萬歲爺笑了，奴才就心滿意足了，什麼賞也比不了哇！」

吳良輔的忠心很使福臨感慨。當吳良輔卸去戲裝，再到福臨身邊侍候時，福臨說：「難為你了。」

吳良輔連忙跪下：「萬歲爺說這話，折殺奴才了。萬歲爺這麼愁眉苦臉，閉鎖深宮，總不是長久之計。就是奴才獻醜博得萬歲爺一笑，也不過片刻之間啊！」

福臨深深嘆了口氣，凝視著群星閃爍的夜空，不作聲。

「萬歲爺，別怪奴才多嘴。萬歲爺總不能為這事跟皇太后對著鬧哇！別說皇室八旗不會向著萬歲爺，那天下百姓心眼兒裡也不能向著萬歲爺啊。再一說呢，萬歲爺終究是萬歲爺，六宮妃嬪貴人，天下秀女多著呢，難道非她不可？」

福臨心煩意亂，竟自吟出一句古詩：「曾經滄海難為水，除卻巫山不是雲。」

「話倒也有這麼一說。可人生在世，誰去自找苦吃呢？相思病豈是皇上害的？這不成大笑話了嗎？奴才演了半天的戲，萬歲爺笑了。萬歲爺倒品品那滋味啊！……」

福臨心裡一顫悠，半笑不笑地盯著吳良輔：「朕已立了鐵牌，嚴禁中官干政，你敢以戲入諫？」

吳良輔嚇了一跳，萬歲爺的精細、敏感實在令他害怕，連忙笑道：「奴才哪裡敢預政！奴才只是說，人生不過百年，萬歲爺不必這樣折磨自己。三教同源，道德尊嚴，那畢竟在虛幻之間，說到實處，能令人樂而忘憂者，唯有醇酒婦人。雖是諧語，未必都是笑談。沉而不溺、迷而不惑，或許真是仙境……」

福臨背手站著，一直仰望著中天。不知他是否聽到吳良輔的話，只是星光映在他的眼睛裡，光芒十分凌亂。

此後不到三天，福臨又變了，縱慾到了不顧一切的程度。他彷彿被色慾燃燒著、追逐著，尋找著一切機會發洩他驚人的熱情和精力。皇后、妃嬪、貴人、答應、常在都害怕了，宮女們也唯恐被他碰到。按他的諭旨，御藥房每天向他呈進強壯藥。一位御藥房官員上奏，請皇上保重身體，招來福臨的大怒，把這官員革了職，遣送回鄉。他又恢復了每天向皇太后請安，在皇太后面前也毫不隱諱地表示他與皇后妃嬪的恩愛，甚至對平日來陪伴皇太后的命婦也非常鍾情。不久這樣的故事也傳出來了：太常寺卿某人之妻入宮侍皇后，出宮回家時，衣服頭飾未改而面目全非，竟換了一個人！某人不敢聲張，但傳聞卻一直到了皇太后耳中。皇太后只得嚴諭皇上：革除命婦入侍之舊例。

皇上失德的事，一次又一次地傳進慈寧宮。莊太后起初還在靜觀事態的變化，因為福臨在處理政事上還沒有什麼明顯的混亂和糊塗。到了六月底，福臨終於病倒了。莊太后才真的著了急。

五

蘇麻喇姑領了皇太后的懿旨，匆匆趕到宣武門教堂來找湯若望，但被門前的僕人擋住了。蘇麻喇姑只好說道：「我家有重病人，求湯老爺去救命的呀！」

一聽她那種夾帶著蒙古喉音的生硬漢話，僕人的態度立刻由冷峻變為恭敬，說：「實在不是我不肯通融，湯老爺正在對教徒大眾布道講經，這個時候，誰都不見！上回我放進一個親王府書吏去找他，他立時大發脾氣，給我一頓臭罵，差點把我趕走！」

蘇麻喇姑驚訝道：「我以爲湯老爺是個沒脾氣的仁慈老人哩！」

「誰說他不仁慈啦？對窮人、對病人和對小孩，他那心腸軟得像水；可是誰要礙了他的傳教大事，那就像乾柴烈火，一碰就著，可凶哩！……好在他事後總後悔，從不整治人。」

「咳，六十多歲的人了，生閒氣幹啥！」

「哦喲，他可不像個花甲老人。從早到晚忙個不了，不是布道施洗，領著教徒做禮拜，就是拜訪教徒，還要上欽天監。他待在家裡也從不歇著，寫呀、算呀、配藥呀、製造機器呀，他還彈鋼琴哩！妳想，當初睿親王的紀功碑有多重？他都能造出機器把石碑吊到空中！……哎呀呀，真神了！」這僕人說起湯老爺的本事，如數家珍，滔滔不絕，眼看他要接著說起湯老爺造教堂、鑄大炮、建要塞的奇蹟了，蘇麻喇姑連忙攔住他說：「我不即刻求見，讓我進教堂聽他布道好不好？」

僕人更高興了：「好哇！妳快去聽吧，聽了妳也會入教。湯老爺講得可好啦，石頭人都要掉淚！」

蘇麻喇姑剛進教堂門，便聽到湯若望的聲音在穹廬般高大渾圓的教堂頂內迴響，黑壓壓的一排排教徒，像被迷住了似地瞪大眼睛，靜靜地聽：「……人間充滿罪惡，人類充滿罪惡！這來自人類的原罪，啊，這便是人類始祖亞當犯罪留給後代的無法自救的原罪！它使人類難於免除下地獄的悲慘結局。上帝爲了拯救信奉者的靈魂，獻出了他的親生兒子、我們受苦受難的救世主！做爲替罪的贖價，我主耶穌被釘死在十字架上。我主耶穌捨了他的身體，化爲餅；捨了他的血，化爲酒……教徒們啊，這都是爲了我們。爲了拯救我們的靈魂啊！……」湯若望慷慨激昂，聲淚俱下，不要說女教徒們流著淚喃喃低誦耶穌的名字，蘇麻喇姑也被白髮蒼蒼的湯若望高舉雙手的虔誠樣子深深感動了。

「信徒們！總有一天，世界的末日會要降臨，那時候，我主耶穌將對古往今來的全體人類進行最後的審判。上帝的子民將升入天堂，那些不信奉上帝的惡人罪人、那些異教徒將永墮受苦的地獄。我親愛的教友們，願你們時時自省自問，堅定對天主的信念吧！……」

信徒們擁向湯若望，把他團團圍在中心，詢問教義、求解疑難、請賜祝福。蘇麻喇姑遠遠望著，知道一時難以見到他，便走出了教堂，在那寬敞華美的大理石門廊裡等候。信徒們漸漸走散，蘇麻喇姑再進教堂時，湯若望已不在那兒了，只有幾名執事在收拾場地。剛才那個僕人看見她，說：「妳還沒見著湯老爺？要想見他要腿快嘴勤。這會兒他到後面花園裡去收葡萄啦，快去那兒找他吧！」

花園裡一片濃綠，空氣裡飄散著玫瑰花叢的芳香。果樹很多，紅紅白白的桃子、紫瑩瑩的葡萄很是誘人。有人站在梯子上摘果實，但茂密的枝葉遮住了他們的身形和面孔，蘇麻喇姑仍然找不到湯若望。

一陣哇里哇啦的奇怪喊聲從一棵大桃樹下傳出，一個衣飾華麗的外國人，摘下飾有鴕鳥羽毛的寬簷大帽子，像舞蹈似的，姿態優雅地朝樹上彎腰行禮。登在梯上摘桃的人也哇里哇啦地回答著，口氣異常親切熱情。蘇麻喇姑雖然一句也聽不懂他們的話，卻聽出了湯若望那熟悉的聲音。

那外國人是誰？她隱向樹邊，仔細觀察著。

湯若望背著一只裝滿鮮桃的小簍下了梯子，兩個碧眼外國人便一同在樹下的石桌邊坐定，僕人送上豐盛的點心、葡萄酒、烤雞和烤肉，兩人兄弟一樣親熱地互相拍著肩膀，爽朗地大笑著，舉起了酒杯。湯若望用荷蘭話吟誦祝酒詩，他那抑揚頓挫的優美聲調，像唱歌一樣好聽：

紅玫瑰爛漫地開著花，蓓蕾在飲著春天的氣息，祝福呀，愛酒的人，一切祝福！

那位外國人熱情奔放，一手高擎酒杯，一手豪放地揮擺著，仰著臉陶醉地祝酒：

高高地舉起盛著紅色酒的杯呀，這裡是自由的大地，聖人與酒徒是一個呀，農夫不殊於王帝！……

兩人碰了酒杯，一飲而盡，開懷大笑。

湯若望命僕人把摘下來的葡萄、桃子和地窖裡的所有葡萄酒全部裝車，隨客人送到貢使館舍。僕人有些猶豫，湯若望嚴厲地瞪他一眼，催促道：「快去辦，一點也不要留！」僕人無可奈何地去了，湯若望才回過頭對客人說：「這些人永遠不懂，遠離故土到異國他鄉是多麼艱苦！」客人莫名其妙地望著他，攤開雙手聳了聳肩。湯若望一拍自己白髮蒼蒼的頭，哈哈地笑了。因爲他竟隨口對客人說起了漢話。

告別時客人熱烈地擁抱了湯若望，又懇摯地低聲向他說了些什麼，湯若望點點頭，客人才高興地又行一次優美的鞠躬禮，神氣地走了。

「湯瑪法！」蘇麻喇姑這才上前向湯若望行禮。

湯若望認識她，當初湯若望和莊太后的最早聯繫，就是由蘇麻喇姑擔當的。他有些吃驚，連忙站起來：「蘇麻喇姑，妳怎麼來了？太后生病了？」

「太后安泰。太后有要事相商，要我來跟瑪法詳談。這兒……不大方便吧？」

湯若望把蘇麻喇姑領進他的小書房。在那裡，蘇麻喇姑按太后的旨意，向湯瑪法講了福臨近日的變化和病狀，請瑪法為福臨治病，對他近日的荒淫失德，好好諫正一番。

湯若望聽著，臉色越來越陰沉。除了做為傳教士對傳教國君主的職業興趣之外，他真心喜愛這個聰慧好學而又性格無常的少年。福臨對他的敬慕和依戀，使他這個虔誠的上帝的信徒、純潔的傳教士常常產生一種父親般的感情。近一個月他忙於傳教事務和接待荷蘭使團，竟不知福臨陷進了這樣的感情漩渦，這使他心情沉重。他立刻回答說：「請回稟太后，我一定盡我的努力。這是我義不容辭的責任。」

蘇麻喇姑忙問：「這兩三天能去嗎？太后很著急呢！」

湯若望立刻站起身：「我這就進宮求皇上接見。正有一件要事稟告皇上。」

蘇麻喇姑很高興，起身道謝、告辭，好像在無意中說了一句：「剛才那個夷人的帽子真漂亮。」

湯若望道：「妳看見了？荷蘭人航海全世界，見多識廣，服飾也別出心裁。」

「哦，他就是荷蘭人！」

「對。他是荷蘭使團的副使，阿姆斯特丹人，是我一個老同學的弟弟。萬里他鄉遇故知，是人生一大樂事啊！」

「這次他們入朝進貢，貢禮真是價値連城，皇太后都說是前所未見啊！」

湯若望笑道：「是的，不只給皇太后、皇上、皇后送禮，議政王貝勒大臣也都各有一份。只送禮一項，我替他算了算，荷蘭國耗銀怕在二十萬兩上下了。」

「花這麼多錢！爲什麼？」蘇麻喇姑試探著問。

「他們想訂一個通商條約，想在澳門居留，想……總而言之，想打開中國的大門。」

「那他們真幸運，在這兒遇上瑪法這樣的同鄉同族和老朋友，又這樣仁慈、熱心腸。」

湯若望脫口而出，笑道：「剛才，副使也這麼說……」

蘇麻喇姑也笑了：「我要是你，瑪法，當然要幫忙的！」

湯若望用碧藍的眼睛望著她，很溫和地說：「最終要太后和皇上定奪。」

蘇麻喇姑確定地說：「能行。瑪法你不也是外國人嗎？他們送這麼重的禮，禮重情重。太后、皇上最重情義的。」

湯若望笑了，點點頭，沒有再搭話。蘇麻喇姑告辭走了。

湯若望沉思片刻，提筆疾書，寫了一道用語尖銳的諫書，跟著就喚轎出門進宮。不費什麼周折，他立刻被傳進養心殿。

福臨身著明黃絲織龍紋便袍，沒有戴帽子，正倚在炕桌邊看書。乍一見，他的病情不似想像的那麼嚴重，湯若望略略放了心。福臨看見他，拋開書，止住他跪拜，微微一笑，說：「瑪法，好些日子不見了。」

湯若望不覺心下一沉：福臨笑得十分可憐，面頰凹陷，眼圈發烏，嘴脣和兩顴上一片不健康的潮紅，看來身體已相當虛弱了。他按照入宮途中的考慮，先談起荷蘭的通商要求。

福臨疲乏地說：「瑪法就此事所上的奏摺，朕都看過了。通商的事，不妨由內院和理藩院派人與他們談判，定一個通商條約，只要互有好處，諒也無妨。」

「不然！通商不過是藉口，通商的背後來意不善！老臣奏摺中再三提醒皇上小心謹慎，就是爲此。」

「難道……」福臨望著湯若望，有些驚異。

「皇上，荷蘭正在成爲世界大國，幾十年來窮兵黷武，海上艦隊尤爲強大，稱雄一時，不久就有可能取代西班牙成爲最大的殖民國家。中華地大物博，人口繁盛，哪會不使之垂涎三尺？門戶一開，再想關就不容易了！」

福臨點點頭說：「如今我臺灣一島孤懸海外，正是被西班牙、荷蘭兩國占去。」

湯若望緊接著說：「正因爲此，澳門還是留給葡萄牙人，不許荷蘭取得居留權爲好。」

福臨笑道：「瑪法的意思，是要他們三國互相掣肘？」

「正是。朝廷還需致力於鄭成功和南明永曆。他們三國相互牽制，於我有利。」

「瑪法，」福臨感動地說，「荷蘭使團是你家鄉同族，我見你那麼感慨，對使團又如此關切，以爲你一定要爲他們說項。誰知你全不這樣！朕不能不感佩瑪法忠心爲朕。古來客卿絕難到此地步。」

湯若望不覺有些臉紅，說：「陛下是疑心老臣的真誠嗎？荷蘭使團是老臣故鄉族人，老臣歡喜、熱心出自真情；老臣熟知荷蘭國的用心，為陛下朝政國運著想，也出自老臣忠心。還有一層，老臣直說，陛下勿怪。陛下難道忘記，老臣是一個傳教士嗎？」

福臨愕然地注視著湯若望，一時沒有弄清他這番話的含義。

湯若望不論在朝中地位多高、欽天監事務多忙，也不論由於滿洲人對天算學的無比驚訝而對他持有的無比崇敬，他時時刻刻都記著自己是傳教士，一切活動，一切艱苦緊張的學習、勞作和奔走，都是為了傳教，為了天主的信仰在中華大國的土地上滋生成長，使中華億萬人民皈依神聖的羅馬教廷，使中華億萬受苦受難的靈魂得到天主的拯救而升入天堂。荷蘭使團的故舊之情不論怎樣使他歡喜感動，他都沒有忘記荷蘭人信奉的是喀爾文派耶穌教，是與湯若望信奉的天主教耶穌會完全對立的一派。讓喀爾文派的勢力進入中國，是湯若望無法容忍的。所以在歡迎家鄉故舊的到來時，他使用他的地位、力量和對皇帝的影響，一方面給荷蘭使團以最熱情的接待、最高的禮遇；一方面又處心積慮地使荷蘭使團的打算歸於失敗。湯若望簡要地向福臨說明了喀爾文派對他傳教的不利之處，而後說：「老臣以為，唯有這樣，才算是既顧念私交，又不礙大局。」

福臨笑道：「依瑪法的意思，如何答覆荷蘭使團為好？」

「萬里遠航，萬金貢禮，總不能不給一點面子啊！」

福臨由炕桌上抽出一張紙籤，寫了幾個字：「八年進貢一次，可附帶小宗貿易。」

湯若望不再說什麼，他已經勝利了。他的思想便轉到皇太后要求他的那件困難的事情上。

「瑪法，你不對我講些有趣的事嗎？」福臨重新倚在靠枕上，眼睛裡流露出明顯的疲乏。

湯若望小心地說：「老臣有話，只能在四隻眼睛之下向陛下進呈。」

「在四隻眼睛之下」，是順治與湯若望之間的口語，開始於順治親政那一年，意思是迴避一切人，只他們兩人密談。這多半是湯若望要向順治說些規正的話，又要照顧他那十分強烈的自尊心而特意安排的環境。福臨會意地遣開太監和侍衛，湯若望便毫不猶豫地把那封諫書呈了上去。

福臨懶洋洋地打開諫書，看了沒幾句，登時滿面通紅，又羞又惱，把諫書往炕桌上一摔，氣呼呼地說：「你把朕當作什麼！」他背著手，大步走回寢宮去了。

湯若望忐忑不安地獨自站著。急躁而喜怒無常的小皇帝會拿他怎麼樣呢？下牢？殺頭？……殿內殿外靜悄悄的，毫無聲息，凶吉莫測……他素以忠誠直諫在朝中著稱，皇上難道會殺直臣而給自己招來不義之名？不會。湯若望撣撣袖子，捋捋鬍鬚，慢慢地一步步出殿下了月臺，穿過庭院，走向養心門。

「湯若望留步！」養心殿首領太監喊道。湯若望心頭一跳，只得回頭，再次進入養心殿。福臨已坐在東暖閣的便榻上了，見湯若望走近站定，便指給他座墊，並賜了茶，隨後福臨用平靜的聲調問：「瑪法，哪一種罪過大些，是吝嗇，還是淫樂？」

「淫樂。尤其是地位崇高的人。因爲這是一種惡劣的榜樣，它引起的禍害要大得多！」

福臨鎮靜地聽罷，點頭默認。又問：「如果淫樂的目的不是爲了尋歡，只是爲了排遣鬱悶呢？」

湯若望沉著地說：「淫樂是帝王失德的行爲，亂倫也是一種失德。怎麼能指望用這一種失德去改正那一種失德呢？」

「啊，瑪法！」福臨忽然失聲喊了起來，「我受不了！我實在受不了啦！……」他站起身，想要喊些什麼，身子卻搖晃起來，臉色也變得煞白。太監趕上來扶住他。他本來已經很虛弱，這一陣很動感情的談話，使他幾乎昏過去了。

湯若望協同兩名太監把福臨扶入寢宮的床上，為他蓋上薄薄的錦被，就要告退。福臨像孩子似地拉住他的手，不放他走。皇上命他的瑪法坐在床邊，支開了侍從，一聲長嘆，傷心地說：「瑪法，用你們的詩句說：我是一隻夜鶯，然而他們卻不讓我去拜訪玫瑰園！……」他用細微的聲音傾訴，像潺潺的溪流，漂著青春的花瓣，騰著晶瑩的淚珠，既有甜美的蜜，又有酸澀的苦酒……湯若望屈身向床上，仔細地聽著、品味著。還是蘇麻喇姑說的那些事情，在這裡卻變得那麼美麗，充滿哀怨和絕望……

湯若望離開養心殿時，太陽已經偏西。他心事重重、步履緩慢，福臨的憂鬱症彷彿傳染了他。要不要向太后進言？皇上的病將會由此而起，並漸漸加深的……

福臨傾吐了許多日子以來鬱積心頭的愁悶，竟感到一種輕鬆，彷彿洗了一個澡，渾身又疲乏又舒服，吃了御藥房送來的湯藥，便沉沉入睡了。

太后聽了湯若望的稟告，不免吃驚，兒子的狀況使她不安，太后的尊嚴終於向母親的慈愛讓了步。她立刻帶著蘇麻喇姑到養心殿探望，見福臨睡得正熟，不忍把他叫醒。她多時沒有這麼貼近地看看自己的孩子了，又不願立刻就走。她親自用金鉤掛起玉羅紗帳，拿起床邊的拂塵，為兒子揮去偶爾飛來的蒼蠅。

寢殿深邃而清涼，外面的熱氣絲毫不能透入；空中時濃時淡地流動著花香和安息香，那是從仙鶴香柱和數盆蘭花裡飄散出來的；四周一片寂靜，蘇麻喇姑佇立門前。莊太后目不轉睛地望著兒子憔悴的面孔、唇邊毛茸茸的鬍鬚、在雪白的臉龐上顯得特別黑的眉毛，說不盡心頭的愛憐和感慨。她目光漸漸模糊了，透過這張很有男子氣概的臉，她彷彿看到了另一張臉，一張拳頭大小、紅紅的、毛茸茸的、眼睛都睜不開的小臉，她的唯一的兒子的小臉……

她嫁給皇太極的時候，還是個十二歲的少女。皇太極比她大二十一歲。由於她聰慧秀麗、明睿豁達，很得寵愛。當她表現出一般女子少有的識大體知大局的涵養時，皇太極竟拿她當後宮謀士，舉棋不定時常常找她商量，她也從丈夫那裡學來知人善任、用人馭將和處理軍國大事的本領。可惜她命中子星不旺，十六歲、十九歲、二十歲連生了三胎，都是公主。在她二十二歲那年，她的姐姐進宮了。次年，崇德元年，皇太極上皇帝尊號，改國號爲大清，她被封爲西永福宮莊妃，她姐姐被封爲東關雎宮宸妃。宸妃寵冠後宮，奪去了皇太極的全部情愛。崇德二年七月，宸妃生了皇八子，皇太極便有立爲太子的意思，特地爲他的出生而大赦全國。如果這個幸運兒活著，皇九子福臨絕沒有九五之分。偏偏在福臨出生的前兩天，崇德三年正月二十八日，皇八子夭折了。皇太極和宸妃一樣哀痛，連皇九子的出世也不能使他高興。崇德六年宸妃病重，皇太極竟不顧前方與明軍在松山、寧遠大戰，撇下諸將趕回盛京。宸妃去世，皇太極哭得數次昏迷，迅速憔悴衰弱，不久就病倒了，一年後駕崩。此後，莊太后扶保著五歲的福臨，經了多少生死搏鬥，歷了多少驚濤駭浪，才使他成爲順治皇帝，才有了今天。兒子又要爲一個女子憔悴病倒，喪失現有的一切嗎？……

福臨翻了個身，喃喃地說：「額娘、額娘，妳也曾青春年少，妳也有妳的情愫，爲什麼對兒子這般冷酷！」

太后一怔，心裡「撲通撲通」直跳，連忙立起身向後一仰，仔細看看福臨，見他熟睡如故，知道是在夢囈。她又回頭瞅一眼，蘇麻喇姑站在門前，仍然形同木偶直立不動，這才鬆了口氣，重新坐下。但她的心卻再也無法平靜了。

我的青春？我的情愫？……是從丈夫的情愛轉移到姐姐身上的時候開始的。和自己同齡的皇弟多爾袞，文武全才，何等英俊瀟灑！彼此情意相通，不是也到了夢魂縈繞、寢食不安的程度嗎？皇太極去世，福臨得以即位，雖然是自己依靠禮親王力爭而來，但當時諸皇弟中繼位呼聲最高的多爾袞卻甘居攝政，擁戴她的兒子、五歲的福臨爲帝，除了許多其他原因，爲了她，是多爾袞私下向她重複過一百次的理由啊！那時她對多爾袞的感情是不言而喻的。她感激他，愛戀他，他倆不是在一起度過許多甜蜜的日子嗎？……如果不是他後來囚死肅親王豪格，又娶了肅親王福晉；如果不是他瞞著她私自往連山偷娶兩位朝鮮公主，那麼他死後被人告發謀反，她是不會輕易贊同的。現在呢？往事流水般逝去，而青春的回憶卻仍然令人耳熱心醉，使她沉浸在美好的感情裡，儘管已帶了那麼多的惆悵……

不知過了多久，莊太后抹去眼角的兩顆淚珠，輕輕站起來，無聲地離開了。

福臨醒來，半個太陽已銜在西山頂，山間薄薄的翠微抹去了它的金色光芒，於是殘陽如血，暮靄被染成淡淡的紫色。福臨凝視著落日一點一點地被山巒蠶食，感到惱人的黃昏一點一點地向他襲來。輕鬆和舒適在慢慢消失，悲哀和空虛重新占據了他的心。他害怕寂寞的黃昏，黃昏使他更加思念心愛的人。但越是思念，越感到絕望，絕望更帶來深深的、無可奈何的淒涼。

這些日子，他縱慾到荒淫的程度，爲的是擺脫這無望的愛戀。瘋狂的日夜不僅損害了他的健康，而且使他更加覺得空虛和寂寞。那些女人不理解他，她們在他那裡尋求的是別的東西：恩寵、地位、權勢和金錢。她們媚他、順他、怕他，就是不愛戀他。這，他知道得非常清楚，因爲他心裡存在著強烈的對比。於是，事後他便覺得索然無味甚至厭惡、痛恨這些女人，也痛恨自己，陷入了無法自拔的痛苦。痛苦再迫使他尋求解脫，於是一切又從頭開始，重複著可詛咒的歷程，形成瘋狂的惡性循環。

是病弱使他中斷了這種循環，獨處宮中，悔恨著過去。湯若望的諫正驚擾了他，他加倍害怕自己的罪惡。不！他再不要過那瘋狂的生活了！他時時想起那個牡丹怒放的正午，一千個女人給予他的合在一起，也抵不了那片刻的恩愛，那是完全的、完全的心靈交融啊！……我不要千千萬萬顆星辰，只要那一輪皎潔的明月；我不要世上千萬種嬌豔的花卉，只要那一朵獨壓群芳的牡丹！老天，妳爲什麼不成全我呢？……

他凝視著西天最後一抹粉紅色的雲霞，那裡彷彿蘊藏著生氣，令他覺著一星兒溫暖，以致遲遲不肯返回寢宮。暮色更濃了，綠色的螢火蟲在草木間飛舞，午門鐘鼓聲聲，震動了寂靜的夜空。他若有所思地長嘆一聲，低吟著：「夕殿螢飛思悄然，孤燈挑盡未成眠。遲遲鐘鼓初長夜，耿耿星河欲曙天……」

此情此景，古今相隔千年，何等相似啊！

「稟萬歲爺，太后遣蘇麻喇姑給皇上送來菜肴。」小太監也學乖了，說話都輕聲悄語的。

福臨點點頭。蘇麻喇姑和一個提食盒的宮女走上月臺給福臨叩頭。蘇麻喇姑轉致了太后的慰問，福臨躬身謝過。蘇麻喇姑吩咐宮女道：「妳把食盒送去吧！」宮女低頭隨小太監去了。

蘇麻喇姑說：「皇上，太后那邊還有事，我得先走一步。那宮女布好食盒，讓她自己回慈寧宮就是。」她說罷便匆匆走了。天色已晚，福臨看不清蘇麻喇姑的表情，不免有些納罕。若在病前，這是常事。可現在，一個宮女能引起他的注意嗎？他不快地站在月臺上，不想回殿。那宮女老不出來。他想還是親自去把她打發走爲好。總是太后身邊的人，不可簡慢。

福臨走進寢殿，穿藍布袍的宮女正面燈背門，在慢吞吞地擺弄食盒，一根烏黑油亮的大辮子垂在身後，隨著她的動作微微擺動，煞是好看。福臨全無心思，只說：「夜已深了，著人送妳回慈寧宮吧！」

福臨剛開口，宮女渾身就顫抖起來，她慢慢回身，低頭跪下，淒切切的，含淚叫道：「皇上！……」

福臨大驚，猛地衝到近前，一路碰倒了兩只圓凳，碎了幾只玉碗、翡翠瓶，一把攙起宮女，兩人面對面地站著。福臨的嗓音哆嗦得幾乎難以成聲：「烏雲珠！……」

兩人緊緊擁抱，放聲大哭，像兩個受了無限委屈的孩子，淚水交流，溼透了他們的衣襟。後來，烏雲珠的淚水始終不曾斷過，溼透了鴛鴦緞枕，也溼透了福臨的肩頭和胸膛。她抽泣著，痛惜地低語著：「看你，瘦得剩一把骨頭了……」

福臨無限愛憐地撫摸著自己心愛的人，勉強笑著：「清宮不是楚宮，可是你的腰也變得這麼細，真苦了妳啦……」他的聲音也帶著嗚咽，感動得說不下去了。

天亮之前，烏雲珠要回慈寧宮。福臨戀戀不捨地擁著她，無限深情地望定她墨玉般的黑眼睛，說：「但願妳我天長地久，永不分離，永遠記住今天這個日子！」烏雲珠什麼也沒說，目光灼灼，亮若晨星。福臨奔到案前，在一幅灑金素花粉紅箋上揮筆疾書：

順治十三年六月三十，書唐詩贈烏雲珠，永誌不忘。
洞房昨夜春風起，遙憶美人湘江水。
枕上片時春夢中，行盡江南數千里。

福臨把花箋交給烏雲珠，說：「立此存證，絕不相負。妳還記得嗎，這首唐詩？……那是我第一次認識妳……」

「記得。」烏雲珠的眼睛帶著夢一般的神色，「兩年了……可是我，四年以前就認識你了……」

「啊，什麼時候？」

「我……現在不告訴你！」烏雲珠嫣然一笑，轉身要走，福臨一把拽住，再次摟在懷中，像哄孩子似地說：「天還不亮，我著人送妳……」

「不，不用了。蘇麻喇姑要來接我的……」

兩天之後，福臨召博穆博果爾到養心殿西暖閣。這三天中，他一直想找到一個妥善的辦法，把事情最終了結，然而多少有些猶豫和膽怯，尤其害怕失德的罪名。不想一樁意外使事情迅速激化，易怒的福臨簡直是勃然大怒了。

他勉強抑住胸中怒火，接受了襄親王的跪拜。怒氣竟掩蓋了本來可能產生的內疚和羞愧。

博穆博果爾完全不知道出了什麼事情，他對這位皇帝兄長一向是又敬又怕的。他施罷大禮，見了兄弟常禮，便恭恭敬敬地垂手站在一側，準備聆聽教誨。

福臨控制不住自己，開門見山，衝口問道：「你怎麼敢把烏雲珠格格囚禁內室，不給吃飯喝水？」

博穆博果爾張口結舌，怎麼也想不到皇上會知道這事，並爲這事召見自己。「她……她……」他很快窺了一眼皇上嚴厲的表情，連忙接下去說，「我，我要休她！」

福臨心中一喜復又一驚，忙問：「爲什麼？」

博穆博果爾到底只有十五歲，除了皇上、皇太后和大貴妃，他不怕任何人。此刻他急於表白，便直言不諱地說：「好些日子了，她連碰都不讓我碰一下。她不是我的女人嗎？原來，她早有了外心！……」說到這裡，博穆博果爾紅了臉。男子漢大丈夫，要說老婆和別人私通，無論如何是一件十分羞恥、難於出口的事。可是他偶爾抬眼對皇上一瞥，皇上竟也血紅了臉，眼睛向別處張望。博穆博果爾沒料到皇帝哥哥與自己如此休戚相關，很是感動，一橫心，把什麼都說了出來：「前天，趁她睡著，我本想……哪知在她貼身小衣裡，搜出一張素花箋！皇上請看，這還不是淫詩豔詞嗎？這野男人肯定是個南蠻子！自命風流的無恥之徒，下流東西，混帳黃子！……」

福臨早認出了那張詩箋。有生以來，他不曾被人這樣當面痛罵，頓時暴怒迸發，大喝一聲：「住口！」跟著，他幾個大步衝到博穆博果爾面前，一掄胳膊，「啪」的一聲，重重地摑了他的皇弟一個耳光。

博穆博果爾嚇得趕忙跪倒，灑金素花粉紅詩箋也飄落在地上，十八歲的皇帝和十五歲的親王，兄弟倆都咻咻地喘著氣，挨打的莫名其妙，打人的有口難言。

半晌，福臨彷彿恢復了常態，帶著傲然的神色，不顧一切地說道：「這張詩箋，是我給她的！」

博穆博果爾大吃一驚，就像頭頂炸了一個悶雷。可是皇帝又說了一句更加簡單明確，使人眩暈的話：「我要娶她！」

博穆博果爾面色如紙，眼睛發直，一句話也說不出來，身體搖搖晃晃，眼看就要摔倒。福臨上前扶住他，盯著他無神的眼睛說：「三天以後，給我回覆。你去吧！」

第二天，七月初三，襄親王府裡傳出喪音：博穆博果爾薨。

消息進宮，大貴妃哭昏過去，太后和皇上也掉了淚。幾天以後，大貴妃向莊太后哭訴：皇十一子襄親王，竟是懸梁自盡的。

七月中，禮部按莊太后收養董鄂氏進宮的懿旨，向皇上本奏，將擇吉於七月底冊立董鄂氏爲賢妃。皇上以襄親王薨逝未久，不忍舉行，諭禮部改在八月擇吉冊妃。

六

九月重陽，秋高氣爽，白雲藍天，萬里金風。

山頂的草亭，是岳樂特命修建的，四柱六角，石桌石凳，下圍欄杆，上蓋茅草，既為今日登高所用，也算是補路修橋的善事，為行人提供方便。

呂之悅舉杯，一飲而盡，對岳樂一照杯底，笑道：「下馬飲君酒，問君何所之？」

「哈哈哈哈！」岳樂大笑，跟著也乾了一杯，說：「要是拿這食盒薄酒為你接風洗塵，不但太簡慢你笑翁，也叫人罵我寒酸。這不過是為重陽登高助興罷了。至於接下去的兩句：君言不得意，歸臥南山陲，可就更用不到我身上了。」

兩人酒已半醺，推杯而起，步出山亭向四外遠眺。由於天氣晴好，一眼能望出二、三十里：北邊重巒疊嶂，溝谷縱橫，南邊一馬平川，河流蜿蜒，一時盡收眼底。勁爽的秋風滌蕩胸懷，分外暢快。置身於天地間，彷彿能感到天地的撫愛、宇宙的呼吸，人變得那樣渺小，無足輕重；人生變得那麼短暫，轉瞬即逝，心胸不由得被自然展寬了。親王忘卻尊貴的身分，布衣扔掉一貫的矜持，都變得興致勃勃，不拘形跡。

「你不要以為罷諸王兼理六部使我有不得意之嘆，」岳樂遠望群山，面帶笑容地說，「政務繁瑣龐雜，哪有詩酒獵宴輕鬆痛快！出了錯，即使皇帝不予深罪，自己的名望可就難保啦！實在不如現今這個宗人府左宗正的官舒服。宗人府的事嘛，我總還懂得，管得來！」

呂之悅道：「早聽說罷諸王兼理六部引起朝中軒然大波，王爺首當其衝，竟能如此淡然，實在難得。」

「倒也不是一開始就能淡然處之。」岳樂雖然嗜好文學，仍保持著滿族人爽直的特點，「初聽皇上諭旨，心裡也不是味道。可是仔細想想，滿洲靠弓馬騎射起家，戰場上可以百戰百勝，但有多少人識文斷字、通史諳政呢？我還懂漢文漢話，治理部務尚覺茫無頭緒；諸王盡是後輩，不學無術，多半不諳事務，弊端極多。六部乃分掌國政的衙門，豈能草率。諸王中我年最長、輩最高，學問也數得上。我若引退，諸王也就無話可說了。」

呂之悅心裡暗暗嘆道：滿洲貴冑中如果多幾個岳樂，國初戰亂就不至於延續十數年而不息了！他拱手向岳樂說：「爲國爲君，忠心耿耿，做人做到王爺這個分上，可算得是不以物喜，不以己悲了。」

「你大概不知道吧，罷諸王兼理部務的由頭，正是江南十舊姓冤案。」

「當真？」呂之悅十分驚訝。

「一點不錯。你剛由江南來，聽到什麼消息？」

「啊，這可值得大書特書！江南獄解之日，萬民空巷，扶老攜幼往江南總督衙門外，觀看各家接回受冤親友。大哭的，大笑的，這邊喊，那邊叫，處處轟動。誣告者都已反坐入監，頓使人心大快。被釋的一名秀才在當衢通道北向叩首，大呼萬歲萬萬歲！引得其他被釋者和圍觀者盡都叩首歡呼，聲震重霄，那情景實在令人淚下……」

岳樂眼睛裡一片喜悅，無限神往。呂之悅貌似感嘆，骨子裡很尖銳地說：「只憑武力或酷刑，絕難至此啊！……」

岳樂臉頰一抽搐，瞥了一眼呂之悅，眼睛深處亮出一絲野性的光芒，蘊藏著一種抗拒和暴戾。呂之悅裝作沒看見，遙望山川，悠然自得地說：「所以，行王道者得天下長久，行霸道者得天下短促，實在是人心歸向所致啊！皇上仁德，解江南獄，便是最大的安撫人心。明末人心喪盡，百姓極苦，朝廷多行仁政，能得人心。一甜一苦，百姓豈不擇甜而棄苦！」

岳樂頻頻點頭，表情又恢復了原有的從容。

呂之悅又問：「我一路北上，所過之處，各州縣衙門都在籌措墾荒，說是有皇上諭旨下來。是怎麼回事？」

岳樂笑了，笑容中閃爍著與他年齡身分都不大相稱的捉弄人的意味，道：「先不說這個，還有一件大事你可知道？笑翁，貴門生進宮了。」

「你是說鄂碩女兒烏雲珠吧？我早已知道，三年前就入宮為襄親王妃了，離京前又聽說太后認她為義女。」

「不，不！如今她入主承乾宮，八月初冊為賢妃，本月已晉為皇貴妃，年前就要行冊封大禮了！」

呂之悅目瞪口呆，半晌才說：「這，這怎麼可能！」

岳樂笑道：「難道騙你不成！你忘了，我是左宗正。」

「要論才德姿容，烏雲珠堪配天子，只是，只是……那襄親王呢？」

「襄親王已在七月初三去世了！」

「啊？這怎麼可以！這怎麼可以！兄納弟婦，常人亦不屑為，何況一代人主！禮義之國，同族從不婚娶，治棲之俗豈可見於今日！……」

看著呂之悅痛心疾首的樣子，岳樂撫掌大笑：「這才是你們漢人的迂腐！又非同宗血親，皇上不過兄代弟職，滿洲常有之事，有何不可！唐高宗子納父妾，唐明皇父奪子妻，反而播之詩歌，豔羡不已，足見你們漢家文人口是心非，虛僞十足！哈哈哈哈！」

呂之悅一時竟也無話可答。

岳樂笑夠了，正色道：「笑翁，貴門生實在是皇上的賢內助啊！自她入宮，皇上病也好了，人也胖了，氣色紅潤，脾性都變得平和了許多。最難得的是，皇上和太后爲諸王加了俸祿，安撫了八旗，近兩個月，皇上連下三道諭旨，要各直省督撫墾荒地、清刑獄、懲貪官。這些政事以前雖也有過諭令，如今卻是賞罰分明：今後各官陞遷都要考核墾荒之數；刑法案件一年不清者罷官；官吏貪贓十兩以上者杖徙、革職，永不敘用。皇上誠然愛民勤政，其中未必沒有皇貴妃的功勞！」

呂之悅非常認真地問：「那麼西南和東海……」

「鄭成功手下大將黃梧率眾歸降，鄭成功兵敗，官軍收復舟山。李定國、孫可望奉朱由榔退守雲南，洪經略、吳平西、尙平南、耿靖南與孔定南部將分駐四川、兩廣和貴州，各自劃地而守，勢成遠圍。對鄭、朱兩處，皇上都一再諭命剿撫並用，以撫爲主。看來，必有一段時日的平靜……」

「啊！」呂之悅輕聲地喊，雙手舉向天空，「老天，老天！你總算哀憐萬民、賜給太平了！二、三十年的戰亂、塗炭啊！……」

見呂之悅紅了眼圈，岳樂不解地問：「笑翁，你這是……」

呂之悅難爲情地搖搖頭：「老啦，心腸反倒軟了。王爺馬背征戰，祟府起居，絕想不到這三十年戰亂天下萬民的慘苦！……但願太平盛世早早來臨吧！」呂之悅笑容滿面，突然撇開岳樂，到草亭四周的草叢中擷摘野花。金黃的野菊、藍藍的矢車菊、鮮紅的石竹，採了滿滿一把，他選了幾枝特別豔麗的，插進衣襟和帽邊。

岳樂笑道：「重陽插茱萸，你卻戴花，所謂老風流是也！」

「詩曰：人老簪花不自羞，花應羞上老人頭！見笑、見笑！」

岳樂道：「國家承平有日，求賢更不可忽……」

「是了，是了。我只顧閒扯，竟把最要緊的事忘卻了。這次我北上，是真正地交令了。再給你推薦三位賢士：湖北孝感熊賜履、江蘇崑山徐元文、浙江仁和陸健。」

「且慢且慢，讓我記下。」

他們一道走進草亭，侍從送上筆墨紙張，岳樂鄭重地記下三人的姓氏、籍貫。呂之悅繼續說：「熊賜履是當今難得的理學人才。治亂世、消瘡痍、安民生，非儒學不可。徐元文有宰輔之量、宰輔之才，年少英俊，前途不可限量。至於陸健，才高氣豪，在江南頗負人望。此次江南獄解，他也獲釋。三人俱是白衣秀士，王爺不妨仔細訪求。」

「三位賢士現在何處？」

「熊、徐二位，或許還在京師。陸健草澤亡命數年，一旦遇赦，總要回故鄉的。只怕他不肯應承。」

「但有三顧之誠，自會感動賢士。……不過，還有一位，笑翁漏去了。」

「誰？」

「你！」

「我？」呂之悅笑著連連搖頭，「賢與不賢，自己難於評說。但我這個人是絕不可做官的。」

「你總不至於迂腐到恥食周粟吧？」

「不是那個意思。」呂之悅靜靜地說，「我一生只堪爲賓爲友，不能爲奴。」

岳樂不覺變了臉色，有心發作，覺得不妥；想要含糊過去，又覺此人才高氣傲，太不識相，有損他王爺的尊嚴。正躊躇間，不知從何方傳來「嗯嗯呀呀」的奇怪聲音。岳樂和呂之悅對視一下，亭外的侍從也東張西望，不等他們交換意見，那聲音猛地延長，「哇哇」地衝破沉寂，從草亭一側的深草樹叢中飛起。嬰兒的哭聲！這實在太不可思議了！岳樂立刻快步走出草亭，呂之悅和侍從們隨他一起尋聲而去。草叢裡露出一個不大的木頭箱子，哭聲從裡面衝出來，尖銳而響亮，表示著不滿和傷心。

打開箱子，裡面竟是一對半歲左右的女嬰，膚色潔白，頭髮烏黑，哭得聲嘶力竭。呂之悅驚喜異常，搶上去把兩個女嬰抱在懷裡，用他的長袍大襟把她們包裹起來。因爲兩個孩子各自只戴了一個繡著蓮葉荷花的紅肚兜，各人的左手上勒了一只小小的綴著銀鈴鐺的銀鐲子。

呂之悅招呼侍從在石桌上鋪了座墊，把兩個嬰兒擺上。她們受到老人的安撫，已經不哭了，並肩躺在那裡，一模一樣的兩雙黑眼睛天真地打量著呂之悅，看得這位從未有過兒女的老人心裡發慌，又驚又愛，不知如何是好。

岳樂也走進草亭，讚嘆道：「好一對孩子！父母竟忍心扔掉！看木箱上鑽了許多眼子透氣，倒是還想讓她們活下去。」

一句話提醒了呂之悅，他連忙在嬰兒身上尋找，果然在紅肚兜的一角，翻出一張字跡潦草的紙條：「念上天好生之德，大慈大悲，求恩人收養這一雙無辜女嬰，免入虎狼鷹鷲之口。」

呂之悅把紙條給岳樂看，興奮地說：「老夫一世無子，不料好運當頭，天送來一雙女兒！定是哪家女兒生得太多，溺死又不忍心，才出此策。好！好！老夫我謝過天地，謝過她倆的父母！」他站在女嬰身邊，向天地和四方深深作揖。

岳樂也爲這奇遇高興：「笑翁，這真是天賜福分啊！把這一對姐妹花帶回江南，嫂夫人也要笑逐顏開了。」

呂之悅笑道：「她呀，要把大牙都笑掉！」隨後，他趕忙抱起孩子說：「王爺，下山吧，兩個娃娃怕是餓了。」

岳樂打趣道：「才做爹爹，就冷暖連心啦？這也是兩個娃娃的造化，遇上你這好心人！……好，下山吧。」

侍從們小心地抱著兩個嬰兒，簇擁著王爺和呂之悅慢慢下山。途中，岳樂突然壓低聲音對呂之悅耳語道：「笑翁，兩個嬰兒你先抱走，回京以後悄悄送一個給我，好不好？」

呂之悅吃了一驚，短短半個時辰不到，他好像已對這兩個女嬰產生了父愛而難以割捨了，他問：「爲什麼？」

岳樂有幾分爲難地小聲說：「家家都有自己難念的經，你還有什麼不明白？笑翁，我重重謝你。」

呂之悅沉吟著：「這個嘛……」

「笑翁，就當是老友之請吧，不肯幫忙嗎？」

呂之悅只得點點頭，心下很是沮喪。岳樂非常高興，說話聲音又大了：「本月中，下嫁外藩的公主就要還朝，理藩院和宗人府都要忙個不可開交。你我明天就回京。」

「也好！」呂之悅回答得無精打采。

「還有，尋訪陸文康的事，還得求笑翁多多指教，回京後從速辦理！……」

一行人走下山去，情況相當奇怪：侍從威嚴，一路打道，吆喝行人迴避；主人卻青衣小帽，看不出身分；眾多人役中又摻雜著兩個嬰兒，不時用響亮的哭聲替主人的談笑伴奏……

幾天後，在極其隱密的情況下，呂之悅把兩個女嬰中的一個送給安郡王。兩人在密屋中商談了幾條協定。岳樂要求：呂之悅絕不向任何人透露真情；將來的任何時候，呂之悅名下的女兒永不進京。呂之悅要求：保存兩個孩子的肚兜和手鐲，為將來孩子尋找親母留下證據。他們給這姐妹倆取名時，推敲了很久。因兩個孩子肌膚雪白瑩潔，便一個取名冰月，一個取名瑩川。不久，呂之悅就帶著瑩川南下回故鄉去了。

岳樂尋找陸健費了不少心力，沒有得到下落，他便派專人往浙江仁和去等候了。但陸健並未離開直隸。受傅大學士夫人之託去尋找陸健的柳同春，帶回了陸健給傅大學士夫婦的一封信，對邀他進京的意思表示感激，但堅決地謝絕了。信中有這樣幾句話：「……某昔日之施，君今日之報，前後之事既奇，彼此之心交盡。自茲以往，君為熙朝重臣，某為山林逸士，兩無所憾，不復相見也……」

傅以漸夫婦看後，嘆惋不置，連著好幾天都在議論。傅以漸感到一種無法言說的惆悵，素雲更是忽忽如有所失，很長時間，心裡都不平靜。

第四章

一

春風綠了川原，又是清明時節。

坡上一株老杏樹，曾經繁茂得有如一團淡緋色的雲，此刻卻在春風中零落了，花飛滿天，片片飛花撲打著坡下青塚，也撲打著幾株弱柳下的藍衣少婦。她跪在兩座並列的新墳面前，像落花一樣慘白、憔悴。

誰還能認出這個目光痴呆、神情木然的女子，就是曾被人讚爲「大喬」的夢姑？兩年了，夢姑一肚子苦水向誰訴說？

當她的身孕再無法遮掩時，小道士還俗與她成婚。這引起哥哥的憤怒，臭罵夢姑無恥下流，敗壞門風，像摔破抹布似地摔給她一百兩銀子，叫她滾蛋。母親好說歹說，才倚著娘家的後牆，拿這銀子蓋起一所小院，安置了這對小夫妻。

夢姑怕她的丈夫。怕他忌刻陰沉的目光，怕他終日不言不語的惡毒的靜默，尤其怕他無休無止的對她的慾念和作踐，彷彿她連娼妓也不如，只是一樣東西，一件衣服。她有身孕後，丈夫不踢她的腰了。夢姑明白，這是爲了她肚裡的孩子，他的後代，而不是爲了她。就連白衣道人最終決定要小道士還俗，不也爲的這個嗎？他們要她生兒子，生朱家的後代。夢姑自己也盼望生個兒子，好改變自己的悲慘境遇。

不幸她生了女兒，一對可愛的雙胞胎。所有的人都失望了！小道士衝進產房，凶狠地盯著自覺有罪而觳觫不安的夢姑，一步一步逼近，猛一伸手揪住夢姑的頭髮，讓她的臉正對自己，然後慢慢地、像在一次一次地積蓄力量似的，左一個耳光，右一個耳光，直到夢姑嘴角出血、喬氏跪在地上哀求爲止。從此以後，小道士像是從中獲得了樂趣，幾乎每天都要折磨夢姑。在這種時候，他總要夢姑面對著他，他要仔細地觀看她臉上的痛苦表情，聽她淒慘的哀叫。他嘴角掛著一絲殘忍的笑，彷彿在欣賞一幅美麗的圖畫。這個小道士，把對家族敗亡的痛心、對自己一落千丈的憤懣、對恢復祖業的絕望和對新朝世人的仇恨，一股腦兒發洩到夢姑身上。

夢姑無處訴怨，經常帶著一身又青又紅的創傷去向母親哭訴。母親只能陪她掉淚，絕不敢埋怨。她不時悄悄撫慰女兒說：只要大功告成，夢姑就是王妃娘娘了！忍得苦中苦，方爲人上人啊！

命運還嫌夢姑受苦不夠，又給她準備了更大的折磨。

半年以前，白衣道人往南邊聯絡了一路人馬，說要在重陽節起事攻占縣城，不成功便扯旗上山。小道士看著這種熱熱鬧鬧、成功在握的樣子，甚至露出了笑臉。誰知南邊有人首告，事情敗露了。小道士嚇得淚流滿面，渾身哆嗦，臉色比紙還白，冷汗溼透了衣衫。白衣道人見他太不成話，跪在他面前，求他拿出點高貴氣概來面對危局。偏偏褚衣老僕在村外遇上一隊隊滿兵，回來一稟告，他們都覺得自己已被包圍，絕無生路了。小道士嚇得抖作一團，光張嘴，發不出聲音，好不容易說出了一句話：「女人們……一概給我殉節！」這樣，他們三個就可以輕裝逃出，免得家眷被俘受辱，從此滅了活口。

小道士原想效法崇禎帝，親手殺死女兒，卻沒有崇禎帝的膽量。他命令褚衣老僕抱走了兩個孩子，轉臉又立逼喬家母女三人和袁道姑師徒三人自縊。女人們哭哭啼啼，不肯就死，白衣道人竟發瘋似地拔劍威逼。危急之際，喬柏年在院外叫喊母親和容姑回家吃飯，意外地止住了白衣道人即將發作的凶殺。白衣道人並不放鬆，扣住容姑，只讓喬氏出去跟喬柏年周旋。喬氏再次回來時，破涕爲笑，原來村外韃子騎兵是王爺的護從，爲保護王爺登高遠遊而在附近巡邏的。一天烏雲散開，白衣道人鬆了口氣，小道士卻癱倒在地了。事後他們才知道，南邊與他們聯絡的人已經逃走，知道他們真情的兩名首領，一個投崖自殺，一個被官兵射死，他們竟安然躲過了厄難。

當時萼姑的第一件事就是搶出去救女兒，但褚衣老僕回報說已將她們扔進深山了。萼姑不顧一切地攀上山頂，見到的只是破碎的木箱……從此她失去了唯一的安慰和歡樂，變得痴痴呆呆，再也不會笑了。

清明節，她爲兩個女兒在喬家祖墳邊築了墳臺，埋下她們的小衣服、小帽子、小鞋，爲她們燒紙、祭奠，就像墓裡真的躺著她們小小的身體似的。她默默祝禱，願心愛的孩子每日入夢，安慰她苦透了的心……

一陣輕風，柳條拂過她的頭頂，她抬頭望了一眼：柳樹！這柳樹啊！……柳樹是那年同春哥第一次從京師回來時栽的，那時候，他還悄聲地問萼姑：「妳說，我爲什麼把柳樹栽到妳家墳地上？」萼姑怎麼會不懂呢？他姓柳啊！他要與她生死相依啊！那時萼姑又喜又羞，頭都抬不起來了……這一切已經多麼遙遠，好像發生在幾十年前、夢姑還沒有出生的時候，又好像發生在別人身上……夢姑手扶弱柳，凝望著天邊的白雲，彷彿在雲間看到了同春的淡淡面影。她深深嘆了口氣，喃喃地說：「同春哥，你在哪兒？這輩子還能見著你嗎？……」

兩行清淚，汩汩而下。

「大姐，打聽個事兒！」輕俏柔和的女人聲音響在夢姑背後，她微微一驚，趕忙回身。離她不遠，一個長相好看的年輕女子微笑著，一身行裝，還背了個包袱，首帕拉得很低，幾乎遮住眼睛。稍遠的路邊還有兩個女子佇立著，頭低得看不清面貌和年齡，也在等待著她的回答。

「你們莊子上有沒有個白衣道人？」

夢姑一驚，再次打量眼前的幾個人：藍布長袍，黃白色繭綢裙，腰裡束一條青羅帶，打扮毫不起眼。她們表情懇切，溫和的微笑和求人幫忙的低下口氣，減少了夢姑的疑慮。她問：「找老道有事？」

女子更加謙和了：「方圓百里都傳遍了，說他醫道高，我們是誠心誠意來求仙方的。」

夢姑放心了，一指環秀觀：「就在那兒，每天下午行醫賜藥。」

女子低頭彎腰謝了，並不就走，又小聲問：「白衣道人有個徒弟叫月明，也在這裡嗎？」

夢姑咬住嘴唇，心頭怦怦亂跳。月明，這是她丈夫的道號。她慌亂地不知所云：「這……我不知道……」

三個女子很快走向環秀觀。夢姑呆呆地朝她們後影望了片刻，嘆了口氣，開始慢騰騰地收拾祭品。她遲延著，真不想回家。不知她那丈夫又會在什麼時候發作。一想起他歪扭著臉的怪笑，她就渾身發抖。

大路上靜悄悄，只有夢姑一人踽踽而行。自從墾荒政令下到永平府，馬蘭村的無地平民非常高興。他們有的按規定從縣裡貸得耕牛、籽種到山邊去開荒，有的乾脆舉家離開永平，回到河南、山東去墾田。朝廷墾荒政令規定，新開土地六年不徵賦稅，這下可救了不少窮苦人。如今正值春耕大忙，村子裡大白天也難聽到人語，只有狗吠雞鳴，東一聲，西一聲。

夢姑走過哥哥門首，正遇哥哥手持書卷在院子裡一面踱步一面吟哦。他看見夢姑，略停了停，夢姑連忙躬身請安，再抬頭時，喬柏年已轉過身，用脊梁對著她了。他自夢姑成親以來就是如此，夢姑早已習慣得不覺得什麼羞辱了。她低頭慢慢轉過圍牆，邁進自家院子，彷彿染上了寒熱病，從心底裡打起了冷顫。

小道士盤腿坐在炕桌邊習字，這是白衣道人再三請他堅持下來的。夢姑進屋，他連眼睛都不眨一下，可是又寫了幾個字以後，便厲聲吆喝：「倒茶！」

夢姑心裡害怕。她戰戰兢兢地捧著茶盞一步挨一步地走近，一抬頭又看到他那不懷好意的假笑，她不覺後退了一步。小道士一拍桌子站起來，夢姑頓時渾身哆嗦。

「砰砰砰」，院門被打得山響，白衣道人的聲音在叫門。夢姑放下茶盞，遇赦似地奔了出去，小道士也站起身，撣撣袍子，在房門前站定。

門一開，一群大哭小叫的女人衝進院子，撲上前來，環跪在小道士周圍。她們後面，跟著陰沉著臉的白衣道人，最後是抹著眼淚的喬氏和滿臉心事的袁姑姑。喬氏回身把門閂好，一見門邊站著的女兒，摟著她就哭開了。

夢姑又驚又怕。她認出來，是剛才問路的三個女人，此時都去掉了首帕，一個個可算得年輕美貌；袁姑姑的兩個徒弟沒戴壓髮冠，全然俗家女子打扮，雖不及那三個漂亮，但正當十七、八歲荳蔻年華，面色鮮豔，體態輕盈，也很招人看。這是怎麼回事？夢姑偷眼看看丈夫，只見最後一點尷尬已從他脣邊消失，代之而來的是一臉毫不在乎的冷笑。他穩穩地站著，說：「怎麼都跑了來？有什麼了不得的大事？」

「哇」的一聲，問路的女人放聲大哭，其餘的也跟著哭，哽哽咽咽，無休無止。小道士臉一沉，大喝道：「不許哭！我又沒死！」

女人們一起怔住，哭聲戛然而止，好半天才化爲輕輕的抽泣、咳嗽、擤鼻涕。問路女人終於聲調淒切地說：「主上一走就是三年。古時候還有個孟姜女萬里尋夫呢，小女子就沒有這分志氣？千辛萬苦來到永平，路上遇到她們，只說是找老道求仙方的，誰知她們也是你的……」她搗臉又哭了。

「主上！主上！」一個小道姑著急地嚷，「你可是已經封過我們姐妹的了！你沒有說過還有別的女人……」

喬氏一臉嚴正，提高了嗓門：「胡說！我女兒明媒正娶，妳們誰敢奪她的位分！」

剎那間女人們吵成一團，這個申明自己也有媒證，那個證實「主上」親口應許，有的說成親在先位分最高，有的爭辯同居時日最長的是正房……亂紛紛的一片喧囂，吵得唾沫星子亂飛，眼看就要動手揪打。夢姑一聲不響地倚在門邊，靜靜流淚。小道士斜眼看著她們吵鬧，彷彿很是愜意。

「不要嚷了！」白衣道人喝道，「妳們找死哇！」

女人們停嘴一想，尋思過來，趕忙低頭，不敢作聲了。白衣道人鄭重其事地走到小道士面前，深深一揖，十分莊嚴地說：「道人於草澤之間得遇主上，多年來披肝瀝膽，竭盡忠誠，無非想輔佐主上復興祖業。當年弘光、隆武在艱難之際，不是荒淫無恥、沉湎酒色，便是昏庸懦弱、毫無作爲，使甲申、乙酉幾度復興局面毀於一旦。主上必得臥薪嘗膽，十年生聚十年教訓，方能重開天地另闢河山。如今未見分毫成就，卻纏綿於女色，一而再再而三，全不以大業爲念，所謂成事不足，敗事有餘。道人實不能再忍，就此告退！」

白衣道人一拱手，小道士慌了，滿臉陪笑，攔住舉步要走的老道說：「是我不好！念在我年輕任性，思慮不周……」

「你年輕，如今占著你家寶座的人更年輕！」白衣道人冷冷地說，「如今他獎勵開荒、嚴懲貪贓、清理刑獄，天下人心盡被他籠絡而去，復興大事還有多少指望？」

「先生息怒，先生息怒！」小道士陪笑繼續說，「本朝三百年來深仁厚澤，萬民豈不懷想？人心思故乃是常情。那人縱然聰明有爲，不過是夷狄之君，難爲華夏之主，普天下漢人百中九十九，豈能容他？先生諫正，我已知錯了。一來不孝有三、無後爲大，這些人生不出一丁半男，我心裡著急；二來《禮》中有論，天子有三宮六院七十二妃八十一世婦……」

「如今你身在草莽，性命尚且時時有危，如何便以宮中妃嬪之數爲法？」

「是是是，我知錯了！……」小道士一再陪笑認錯。

兩人態度都很認真，又都有些慣熟，這一幕已經演過不止一次了。兩人心裡都明白，他們是一根線上拴的兩個螞蚱，誰也離不開誰。小道士需要老道幫他恢復失去的天堂，老道必須有小道士爲號召才能成就大業。所以到了矛盾激化的關頭，總有一方退讓，維持他們的聯盟。可是女人們都聽呆了。她們爭做王妃，卻沒想到「三宮六院七十二妃」！她們爭奪的這個對象，究竟是誰？她們懷著更大的敬畏，跪在那裡不敢動彈。當小道士對著老道突然用粗話嘲罵她們是「不會下蛋的老母雞」時，她們居然羞愧得紅了臉，自覺有罪地落了淚。

白衣道人面色轉霽：「但願主上以復明爲念，時刻不忘……」

「且慢！」一個粗嗓門一聲大喊，後牆頭忽然跳下一個人來。人們大吃一驚。小道士拔腿竄回屋裡，女人們尖聲叫喊，老道「嗖」地拔出了腰間的短刀，寒光一閃，直刺向來人前胸。喬氏和夢姑同聲驚叫，叫聲未落，老道卻失色地喊出聲：「啊！……」原來，來人略略一扭身軀，躲過白衣道人的刀尖，動作快如奔電，一把攥住老道握刀的手腕向後一擰，奪下武器，便架在敵手的脖頸上。這是喬柏年。他不變色、不喘氣，站在那兒像一座鐵塔，黑紅的臉上一雙銳利的眼睛令人發抖，低聲喝道：「說！你到底是什麼人？」

喬氏連忙勸阻：「兒啊，不要魯莽……」

「娘！」喬柏年扭頭向母親，「這道人說的是賣頭的話，幹的是賣頭的買賣，咱可不能馬虎！」

白衣道人挺身昂首，對著亮閃閃的短刀毫無懼色，冷笑一聲：「不錯，是賣頭的事！你告官府去吧，你娘你妹子都跑不了，誅你們九族！」

喬柏年哈哈一笑：「告官府？我那麼傻？就手結果了你們師徒，叫作毀屍滅跡！這二十來年，死人死得海去了，不多你們倆！」

老道不由自主打個冷顫。喬氏拉著夢姑跪倒了：「兒啊，看在娘的面上，看在妹子面上……」

「哈哈哈哈！……」白衣道人忽然揚頭大笑，笑聲拖得很長，雖然顯得勉強，卻含著一種說不出的悲憤。

喬柏年詫異道：「你，笑什麼？」

「我笑我道人聰明一世，竟把糞土當了珍珠！我只道一位前朝貢生之子，自幼讀的聖賢之書，定是個頂天立地、大義凜然的男兒，不料無君無父、無仁無義、鼠目寸光，不堪共語！罷！你殺了我吧，算我道人瞎了眼！」老道說畢，竟挺著脖子往刀刃上撞。喬柏年猛地縮回短刀，發光的眼睛盯住老道，冷冷地說：「講清楚再死不遲。」

道人尖銳地看了喬柏年一眼，鎮靜地撣撣道袍，撫平弄散的亂髮，從容地講起來：「我記得那是十四年前，崇禎十七年三月十八日，狗奸賊曹化淳這個閹黨開了彰義門，李闖流賊潮湧而入。我烈皇帝登上煤山，眼望滿城烽火，嘆曰：『苦我民耳！』」老道平靜的面容漸漸發紅，穩定的聲音漸漸發抖，越來越激動，「之後，我烈皇帝回乾清宮，令送太子及永王、定王到戚臣周奎、田弘遇府第；又劍擊長公主，令皇后自盡；次日天色未明，遂再登煤山，以帛自縊於古槐之下……」說到這裡，白衣道人泣不成聲。喬柏年咬牙切齒，竟然滴下淚來。

老道極快地瞥了喬柏年一眼，又吞嚥著淚水繼續說：「嗣後，太子被周奎出首，死於滿廷，永王也在亂兵中被殺……」嗚咽至此，彷彿底氣突壯，他清清楚楚、一字一句地說：「唯有三殿下流落民間，得以存活至今。」

「什麼？」喬柏年一驚，幾乎跳起來。

「三太子乃先君親子，難道不比永曆、隆武、弘光這些藩府更具人君之分？……」

「他，三太子，現在何處？」喬柏年囁嚅著問，激動得發抖。

白衣道人深深地看了喬柏年一眼：「他遇到一位先朝舊臣，二人扮爲道家師徒。近年他入贅一喬姓士子家中，士子之母深明大義，那士子反倒……」他盯住喬柏年不說了。

喬柏年直跳起來：「你，你是說我那妹夫，他？……」

老道慢悠悠地點頭，捋鬚，努力掩飾住勝利的神采。

「拿證據來！」

白衣道人不慌不忙，鄭重地從懷中取出一個小包，放在地上，對它三跪九叩，然後一層層解開，露出裡面的三件寶物：一塊九龍玉珮，是三太子幼年金項鎖上的鑲嵌；一顆端本宮印章，是三太子所居宮殿的金寶；一幅崇禎皇帝的御筆詩，寫明了賜給三子慈炤。

喬柏年臉色煞白，對著這無可懷疑的三寶，「撲通」跪倒，伏地大哭。周圍的女人們此時才回過神來，跟著一同跪倒，一齊痛哭，雖然都那麼有聲有色有淚，但是悲是喜，是愧是驚，只有各人自己知道了。

喬柏年拭淚而起，對白衣道人一拱雙手，慷慨陳詞：「我喬柏年自幼從學，豈不知禮義廉恥！韃虜入關南下，滅我之國，毀我之家，敗我之紀綱，夷我之祖宗，所謂妻子可殺，君父之仇不共戴天！孔子著《春秋》，要義在嚴夷夏之大防，漢族衣冠，豈能就此沉淪終古？我早有誓言：不降志，不辱身，不滅胡氛死不休！」

白衣道人滿面喜色，豎起拇指：「好！是英雄本色！……那麼，方才你是……」

喬柏年呵呵地笑了，說：「這就叫不見真佛不下拜！況且我早就疑心你不是尋常道人，正好藉此機會弄個水落石出，也試試你的膽量！你沒看見吧，我是拿刀背對著你脖子的！」

白衣道人笑道：「這還看不見？正因此，我才敢吐露實情呀！」

兩人互相注視，打量片刻，一齊大笑。喬柏年把短刀往地下一摔，刀鋒「刷」地插進土裡，直吃到護手。白衣道人先是一驚，隨後連連喝彩：「好力氣！好身手！」

……

喬柏年從襟懷裡掏出一個紅綾小包，很快打開，露出一顆兩寸見方的虎紐銀印，翻出印文，對老道說：「請看！」

老道看罷，微微一笑，也從懷中掏出一個黃綾小包，拿一顆相同形狀的銀印，翻出印文。兩顆印並排挨在一起，一方印上刻著「大明永曆朝總兵官喬印」，一方印上刻著「大明永曆朝總兵官朱印」。兩人相對大笑著收起了印。喬柏年拱手向老道：「先生想必是一位宗室了？」

「正是。我祖乃賢寧侯。」

「失敬失敬。先生何不將三太子之事奏知朝廷？」

白衣道人驀地變了臉色，劍眉緊皺，目光陰沉：「尊兄想必記得當年弘光朝之僞太子案……那太子十有八九是真，卻被弘光帝下入監獄，滿虜破了南都，太子便遭毒手……前車之鑑啊！況且，此間人馬勢頭，遠不及西南桂王，正名之事，還須待以時日。不過，有三太子在，何愁宏業不就！」

是的，朱三太子是帥旗，是號召，可以招兵買馬，可以招降納叛，可以把永曆桂王的人、把鄭成功的人都拉過來！名正，這是一個不可抗拒的巨大力量！就是他喬柏年，輔佐朱三太子，將來便是皇親國舅、開國元戎，不是比效忠永曆朝更加名正言順嗎？

拿著永曆朝的印，使著永曆朝的錢糧，卻暗自經營著三太子的大業，這明明是吃裡扒外的不義行爲，卻因了朱慈炤的「名正」而成爲良臣智士的義舉！「名正」真可以顛倒是非、混淆黑白啊！

喬柏年立刻整頓衣裳，領眾人進屋去叩見三太子。屋裡哪有小道士的蹤影！大家慌了，你看我，我看你，幾個女人又要哭，忽聽一陣輕微的「嗒嗒」聲，眼見牆邊那躺櫃的蓋子不住地顫動。白衣道人嘆了口氣，上去掀開櫃蓋，朱三太子「哇」地驚叫出聲，他正縮成一團，在櫃裡發抖呢。見是老道，總算放了心。幾個人把他扶出躺櫃，他才漸漸恢復常態。

喬柏年不敢遲疑，立刻走到小道士面前跪叩見禮，並口稱：「以往不知實情，多有冒犯，乞三太子殿下恕罪。」

小道士一貫害怕喬柏年，此刻他心中尚有餘悸，慌忙扶起說：「呃，呃，快請起，快請起。」

喬柏年走到夢姑面前，直挺挺地跪倒：「王妃娘娘，千萬恕臣無禮。臣枉讀詩書，空有見識，萬不及母親和賢妹的慧眼，能於風塵之中識真龍！」

喬氏笑得合不攏嘴。夢姑又酸又苦的心裡略添了點甜味。

喬柏年又說：「敝處窄狹簡陋，實在委屈了諸位。我想自明日起翻修，就後院蓋出中、東、西三套房，供娘娘們起居……我家賢妹，自然是要住中房的啦？」

女人們喜出望外，小道士也很感激，萼姑的地位就在這不經意之中確立了。老道目不轉睛地注視著分派住房、用具、錢糧的喬柏年，慢慢捋著長鬚，默默點頭：這真是個人才，也可能成爲勁敵……必須細心謀劃、加意籠絡，即使做不到肝膽相照，也需要同舟共濟，好度過重重難關……

袁道姑一直沒有開口，此時突然說道：「日後居家過日子，這些大禮都免了吧！萬一露了破綻，大家都得送命！」

老道連連點頭：「正是正是，就是平常親友稱呼才好。」

喬柏年笑道：「說的是。娘，妳陪同女眷們進屋歇息，喝茶說話。道長、妹夫，請過我家書房敘談。」

三個普普通通的平民，同時又是前明的一太子、兩總兵，互相謙讓著走出萼姑的小院，繞牆而行，進入喬柏年近些日子新蓋成的兩進雙院的磚瓦住宅裡去了。

二

三伏日洗象，是京師一年一度的佳景盛會。洗象的地點，在宣武門的響水閘。每年到了這一天，達官貴人、文人學士、市井商民乃至優倡隸僕，無不前往觀賞，聚集兩岸往往達數萬人。有錢的主兒自有他們的好辦法，出大價錢租賃響水閘兩旁的房屋。由於爭相搶租，租金越抬越高，一天竟達二十兩銀子。有的房主更聰明，在臨河一面設座，一座租錢兩三千文。不少房主因此發筆小財，轉而做起買賣，開起了小店。喬柏年租到了這麼一個座位，不慌不忙，吃過早飯，慢慢由虎坊橋的住所向北漫步。

喬柏年怎麼敢進京師呢？

喬柏年和白衣道人彼此亮明身分以後，決定合爲一家共同應付越來越艱難的局面。在此之前，他們各自進行的那些祕密聯絡、起事準備，都沒有成功。尋訪的賢士們表現冷淡，不願就「輔佐故主」的高位；平日接觸的百姓平民，則對十多年的動亂大有切膚之痛，只求溫飽太平，不肯「從龍」。況且新朝蠲三餉、免賦役、獎墾荒等項新政，比前朝留給百姓的活路要寬一些。老百姓可不像讀書人，講什麼殉故主、念前朝。

爲此，喬柏年和白衣道人兵分兩路：白衣道人師徒僕三人和袁道姑，著力於聯絡招撫各地義士，特別是那些占山爲王的綠林豪傑；喬柏年原本領有永曆帝的旨意，要打進新朝充當坐探和內應。要混進朝廷的中樞，除了需要大量的銀錢之外，還必須有一個正途出身。銀子，南明的供給綽綽有餘；要掙個出身，喬柏年這位貢生之子，自然要走科舉這條路。今年是順天鄉試的丁酉年。喬柏年已在縣、府花錢買了一名拔貢，過了端午便大搖大擺地進了京師。他要憑自己的有貝之財和無貝之「才」，去敲開宦途的大門。

「冷在三九，熱在三伏」，喬柏年走到宣武門時，已經大汗淋漓。他抬頭一望，叫苦不迭。響水閘周圍，早已車轎成山，萬頭攢動，喧囂嘈雜，幾無插針之隙了。他仗自己力大氣壯，在人群中擠來推去，竭力想靠近他租了座位的臨河小樓，談何容易！他像置身於海潮中，一會兒被人流擠到南面街口，一會兒又被更大的力量推向西邊護城河橋頭。他大口大口地喘氣，熱汗橫流，不由得想起古書上「吁氣成雲，落汗如雨」的典故。

宣武門裡傳出的一片金鼓、大銅角和畫角的悠長的嗚咽，蓋過了嘈雜得令人頭昏的喧鬧。「來啦！」「來啦！」人群更加興奮，也更加擁擠。喬柏年急了，使出蠻勁，一雙胳膊抱在胸前，豎起兩個生鐵鑄成似的厚肩膀，左衝右撞，向前奪路而去。

「喬、喬大哥！」一聲高喊，止住了喬柏年的腳步。

「你，你不是同春嗎？」由於同春是喬柏年回故鄉見到的第一個人，也因爲同春和夢姑的一段婚姻糾葛，喬柏年對他印象很深，一見面就認出來了。他一把抓住同春的手，熱情地搖晃著：「兩年多不見，又長大了，像個小伙子啦！……也在京師啊？做什麼呢？……」

他鄉遇故知真是一種奇妙的感情。同春刹那間忘記了舊日的怨恨，興奮地搖晃著對方的手，高興地嚷：「什麼時候來京師的？村裡鄉親們都好嗎？……」三伏的炎熱、擁擠的鬧哄哄的人群，使他通紅的臉上流著一道道汗水，明亮的眸子閃著熱忱的光彩。

喬柏年快活地說：「鄉親們都好。我母親身子骨不如過去，總是上了歲數。容姑可長大了，她們常念叨你的好處呢，當年圈地那會兒……」

同春的眼睛暗淡了，笑容在消失，臉上肌肉隱隱抽搐，緊握的手也鬆開了。這時人群又在騷動，幾股強大的人流一起擁往護城河橋頭，喊叫聲震耳欲聾。原來，大象出城了！喬柏年和柳同春之間猛然擠進一大股人流，隔開了他們，他倆身不由己地被巨大的力量捲向相反的方向。喬柏年揮手大喊：「你住在哪兒？」同春揮手回答著什麼，但人們被那些大得如同小山丘的象弄得如痴如醉，狂喊亂叫，喬柏年連自己的聲音都聽不到了，哪能聽見同春的回答？

喬柏年費了九牛二虎之力，終於擠進了小樓，出示樓主人開給他的條子，被領到臨窗的一張椅子上就座。喬柏年用力擦汗，並向窗外觀看。只見護城河邊像是突然凸起一道灰色的巨堤，二十四隻大象齊刷刷地排列在那兒。鼓聲陣陣，似急雨、如悶雷、若海濤，兩岸數萬名嘈雜喧鬧的觀眾刹那間一齊靜寂下來：哦，大象動了！邁開沉重的石柱般的粗腿，走動了！牠們一個接一個地進入護城河，彷彿蒼山頹倒入水也似的，眼看河水漲上了岸邊，岸邊的人們哄笑著、驚叫著向後躲閃。炎熱的天氣、清涼的護城河水必定使這些南國巨獸很開心，方入水中，便快樂地游動，一如矯捷的蛟龍，笨態全無。牠們不時揚起巨大的頭，扇動兩片蒲扇似的耳朵，長長的鼻子舒捲自如，吸足了水往身上噴灑，滿意地用細細的聲音長吟著。二十四頭大象，背上都坐著一個象奴，赤膊短褲，隨著大象入水的深淺，他們也時時浸沒水中。一隻淘氣的小象入水那麼深，象奴有時在水面上只露出一個髮髻。

喬柏年不禁感嘆：「果是奇觀！三千錢花得不枉！」

背後有人輕輕一笑：「洗象奇觀不只在象，也還在人。」口吻裡多少帶點嘲弄，卻不使人難堪。喬柏年回頭，看見一位俊書生背手立在他椅後，面帶笑容，優哉游哉。

樓窗邊座位是三千文一客，已經客滿；座位邊擁擠著許多站客，都是樓上茶座的買主，二千文一位，既能看洗象，又少花一千文，不過此時無座而已。所以二千文座比三千文座還難得。喬柏年不是京師人，哪裡懂得這些訣竅。京師人卻能由此斷定，喬柏年是個沒見過世面的土老財。

「人?有什麼奇觀？」喬柏年不解地問。那書生笑而不答，只對河岸揚了揚頭。「呵！」喬柏年驚叫道，「這麼多人！」

洗象段護城河兩岸的綠槐樹下，密密麻麻盡是人，從水邊直鋪到堤岸高處，看不到一點黃土的地面，連槐樹上也爬滿了人，有些樹枝都給壓彎了，顫顫悠悠，很是驚險。

背後又傳來書生悠閒的聲調：「人道是兩岸頭臉如鱗次貝編，尊兄以爲如何？」

喬柏年覺得他在問自己，連忙回頭友好地笑笑：「我看，更像向日葵黃熟之日的那個葵盤！」

書生放聲笑道：「比得當，比得當！妙極了！」

大象浴不多時，岸上鳴金，鑼聲堂堂，像奴們依令吆喝著用棍子趕打，令大象起身出水。牠們不情願地拱起肥厚的背，進三步退兩步地慢慢上岸。淡灰色的身體因著了水，變得黧黑了。岸邊的人群給牠們讓開一條路，自然又引起一番擁擠叫喊。

「這麼快就洗完了？」喬柏年有些失望。

「不能久，」俊書生和藹地解釋，「一久牠們便要相雌雄，相雌雄就要發狂，亂跑亂踏，岸上諸君將血染塵沙了。」

鼓聲咚咚，長號嗚嗚。大象列隊，在鑾儀衛的彩旗導引下，邁著落地如石的使地皮發顫的步子，消失在宣武門那古老而高大的城門洞裡。響水閘附近的幾萬名看客又是一番喧鬧擁擠，終於漸漸散去。護城河的水恢復了平靜，涼氣從岸槐的綠蔭中緩緩透出，沁入臨河的樓窗。租賃座位的客人們，經過這半天的興奮、流汗、叫喊，都有些累了。伙計們按照慣例送上茶水和點心。

喬柏年桌上是頭等點心：一籠水晶小包，一碟雞茸蝦仁酥餃，一盤兩面黃的芝麻小燒餅，一大碟月盛齋醬牛肉。喬柏年邀請俊書生來自己桌上用茶點，他也不過分推辭，很大方地移座相就。

喬柏年爽快地笑道：「真所謂一見如故！在下喬柏年，永平府拔貢，應順天鄉試來到京師。」

「在下姓張單名漢，祖籍嘉興，國子監生。」

兩人拱手，彼此道了失敬，方舉盞推讓間，旁邊桌上爆發一陣大笑，把他們的注意力吸引過去。那一桌五、六個人，都是儒生裝束，圍著茶桌正說得熱鬧：「……許巨源，你們還記得嗎？幾年前寫《南渡記》罵陳名夏、龔鼎孶變節的那位，今年鄉試，他竟也列名與考！」

「這有什麼奇怪！真才子裡除了徐元文、熊賜履等十數人，應試者不在少數。在下有詩一首，正詠此事：聖朝特旨試賢良，一隊夷齊下首陽。家裡安排新雀帽，腹中打點舊文章。當年深自慚周粟，今日翻思吃國糧。非是一朝忽改節，西山薇蕨已精光！」

「哈哈哈哈！」人們笑得東倒西歪。喬柏年與張漢對視著微微一笑，都不說什麼。一位老年儒生撫鬚嘆道：「笑什麼呢？人各有志嘛！」

「不錯！確是人各有志。」另一湖色衣袍的儒生笑著，「有諸客圍坐飲酒，各言其志。或欲生財進寶，或欲爲廣陵刺史，或欲乘鸞升天。一客聞而笑曰：我願兼而有之，腰纏十萬貫，騎鶴下揚州！」

笑聲中，一位頷下無鬚的少俊立起，做手勢要眾人肅靜，然後搖頭擺腦地講起另一個故事：

「昔日一人下了地獄，應投生人間，因向轉輪王道：『要我爲人，必須依我心願方肯去。』閻王問何心願。此人曰：『父是尙書子狀元，繞家千頃五石田。魚池花果般般有，美妾嬌妻個個賢。充棟金珠並米穀，盈箱羅綺及銀錢。身居一品王侯位，安享榮華壽百年。』閻王道：『有這樣的好處我自去了，還等到你？』」

又一陣笑聲哄然而起，整個樓上的茶客都被這幾個人有趣的笑談吸引了。

柳同春匆匆忙忙上得樓來，一眼見到張漢，又抱怨又急切地說：「大爺，你叫我好找！上茶樓也說一聲啊！……」

「同春！」喬柏年驚奇地站起身，「這位張相公是你主人？」

柳同春一回臉看到喬柏年，先是驚訝地一笑，後來臉紅了紅，沒有那麼熱情了：「是。你認識我家大爺？」

「同春！」張漢也驚奇地說，「你認識這位喬先生？」

「是。我們是同鄉。」同春老老實實地回答，轉而一想，不由得驚奇地問，「怎麼，二位大爺也相熟嗎？」

喬柏年哈哈大笑，道：「真是無巧不成書啊！」

張漢也笑著說：「這就叫有緣千里來相會！」

兩人心裡高興，拘束少了，喝茶吃點心，說些輕鬆的笑話。喬柏年初來京師，需要有依託；張漢爲了生計和前程，正要尋找來京應試的財主；同春站在張漢身後，也有他的想頭：要是他們倆交得好了，便能間接聽到夢姑的消息了……

滿臉是笑的張漢忽然一愣，夾著水晶小包往嘴裡送的動作也停了下來，微微把頭偏向那些閒談的儒生，對喬柏年使了個眼色。原來他們談起了最使人關心的本科順天鄉試：「……學使遴選八府之秀，有四千餘名；而合天下之拔貢、歲貢、官生、民監，又有一千七百餘名。今年舉人名額只有二百零六人，我看多數將爲貢生所得！」

「這卻爲何？」好幾個人同聲問。

「君不見貢生者，乃四海九州拔尤而進之者，不是父兄爲高官，就是家內稱豪富；不是交結縉紳以博高名，就是挾詩文、結壇社以相恐嚇。人人自以爲高魁探囊可取，折桂唾手而得，實則哪一個不去通關節，探路徑？生員焉能與之匹敵！」

「正是正是！今年北闈[23]出頭怕是極難。一個個考官不是貪財受賄，就是結納權貴。僅同考官李振鄴一人，就不知賣出幾多名額了，哪裡還有公道可言！」

「唉！新朝會試已經五科，科場之弊愈演愈烈，孤貧才高之人豈不永無出頭之日了？新朝當政者竟不聞不問！」

「這還不明白？分管科舉事務的主考官、同考官哪一個不是漢員？滿大人中誰個識得四書五經？關外人直樸憨厚，恐怕什麼叫通關節還不明白哩。如李振鄴這班少年科舉名進士，哪裡把不通文墨的滿大人放在眼裡！……」

喬柏年輕聲問張漢：「老弟，這位李振鄴是何許人？」

23 當時稱順天府鄉試為北闈，江寧（南京）的江南鄉試為南闈。

這一問，正搔著張漢心頭的癢處，他舒心地吁了一口長氣，得意地笑了：「若問別人，我或許略識一二；若說振鄴夫子，再無人比我知之更深的了！」看他那神氣，彷彿儒生議論的李振鄴不是在賄賣作弊，竟是在完成什麼豐功偉業。自明末流傳至今的多年習俗，不是都把那些精通關節路徑的人視爲幹才而恬不爲怪嗎？喬柏年不相信地聳聳眉毛：「怎麼，足下與同考官相熟？」

「正是。」張漢心裡如三伏天喝了口冰水一樣舒坦。

「啊，失敬失敬！……多半有親戚之誼？」喬柏年小心翼翼地試探著問。

「與在下兼爲師友，還沾點親，故爲通家之好。」

「哦，難得難得！」喬柏年轉臉問同春，「想必你也見過這位李大人了？」見同春點頭，他暗暗高興，想不到自己運氣這麼好，他奉承著張漢說：「老弟好福氣，這樣的師、友、親，幾世修來的啊！……這麼說，李大人已經分房就聘了？」

「對。五月裡奉到聖旨，將分校北闈。」

「這一科老弟是必中無疑了！」喬柏年笑著，輕輕地拍拍張漢的肩膀。張漢陶醉地微閉雙眼，用尖尖的手指撫摸他秀氣的面頰，笑而不答。喬柏年湊近去悄聲說：「老弟能拉兄弟一把嗎？」

張漢錫著笑眼、含著醉意說：「這也不難。看你肯不肯出手了……」

喬柏年笑著輕輕問：「當真？」

張漢回答的聲音更輕：「信不信在你……」

他倆說話的聲音越來越小，連同春也聽不見了。兩人湊得更近，手上的動作也越來越頻繁。

「張爺，你在這兒！找得我好苦！」一個短打扮的中年男子進門就嚷，「你家娘子請你立即回家，說有要緊事呢！」

張漢起身，親熱地捏著喬柏年的手說：「難得今日相遇。」

喬柏年笑道：「但願一言爲定。」

「你這麼著急？」

「大丈夫一言既出，駟馬難追！」

張漢笑得更加有味道了，「好吧，就依老兄，明日下午佑聖觀再會。」

「一言爲定，先歡宴，後過付。望老弟玉趾早臨。」

兩人相對一揖，心裡都充滿愉快的憧憬，各得其所地告別了。只是喬柏年有幾分納悶：那個來請張漢的中年男人，爲什麼望著張漢的背影笑？笑容裡分明帶著掩飾不住的詭譎和幸災樂禍。

小巷深處，一座只有三間正房、一列西廂房的小院，掩隱在一棵濃密的大槐樹下。小小的門首也被兩株柳樹籠罩在綠絲絛般的柳條中。已不能辨出原色的雙扇門上，鐫刻著不知何年題上去的套話──「生意興隆通四海，財源茂盛達三江」。或許它曾是小商人的住宅，眼下卻是張漢的「府邸」。

院門緊閉，濃蔭遍地。由於槐、柳交蓋，這小院雖處鬧市，卻清涼幽靜，別有洞天。窗簾靜靜地垂著，房門紋絲不動地關著，知了拖著悠長的調子，不厭其煩地聒噪著。

知了突然停了聲息，因爲窗簾後面透出一個女人壓低了嗓子、撒嬌耍賴的聲音：「主子要是真心愛我，這點事有什麼不好答應？不爲他，也得爲我呀！……」說話的是張漢新娶的夫人，小名叫粉兒。此時，她只帶了一張銀鏈掛頸的血紅肚兜，一雙雪白的胳臂勾著李振鄴的脖子，揉搓得這位風流進士、本科的欽點同考官魂飛魄消，渾身骨頭都像散了架。

這是怎麼回事？

當初張漢結交李振鄴，就是料到天子愛少俊，此人早晚要分校秋闈，所以呈身援附，爲自己的科第開一條門路。李振鄴見張漢交遊甚廣，也想藉以招搖，結識各方面的「善主」，能於秋闈中大抓一把。二人頓成莫逆之交。張漢貧窮，便寄住在李振鄴寓所。一對摯友形影不離，日夕相傍，食宿俱共，十分親密。

粉兒原是南城一妓，李振鄴贖出爲妾，已相隨兩年有餘。今春李振鄴接到夫人家信，說端午節便要來京安家。李振鄴素有河東之懼，便想出讓粉兒，但是未得其人。一日偶爾與張漢閒話，說：「你客中無聊，何不覓一妙姝以自遣？」張漢苦笑道：「除非哪夜一跤跌到金窖裡！」李振鄴慨然道：「我家眷將來京師，有一妾可以相贈。房屋床帳什物，一切需用由我辦理。」張漢歡喜無限，連連叩謝，以爲當世豪傑也難與李振鄴相比。粉兒見過張漢，別的不說，一張俊臉就很使她中意。就這樣，張漢又做了新郎。

新房及裡面的床帳被褥，一切物件，是粉兒隨身帶來張漢身邊的，盡是李家舊物。李振鄴偏偏不是厭舊之人，夫人來京也阻不住他對張漢小院的關心。很快，粉兒就成了具有雙重身分的人：夕則張氏新婦，晝爲李家外室。李夫人當然被蒙在鼓裡。張漢呢？

三天之前，李振鄴來看粉兒。粉兒趁著過去的丈夫情熱之際，嬌滴滴地抱怨說：「主子不念舊情，何必又來親近！真是可憐我，就該選一個富家兒郎了我終身。偏偏隨了這麼個窮鬼酸鬼，難道叫我終年喝西北風？」

李振鄴連忙撫慰：「別著急，我已籌劃多時了。念妳多年侍候，頗有情義，必令妳穩坐暖炕，煤炭餑餑終歲無缺！我近日將入簾分校。妳可悄悄對妳那新郎說，教他尋覓好主，每主六千，使用加二，我得整數，妳家得使用。倘能覓得三人，妳家不就可坐得三千金了嗎？妳又何需憂貧！」

粉兒大喜，當晚就告訴了張漢。張漢高興得狂喊亂叫，一會兒對著粉兒跪拜，一會兒摟著粉兒亂咬，粉兒又是嬌笑，又是尖叫，好不容易才把他推開。他卻眉頭一皺，計上心來，對粉兒說：「與其爲人謀，何如自爲謀。還不如就把關節賣給我，我以半價相賞，另一半算他惠賜。那樣，丈夫我中舉，妳將做夫人，又何羨於區區三千金？妳應以此計相告，他總不會駁妳的面子！」

今天，李振鄴又來這處別院，粉兒撒嬌耍賴，就是要李振鄴答應張漢那進一步的打算。李振鄴攢著眉頭說：「好不容易點了房考官[24]，哪一個不趁此機會多弄點？給張漢有什麼好處！他一無財帛，二非權貴，三也算不得真名士。眼下囑託之人極多，而數額有限，恐怕……」

「可是你上回說的，讓我們尋三個好主，你得一萬八，我們得三千六。就算我們不要那加二的使用，每主再多要他千兒八百的，你也吃不了幾個銀子虧！」粉兒扳著指頭給李振鄴算，果然相差不大。李振鄴倒無言以對了。

24 同考官為協同主考官閱卷之官，因在闈中各居一房，又稱房考官，簡稱房官。試卷由房官先閱，加批薦給主考。

粉兒見李振鄴有了活動的意思，更加來了勁兒，身子扭得像條水蛇，邊哭邊說：「這點小忙都不肯幫，早知道你不把粉兒放心上！還在這兒做什麼？快回你家太太身邊賣好去吧！」她翻身扯出床邊李振鄴的衣服，一件一件地扔到床頭的木几上：「快穿上！快去呀！……我好命苦啊！嗚……我去求見太太，向她告了罪，就去死！有什麼活頭啊！……」

李振鄴軟了：「有話好商量，妳這又是怎麼啦？……我看妳呀，小心眼兒裡全裝的張漢，一口一個我們叫得多親熱！……」粉兒捏著小拳頭，使勁往李振鄴胸膛上擂。李振鄴笑道：「妳就像那個齊女一樣：東家子富而醜，西家子美而貧，兩家都來提親，齊女卻說兩家都嫁，但食於東鄰而宿於西鄰。妳不就是這樣的水性人兒嗎？……」

李振鄴原想用這個笑話逗粉兒，粉兒愣了半晌，傷心地真哭了，淚珠一串串地拋落下來，抽噎噎地說：「這怪我嗎？誰叫你娶我做小婆子？……誰叫你把我讓給這個窮酸！……」

李振鄴連忙摟住她：「好了好了，依妳，全依妳！……」

粉兒慢慢止住哭泣，扭頭對李振鄴「噗哧」一笑，像隻貓兒似地團起身子，滾進他的懷中。李振鄴笑道：「還有一件事，妳去對張漢說：我入闈期間，他那書僮小同春須要借給我。難得有這般靈秀的使喚小廝。」

粉兒瞪他一眼：「你老毛病又發作了！」

李振鄴連連否認：「不要胡說！棘闈森嚴，哪容兒戲！……再說，妳個粉兒我都應付不過來，還顧得上別人？」

粉兒「哼」了一聲，說不清是什麼意思，懶得再搭腔了。

張漢回到家門口，滿心狐疑地站定了：院裡房中一片靜悄悄。他猶豫片刻，伸出右手，輕輕地豎起尖尖的食指和中指，小心翼翼地戳在門上試著推了推，裡面閂著！他咬咬嘴脣，有點不知所措。

同春看了一眼說：「門沒鎖，新奶奶在家，我來敲門。」

「慢著！」張漢連忙抬胳膊擋住。一瞬間，他的臉上飛起一片紅暈，直紅到耳朵根。他不敢拿眼睛看同春，害怕透露真情。刹那間羞恥淹沒了他，任何一個男子漢都無法漠然視之的恥辱啊！……可是，前程呢？仕途呢？……一個寒噤從他羞得冷汗淋淋的背上滾過，他清醒了，咬緊牙關，忍過最初的衝動，避開同春詫異的目光，在柳樹下慢慢踱起了步子，努力做出一副悠閒的表情。同春看著納悶：三伏天，又熱又渴，汗溼衣衫，不快回家，在自家門口遊逛什麼？他不滿地說：「不是奶奶差人請你回家的嗎？要不，我敲門，奶奶怪罪下來，我擔著。」

張漢面色恢復了正常，只是望著同春笑而不語。儘管他笑得難看，同春也意會到他的默許，便大膽上前敲門。

「誰呀？」粉兒拖長聲音，不客氣地問。

「奶奶，大爺回來了！」同春提高嗓子回答。

「等一等！」粉兒的聲音彷彿在生氣，又彷彿含著笑。

一袋煙工夫，門閂響了，出來的卻是李振鄴！同春吃驚地張張嘴，瞪大了眼睛。張漢的臉「刷」地又紅了，活像煮熟的大蝦。李振鄴平日的黃白臉，也如抹了一層淡淡的水胭脂，光潤照人。對眼前這尷尬的場面，他雖然多少有點難爲情，卻並非無法應付。他輕輕在張漢肩頭一拍，用老朋友的親密口吻悄聲說：「快回去，有好事等著你！」不等張漢回過味來，他側身一拱手，說聲「回見」，竟自搖搖擺擺地踏著炎熱的陽光走了。

張漢定定神，總算把突然又冒出來的酸苦交加的強烈嫉恨壓了下去。他再一次恢復了正常，不理會同春陰沉的臉色，重新在臉上堆滿笑容，掀開竹簾走進正屋。粉兒笑盈盈地前來迎他，粉紅的紗衫，桃紅的撒腿綢褲，懶懶的步子，扭擺的腰肢，張漢從她肩上望過去，一眼就看到了臥室裡凌亂的情狀，不覺又紅了紅臉，但一點也沒改變他臉上裝出來的、顯得非常自然的讚美——他知道，這是粉兒覺得最受看的表情。

「他答應了！」粉兒笑吟吟地說。

「當真？」張漢直跳起來，臉上倏地一點血色也沒有了，嘴脣竟也發起抖來，搶上去捧住粉兒的一隻小白手，嚥了一口唾沫，才說出後面的話，「全答應了？」

「喲，你怕什麼呀，手都哆嗦上了！原先他說給三個數額，其中一個就給你，只要你一半銀子；另兩個主兒也著你去找，每主八千，使用加二，使用仍歸咱們。呶，這是他要我給你的，讓看完千萬毀掉……是不是就是關節？……」

張漢用顫抖的雙手接過來一看，那張白紙上寫著：「文章中塡出『自古人生』四字，並用『乚』字爲記號。」張漢看罷，「撲通」一聲跪倒在粉兒腳前，連連作揖：「太太的大恩大德，在下終生不忘，定要爲太太掙一個夫人誥命！太太，真辛苦妳了！」

粉兒的粉面刹那間紅雲飛起，啐了張漢一口：「看你胡說些什麼！……人家還要借小同春呢！」

「好說好說！」張漢站起來，把那小紙片看了好幾遍，「哧哧」兩下撕掉，揉成一團扔開，仰天大笑，「哈哈，哈哈，哈哈哈哈！我張漢蹭蹬半世，總算有出頭之日啦！……」

見他手舞足蹈的樣子，粉兒揚揚纖細的眉毛笑道：「你這是發什麼瘋啊！……事情還沒有辦成，這麼早就高興上了？」

張漢猛地省悟過來：「真是妳說的，大意不得！」他向粉兒說到日間聽來的議論，不無憂慮地說：「如果他私授關節的僅此三五人，我此科必中無疑。可是如今人言籍籍，通關節者不在少數。將來出價高的上升，出價低的必退，那時還能保定我這只出半價的張漢嗎？」

粉兒蹙眉想了一陣，晃了晃髮髻蓬鬆的頭，很自信地說：「沒事兒！等他明後天來，我把這事砸實，非取你不可！」

張漢微微一愣，本想說：「他明後天還要來？」可是話到口邊，卻變成：「那就全仗太太斡旋了……」

當粉兒到廚下去備酒菜時，張漢悄悄從屋角拾起那團紙，小心地展開、撫平，藏進了懷中。

同春進院後便逕直走回自己那又悶又熱的下房，倒在床上，眼睛瞪著黑魆魆的屋頂，一動不動。張漢和粉兒的對話、笑聲一陣高一陣低地傳到他耳邊。他不想聽。他已經大致明白了事情的內幕。這一切如此骯髒、下流，難道世界上就再沒有一個乾淨的去處了？……他不由憶起鋪滿山坡的藍瓦瓦的馬蘭花，芳草青青的墳場上那綠苞初含的小柳樹，那一雙清澈、明淨、滿含深情的眼睛，那個美麗的、繡著並蒂蓮花下一對鴛鴦的香荷包……多麼美好、純淨的時光啊！像明月一樣聖潔，山泉一樣清純……和那相比，眼前不是地獄嗎？……

他苦悶，他煩惱！

* * *

佑聖觀裡酒正酣。賓客雖然不過五、六人，卻都是出得起高價的財主。張漢請他們作陪，無非是想在他們中間招攬牽頭，以名利雙收。他們竟也奉張漢上座，圍繞著他，神色恭敬地聽他吹噓。此刻的張漢正是興豪致逸、色舞眉飛：「……李兄少年進士，才高氣豪，是朝中難得的人才！此科點為同考官，足見上司看重，前途無量！李兄於漢為師為友，交往多年，聲氣最密，本人得入監讀書，全仗李兄推薦。至於此科嘛……」

賓客們豔羨之色油然而生，這使張漢心裡非常舒服，恨不得停下話頭，專意閉眼享受一下得意非凡的樂趣。但觀門外匆匆的馬蹄聲分散了他的注意力。他從洞開的窗扇向那邊看了一眼，竟一拍桌子，站了起來，喜孜孜地說：「太巧了，正說他他便駕到。你們看，振鄴兄來了，已在觀前下馬，必是來尋我的！……我們趕快下樓迎接，我來引見！……」

張漢又高興又得意，語無倫次。李振鄴的突然出現使他非常感激，不管李振鄴來幹什麼，都會給他一個出足風頭掙足面子的機會。他撩袍急忙下樓，在樓梯上一個跌滑，險些滾下去。幸而喬柏年伸手把他扯住，他哈哈一笑，眾人也湊趣地笑了。他們都有些興奮：在這樣的關鍵時刻見到這樣的關鍵人物，但凡是來赴科舉的人，誰不想入非非？此刻他們對張漢簡直如對神明了。在喬柏年扶住張漢的同時，有好幾個人爭著去拍打張漢袍子上並不曾沾上的灰土，關懷備至的慰問聲此起彼伏：「摔著沒有？」「千萬要小心啊！」「讓我攙著你吧！」……

在樓前石階邊，張漢和他的朋友們迎著了李振鄴。張漢恭敬地躬身拱手笑道：「李兄，來找我吧？」

李振鄴一頭汗水、滿臉烏雲，迎頭就是一句：「不找你找誰！」

張漢一愣，還沒回過神來，李振鄴已逼到跟前，左右開弓，劈里啪啦地連抽張漢十幾個耳光，大聲叱罵道：「你這個忘恩負義的混蛋！我拿你腹心相待，你竟敢在外面詆譭我，敗壞我的名望！……」

眾人驚呆了，做夢也沒想到會見到這個場面。喬柏年首先醒悟過來，連忙上前拉住，大家也跟著紛紛說好話，爲二人排解。張漢羞慚欲死，簡直無地自容。李振鄴卻不顧這一切，打了罵了出了氣，轉身大步出觀，跳上馬背，一陣鞭響馬蹄響，一瞬間不見了蹤影。

剛才李振鄴去和粉兒相會，粉兒按原定計畫把張漢的擔心告訴他，原想就此把事砸實。不料李振鄴不審輿論的來歷，竟認定是張漢在外面對旁人議論了他的長短，立時大怒，馳馬來尋張漢，演了這麼一齣笑劇。

好半天，張漢方做出反應，跳起來大罵：「李振鄴，你算什麼東西！你才是真正忘恩負義呢！……列位等著瞧，我今天回去一定罵到他家，痛罵！醜罵！大丈夫絕不忍氣吞聲！……」

眾人連忙勸解，嘴裡說著堂而皇之的好話，臉上卻都掩飾不住地露出鄙夷的神色，不久便接二連三地託故告辭了。最後只剩下東道主喬柏年，強壓內心的失望和輕視，勉強陪著賴著不走、仍在絮絮叨叨罵著李振鄴的張漢。

喬柏年的不耐煩已形於辭色。張漢突然停止絮叨，十分精明地看著喬柏年，說：「昨天你我講好的事，可以敲定了吧？」

喬柏年不快地笑笑，不答話。心想此人太不知恥，分明是個騙子兼無賴！

「剛才這事必是誤會，尊兄不可一葉障目，失卻良機啊！」

喬柏年忍不住說：「同考官如此待你，還有什麼關節能到手？」

張漢翹著尖尖手指，撫摸著被打得通紅的臉，笑道：「你不知內情，也難怪。此人有兩樣把柄在我手中，日後他不能不就範。」

喬柏年微微搖頭，他不相信。剛才李振鄴的行動，絕非有把柄在人手中的人所作所爲。

張漢猶豫一陣，終於下了決心，小聲地說了粉兒的來歷和李振鄴借同春的事，然後得意地瞇著眼，道：「事關內寵和外寵，他豈能不顧念幾分？」

喬柏年心頭作嘔，很想朝他無恥的俊臉上再搧一頓耳光！他別轉臉好不容易才勉強忍住，望著觀院中的松蔭，說：「粉兒的事，你們兩廂情願也就罷了。同春豈是那路人！」

張漢笑道：「我倒忘了，同春是貴同鄉哩！同春倒真不是那種人，不然也不會脫籍了。就算是落花有意、流水無情吧，也是釣魚的香餌，他李振鄴總要照拂一二的。況且，那關節我已到手了……」

「哦？」喬柏年轉臉過來看他。

張漢斜眼看看喬柏年，忽然哈哈大笑，說：「尊兄真可謂謹慎，在下如此推心置腹，你還不信嗎？……這樣吧，你先付半數，事成之後再付一半。」

「若不成呢？」

「不成？」張漢臉色一變，面頰上肌肉抽搐著，使他眉眼都扭歪了，咬牙切齒地低聲說：

「若叫我身敗名裂，一無所得，我就跟他拚了！」他抬頭觸到喬柏年詫異的目光，連忙收斂，又在臉上堆起笑容，爽快地說：「我立字據，如果不成功，這一半退還你！」

喬柏年望著張漢，半天沒作聲。

爲了達到他必須達到的目的，他不能放過一線希望，只得同意，付給張漢四千兩的銀票。

回到住處，喬柏年止不住陣陣噁心，後來扶著桌子痛痛快快地嘔吐了一陣，把佑聖觀裡那一頓豐盛的山珍海味吐了個乾淨。

三

九月裡，秋闈榜發，人情大嘩，物議沸騰，落榜的秀才們義憤塡膺，紛紛指罵考官行賄通賄。監生張漢首先發難，憤而剪髮告狀，刻寫揭帖投送科道各衙門，揭露分房考官李振鄴納賄；不久，嘉善考生蔣文卓再寫揭帖遍傳京內，嘲罵丁酉鄉試行私舞弊；接著，又傳出杭州貢生張繡虎借張、蔣二人事由爲囮子[25]，從李振鄴等考官處詐得一千二百兩銀子的消息。人們的情緒被這些事件攪動得日益洶洶，連街談巷議也拿這當作最有興味的題目，津津樂道，一浪高過一浪，都要等著瞧瞧後面還會有什麼好戲。

大學士傅以漸宅中也不例外，雖然主人從來嚴禁下人談論國事。兩個書僮、兩個茶童，在書

25 即用以誘捕同類鳥的鳥。在此引申作誘餌之意。

房小院的走廊裡圍著主人的貼身侍從德壽，你一言我一語地議論著：「這身體髮膚受之父母，傷毀一點點都是罪過。那位張監生竟然剪去頭髮告狀，大鬧科道衙門，顯見是怨憤至極了！」

「哼，考官納賄作弊，從來如此！」德壽不免要賣弄他知道得多，教訓似地說，「跟你們說吧，那同考官叫張我樸的，早就動手了。考前三個月起，客廳簷下就掛上一個鳥籠，養一隻黃鳥。凡有人來求關節，他就故意當著來人逗引小鳥，時時盼顧，還大聲訓誡下人，要好好餵食餵水、清掃鳥籠。客人不免要問：『此鳥何處得來，大老爺恁般珍愛？』他便說：『此鳥從禁中來，一飛沖霄，可以上達天聽。你看秀才頂子上一丟丟兒[26]錫也值三百兩，我這裡難道不該十倍、二十倍？』求關節的來客自然心領神會，還不大捧銀子大捧銀子地送！」

「偏不送錢的主兒呢？」

「沒錢，有勢也行。你看京官裡三品以上的大老爺家子弟，不是一個個都中了嗎？」

「可就苦了才高志大的寒士了。」

「可不是！」德壽晃晃腦袋，彷彿是個主講。俗話說，宰相家人七品官，況且是一位狀元宰相，家人們一個個說話都盡力轉文。德壽是主人親隨，「七品官」味兒就更足，他清清喉嚨，道：「新舉人王某，不過仗舅舅是顯官；趙某全憑他那有錢的老婆，一副金簪，一雙珠環，就值萬金！……」

「真的？」沒見過世面的小茶童瞪大了眼睛。

26　形容非常小。

「沒聽說三位士人喝酒行令嗎？一人道：『京師有一舅，順天添一秀，舅與秀，生人怎能夠！』另一人曰：『佳人頭上金，舉人頂上銀，金與銀，世間有幾人？』第三位說：『外面無貴舅，家中無富婆，舅與婆，命也如之何！』」

德壽的怪腔怪調和一臉誇張的悲酸表情，使四個小廝忘乎所以地放聲大笑。

「住口！」一聲斷喝，大學士傅以漸滿面怒容，出現在前廊月門前。他那魁梧的身體幾乎擋住了半扇紅門，團龍朝袍、仙鶴補褂、青金石朝珠、紅珊瑚頂子朝冠，這一身上朝的禮服，使他更顯威嚴。德壽和小廝們登時變了臉色，連忙跪倒請罪。他們沒料到主人今日散朝這麼早。

「大膽！放肆！」傅以漸繼續訓斥著，「國家大事是你們可以議論的嗎？爲什麼犯禁？德壽，你知罪嗎？」

德壽抖作一團：「求老爺……饒奴才這一回！……」

傅以漸陰沉著臉，看也不看他一眼，說：「正不能饒你，不殺一儆百，哪能令行禁止！」

「老爺！……」德壽哀聲求告，小廝們也不住叩頭。

客廳執事手托名刺盤，快步走來跪倒：「稟老爺，刑科給事中任克溥任大人求見。」

傅以漸看了名刺一眼，扭臉恨聲說：「等我回頭收拾你，仔細揭你的皮！……請任大人在前院客廳待茶。」

主人的腳步聲消失了，奴僕們才站起身來。德壽慌得滿地亂轉。大學士輕易不懲處下人，一旦犯在他手裡，那可真要大吃苦頭了。小書僮出主意：去求夫人勸解。德壽一拍腦瓜，拔腳就往後堂跑。

後堂廂房一間精緻深密的小花廳，清涼噴香，素雲正在這裡接待她的好友、龔鼎孳夫人顧媚生。素雲橫躺在窗下的美人榻上，顧媚生斜靠著榻邊的竹床，身邊都擺了一張放置香茗、梅湯、茶點的小圓几。兩人都沒心思去動那些東西，慵懶嬌柔地放鬆全身，津津有味地說著她們的體己話。從二十年前說到眼前，從親朋好友說到兒女丈夫。顧媚生當然想通過素雲，也就是通過傳以漸設法使丈夫復職；素雲由丈夫那裡知道皇上看重龔鼎孳的才學和他在文壇的地位，對顧媚生也很顧念舊時情義。她們正在議論的，是一件使她們很感興趣，卻又不敢公然說出來的祕密。

「素雲，」顧媚生壓低嗓門，「聽說了嗎?皇貴妃生了一位皇子。」

「嗯。聽我那口子說，皇上近日心寬體胖，神采奕奕，想必也在爲此高興。不過……至今不見宗人府宣告。」素雲說著，輕輕一笑。

「可是我聽說，皇子四月初七就降生了。」顧媚生的聲音已近似耳語。

「是嗎?」素雲輕聲一問，聽不出她是否知道這消息。她們倆都是受過誥封的命婦，重大節慶不時出入內廷，有些事比她們丈夫知道得還多、還詳細。

「皇貴妃幾時進宮的?」

「去年八月底，八月三十。」素雲記得一清二楚。

「九月、十月……到今年四月初七，」顧媚生故意扳著手指算，「才七個多月呀!皇子怕是早產了吧!……」說罷，她拿那張粉紅色紗絹掩著嘴嘻嘻地笑起來。素雲從榻上瞄她一眼，也跟著笑了。她倆越笑越止不住，索性拍手哈哈大笑。素雲笑得還不像顧媚生那麼放肆，但春蘭秋菊同在輕風中搖曳，嫵媚倍增，直笑得喘不過氣來了，她們才盡力止住了笑。顧媚生一句話說出了她們這陣大笑的全部含意：「天潢貴胄尚且如此，我又何需爲風流世家羞恥！」

「阿姐，說話要小心些！……不是一族，風俗總歸有些差異的……哦，阿姐，我敢跟妳打賭：這位皇子非同小可，一旦宗人府宣告他出生，只怕就要立爲太子啦。賭不賭？」

顧媚生拿紗絹輕俏地往素雲身上一甩，笑道：「鬼精靈，想得倒好，明擺著的事，誰跟妳賭！……」

侍女端了幾樣新鮮點心進來換碟沖茶，她小心地看看女主人的臉色，陪笑道：「夫人，德壽求見。」

「哦，什麼事？」素雲和顧媚生都坐起身。

「他不知爲何冒犯了相爺，來求夫人寬解。」

素雲掠了掠鬢髮，說：「帶到門上。」她笑容盡斂，端莊沉靜，儼然一位德言工容俱全、威重內含的宰相夫人。

德壽跪在花廳門口，不敢仰視，只顧叩頭。

聽罷德壽的敘述，素雲靜靜地、不動聲色地說：「你到市上買一條大魚，送到廚下，午飯上席。去吧。」

德壽莫名其妙，不敢違拗，連忙退下。

花廳中只留下兩位閨中密友時，顧媚生忍不住問：「妳賣的什麼關子？連我也糊塗了。」

素雲只管笑著讓顧媚生品嘗新送上的點心：「這是我家廚子的拿手菜，蝦茸酥餅，阿姐嘗嘗。」顧媚生拈起一塊金黃油亮的酥餅，咬了一口，果然鮮美無比。但她顧不上讚嘆，又回到方才德壽引起的題目上：「順天鄉試確是弊端百出，人心憤恨。妳——妳那口子聽說了吧？」

素雲笑笑，把一只玉盞裡的梅湯小口小口地喝下去。

「坦臺的御史、給事中們，一個個就無動於衷？」

素雲笑道：「阿姐至今還有興趣過問外事？——快嘗嘗這碟裡的冰酪奶皮，這可是關外傳進來的珍饈。」

顧媚生無可奈何地端起了銀碟，說不上是讚嘆還是不滿，暗道：好一位宰相夫人！

* * *

午飯席上，傅以漸雙眉緊皺，一腦門心事，對著滿桌菜肴，頗有些不願下箸的意思。素雲同往常一樣，面帶微笑，從容而關切地爲丈夫布菜，令侍女爲大學士斟上一杯色如紅寶石的晶瑩醇美的珍珠紅。她說：「天大的事也不用在吃飯的時候費神。忘了仇真人的養生術了？」

道家名流仇真人從江西進京，王侯士大夫紛紛延請。傅以漸在宴請他的席間問起養生術，他說：「相公如今錦衣玉食，即神仙中人。」他還指著桌上的燒豬笑道：「今日食燒豬，便是絕好養生術，又何必外求！」傅以漸對他非常讚賞，對素雲說：「唯有真學道者，方能有這番見地。」

素雲提起仇真人，爲的要傅以漸放鬆情緒，從容隨分。傅以漸卻推開酒杯，搖頭道：「妳我終究不是修道人。順天鄉試鬧得沸沸揚揚，朝野不安。曹本榮曹大人，妳記得吧？年初和我領旨同修《易經通註》的，他是本科主考，不知爲何如此糊塗，被那些分房考官攪得烏煙瘴氣！」

「相公，你是內國史院大學士，修書修史是本分，科場事與你何干，你怎好越俎代庖呢？」

「唉，實在是順天鄉試太不成話！聽說各房考官各有私人，千餘試卷雖然糊名易書，但通關節者沒有不舉目瞭然的。爲了尋到私人，考官各房甚至打紙團交換，尋剔翻索，一片混亂，成何體統？榜下之後，輿論大嘩，人言籍籍，那些房官就該謹言引罪才是，偏偏那幫少年進士毫無顧忌，如李振鄴輩，還動輒向人吹噓：『某某中舉由我之力；某某本來不通，我以交好而使之登副榜；某某我雖極力欲使其中，無奈某老作祟，未能如願。』如此等等，竟歷指數十人，能不使怨恨者更加怨恨！」

「相公並未參與此科，哪裡得來的消息？」

「方才刑科給事中任克溥來訪，談了許多。」

「刑科給事中！難道他想彈劾此事？」

「嗯。據他說，左副都御史魏裔介也有此意。」

素雲心中暗暗吃驚，卻不動聲色地觀察著丈夫的情緒。她緩緩問道：「任大人此來必是探你的口氣。你欲何爲？」

傅以漸漫不經心地夾了一片鮮筍送進嘴裡，顧不上細嚼，回答道：「科場流弊自前朝到如今，延綿不絕，世人原習以爲常，見怪不怪。但我朝新立，掄才大典關係最重，況事出京師，有關各省觀瞻，豈能聽之任之！如今物議沸騰，連走卒奴婢也……」說到這裡，傅以漸火氣上來了，對素雲講了德壽的行徑之後，聲嚴色厲地說：「若是下人竟也侈談治國要事，豈不反了！德壽現在哪裡？叫他來，絕饒不了他！……」

素雲連忙對侍女使個眼色，說：「上魚！」

一只橢圓形的魚盤上，躺著一條尺多長的紅燒鯉魚，身上澆了一層醬紅色的濃汁，香味撲鼻，使人饞涎欲滴。傅以漸一向嗜魚如命，立刻撇開處置德壽的事，用筷子在魚胸處揭了一大塊送進嘴裡細細品味，隨後一口喝乾了那杯珍珠紅，從袖中扯出雪白的紗絹擦擦鬍鬚，非常滿意地笑道：「真難得！此魚爲何如此肥美？」

素雲微微一笑，直視著傅以漸的眼睛，像吟詩那樣一字一句柔曼地說：「沒有別的，但水寬耳。」

傅以漸一怔，略略回味，恍然而悟，看著素雲哈哈地笑了：「人常說微言談笑可以解紛，不想夫人亦諳此機，真所謂閨閣智士也，難得難得！……好，我免懲德壽就是。」

素雲嫣然而笑：「你道我只是爲了德壽嗎？」她斂起笑容，眼睛裡的神色變得非常冷靜，「相公，我不講『將相頂頭堪走馬，公侯肚裡好撐船』，也不說『不啞不聾，做不得阿翁』，只說本朝入關便連歲開科，科場考官取士盡是漢人，早已爲山左諸大老[27]所忌恨。科場流弊雖然可恨，若一旦揭發，不正遂山左大老之心？他們必定以此爲藉口生出大事。你周旋於滿漢之間已然不易，何苦陷入此事，做傾害漢官的發難之人？」

傅以漸看著素雲，一時竟不知說什麼才好。

顧媚生出了傅宅，乘轎到前門廊坊頭條珠寶市取了定做的珠環首飾，又親自去買了四樣好酒，這才搖搖擺擺地回到她的顧園。她還沒下轎，就從轎側小窗上看見丈夫正立在大門前送客，

27 山左大老：暗指滿洲貴族。

客人騎馬離去，還轉身向龔鼎孳拱手致意。

「啊，夫人回來了。」一見顧媚生掀簾下轎，龔鼎孳撫著開始花白的髫鬚笑逐顏開，夫婦倆相隨著同回後堂。一路上龔鼎孳就沒有停嘴，那萬分體貼的口氣全然像是對待一個嬌寵慣了的女孩子——這是老夫少妻常有的現象：「累壞了吧？口渴嗎？餓不餓？快到家躺一躺，洗洗乾淨，我給妳預備下了妳愛吃的燒鴨……」

顧媚生瞟了丈夫一眼，鼻子裡哼一聲：「就是燒鴨？」

龔鼎孳連忙笑道：「哪裡會忘呢？炸骨頭要熱吃才又酥又香，我早叫人備好了料，只等妳一聲吩咐就開炸。」一見顧媚生一雙水汪汪的眼睛笑了，龔鼎孳輕輕吁了口氣。顧媚生最愛把鴨骨頭炸得又焦又脆，就著下酒，嚼得嘎崩嘎崩響。

回到寢室，顧媚生並不肯躺下休息，拿出從珠寶市取回的玉釵金簪珠環，對鏡打扮。她已經三十五歲了，看上去還很年輕，一雙橫波欲流的眼睛亮閃閃的，在鏡中與金玉珠寶爭輝，引得龔鼎孳俯在她耳邊笑道：「橫波真乃天人，鼎孳如此豔福，不知哪世修來！」

顧媚生抿嘴一笑，瞪了丈夫一眼，突然興奮起來，猛地站起身說：「你等一等，別進來！」她很靈活地一扭身，閃進寢室一側的小屋，那是她梳妝更衣的地方。龔鼎孳笑笑，不覺心旌蕩漾：有這樣一個尤物伴在身旁，雖死何憾？他醉迷迷地微微闔上了眼皮。

「喂，看我呀！」顧媚生嬌媚的聲音裡分明有一股自驕自矜。

龔鼎孳一睜眼便不得不連連眨動，眼前的人兒太光彩炫目了：雲髻高聳，雙頭鳳釵左右貫穿；光燦燦的金步搖綴著點點水鑽，垂向前額，垂向雙耳和雙肩，彷佛閃爍在烏雲間的星光；點藍點翠的銀飾珠花，恰到好處地襯出黑亮的柔髮和俊俏的臉；月白小緞襖外，披了一幅湖藍色繡著雲水瀟湘圖的雲肩，一顆鮮紅的寶石領扣在下頦那兒閃光；玉色羅裙高繫至腰上，長拖到地，鮮豔的裙帶上繫著翡翠九龍佩和羊脂白玉環；長長的、輕飄飄的帛帶披在雙肩，垂向身後，更映出那瀟灑出塵的婷婷風姿。龔鼎孳忍不住喝彩：「極妙！極妙！宛如二十年前初見君！歲月催人老，獨獨對妳留情……」他心裡忽然「咯登」一跳，住了聲。因爲他認出來了，這是前朝末年最時興的裝束……

滿心驕傲的顧媚生並不理會丈夫情緒上的微妙變化，一轉身，邁著早年在舞臺上練就的「水上飄」的臺步，又飄回她的小屋。再出來時，已換了另一副行頭：鬢角抿得油光水滑，頭上的高髻不見了，頭髮全梳到腦後，做成兩個短燕尾；戴著金絲點翠的髮箍，兩邊各插一朵拳頭大的朱紅絹花；耳戴三孔三墜的金環；身穿長及腳背的寬大氅衣，銀紅的底色上繡了八團翠黃的秋菊圖案，周身鑲寬白緞繡花邊，外壓狹花條子；脖子上圍一條長及衣裾的雪青綢巾；衣裾下露出一雙金線繡雲頭的高底花盆鞋；右手拿著烏木細長桿煙袋，銅煙鍋，桿上墜著紅纓穗的煙荷包，左手拿一枝鈿子。——這是目下時興的滿洲貴婦出門做客的打扮。

龔鼎孳被眼前這五顏六色的一團刺得眼花，好半天才回過神來，言不由衷地稱讚道：「好！灑脫，大方！」

顧媚生笑了，把手中的鈿子——那個嵌了翡翠、碧玉、東珠的貴族婦女的頭飾——戴到了頭上，得意地問：「如何?這鈿子，聽那珠寶商家說，是宮裡最時興的樣子哩！」

龔鼎孳勉強笑道：「果然華貴，非同一般。不過戴上鈿子，這一身衣裳就太寒酸了，須穿朝服禮服才配……」說著說著，他走神了，聲音越來越輕，後來竟瞪著眼睛呆在那兒。

搔首弄姿的顧媚生還轉著身子問：「我穿哪一身好看？漢裝還是滿服？」她聽不到丈夫回答，才轉過身來，一見他那副樣子，頓時敗了興頭。近些日子他常常這樣，顧媚生認為這是他開始衰老的最早象徵，不由得心頭火起，那張粉面胭脂臉，直如窗上的竹簾，說摔便摔了下來，說話也不自覺地變成地地道道的蘇白：「呆鵝頭！阿是吃了砒霜？發啥呆？菜油麻油，依倒尋一件由頭好哦？」

龔鼎孳皺皺眉頭，順手拉過一張椅子坐下，悶悶不樂地說：「誰料到許巨源那個狂生，本科竟能中呢？」

顧媚生不作聲了。秋闈榜發後，她已不止一次聽丈夫說這句話了，有時憤慨，有時惱火，今天這種帶點淒然的口氣倒是第一次聽到。她略一思索，便明白了，正是她任情改裝取樂，使他回想起三年前看戲受辱的痛苦。她能說什麼呢？當時她不是也大哭出聲，臉上發燒，背溝淋汗的嗎？不過她終究是女人，事隨境遷，不大在意。誰想到年過半百的丈夫，心頭還有那麼深的怨毒！她收起橫眉怒目，打疊起一片溫柔，軟聲說：「本科考官弊端百出，他僥倖得中，未必有真才……」

「不錯！」龔鼎孳一拍大腿，「方才任克溥來，論的正是此事。他要上疏彈劾呢！」

「好哇！該出口氣，你要攛掇他幹！」顧媚生叫起來。

「哪能這麼講話！這事關係重大，不可輕率！」

「至少也要摘了他的舉人頂子！」顧媚生尖聲嚷著。

「唉，總要出以公心，權衡利弊啊……」

顧媚生瞪大了眼睛盯住丈夫。她記得清清楚楚，三年前龔鼎孳曾哭叫著說：「必殺以洩忿！」……她還想問點什麼，侍女在門外喊道：「稟太太，炸焦脆來了。」

龔鼎孳忙道：「上席！」

兩個使女走進寢室中堂，調好桌面，擺下杯盤箸匙，然後把食盒裡的菜肴一樣一樣地擺了滿桌，都是下酒的美味：南爐燒鴨、白鰲凍蹄、衛水銀魚、江南冬筍。被許多碟盤圍在正中的大盤，就是顧媚生最喜歡的焦炸鴨骨，酥黃噴香，熱烘烘的，還輕微地劈啪作響。顧媚生頓時眉開眼笑，一迭聲地叫添酒杯，她和龔鼎孳要一人四只杯。

龔鼎孳正在奇怪，侍女已把太太今天買回的酒斟上了。霎時間酒香飄散，滿屋醉人。再看那酒杯，更令人驚嘆：寶石般紅、琥珀般黃、水晶樣清湛、翡翠般綠。龔鼎孳故意把眼睛瞪得大大的，裝作吃驚非凡的樣子。顧媚生高興得「格格」直笑，推了他一把：「憨大！天天宴客，什麼沒見過，做出這副鬼樣兒給誰看！不認識嗎？那紅的是珍珠紅，黃的是甕底春，白的叫梨花白，綠的叫茵陳綠……」

龔鼎孳打著哈哈朝顧媚生一揖：「總是娘子好色，難爲妳集四美酒於一席，我酒福不淺！」

顧媚生伸手在他臉上輕輕一拍，嘲笑道：「天下若推好色之魁，除了夫子還有誰？小婦人哪裡敢當！」

「哈哈哈哈！」龔鼎孳開懷大笑，夫妻相對乾杯。龔鼎孳又不服地說：「鄙人乃多情而非好色。說到好色，登徒子之儔大有人在，無過於李振鄴、張漢！」

「喲，這二位不都是貴門生嗎？」

「所以，我才頗知內情啊！這二人既好內又好外，內爭粉兒，外爭靈秀，鬧得不可開交。粉兒的事妳是知道的。那靈秀，兩人都得不到手……」

「靈秀是誰？」

「哦，忘了告訴你，張漢那長隨書僮柳同春，給李振鄴入簾時借去當親隨，改名靈秀。據我所知，張、李二人都有『不利於孺子之心』，但張漢乖巧，一心以情感之；李振鄴少年進士，輕狂孟浪，在闈中必有無禮之行，被靈秀峻拒。榜發之後，張、李勢成水火，於是才發生了剪髮告狀。仇憤雖發於出榜之日，怨恨實結胎於粉兒再嫁、靈秀易主之時……」

「那麼，靈秀對李振鄴在闈中所作所為，一定很清楚了？」

顧媚生臉上滿是笑容，但眼睛已經不笑了。

「那是顯而易見的。」

顧媚生不笑了，認真地問：「方才任克溥來，你有沒有把這些內情告訴他？」

「哎，什麼話！」龔鼎孳拂袖而起，「二人都是我的門生，家醜怎好外揚，況且我還是師輩。」

太太的細眉皺了起來：「倒也是。任克溥也是晚輩，當初你在左都御史任上時，他才是一名新進御史吧？……不如找內院大臣。傅以漸膽小怕事，未必有用……王永吉如何？當初他與你相交甚好，如今又兼領吏部。」

「不妥，不妥。」龔鼎孳背著手，站在那裡連連搖頭。

「有什麼不妥！這事揭發出來，左不過革職廢考。就李振鄴輩的所作所爲看，還不該是怎麼的？……難道你就不明白，這是你起復的大好機會？」

龔鼎孶的眼睛裡刹那間閃過一道光亮，又很快消失，仍在緩緩地搖頭。顧媚生氣得直跳起來，用低沉的語調急促地說：「你那心裡什麼都明白，就是不肯講，還要逼著我講！……我講就我講！滿、漢勢如水火，皇上雖然盡力彌合，談何容易？你的才學早爲皇上認可，欠缺的只是滿洲權貴的心許了。把科場舞弊揭發出來，一定能得到滿大人的歡心。你還會以寓公了此一生嗎？……」

龔鼎孶望著顧媚生，說不清他眼裡是什麼表情，似喜似悲，似笑似嗔，既有讚嘆、驚異，又有屈辱和羞愧。他目不轉睛地看著，看著，一句話也不說，轉過身去。

顧媚生火冒三丈，一手指著龔鼎孶的後腦杓，氣得連說了幾個「你」字，又突然火氣全消，冷冷地說：「隨你吧！反正從秦檜老婆胯下鑽出來的，不是我顧媚生！」

龔鼎孶猛地一扭身，滿是皺紋的臉和一雙眼睛都血一樣紅，狂怒地衝到顧媚生跟前，一把揪住她銀紅氅衣的前襟，掄開巴掌，「啪啪」抽了她兩耳光。

顧媚生倒退幾步，驚呆了。不要說嫁他以後，就是從小懂事以來，也沒人敢彈她一手指頭！她登時就要撒潑大鬧，可是只對丈夫看了一眼，便愣了。龔鼎孶面色慘白，臉被強烈的感情刺激歪扭得幾乎變了形，大口大口地喘氣，張著的右手下意識地按著胸口，全身在簌簌發抖。刹那間，顧媚生全明白了。她慢慢走到丈夫面前，輕輕跪下，拉了拉丈夫的衣襟，小聲叫道：「芝麓……」

龔鼎孳一哆嗦，低頭看了一眼，俯身攙起顧媚生。顧媚生就勢倒在他懷裡，他無力地撫著妻子豐滿的肩膀，兩行清淚淒涼地流了下來。

四

十月小陽春，風物宜人。萬綠如海、芳草芊綿的南苑，迎來了秋郊射獵的浩大隊伍。龍旗獵獵，畫角長鳴，黑駿玉驄邁著矯捷歡快的步子，振響了鑾鈴，把歡樂的一串串鈴響飄灑向一望無際的秋原。

南苑，是皇家禁苑。周圍城垣迴環延綿一百二十里，四方九門：正南南紅門、正北大紅門、正東東紅門、正西西紅門，此外還有回城門、黃村門、小紅門、雙橋門、鎮國寺門。苑內有海子多處，河流縱橫，林密草深。元代這裡就是天子縱鷹射獵的飛放泊，明代又將這裡擴展爲如今的規模。清朝因襲舊制，並設海戶一千六百人，各給地二十四畝，養育禽獸、栽種花果，既供天子射獵，又用於大閱講武。苑中有行宮數處，皇上不時來這裡居住，有時也在這裡處理政事。到了炎夏，皇太后和宮眷也時常到這裡避暑。今天來南苑的，是剛剛散朝、用罷晚膳[28]的順治皇帝。

福臨穿了一身射獵的便服，披了一幅黑絲絨披風，騎著他心愛的玉驌驦，英姿挺拔，神采煥發。他沒穿龍袍，也沒戴皇冠，但誰也不會把他只當作貴族子弟。除了他本人的氣質和胯下這顯

28 皇帝用膳，早膳在上午六點到八點，晚膳在上午十二點到下午兩點。

而易見的千里駒之外，還有一頂沒有第二個人敢戴的紅絨結便帽和珍貴的嵌東珠珊瑚馬鞍。這馬鞍以鍍金銀絲鏤花爲邊，上嵌豆大珍珠二千餘顆，米珠三萬餘粒，豆大紅珊瑚珠二百五十顆，小紅珊瑚珠一萬餘顆。鞍前像印章般突起的圓形珠托上，閃耀著列成品字形的三顆龍眼大的東珠。這具馬鞍的造價或許能夠估計出來，但由於它是御用之物，便成了無價之寶。

年輕的天子坐在無價的馬鞍上，迎著爽勁的秋風，頂著碧藍無際的天空，縱目四望，寬舒地長長吸氣呼氣，那滿意的神情，竟如孩子一般帶著幾分狂喜，彷彿就要張開雙臂大聲叫喊。但他的手一收，收回胸前，帶住了馬。龐大的侍從隊伍也跟著停下。福臨微微扭轉身軀向側後方遠望，後面跟上來一隊人馬，桃紅柳綠、鶯叱燕吒，彷彿把春天喚回到了寥廓而斑斕的秋光裡。那是宮眷隊伍，她們年輕貌美，馬上功夫都不弱。女子乘馬本來就好看，這些宮眷在皇上面前，自然更加婀娜多姿。福臨卻目不斜視，只不轉瞬地盯著前面的那匹桃花馬。

馬上那位美人，玉容映著斜陽，豔如碧桃初放。她戎裝窄袖，上下一色緋紅，身後飄揚著玫瑰色的絲質披風，恍如暮霞飛落人間。這朵紅雲飛到福臨身邊，美人兒就要翻身下馬向福臨請安，福臨連忙笑著做手勢攔住：「不必了，不必了，上馬下馬太麻煩。妳來得真快。兩年沒騎馬，在宮裡又悶了一年多，趁著秋高馬肥，正好散散心！」

「皇上掛懷，妾妃不敢當啊！」董鄂皇貴妃笑盈盈的，催馬上前，於是二人並騎，緩轡同行：一個天亭表表，一個花枝裊裊，看上去那麼和諧、美好。兩人的隨行隊伍按常規自動調整：董鄂妃帶來的宮眷、宮女環繞著皇上和皇貴妃，她們的後面，是皇上的侍從、侍衛。

福臨微傾上身，靠近烏雲珠，輕聲笑道：「妳過我馬上來好嗎？我帶妳。」

烏雲珠雪白的臉上飛起一片紅暈，嗔怪地瞅了福臨一眼，低聲說：「看你！……」

「哎，我是好心啊！」福臨認真地說，「妳分娩剛剛半年，千萬不要勞累了，看妳臉色多白，況且妳體質本來就弱啊。」

烏雲珠笑著，神采飛揚：「皇上，你太小瞧我了。忘了我頭一次瞻仰聖容，不正是馬上驅馳之日嗎？」

福臨深情地盯著烏雲珠，只覺心頭彷彿灌滿了蜜，甜得有些呼吸困難；一股歡樂在胸間迴盪，就要奔突出來。他不願抑制，揚頭大笑，青春的熱血在全身奔騰。他一勒韁繩，右手高舉那柄鑲金嵌玉的馬鞭，朝座馬後臀一抽，猛鬆絲韁，玉驌驦歡快地一聲嘶叫，飛箭一般向南猛衝，抱開四蹄，如一道白色流星，劃過黃綠相間的平坦坦的草原。烏雲珠心裡暗暗著急，連忙鞭馬追趕，侍從宮女也緊緊跟上。但福臨的那匹神駿蹄下就如生風一般，她們哪能追得上！眼看那白色的流星畫出一條優美的弧線，向東邊彎過去。烏雲珠靈機一動，掉轉馬頭向東，猛加三鞭，抄直線近路去攔截福臨。桃花馬似乎懂得主人的心情，跑得又快又穩，風聲在耳邊呼呼地響，地上的雜草拉出了長線，烏雲珠果然在二里以外，跑到了福臨馬前數十丈的地方。玉驌驦見到了同類，自然而然地追跟在後，當桃花馬放慢步速時，牠也無意超過可愛的伴侶，和牠一樣改用碎步慢跑了。

福臨大笑道：「妳真靈巧！竟然搶先一步。」

烏雲珠微微笑著，略略喘過幾口氣，說：「是僥倖取巧。」

福臨審視著烏雲珠，不禁挨上去替她擦拭額上的汗珠，感嘆道：「賢卿秀外慧中，真令人愛煞！天地鍾靈秀，我們滿洲也能誕育仙女！」

「陛下快不要這樣說，叫人羞愧死！」烏雲珠頑皮地笑笑，「天地無私，並不獨愛一族。即使妾妃蒙皇上譽爲天人，也忘記不了妾妃之母乃江南才女啊！」

「正是正是，塞外風雲，江南秀色，才使朕得以有妳這樣一位才貌雙絕的賢妃啊！」話未落音，玉驌驦踩著一片溼漉漉的草叢，前蹄一滑，馬身往前一閃，

差點把福臨摔下去。烏雲珠驚叫了一聲，陡然伸手去拉她根本搆不著的福臨，也幾乎從馬背上掉下來。好在福臨用力一勒韁繩，玉驌驦猛地縱身躍起，又恢復了平衡。福臨得意地笑道：「如何？朕的騎術還說得過去吧？……妳怎麼啦？臉色雪白雪白的，嚇壞了吧？」

烏雲珠抹了抹額上的冷汗，說：「陛下繼承祖宗鴻業，講武事、練騎射，自是安不忘危的意思。但馬蹄怎能靠得住？以萬民仰庇之身輕於馳騁，妾妃深爲陛下憂。」

「賢妃這一番咬文嚼字，可以做得一篇奏章了。」福臨不在意地開著玩笑。

「陛下馳馬疾速如飛，又凶野異常，實在叫人提心吊膽，你……也該爲我想一想，爲太后、爲皇子……」

福臨心裡一陣感動，笑道：「今天我不過是太暢快了。天高地闊，風爽馬健，真使我一舒懷抱，煩悶頓消！」

「怎麼？」烏雲珠敏感地扭頭注視著福臨。

「唉，妳不曉得，議政王大臣那幫老頭子，真不知是什麼心腸！……」他向烏雲珠細說起這件使他長期以來十分惱火的事情：

春天，鄭成功被趕到福建沿海島嶼上，定遠大將軍濟度班師回朝，於是福臨的注意力便完全集中到朱由榔占據的西南。對南明的戰事，福臨已全權交給大學士洪承疇辦理。自洪承疇出任以來，各種誹謗誣蔑之詞就不斷從滿洲親貴那裡灌進福臨耳中。尤其近兩年，洪承疇圍而不攻，長時間屯兵湖南，不見進取，彈章更如飛雪一般呈進皇上。福臨不爲所動，始終信任洪承疇。因爲他知道，洪承疇正在苦心孤詣地貫徹福臨的剿撫並用的方略。誰知這一來，又引起議政王大臣中的另一番議論，說什麼南明擁有的李定國、孫可望，都是張獻忠的養子，兩員虎將啦；什麼地險兵悍，攻入不易，不如劃地以守啦；甚至有人提出乾脆放棄雲貴兩省，同南明小朝廷兩相和好。這把立志要做一代雄主的福臨氣得七竅生煙。他今天對董鄂妃說起，不免又形於辭色：「一統天下，金甌豈能有缺！入關才十四年，這些人便如此老朽昏庸、怯懦無能，當年平定天下的銳氣都哪裡去了？真想挑幾個最不中用的，嚴加懲處！」

烏雲珠非常文靜地說：「這等事情妾妃安能置喙？但以妾妃愚見，諸大臣縱有過失，終究是爲國事著想，並非爲自身謀利。陛下不必生氣，喻以理、動以情，總能使其心服。不然，大臣尚且不服，何以服天下之心？」

福臨望著她感慨地說：「有妳在身邊，朕心中著實鬆寬多了……」

他們並馬交談，又親密又愉快，不知不覺，東行宮就在眼前。福臨看看天色還早，便說：「妳先去歇息，我隨意去轉轉，射幾隻山雞野兔，明天就有下酒物了。」

烏雲珠蹙緊眉頭：「陛下馳馬千萬當心，以天下爲重啊。」

福臨溫存地笑著，擺擺手，領著侍衛們馳走了。

太陽落下西山，暮色漸濃，福臨才餘興未盡地回到東行宮。他連正殿也不曾進，直接走向後面的寢宮。剛轉過正殿屋角，就見烏雲珠站在後殿的漢白玉階石上翹首盼望。她已換上了宮中常服：鬆鬆挽就的飛燕髻，只簪了一枝瑩潔的玉簪，淡綠的夾衫外面，加了一件長長的、鑲了雪白毛邊的果綠貂皮半臂，領口和衫子的下襬，都滾著銀絲點綴的繡花邊，拖到地面的玉色長裙在衫子下面只露出不到一尺長。她渾身幾乎沒有什麼金銀珍寶之類的華麗飾物，卻綽約多姿、淡雅飄逸，有如青娥素女——她永遠使福臨感到新鮮，不論在裝扮上還是在性情儀態上。

她立刻下階來迎接福臨，擔心地說：「太陽下山以後，風冷露寒，你衣裳穿少了吧？真怕你受涼。快進殿歇息吧。」

進到寢殿正間，福臨剛在爲他專設的寶座上坐下，烏雲珠便像普通宮女似地斟了熱茶送到他手上，並仔細察看他的面色，說：「回來這麼晚，一定很累了。先喝杯熱茶。」

福臨接茶，又一把拉住她的手，笑道：「我一點不累，也不冷。射獵大有所獲，光山雞就三、四十隻，肥得都飛不動了……」

「看你手這麼冰涼，還說不冷。」她抽身走進東梢間寢室，拿出一個雙雲頭式的掐絲琺瑯手爐，遞給福臨，讓他趕緊放進懷中。福臨笑道：「跟妳說多少回了，這些事叫侍女宮監去辦就行了，妳忙些什麼！」

烏雲珠像沒聽到似的，忙著出殿去傳膳。

當一桌酒膳擺上來時，烏雲珠侍立在福臨身邊爲他布菜，爲他剝去蝦皮、剔去魚刺、雞骨，爲他盛上燕窩冬筍雞湯，輕輕吹去熱氣，吹開浮油，捧到福臨面前，催他快喝。她比用膳的福臨更忙。

福臨說：「妳坐下，跟我一道用膳。」

烏雲珠笑道：「皇上厚意，妾妃心領了。皇上還是多與諸大臣共餐，他們也好多沾皇上寵惠，常承皇上笑顏……」

「又是這話！我已聽了妳的，常與王大臣共餐，也不時賜以克食。我就要妳現在跟我共餐。」

「陛下，妾妃位卑，不敢……」

「胡說！妳不是我兒子的親娘嗎？」福臨帶笑斥責著，並「啪」的一聲放下筷子，「再不答應，今兒這頓飯我可就不吃了！」

「陛下……」

「人家百姓家夫妻要是也這麼拘禮，還有什麼朝夕唱隨、閨房之樂？妳我真不如生在平民之家。」福臨伸手一把拉住烏雲珠，硬拽她和自己並排坐在那張寬大的七寶雕龍御榻上。烏雲珠滿面驚惶，急忙掙扎著站起來，連連說：「陛下，千萬不能這樣！千萬不可！皇后娘娘也不曾有此禮遇……」

「皇后？」福臨鼻子裡哼了一聲，隨後搖搖頭，輕聲嘆了口氣，說，「眼下不在宮裡，那些勞什子禮節全數免掉！咱倆過幾天輕輕鬆鬆的好日子！蓉妞兒，妳們端一張軟墊椅子來，讓你主子坐下吃飯！」

蓉妞兒是烏雲珠的親隨侍女，連忙同兩個宮女一道，把軟墊椅搬到御榻右側，烏雲珠只得坐下，拿起了包銀象牙筷。福臨剛才陰沉下去的面容才重新開朗了。

飯後，莊太后的侍女蘇麻喇姑領著福臨的乳母來到行宮，董鄂妃連忙將她們迎進寢宮正間。福臨從北炕寶座上站起來，受了她們的跪拜，向乳母笑道，「嬤嬤回來了？老家都好？怎麼去了這麼些日子？」他又轉向蘇麻喇姑：「太后安好？這麼晚了還打發妳來南海子，有要緊事嗎？」

蘇麻喇姑笑道：「我的事不要緊，嬤嬤的事要緊，嬤嬤先說。」

乳母是個面目慈祥的婦人，滿面紅光，身體健康。兩年前她回關外老家探親祭祖，今天剛回宮就鬧著要看看福臨。可是，她進了門，卻一直不錯眼地盯著烏雲珠。這會兒笑著說：「有什麼要緊的呢？就是兩年沒見皇上，心裡想得慌。託太后和皇上的福，家下這二年日子都好。皇上身子骨也好？這位娘娘眼生，老奴才給主子請安了。」她對烏雲珠跪下去。烏雲珠趕忙攙住，柔聲說：「嬤嬤，我年輕不曉事，當不得妳的大禮，實在不敢。」

「當得的！」蘇麻喇姑笑道，「嬤嬤，這是新近進位的皇貴妃董鄂娘娘。妳今兒在宮裡見的那個白生生的四阿哥，就是董鄂娘娘誕育的。」

「哎唷唷，佛爺保佑，竟給皇上降下這麼一位天仙似的娘娘來，叫我這老婆子可開了眼啦！」

「嬤嬤，」福臨裝作不高興的樣子，「妳不是來給我請安的嗎？進屋來也沒看我幾眼，盡盯著她瞧了！」

「哎呀，該死該死！」乳母輕輕拍著自己的臉，好像在掌嘴，「一進屋，我這心就全在娘娘身上了，誰叫娘娘生得這麼受看呢？瞧瞧，可不是天生的一對、地配的一雙，哪兒去找這一對金童玉女呀！……」她樂不可支，說話就少了忌諱。福臨和烏雲珠都身著便裝，並肩站在那裡，年輕美貌、風度翩翩，真像一雙並生的白荷花。蘇麻喇姑心裡也在暗暗讚美，但她可不像乳母那麼毫無分寸，連忙打斷：「嬤嬤喝酒怕喝多了，高興得這樣！……」她雙手捧上隨身帶來的錦緞包袱，說：「太后命我專程送來這兩襲貂皮褂子，說是南苑比宮裡冷，請皇上、娘娘保重，別著涼。」

福臨和烏雲珠連忙起立，接了母后的賜品。

「太后還說，沒什麼大事就早點回宮。要是皇上想多待幾天射獵，就讓娘娘先回去。」

福臨笑著瞟了烏雲珠一眼，烏雲珠沒有理他。

「太后讓奴婢轉告皇上，娘娘產後不久，要經意保重，不可勞累了。傷了身體，唯皇上是問。奴婢出宮時，太后又囑咐一句，要娘娘早日回宮。」

福臨笑著又瞟了烏雲珠一眼，說：「朕是太后親子，反不如她得母后寵愛，真真羞煞人！」

誰都聽得出這是他心中得意的反話，都湊趣地笑了。

乳母同蘇麻喇姑走回她們的住處——東配殿後的平房，小聲說著話。蘇麻喇姑埋怨乳母：「看在咱倆有十幾年交情的分上，我得囑咐妳幾句。妳老糊塗了，怎麼胡說八道呢？剛才說的那些要叫坤寧宮的人聽去，有妳的好兒嗎？」

「唉，唉！我真是老背晦了。我一見她那模樣，就把什麼忌諱都忘了！……」

「這位娘娘啊，模樣還在其次，難得她心眼又好又靈，脾性和善，會體貼人。本來就招人愛，又識大體、明大義，太后哪能不疼她！今年三、四月間，她父兄相繼亡故，那會兒她正臨產，聞信大哭，太后和皇上都加意安慰她，也真爲她憂慮。她聽說後，就發誓不再哭了。太后、皇上問她爲什麼忍淚，她說：『我怎麼敢因自家悲痛而使太后、陛下憂傷呢！我之所以痛哭，不過念及養育之恩、手足之情罷了。我父、兄都是心性高傲的人，在外行事時有悖理之處，深恐他們仗恃國戚爲非作歹，那豈止辱沒我的名聲，舉國上下也會說皇上爲一微賤女子而放任他們肆無忌憚。我爲此也曾夙夜憂懼，生怕他們闖出大禍。如今幸而安然善終，我還有什麼可悲痛的呢？……』」

「果然難得，果然難得。」乳母讚不絕口。

「她學問深，琴棋書畫樣樣都會。太后也喜愛這些，自然更疼愛她，一時一刻離她不得。你看，她才出宮半日，太后就叫我來催啦。」

「唉，真可惜。」乳母輕輕嘆息。

「可惜什麼？」

「別怪我胡說。皇上要是早選上她，只怕有皇后之分啦！」

蘇麻喇姑好半天沒搭腔，後來也嘆了一聲：「唉，這些事，咱們爲奴婢的哪裡說得清。皇上已經廢了一位皇后，還能再廢一位嗎？再說，太后、皇上不管怎麼疼這位娘娘，也抹不去她那大缺欠呀！」

「啊？什麼缺欠？」

「妳不知道？這娘娘的額娘是個南蠻子！……」

她們不知道，那蠻子額娘的女兒，此刻也正在談論她們。

「陛下，這嬤嬤是你最早的一位嬤嬤？」

「是啊，我從小兒吃她的奶，八歲以前都是她陪著我睡，管著我的衣食住行。」

「可是陛下六歲就即位了呀？」

「不錯。我還記得即位那一天，就是她抱我出宮的。」福臨已用膳完畢，一手端著茶杯，隨意坐在一張軟墊椅上；一手攬過烏雲珠的腰，把頭輕輕靠在她胸前，愉快地回憶著，「那天天氣特冷，內侍跪進貂裘，我看了看，便推開了……」

「爲什麼呢？」

「別著急，聽我說嘛。御輦來了，嬤嬤想摟著我一同入座，我說：『這不是妳能坐的。』嬤嬤又驚又喜，把我抱上御輦，便在道邊跪送。妳瞧，她不是很懂事嗎？進太和殿登了寶座，看殿內外密密麻麻的文武百官，我倒沒有發慌，可是瞧見許多伯叔兄王都在殿前立候，叫我心裡有些疑惑，我悄悄問身邊的內大臣：『一會兒諸位伯叔兄王來朝賀，我應當答禮，還是應當坐受？』內大臣說：『不宜答禮。』後來鐘鼓齊鳴，王公百官分班朝賀，我果真一動不動，端坐受禮……」

「聖天子自幼便有人君之度啊。」烏雲珠笑著讚美，低下頭把面頰貼在福臨烏黑的頭髮上。

「不過，看伯叔王們偌大年紀，向我這六歲的人兒跪拜，心裡又著實不忍。所以朝賀完畢，朕便起立，一定要讓禮親王代善伯先行，朕方肯升輦。記得代善伯白髮蒼蒼，見我禮讓，竟然落淚了……朕得承繼大統，代善伯當居首功。」

「以妾妃度想，首功當歸太后。」烏雲珠和悅地說。

「那是自然。我是僅指宮外而言。」福臨捏住烏雲珠的一隻小手，輕輕摩挲著。

「貂裘的事呢？陛下還沒有說完。」

「哦，貂裘，」福臨笑笑，「朝賀完畢，朕回宮後才對那進貂裘的內侍說：『貂裘若是明黃裡，朕自然願著；那裡子偏是紅的，朕豈能穿它？』內侍連連叩頭請罪，朕倒也不曾罪他。」

烏雲珠笑道：「陛下六歲便如此敏慧，曉得上下尊卑貴賤，自是世間少見。方才邀妾妃同席，又作何解？」

福臨哈哈地笑了：「此一時彼一時也。順我心者，叫作順天行道；逆我心者，我豈不另尋出路？不然，做皇帝也太少樂趣了！……」

烏雲珠正想回駁幾句，養心殿首領太監領了幾名太監前來送奏章，這些奏章都是奏事房和內院今天送到的。福臨隨手翻了翻，便把奏章堆在御案上，置之不顧。他心裡惱恨這些奏章破壞了他們溫馨而又寧謐的交談。

烏雲珠不安地望著那一摞奏章，說：「這不都是朝廷機務嗎？陛下怎麼擱置不顧呢？」

「沒關係。都是些循例舊事，讓他們去辦吧！今晚我們可以清清淨淨地共度良宵……」

烏雲珠想了想，笑道：「陛下，就算那些都是奉行成法的事情，安知其中沒有需要因時更變，或因他故必須洞察內情的呢？陛下常說敬天法祖、勤政愛民，一身承擔祖宗大業，就是疲倦困頓之時，也當勉力支持，何況今日如此悠閒。」

福臨輕撫烏雲珠的背，感慨地笑著說：「妳呀，真成了我宮中的諫臣了！……來，一同閱本。」

烏雲珠連忙站正了躬身答道：「妾妃聞婦無外事，豈敢干預國政。千萬不可，陛下還是專心批本，妾妃陪伴始終。」

「就依妳。」福臨笑著說，坐在御案後的寶座上。

烏雲珠叫宮女們端上兩盞白紗籠的掐絲琺瑯桌燈放在御案上，點亮兩側的四盞紫檀框梅花式立燈，加上屋頂吊著的幾盞宮燈，東次間明亮得如同白晝。烏雲珠又命宮女把她的繡花綳架放在御案一側。宮女們悄悄侍立，福臨專心批本，烏雲珠則靜靜地在綳架上刺繡，寢宮一片寧靜，只能聽到蠟燭芯畢剝的炸響和鏤空梅花薰爐內木炭清脆的燃燒聲。

看到一本，福臨幾次提筆又放下，面露不忍之色。烏雲珠放下繡針，站起身：「什麼事使陛下如此牽心？」

「是今年的秋決疏。其中十多人，只等朕報可，便要立即置於法。朕一時不忍下筆。」

烏雲珠走近，對那秋決疏望了片刻，一行行黑字透露著死亡的氣息。她臉上頓時升起悲哀的陰翳，皺眉道：「這十多人並非陛下一一親審，妾妃度陛下之心，即使親審也未必全得真情，而所司官吏中有不少愚而無知的人，怎能保這十數人盡無冤抑？民命至重，死而不可復生。懇求陛下留意參稽，凡可矜宥者竭力保全。」烏雲珠的聲調有些哽咽，接著又補充一句：「妾妃以爲，與其失入，寧可失出……」

福臨默默點頭，又看了一遍，提筆在幾名死囚犯的姓名上寫了「復讞」兩個字，在另幾個死囚犯的姓名上做了減等的記號，隨後折了頁碼。

「陛下，那逃人窩主一抓就斬，不是也太……」烏雲珠的話沒有說下去，因爲她看到福臨怕冷似地縮縮肩膀，並緊緊皺起了濃眉。她連忙返身取過太后賜給的貂褂，給呆想著什麼的福臨披上。福臨趁勢抓住她溫暖的小手，苦惱地看著她溫柔的眼睛，低聲說：「妳還不知道我？我當然知道逃人法太嚴。可是……有什麼辦法呢？……我也是不得已啊！……」

他猛然鬆開烏雲珠的手，重新拿起筆，彷彿又要埋頭批本。但是，他抑制不住因剛才烏雲珠的提問而產生的煩亂和不安。烏雲珠在他身邊默默站了片刻，安慰地摸摸他無力地放在案邊的左手，輕輕退下，轉身去料理那兩只三尺多高的青銅鎏金、鏤空作梅花紋的四足熏爐，往熏爐裡撒了兩把沉香，並命宮女再給福臨取來一只腳爐。

當福臨終於闔上最後一本奏章時，夜已深了。烏雲珠小心地把繡針插在繡綳上，起身到西次間的小火爐上爲福臨端來一直燉在那兒的冰糖銀耳。福臨背著手踱來踱去，看著好似悠閒，烏雲珠卻能感到他神情上的不安。她把玉碗遞給他，看看他的眼睛，輕聲說：「還有事？」

福臨接過碗，用匙子在碗裡調了調，喝了一口，然後說：「前日召見安郡王，他說起順天鄉試考官受賄作弊，物議沸騰，寒士怨憤，一些飽學之士不肯應試，是否預見到科場弊端？我朝新立，此事尤其不能輕視。榜發已近一月，言官奏摺竟無一人提及此事，怪不怪？」

烏雲珠道：「順天鄉試一事，我也聽說了，京裡怕是已經傳遍。滿洲御史對科舉一向生疏，未必體察內情；漢官多半心有疑慮，不敢貿然上疏。況且有關者多是漢人漢官，相互回護徇情也在所難免。」

福臨皺眉道：「朕從來不分滿漢，一體眷遇委任，尤喜接納漢人文士，爲何漢官總生枝節？」

「陛下若設身處地略加體味，此事此情實在不足爲怪。得民心得士心，確非一日之功。科舉本是得士心的大事，萬不可掉以輕心。君臣如父子，陛下何不訓誡臣下以爲後戒？」

「這幾日，我正想下一道訓誡諭旨，又覺得不夠分量。看來……」他停了停，連舀了幾匙子，把一碗冰糖銀耳吃下一大半，隨後把玉碗往炕桌上一頓，主意定了，目光閃閃地說：「明日，朕面召漢大臣及科道官。」

「明天就面召？」烏雲珠口氣中雖有點驚奇，但臉上的笑容和眼睛裡的神采，分明表現出對年輕皇帝的讚賞和愛戀，「回宮嗎？」

「不，就在南苑。」

南苑西行宮的大殿，雖沒有太和殿、乾清宮的規模，卻也十分宏偉莊嚴。寶座的設置同乾清宮的一樣，很是輝煌。寶座邊陳設著一對銅胎琺瑯嵌料石的象托寶瓶——御名爲「太平有象」，還有一對質量相同的用端和仙鶴。寶座後有繡了日月星雲的寶扇，寶座前御陛左右有四個香几，上面的三足鼎式香爐裡焚著檀香，香煙繚繞，大殿氣氛肅穆。

丹陛之下，光潤似墨玉的金磚墁地，按照品級，跪著一排又一排的漢大臣。前排是舉朝知名的內院大學士：祕書院大學士王永吉、成克鞏，國史院大學士金之俊、傅以漸，弘文院大學士劉正宗。其次一排是九卿，其中有戶部尙書孫廷銓、禮部尙書王崇簡、吏部尙書衛周祚、左都御史魏裔介，後面還有各部院衙門的副職長官，如兵部侍郎杜立德、戶部侍郎王弘祚等人。這裡還有一批風華正茂、才堪大用的內院學士：李霨、王熙、馮溥、吳正治、黃機、宋德宜等。不過，人數最多的還是朝廷的言官：吏、戶、禮、兵、刑、工六科給事中和十五道監察御史。他們品位不算高，在朝中卻有很大影響。他們有負責稽察內外百司之官的職責，有直接向皇帝上書指陳政事得失並彈劾官吏的權力，不過，他們的職守，和所有官吏一樣，也受著各種因素的制約，不能真正發揮作用。三年前，言官們此起彼伏地就逃人法的弊政上書言事，被議政王大臣會議全部否決，言官李呈祥、季開生、李裀、魏琯等人先後受到流徙處分，便是一個例證。今天皇上面召漢大臣訓誡，主要的用意就是針對他們的。

大殿中，除了御前侍衛、當值內監以外，只有內國史院大學士額色赫、內祕書院大學士車克、內弘文院大學士巴哈納和吏部尚書科爾坤幾員滿官，再就是侍立皇上左右的帶刀領侍衛內大臣鰲拜和蘇克薩哈了。他們都肅立丹陛，面對著上百名匍匐在地的漢官，雖然都是蟒袍補褂、朝靴朝珠，心情到底不同。

福臨的聲音響亮又緩慢，不似他平日的語調。大殿太高曠了，他的話聲彷彿在空中震顫，引起嗡嗡的回聲：「……朕親政以來，夙夜兢業，焦心勞思，每期光昭祖德，早底治平，克當天心，以康民物。乃疆域未靖，水旱頻仍，吏治墮汙，民生憔悴。朕自當內自修省，大小臣工亦宜協心盡職，共弭災患。」

這一段話相當平和，皇上並未把責任全推給臣下，聽上去還是親切有理的。

「國家設督、撫、巡按，振綱立紀，剔弊發奸，將令互爲監察。近來積習乃彼此容隱，凡所糾劾止於末員微官，豈稱設職之意？嗣後有瞻顧徇私者，並坐其罪！」

指斥督、撫、巡按，爲什麼要說給這些不是督、撫、巡按的人聽？

「制科取士，計吏薦賢，皆朝廷公典，豈可攀緣權勢，無端親暱，以至賄賂公行，徑竇百出，鑽營黨附，相煽成風？大小臣工務必杜絕弊私，恪守職事，犯者論罪！」

訓誡越來越接近問題的核心，跪聽的臣子中已經有人在努力克制發寒熱般的顫抖了。

「至於言官，為耳目之司。朕屢求直言，期遇綦切。乃每閱章奏，實心為國者少，比黨徇私者多。嗣後，言官不得摭拾細事末員，務必將大貪大惡糾參，其滌肺腸以新政治！」

福臨收住話頭，不再發揮，用幾句套話結束了他的訓誡。百官們山呼萬歲，再次叩拜，起立，按順序站列殿前。

禮讚官正要宣布皇上起駕，言官行列中突然閃出一員官吏。此人身材瘦小，顯得十分精幹，他搶上幾步，跪在丹陛之下，高高托著一疊本章，高聲喊道：「臣，刑科給事中任克溥，為順天丁酉鄉試科場大弊，有疏本上奏，請聖上過目。」

眾官為之一驚，順治不覺一喜。頃刻之間，任克溥的奏章已展示在御案之上了。

大殿裡頓時寂靜無聲，所有的漢官都望著任克溥，耳朵卻仔細聽著寶座上的聲息。有人惴惴不安，有人暗暗高興，自然也有人無動於衷。但這一切都只能放在心裡，若形於辭色便是失禮，將被當殿糾參處分。

福臨看罷奏章，滿面怒色，拍案而起，厲聲道：「傳旨：奏本內有名人犯，立即拿送吏部，著吏、刑二部會審！」

當各人犯一起押送到吏部衙門時，又一道聖旨下來：「著內大臣蘇克薩哈、鰲拜主持吏、刑二部會審！」

蘇克薩哈是皇上寵信的近侍大臣，鰲拜在議政大臣中以果斷能幹著稱。皇上派了這樣兩員大臣，足見對此案非常重視。吏、刑二部的尙書、侍郎，尤其是漢官，不得不格外小心，盡量緘口不言。

五

內院大學士兼吏部漢尙書王永吉在吏部大門下了轎，進了大門。寬闊的石板路直通大堂。他從大堂傍門進中院，過穿堂，一架紫籐蓋滿了小院，老幹如蟒、盤曲而上，如今落葉已盡，繁密的籐幹籐枝糾纏在架子上，彷彿許多絞在一起的灰蛇，很容易使人聯想到官場上那複雜的、絞纏不清的明爭暗鬥。籐架的那一邊有屋三楹，簷下額匾上有三個厚實凝重的大字：籐花廳。王永吉當然知道，這架紫籐是明初吏部尙書吳寬親手種植，距今已將三百年。籐花廳，是吏部長官治事之所，平日是科爾坤的公事房。今天，王永吉心中有幾分得意，他是來到籐花廳的唯一漢官。不多時，內大臣蘇克薩哈、鰲拜和刑部尙書圖海都到了。他們要商討第二審的程序。

僕役送上熱茶，便退下了。五位大臣各自安坐，上來就是一陣冷場。

按皇上諭命，李振鄴、張我樸、蔡元禧、陸其賢、田耜、鄔作霖、張漢、蔣文卓等十多人，全數被拿到吏部審問。由於他們身分不同，是按命官、中式舉人和應試三起分審的。

第一輪會審過後，氣氛很沉悶。因爲上有內大臣坐鎭，中有科爾坤、圖海等滿尙書主審，平日審案的漢尙書、侍郎如陪坐一般，唯唯諾諾，不出一語。滿臣對科舉一向不大瞭然，審不出個名堂。初審下來，什麼也沒弄清楚，怎麼向皇上交代？

蘇克薩哈玩著茶盞蓋，漫不經心地笑笑，掃了眾人一眼，說：「我看，初審不中用啊！」他白白胖胖，容顏滋潤，很得皇上歡心，事事順遂，常常流露出幾分心滿意足。有時目光一閃，眉頭一皺，會突然透出內藏的勁氣，但那種情況很少。

鰲拜點點頭，喝了一口茶。在內大臣中，他的地位不如蘇克薩哈，雖然他比蘇克薩哈年長，又軍功卓著，但從來以下屬自居，又一貫不愛說話。遇到這件主要和漢人打交道的案子，說不好漢話的鰲拜，就寧肯不作聲。

圖海爲人深沉，凡事不動聲色，這時卻搔了搔刮得發青的鬢角，附和說：「正是，似乎不得要領。」

科爾坤較爲爽直，忍不住說：「可不是！審案中這也說關節，那也說關節，這關節……到底是怎麼回事呢？」

四名滿官的目光集中到王永吉身上。

王永吉心裡暗暗好笑，臉上也沒忍得住。他本來就長得一副笑模樣：團團臉，細瞇眼，說話之前嘴角先就咧開了，唇上的鬍鬚也跟著向兩邊翹起。此刻，他得意地撫著頷下的長鬚，改變一下坐的姿勢，拿出行家裡手的架勢，用流利的滿語解釋「關節」一詞：「所謂關節，就科場而言，是指考生與考官私下約定的暗號，據此暗號，考官可在千百卷中取出這名有關節的考生。自然，因錢因勢或因其他緣故，考官就將關節賣給他的私人。至於關節本身，花樣極多。譬如考生將自己姓名、籍貫嵌在文章中，或者造出一兩個怪僻的字，甚而事先約好用一句古文、古詩，如此等等。縱然糊去考生姓名、籍貫，試卷另行謄抄，關節仍然可以上達考官。順天鄉試每一關節至少值三千兩，高的可達萬金。考生若想必中，則多買幾位考官的關節，那就要花大價錢了。」

四名滿官這才明白。科爾坤首先恨聲說：「這些南蠻子，如此奸狡，真真可恨！」

蘇克薩哈帶笑不笑地說：「真虧他們想得出來！」

王永吉笑道：「自有科舉以來，一概如此。所以貧寒之士，科場蹭蹬者，無不怨憤。」

科爾坤皺眉道：「這幫南蠻子刁滑無比，初審毫無頭緒，二審怎麼辦？」

確實，三名考官李振鄴、張我樸、蔡元禧和三名中式舉人陸其賢、田耜、鄔作霖都不認帳；被任克溥在彈章中點爲見證的吏科給事中陸貽吉，也只供說他是見到張漢、蔣文卓揭發科場作弊，信以爲真，才向任克溥隨意提到自己將具疏檢舉，並無實證；張漢和蔣文卓則一口咬定三名考官受賄，並指出受賄銀兩數，但又拿不出證據。

王永吉笑道：「列位大人對這幫漢人士子知之不深，不可被他們蒙騙過去。他們之所以口硬，實在是欺列位對科場不熟罷了。列位大人若肯依我，自能立見分曉！」

當王永吉出廳去時，圖海說：「就依他的意思二審吧？」

蘇克薩哈和鰲拜交換一下眼色，鰲拜皺著眉頭說：「他若審清楚，我們不是反居下風了？」

圖海冷冷一笑，說：「南蠻子審南蠻子，我們正可冷眼旁觀，側耳細聽。」

蘇克薩哈頻頻點頭，科爾坤還伸了大拇指笑道：「好主意！」鰲拜最後也同意了。

二審的第一堂，便是李振鄴與張漢的對質。

大堂正中坐著兩位內大臣，科爾坤和圖海在他們左右設座。王永吉的桌案設在他們四個人的左側前方，旁邊還有書記的位置。四人的右側前方則是吏、刑兩部的副職長官。大堂左右，丫丫叉叉地擺了各種刑具：大杖、中杖、夾具、皮鞭、鐵鏈等等，看上去自是一派陰森可怖的審訊氣氛。吏部大堂向來不設刑具，二審開始後，王永吉說既是吏、刑會審，就應該擺出刑具來。

李振鄴和張漢被押上大堂，看到和初審全然不同的布置，先就害怕得直哆嗦。可是兩人一照面，竟都恨得咬牙切齒，忘記了恐懼。張漢惡狠狠地冷笑道：「李振鄴，你也有今天！」李振鄴不答腔，「呸」地一口唾沫啐到張漢臉上。張漢跳將起來，被衙役按住了。

王永吉故意問：「你二人是新怨呢，還是舊仇？怨仇如此之深，莫非曾經相識？」

張漢跪在堂下稟訴：「回老大人的話，我與他相識三年有餘，他的劣跡我無所不知。今科秋闈，他竟敢犯朝廷大法，學生不顧私情參揭此弊，爲天下失意人吐氣！」

「哦，你倒頗明禮義呀！」王永吉讚了一句，轉向另一個，「李振鄴，你認識張漢嗎？」

「回大人，彼乃忘恩負義之狠毒小人！可嘆我兩榜進士、朝廷命官，竟不曾看穿他的蛇蠍心腸。」

張漢又要跳起來，被衙役再次按住。

「忘恩負義，此話怎講？」王永吉故作驚訝。

「他當年孤身流浪京師，下官只因動了愛才之念，將他收容府中，爲他謀得監生資格。見他孤貧可憐，又爲他娶妻買宅。不想此人慾壑難填，見我被朝廷點爲同考，便強要關節，以求一逞，被下官峻拒。在佑聖觀，下官也曾當眾教訓他，此後全然絕交。他懷恨在心，便使出這般手段誣陷下官，大人明察秋毫……」

「你胡說八道，血口噴人！」張漢被李振鄴那侃侃而談、毫不在乎的神態激得火冒三丈，直跳起來，衙役還想按住，見王永吉在搖頭示意，便罷了手。於是張漢指著李振鄴跺腳大罵：「你這個僞君子、假善人！卑劣至極，無恥之尤！……」屈辱和羞怒一齊湧上心頭，他不再顧什麼臉面，也不再留任何後路，首先就出乎意料地喊出了他一向最不敢觸及的醜事：「什麼愛才、收容，說得好聽！他明明是誘我做他的男寵！……娶妻買宅，娶的是什麼人？是他不要的小妾……嫁給了我，還要當他的外室！……我也是個人，是個讀書種子啊！……」他聲淚俱下，滔滔不絕地把往事全部倒了出來。書記不停地筆錄，舔墨的工夫都很短。王永吉得意地微笑著，不時瞟一眼滿大人，因爲他們一個個都聽呆了。

張漢直說得大汗淋漓、聲嘶力竭，那根剪了一半的辮子像一根禿尾巴，在背上晃來晃去。李振鄴有些沉不住氣了。不過想到交給粉兒的那紙關節已經毀掉，張漢並無實在證據，便又安了心。張漢話一落音，他就急急申辯道：「全然是胡言亂語，蓄意誣陷！男寵也罷，外室也罷，都是人間遊戲，況且你若不情願，誰能用強？至於出賣關節，斷無此事！」

王永吉這時才插進來問了一句：「是啊，張監生，口說無憑，你能拿出證據來嗎？」張漢發瘋似的「哧」地撕開棉袍，白生生的飛花滿堂飄揚，撕碎的布條耷拉到了地面。他從胸口的棉花裡抽出了一張紙，雙手呈上。

王永吉一看，那是拼貼在一張硬紙片上的六、七塊揉皺的碎紙，上面字跡卻很清楚。王永吉笑了，拿起硬紙片對準李振鄴：「李振鄴，來認認，是不是你的筆跡？」

李振鄴只掃了一眼，頓時臉色慘白，跪倒了。好半天，他才強自掙扎，用無力的聲音申辯道：「這畢竟沒有成爲事實，我……我終究沒有讓張漢中舉……」

「那田耜呢？鄔作霖呢？」張漢瞪著發狂的眼睛喊叫起來。

「田耜，鄔作霖……」面對眼睛像兩團炭火的張漢，李振鄴第一次害怕，心虛了。他努力振作，翕動著嘴脣，用勉強能聽到的聲音說，「誰能證明？……誰能證明？」

「那兩筆五千兩銀子的過付人可以作證！」張漢尖聲嘶叫著，說出了兩個過付人的姓名。這沉重的致命一擊，把李振鄴完全打垮了，他雙腿一軟，癱倒在地。

王永吉滿意地微微笑了，扭頭看看滿大人的眼色，他們都對他點頭。王永吉揚臉對衙役做個手勢：把張漢帶下去。

「李振鄴，你還有什麼說的？」

李振鄴瞪著失神的眼睛，說不出話。

「如今你貪贓有據，而張我樸、蔡元禧穢跡無憑，看來這次北闈科場大弊定是你一手造成。你到底賄賣了多少關節，以至於士子怨憤、物議沸騰？不重懲你怕是無以謝天下了！……」

「不，不！」李振鄴突然高舉雙手，拚命擺動，彷彿一個溺水的人在垂死掙扎，「讓我一個人承擔罪責，不公平，不公平啊！……」

「還有別人通同作弊嗎？」王永吉的話像是審問又像是提示。

「田耜、鄔作霖的銀子他們都來分潤，各分去一千兩……」

「他們，指何人？」

「張我樸、蔡元禧。再說，他們也各有私人。」

王永吉抓住時機，乘勝追擊，立刻下令提張我樸、蔡元禧上堂對質。這一下子，初審時堅不可摧的堡壘立刻垮了。這三位同考官：大理寺左評事李振鄴、大理寺右評事張我樸、國子監博士蔡元禧，在大堂上像瘋狗一般互相亂咬。王永吉穩坐釣魚船，只靜靜地每隔一會兒拋出一個新的問題，就把他們之間的隱私全暴露了出來。

這一堂審問結束了。四位滿大臣重新回籐花廳時，王永吉拿著滿、漢兩種文字的筆錄呈給兩位內大臣。鰲拜只點點頭，蘇克薩哈笑道：「久聞王中堂才幹過人，真是名不虛傳！」

王永吉謙遜道：「不敢當不敢當！要論才幹，原左都御史龔鼎孳比學生高過十倍，當初學生常受他指點。」

圖海道：「中堂大人過謙了吧？」

「哪裡哪裡。」王永吉一個勁地嘿嘿直笑。

科爾坤道：「我看只要把過付人拿到，人證俱全，此事便可結案回奏了。」

王永吉搖搖手：「早哩早哩！此案所涉遠不止這些人這些事。必須順籐摸瓜，一網打盡。」

「哦？」鰲拜鷹眼閃亮，銳利地直射王永吉，「還有破綻？」

王永吉笑道：「正是。請看這幾句話。」他翻開審訊筆錄，指著這麼幾行字：

李振鄴：我叫靈秀到你房中尋對時，你做什麼來？

張我樸：我沒見靈秀到我房中。

李振鄴：謊話！你又支他到我房中尋對！

審訊當時，滿大臣被他們三人間的凶狠攻擊所吸引，對這話並未注意。此刻科爾坤不解地問：「這不過是房官們闈中無聊，鬧出點子爭風吃醋，有什麼破綻可抓？」

王永吉笑笑，說：「不然。這靈秀可是個要緊人物。」

蘇克薩哈拖長聲音問：「王中堂的意思是——」

王永吉不笑了，認真地說：「立即審問靈秀。」

科爾坤立刻站起來：「我這就著人去拿他。」

王永吉也急忙站起來，連連搖手：「千萬不要驚嚇了他，對此人，必須用軟的……」

王永吉認爲自己是聰明的：既爲龔鼎孳說了好話，又沒有露出龔鼎孳給他出謀劃策的痕跡。這樣，既能向龔鼎孳交代，又不至於顯得自己沒有才幹。

審問靈秀的地點，是穿堂東側的一間小廳。同春，也就是靈秀，走進來時，幾位滿大臣不覺互相看了一眼：這小廝真個美貌靈秀！幸虧王永吉對梨園戲曲興趣不大，否則他會立時認出這是三年前馳名京師的伶童。同春不論是當優伶還是當書僮，對這些高門貴戶的廳院都很熟悉，禮節也懂，不過經官司牽進重案，還是第一次，所以心裡還是有些發慌，進門便跪下了。

王永吉在桌案後穩穩坐著，說：「報上姓名、籍貫、年齡。」

「小的柳同春，順天永平府人，今年十八歲。」

「你是監生張漢的家奴嗎？」

「回大人，小的不是奴婢，是平民。受雇張漢家爲長隨書僮，期限三年。」

「你爲何又當了同考官李振鄴的親隨？」

「李大人與我家主人交好，入闈前借我去服侍他。」

「如今張漢揭舉李振鄴納賄貪贓，你可知情？」

「小的不知道。」

「你隨同李振鄴入闈，難道不知道他暗通關節的情事？」

「……回大人，小的不知。」

王永吉笑了，命親隨把椅子從桌案後搬到桌案一側，他坐下後對柳同春道：「到這裡來，跪近一些。」

同春不知所措，只好跪到王永吉膝前，心裡直害怕。王永吉和顏悅色，用非常親切的語調說：「聽我講，你不要害怕，找你來只是做個見證，沒有別的意思。李振鄴貪賄作弊是他的事，你跟他非親非故，怎會連累到你呢？只要你說實話，不會難為你。」

同春低下頭，默不作聲。

「你看，如今你主人揭告李振鄴，要的是實據和見證，否則張漢就要以誣告而反坐得罪，你難道見死不救？……」

同春心裡亂紛紛的。他有時恨張漢沒志氣，奴顏婢膝；可是為了功名利祿，天下的士子誰個乾淨？張漢受欺辱的境遇，張漢對同春的愛護，都使同春同情他。況且同春雖然自尊自重，卻是個本分人，既做了張漢的書僮，理當向著主人。李振鄴呢？同春討厭他甜膩膩的笑容，恨他卑汙的企圖，想到他那副下流的醉臉就噁心！可是，李振鄴是官啊！……

「聽說張漢頗有才學。許多有才之士不能登榜，一輩子落魄，這實在不公啊！如今李振鄴堅不吐實，可是已有數名過付人作證了。你在闈中難道沒有發現蛛絲馬跡？」

豈止是蛛絲馬跡！同春手裡握著他們要命的證據，不過當時他收藏這證據別有用途……

那天，各房考官都在閱卷，李振鄴忽然交給同春一張紙，上面寫著二十五個人名、籍貫，要他到張我樸房中試卷裡去尋找查對。考官們各有私人，而本房試卷有限，都得派親信到各房翻找，揭開糊上的名字看了以後再封上。同春知道這是作弊，但他不能違拗，果然查出了一大半。張我樸見此情景，也寫了一紙人名，託同春到李振鄴房中尋對，也找出不少。事後，李、張兩人都忙於應酬門生，忘記了這兩片紙。

同春把這紙片留下了。他要用來防身。李振鄴多次糾纏他，都被他擺脫了。如果他還不罷休，進一步逼到頭上來，同春便打算用這張紙威脅他，叫他乖乖地滾蛋。同春只想以此保護自己，不懂得要挾對方獲取好處，所以一直藏著紙片，不露一點痕跡。張我樸的紙片完全是順便一道留下來的……

可是……同春怯生生地偷眼看看王永吉，小聲問：「那李大人、張大人若坐實了貪賄，會殺頭嗎？」

王永吉搖頭：「不至於。但必得革職，永不敘用！」

「革職……那是他們活該！」同春下了決心，解開上襖，從貼身裡衣口袋裡拿出了那兩張紙，說明了它們的來歷。這是李振鄴、張我樸的親筆，可說是鐵證如山了。

王永吉眉飛色舞。滿大人雖然說不好漢話，卻聽得明白，一起把目光投向王永吉和他手中的兩張紙。王永吉得意地點著字紙說：「看看，這頭一名果然就是陸其賢！……哦，這裡還有許巨源……啊?!」他臉色陡然一變，目瞪口呆，雙手哆嗦起來。圖海見狀，立刻走過來從他手中拿過紙片，細細看了一遍，皺皺眉頭，眼睛透出笑意，隨即對衙役一揮手，示意帶走同春。他目送同春被帶出小廳後，才轉向王永吉：「王中堂，這關節中第五名，高郵王樹德，與足下有什麼瓜葛嗎？」

蘇克薩哈、鰲拜、科爾坤聽到這一問，都湊到圖海身邊，仔細觀看他手中的紙片。王永吉臉色灰白，一剎那就蔫得像秋霜打過的衰草。聽得圖海問話，他強打精神地說：「……那是舍姪，不想他如此不肖！……兄弟我……向諸大人告迴避。翌日將上疏自劾，陳請處分……」他說著，竭力作出一副憤慨的樣子，但撐了不多時，自覺無趣，嘆了口氣，垂著頭，慢慢出去了。

蘇克薩哈對鰲拜使了個眼色，忍不住哈哈大笑；科爾坤罵了一句：「狡詐的南蠻子！」也跟著放聲大笑；圖海一邊笑一邊搖頭；極少發笑的鰲拜，竟也在脣邊露出了笑意。

* * *

張漢和同春被拿不過三天，喬柏年已換了三次住處。科場案被揭發，牽連的人又多，喬柏年自然要特別謹慎。只是他這人膽子大、愛冒險，總想知道案子的結果，不捨得立刻離開京師，還想看看動靜。

十月二十七日，他去遊鷲峰古寺，信步走到西單牌樓，很快就發現自己在逆著人流行進。今天街上的人特別多，扶老攜幼，騎馬乘轎，都興致勃勃地往南走。喬柏年一把拽住一個走得飛快的小廝，小廝急得跳腳、喊叫，卻一點脫不開身：「你這人，幹嘛?去晚了就占不著好地啦！」

喬柏年笑著，並不放手：「急急忙忙的，幹什麼去?」

小廝掙扎著，恨恨地說：「看殺頭！」

「啊，殺誰？」喬柏年一驚，鬆了手，小廝撒腿跑了。

一向行刑都在午時三刻，現在太陽還在東天。這小廝真是愛熱鬧！喬柏年搖頭笑笑，背了手，邁著四方步，也改了方向，慢慢順著宣武門內大街向南走去。行人越來越密了。

眼前一座茶樓。喬柏年覺得口渴，反正時間還早，便跨了進去。門邊一群長衫秀才圍著茶桌又叫又笑，像瘋了似的。一位士子高舉茶碗，大聲說：「考官認權不認人，知錢不知文章，屈殺多少名士！天網恢恢，天道好還！」

「天下寒士今日揚眉吐氣！」另一個也舉杯大喝一聲。

「以茶當酒，浮一大白！」第三個喊聲震動屋梁。

「乾！」十幾個秀才轟然響應，高舉十幾只茶碗、茶杯，「砰！」的一撞，碰碎了好幾只杯、碗，瓷片、茶水飛濺，眾人哄然大笑，痛快的笑聲把小小茶樓幾乎抬了起來。

喬柏年不喝茶了，拔腳就往宣武門跑。但凡行刑殺人，宣武門口都要貼告示。莫非科場案結了？他腳下生風，竟趕上了幾位服飾華麗、騎著高頭大馬的滿洲貴公子。他不由得又放慢了腳步，因爲這幾位貴公子也在議論。他們年不過二十歲，說的卻是漂亮的京話：

「……任克溥十六日上疏，吏部、刑部十八日拿人，二十六就結案上報，今兒個便行刑，真個乾淨俐落！」

「這一回是天威震怒。說是不加嚴懲，將失天下士人之心。吏、刑兩部的摺子一上去，皇上立時就批下來了！」

「這些南蠻子，給臉不要臉。仗咱們滿洲的餘惠才當了官，不好好給咱們幹事，饒得了他？」

「漢官沒個好東西。殺吧，殺個乾淨，我才稱心！」

「真格的，我家老子今兒約了幫老兄弟，喝酒慶賀呢！」

「我們家也是。都一樣！……」

喬柏年不再聽他們說笑，加快步速趕到宣武門。高大的門洞一側果然貼著告示。除了吏、刑二部宣布行刑的事由以外，上面還有皇上批下的諭旨，蓋著鮮紅的御印。很多人在圍看，又有兵勇把守，喬柏年不敢硬擠，只聽有人在朗聲宣讀：「……貪贓枉法，屢有嚴諭禁止，科場為取士大典，關係最重，況輦轂重地，繫各省觀瞻，豈可恣意貪墨行私！所審受賄、用賄、過付種種情實，目無三尺，若不重加懲處，何以警戒來茲？李振鄴、張我樸、蔡元禧、陸貽吉、項紹芳、舉人田耜、鄔作霖，俱著立斬，家產籍沒，父母兄弟妻子俱流徙尚陽堡……」

喬柏年沒聽完，轉身走向菜市口，他一定要看看這次行刑。一個聲音在心裡幸災樂禍地喊著：「叫你們再給韃子賣命！這回可得了上好的報應！……」

太陽升到中天。聲聲大鑼和長管、觱篥嗚嗚咽咽的長鳴從內城傳來。宣武門外街道兩旁人山人海，直鋪到菜市口。松鶴年堂前的大場子上，早就聚集了數萬名看熱鬧的京師人，他們一會兒互相大聲傳告著「來了，來了！」騷動片刻，一會兒又伸長脖子向北張望，耐著性子等候。

監斬官騎著馬，在簡單的四杖四旗二扇一傘的儀仗導從下，緩緩地過來了；接著是穿紅色外衣、手持大砍刀的劊子手行刑隊；最後，便是由眾多兵勇押送的七輛囚車。觀看的人群頓時一陣哄亂，你擁我擠，指手畫腳，亂嚷亂叫，分辨著誰是李振鄴、張我樸，誰是倒楣的陸貽吉。

「爲什麼說陸貽吉倒楣哩？」喬柏年不解地問身邊那個像是什麼都知道的人。

「他呀，沒落幾個錢，只當個過付，以知情不舉一同正法。」

「那個中式舉人陸其賢呢？」

「他聰明，不必挨這菜市口一刀，落個身首異處。他在監裡服毒自殺了。」

監斬官已經坐在桌案後的椅子上，桌案上筆硯俱全，放著行刑公文。因時間未到，他正襟危坐，紋絲不動。七名人犯一字排開跪在案前三丈遠處，每人身邊由兩名兵勇把臂，身後劊子手挺刀待命。

正午的陽光晒得熱烘烘的，劊子手赤裸的肩臂和腦瓜頂都沁著油汗，閃閃發亮。菜市口的喧鬧漸漸平息了。按照慣例，如果朝廷有特赦，就該在這個時候送來。今天會不會有特赦聖旨？看那位張我樸挺著腰、直著脖子的強硬表情，或許有什麼門路？

人群的海洋突然起了騷動。引起這陣騷動的並不是特赦使者，而是一個渾身縞素的女子。她頭上銀白首飾，身上白羅衫、白羅裙，一雙小腳穿著白繡鞋，嬝嬝婷婷，一手掩著嘴低聲哭泣，一手挎一只蒙著白布的竹籃，一直走到李振鄴面前。喬柏年看得一清二楚，驚訝地張大了嘴：這是張漢的老婆粉兒！她是爲張漢贖罪，還是爲還舊情？……看哪，她跪在李振鄴面前了！

李振鄴在昏沉中聽到有女子喊他，慢慢睜開雙目，竟觸到粉兒的一雙哀憐的淚眼。他很意外，反倒清醒了，苦笑一聲：「妳來做什麼？」

粉兒不回答，只管低頭從籃裡拿出水酒泡飯、幾樣菜肴，點燃了一尊香爐裡的線香。這是法場生祭，監斬官和劊子手都不能干涉的禮節。囚犯七人，只有李振鄴一個獲得這樣的「禮遇」。李振鄴感慨地說：「想我李振鄴，親朋好友遍京師滿天下，臨死之日，唯有一個被我遺棄的女子爲我送行，天哪！……粉兒，妳難道不恨我？」

「恨！就因爲恨你，我才把你的所有內情都告訴了張漢，原想要你吃點苦頭，不料竟……你恨我吧？」

李振鄴悲哀地搖搖頭：「事到如今，還有什麼可說的呢？我是自作自受……妳來看我出醜？」

「不。就是有千般仇恨萬種怨毒，你這一死也都抵消了。一夜夫妻還有百日恩呢，何況……」粉兒別轉頭，讓淚珠滾下去。

李振鄴仰天長嘆：「啊！粉兒能夠如此，李振鄴雖死何憾！……來，酒！」

粉兒隔著香爐和裊裊青煙，對李振鄴三拜三叩，然後端起酒水飯，用匙子餵他飯，用筷子給他夾菜。李振鄴大口大口地吃著，不停地喊：「酒！酒！酒！」

李振鄴吃完飯菜，粉兒把那一碗泡飯的烈酒湊到他脣邊，像喝白水似的，他咕嘟咕嘟喝了個碗底朝天。他笑道：「粉兒，多謝妳，讓我醉夢歸天！……」頃刻之間，他醺然大醉，眼看就要癱倒。這時，長管銅角響了：行刑時刻到！

粉兒驚叫一聲，掩面逃進了人叢。張我樸連喊帶罵的聲音突然響了起來：「你們這些朝中大臣！我忍死不肯牽連你們，你們但凡有點心肝，總該爲我請求一道赦書。你們裝聾作啞，天地不容！我死也不饒你們！……」兩個兵勇揪住他，狠狠打他耳光，並把口啣勒入他的嘴中，他再也出聲不得。他帶著滿腔憤恨，立眉豎目，但是一下子他就被推倒了，劊子手舉起了大刀……

七人正法之後的第二天，他們的家資被抄沒，老幼家屬被逮繫獄中，定案後將流徙尙陽堡。隨後，緹騎四出，提拿有關各犯五十餘人，盡是賄買關節的應試士子，不久，這些人的家屬也先後入獄。

接著，和這些士子有關的漢官被拿問。再後來，以風聞不舉而失職的科道官也進了監獄。法網越拉越大，落網的漢官越來越多。當朝廷下令順天丁酉科複試之後，各地應參加複試的新舉人，像囚徒一樣，被府、縣衙門拘捕鎖項，押送起解至京。這個時候，朝署半空，囹圄盡滿。鎮撫司前，茶館、酒館、飯鋪紛紛開張，熱鬧繁盛超過前門。同這種景況形成鮮明對照的，是漢官士子震恐萬分，惶惶不可終日，真不知這一科場大獄，什麼時候才能了結？

主管此案的，還是那兩名內大臣、兩名滿尙書。他們豈肯輕輕饒過那些奸狡的南蠻子？

《少年天子》上冊完